N° ISBN : 978-2-491308-03-2
Dépôt légal : Juillet 2019
Achevé d'imprimer en Juillet 2019 par Lulu Press, Inc.
627 Davis Drive, Suite 300, Morrisville, NC 27650, États-Unis.

Recueil de mini aventures à lire et jouer

Aventures écrites entre 2010 et 2017

Sommaire

1867. Un cavalier solitaire parcourt les plaines d'Arizona. Sans nom, sans attaches, il porte pourtant le poids de son passé sur les épaules. Il cherche la rédemption mais dans la ville de Hell's Gate, il va devoir une fois de plus faire parler la poudre...

Aventure parue dans la revue héros n°4

Une aventure palpitante à vivre dans ce roman où vous incarnez un chasseur sur les traces d'un grizzly. Choisissez armes et capacités et partez au cœur des montagnes pour une traque sans merci. Ce roman ne se lit pas, il se vit ! N'attendez plus et venez partager quelques instants de dépaysement au milieu d'une nature puissante, belle et dangereuse...

« Incarner un tueur de zombi c'est cool non ? Et bien cette aventure te propose d'incarner un **zombi**, un vrai de vrai 100% viande pourrie. Prépare ton cerveau putréfié, tes mains décharnées, et tes dents (celles qui te restent) et passe à table mon bon Georges ! »

Aventure médaillée d'or au concours mini yaz 2012

Vous ne savez plus qui vous êtes ni où vous êtes.
Vous ne savez même plus comment vous êtes arrivé ici.
Votre corps est meurtri, votre tête tourne.

Confusion, perte totale de vos sens. Les cinq.
Une grande image floutée en souvenir.
Du vert, émeraude, partout.
Un grand silence et plus rien.

Aventure médaillée de bronze au concours mini yaz 2013

5/ **L'issue** (science-fiction) 2014 – page 213

Les lois, les hommes, les mentalités ont changé. Le pouvoir d'un état mondial est installé. Des millions de moutons guidés par un berger sadique. Et vous. Vous qui devez accomplir une mission dont vous ne comprenez pas le sens, ni le but. Vous devez franchir les portes du temps. En reviendrez-vous ?

6 / **Stanley Bradfford** (Horreur gothique) 2017 – page 289

Une sombre histoire qui hante les terres d'Écosse. Une créature malfaisante, un chateau lugubre et un chasseur téméraire. Bienvenue dans les Highlands en 1889...

L'homme sans nom

Introduction :

Bienvenue dans une aventure poussiéreuse et violente en plein désert d'Arizona, en 1867.
Avant de monter en selle et de parcourir les chemins bordés de cactus, il vous faut déterminer vos forces et faiblesses et prendre connaissance des règles de l'ouest sauvage…

Vos aptitudes :

Votre personnage est caractérisé par 5 paramètres distincts :
La vie, la rapidité, la force, l'agilité et la chance.

La vie représente votre état de santé général et elle est comprise entre 0 et 24. Pour savoir avec quel niveau de vie vous débutez l'aventure, lancez 2 dés à 6 faces et ajoutez 12.
La rapidité représente votre aptitude à dégainer une arme, à viser et à ouvrir le feu.
La force représente naturellement votre capacité physique à vous battre, à pousser ou soulever des objets et peut dans certains cas s'apparenter à votre résistance.
L'agilité reflète votre aisance dans les mouvements tels que sauts, roulades ou même rechargement d'une arme.
La chance détermine si le destin vous est favorable ou se joue de vous.

Pour déterminer quels sont vos totaux de départ dans ces 4 aptitudes, vous devez répartir comme bon vous semble 28 points entre les 4 paramètres, en veillant toutefois à ne pas dépasser 9 par paramètre.

Il vous sera demandé durant votre périple de «tester» vos capacités : vous lancerez alors 2 dés et comparerez le résultat avec votre total actuel. Si votre score est inférieur ou égal au total actuel, le test est réussi, si le résultat obtenu aux dés est supérieur, c'est un échec. Dans les deux cas, la marche à suivre vous sera précisée. Un test de chance, réussi ou pas ôtera un point de chance de votre total.

Les combats :

Pour combattre :

1/ Lancez 2 dés pour vous et testez votre force ou votre rapidité selon qu'il s'agit d'un combat à mains nues ou avec une arme à feu (*si vous obtenez un double 1, vous tuez votre ennemi sur le coup*).
Si le test est un succès, passez à l'étape 2, si c'est un échec, passez à l'étape 3. Si vous utilisez une arme à feu, déduisez une balle de vos munitions.

2/ Vous venez de blesser votre adversaire, s'il s'agit d'un combat à main nues vous retranchez 1 point de vie (PV) du total de vie de votre ennemi. Si vous utilisez une arme blanche ou une arme à feu, les points de dégâts de l'arme égalent les PV perdus par votre ennemi.
Passez ensuite à l'étape 3.

3/ Votre adversaire tente à son tour de porter un coup, lancez 2 dés pour lui en testant ses capacités de la même manière que pour vous (*excepté pour le double 1*). Il peut vous atteindre ou rater lui aussi son attaque, dans les deux cas, reprenez le combat à l'étape 1. Le premier dont la vie chute à zéro est mort.

Rechargement : Si vous ou votre adversaire veniez à manquer de munitions au début d'un assaut, il vous faudrait tester votre agilité : en cas de succès, vous réussissez à recharger votre arme, en cas de défaite, lancez un dé : le résultat exprime le nombre de PV que cette action coûte à celui qui recharge.

Engager un combat armé sans munitions : Pour éviter que cela ne se produise, assurez-vous d'avoir toujours un nombre suffisant de balles. Vous pouvez récupérer les armes et/ou munitions de vos adversaires dans la limite de ce que vous pouvez transporter.
Si toutefois, cela se produisait, vous pouvez toujours tenter de lancer votre couteau sur votre ennemi. Il vous suffira de tester votre agilité, vous pouvez diminuer le score obtenu aux dés en sacrifiant des points de chance pour réussir à coup sûr votre lancer. Un lancer réussi : votre adversaire meurt ; un lancer raté : vous mourrez.

Equipement :

Vous disposez d'une ceinture de cuir équipée de deux revolvers à barillet (*infligeant 3 points de dégâts chacun*), 7 coups. Une ceinture supplémentaire contenant 30 balles, vous disposez en outre d'un couteau de chasse (*infligeant 2 points de dégâts*). Vous pourrez tout à fait récupérer les armes de vos ennemis et/ou les munitions dans la limite d'une arme blanche et deux revolvers (ou une carabine).

Vous portez en bandoulière un sac de cuir, dans lequel vous pouvez ranger jusqu'à 5 objets.

Vous débutez votre aventure avec un sac contenant 2 objets : une gourde (remplie 3/4) et une pomme (+2PV). Dans vos poches vous possédez 9 dollars.

Si au cours de votre aventure le texte précise que vous devez boire, vous viderez votre gourde d'1/4 d'eau supplémentaire. A chaque fois que vous serez dans l'impossibilité de boire, vous perdrez un point dans l'une des capacités suivantes et dans cet ordre :
Agilité, Force, Rapidité.
Dès que vous retrouverez de l'eau, vos capacités remonteront à leurs totaux initiaux.

Aptitudes spéciales :

En tant que voyageur aguerri à l'ouest sauvage, vous avez perfectionné vos talents dans une des capacités suivantes, à vous de choisir laquelle :

Joueur de poker : permet de soustraire 2 au score obtenu aux dés lors d'un test de chance.
Cogneur : permet de soustraire 1 au score obtenu aux dés lors d'un test de force.
Duelliste : permet de soustraire 1 au score obtenu aux dés lors d'un test de rapidité.

Feuille d'aventure

Vie :   **Équipement :**

Rapidité :

Agilité :

Force :

Chance :   **Dollars :**

Armes et munitions :

Revolver gauche, balles restantes :

Revolver droit, balles restantes :

Balles restantes dans ceinturon :

Arme blanche :

Carabine/fusil possible (*remplace **les** revolvers*) :

Aptitude spéciale :

1

1867.
Poussière et soleil sont vos seuls compagnons depuis bientôt trois jours.
Vous avez galopé comme un damné depuis Bradley Town à l'est ; traverser
seul un territoire Apache n'est jamais un moment rassurant… Heureusement
votre prochaine étape se dessine à l'horizon : Hell's gate. Une ville perdue au
fond du désert, balayée par le vent et écrasée par un soleil de plomb. Quelques
500 âmes vivent ici et l'élevage de bovins y est prépondérant.
Vous longez une large rivière presqu'asséchée : il ne reste qu'un mince filet
d'eau qui s'écoule péniblement entre les roches brûlantes. Votre jument, Spice,
belle bête blanche et noire, souffle pour exprimer son désespoir de trouver un
vrai cours d'eau dans lequel elle pourrait se baigner.
Vous arrivez non loin de l'entrée de la ville et déjà vous sentez une étrange
ambiance, froide, tendue, presque malsaine.
Personne ne semble vouloir lever les yeux à votre passage et les gens
chuchotent entre eux, comme pour ne pas réveiller un enfant qui dort.

La rue principale est calme, un grand clocher trône au fond de celle-ci et quelques virevoltants roulent sur le sable, poussés par un vent chaud et étouffant.

Une petite fille lève ses yeux bleus vers vous mais sa mère lui attrape le poignet et lui ordonne de rentrer à la maison. Le bruit de vos sabots est le seul compagnon du hurlement plaintif du vent.

Sur votre droite se trouve un grand bâtiment de bois, portant l'inscription : «Grand Pa' drugstore», sur votre gauche la maman de la fillette continuant inlassablement de puiser l'eau dans la fontaine.

Si vous désirez entrer au drugstore, **rendez-vous au 63**. Si vous préférez entamer une discussion avec la maman au seau, **rendez-vous au 14**.

2

Le cheval se cabre et parvient à écraser d'un coup de sabot le serpent qui n'a pas le temps de mordre. Vous regardez les Apaches vous entourant et l'un d'eux vous lance :
- Belle maîtrise ! Tu monte presque comme un Apache…
- Mais je suis plus rapide… ajoutez-vous. Votre sourire amical détend les visages des guerriers.

Vous longez le lit de la rivière durant encore un bon moment avant de sortir par une passe entre deux rochers. La ville de Hell's gate, sombre et déformée par une aura floutée, se détache au loin dans la plaine comme un visage semblant vous attendre avec un ultime rictus maléfique. **Rendez-vous au 16.**

3

Un homme apparaît soudain devant une fenêtre du rez-de-chaussée. Il vous aperçoit et ouvre le feu sans hésiter. Les pierres de la fontaine volent en éclats devant votre visage ; vous répondez en un éclair :

Tom Whitney
Rapidité : 6
Agilité : 9
Vie : 7
Arme : un revolver (3 PD), 7 coups. 10 balles de plus.

Si vous venez à bout de ce redoutable tireur, **rendez-vous au 39.**

4

Vous ajustez l'homme posté en haut de la diligence et vous l'atteignez à la poitrine, il s'écroule sans un cri. Smith et ses hommes se retournent et ouvrent le feu vers vous ; dans un concert de détonations vous parvenez à atteindre deux fois l'homme à droite de Smith, et deux fois l'homme à sa gauche. Les deux gardes du corps tombent dans la poussière, la poitrine en sang. Smith hurle :
- Ce cimetière va être le tien, chien galeux !

Smith
Rapidité : 7
Agilité : 9
Vie : 12
Arme : un revolver canon long (3 PD), 6 coups, 18 balles de plus.

Si vous triomphez de Smith, **rendez-vous au 57.**

5

Vous faites bouger du bout du pied une pierre instable qui risque, lors de sa chute, d'entraîner des dizaines de rochers gros comme des tonneaux. Au prix d'un redoutable effort, vous parvenez à rompre l'équilibre de la pierre et l'éboulement se produit. Plusieurs roches descendent avec fracas vers les mercenaires qui, effrayés, n'ont pas tous le temps de se mettre à l'abri. Les hennissements des chevaux se mélangent au bruit des os brisés ; les cris des hommes à celui des membres écrasés. Vos compagnons n'hésitent pas un seul instant et décochent des flèches meurtrières aux mercenaires désorganisés. Un cavalier blessé vous prend pour cible et vous devez le combattre :

Terrance Bailey
Rapidité : 6
Agilité : 5
Vie : 6
Arme : revolver (2PD), 6 coups. 12 balles de plus.

Si vous tuez votre adversaire, vous devez boire *une rasade d'eau* avant de redescendre prudemment de votre perchoir avec l'aide des autres guerriers et de récupérer parmi les corps une dizaine de balles en calibre .40 et une carabine 3 coups (5PD) ainsi que 3 balles **Rendez-vous au 35.**

6

Des cris anormaux vous font sursauter, vous portez les mains à vos revolvers avant de réaliser que vous êtes toujours dans votre cachot et que vos compagnons d'acier sont posés sur le bureau du sheriff. Vous essayez de discerner ce qui se passe dans la grand-rue mais la nuit est vraiment sombre et vous ne voyez que des ombres de cavaliers sillonnant le village en hurlant. Soudain des torches s'enflamment, des coups de feu résonnent provenant de la grande maison au mur d'enceinte. Une grange prend feu, l'église est attaquée et s'embrase, vous entendez siffler les balles et les flèches : les Apaches !
Ils attaquent la ville ! Dans quel but ! Pourquoi cette ville ?
Soudain un visage vient se coller aux barreaux de votre fenêtre et vous sursautez : un Apache arborant trois traits rouges sur la joue et un trait blanc sur l'arête nasale vous lance :
- Couche-toi !
Il passe une longue barre de fer entre les barreaux de la fenêtre et crie :
- Zhaà-tséé !
La barre se colle contre les barreaux et la fenêtre s'arrache, emportée par trois chevaux.
Vous sortez par la brèche et faites le tour du bureau du sheriff, vous enfoncez la porte d'un coup de pied et vous récupérez équipement, armes et munitions. La rue est un chaos de flammes, de chevaux et de tirs. Vous cherchez à partir au plus vite vers le désert lorsque deux flèches viennent se ficher dans votre ventre (*déduisez 6 PV de votre total de vie*). Vous tombez au sol et perdez connaissance. **Rendez-vous au 19.**

7

Vous décochez un uppercut d'une violence rare au premier des trois hommes, celui-ci voit toutes ses dents exploser les unes contre les autres, il s'écroule, sonné. Le deuxième reçoit un coup de pied dans les parties, il couine et tombe au sol le visage figé de douleur. Vous devez combattre le dernier :

Kenneth Callahan
Force : 6
Vie : 8
Arme: mains nues (1PD)

Si vous êtes vainqueur, le sheriff fait irruption dans la pièce vous somme de rester tranquille. **Rendez-vous au 47.**

8

Vous sortez de derrière le pin en un éclair et ouvrez le feu sur les deux hommes. *Faites un test de rapidité* :
- Si c'est un succès, vous atteignez trois fois l'un des deux gardes : son sang gicle sur le mur ocre derrière lui et sur son collègue. Il s'effondre sans avoir pu riposter, mort dans les secondes à venir.
- Si c'est un échec, vous parvenez uniquement à le blesser au prix de quatre balles.
Dans les deux cas, livrez maintenant le combat :

Jerry Burns
Rapidité : 7
Agilité : 10
Vie : 9
Arme : une carabine (4 PD), 3 coups. Un revolver (3PD) 6 coups et douze balles de plus.

Owen Brady (*si pas mort*)
Rapidité : 6 (*5 si blessé*)
Agilité : 8 (*6 si blessé*)
Vie : 10 (*5 si blessé*)
Arme : une carabine (4 PD), 3 coups. Un revolver (3PD) 6 coups et six balles de plus.

Combattez vos ennemis l'un après l'autre, quand le premier meurt l'autre prend sa place.

Si vous triomphez de vos (*vôtre*) adversaire(s), vous entrez dans la cour principale, théâtre d'un combat violent, sanglant et acharné. Vous pouvez vous cacher derrière la fontaine qui trône au centre de la propriété pour reprendre votre souffle et examiner la situation, **rendez-vous pour cela au 3**, ou vous dissimuler derrière la diligence de Smith, située à quelques mètres de vous, **rendez-vous alors au 55.**

9

Vous devez faire un *test de chance* pour savoir si l'homme dans votre dos va prendre le risque de sortir une arme à feu pour aider son ami ou s'il va se mêler au combat en utilisant une arme blanche.

Si vous êtes malchanceux, le garde tire à deux reprises vers vous. Il vous atteint une seule fois et vous fait perdre 3PV mais évite de justesse de tuer son ami. Il se lance sur vous en brandissant un couteau de type oriental. Vous devez alors combattre en minorant votre rapidité d'un point.

Si vous êtes chanceux, il sort un couteau à lame large et recourbée et tente de vous frapper au niveau de la nuque ; grâce à une roulade rapide vous esquivez son coup. Dans les deux cas, vous devez poursuivre le combat ci-dessous :

Troy Donovan
Force : 4
Vie : *Total du paragraphe précédent*
Arme : ses poings (1PD)

Bill Duncan
Force : 9
Vie : 8
Arme : un couteau oriental (2PD)

Si vous venez à bout de ces deux gêneurs, vous pénétrez dans l'imposante cour de la villa de Smith. Après un rapide coup d'œil vous voyez deux possibilités : courir vers l'enclos des bœufs ou tenter de rentrer directement dans le bâtiment principal. Pour l'enclos, **rendez-vous au 18**, pour le bâtiment principal, **rendez-vous au 21.**

10

Vous courez rapidement vers le clocher. La lourde porte de côté qui permet d'accéder à l'escalier en colimaçon est ouverte. Vous grimpez silencieusement les marches et vous vous allongez un palier avant la cloche. Vous risquez de passer quelques heures de sommeil bruyantes, mais au moins le sheriff ne cherchera sûrement pas ici. Vous vous endormez en voyant l'homme de loi emmener Spice loin du saloon où vous l'aviez attachée. Demain sera un autre jour… **Rendez-vous au 58.**

11

Des coups de feu résonnent contre les façades des bâtiments de la ville. Quelques fermiers que vous pensez hostiles dans un premier temps, viennent se joindre à votre groupe et tirent à leur tour vers les murs de la propriété. Les impacts multiples contre les murailles de la villa obligent, dans un premier temps, les hommes de Smith à se cacher derrière les murets. Vous repérez un homme qui semble vous avoir pris pour cible et vous engagez un combat contre lui. Il est assez éloigné et vous devrez diminuer votre rapidité d'un point pour la durée du combat.

Scott Larson
Rapidité : 6
Agilité : 9
Vie : 8
Arme : un fusil de chasse (4 PD), 2 coups. 6 balles de plus.

Si vous remportez 3 assauts contre cet homme, il changera de poste, vous laissant le choix d'agir pour la suite des évènements :
vous pouvez tenter de vous engouffrer dans l'allée principale – maintenant que vos compagnons ont détruit le portail – pour les aider à combattre, **rendez-vous alors au 75**, vous pouvez tenter de vous introduire dans l'enceinte en grimpant sur un arbre et en sautant par dessus le mur, **rendez-vous au 28**, ou vous pouvez tenter de trouver un accès par l'arrière du mur d'enceinte en le longeant sur votre droite, **rendez-vous alors au 17.**

12

Smith crache du sang et agonise lentement. Vous vous abaissez pour qu'il vous entende dans cet enfer de détonations et de poudre noire :
- Smith, toi l'entité de Hell's gate, je veux que tu saches que je vais récupérer ma jument et que je vais jeter ta tête aux Apaches. Et au fait, je vais aussi piller ton or…
Vous sortez votre couteau de son étui et vous coupez la tête de Smith qui hurle de douleur lorsque la lame déchire sa gorge. Vous montez sur le muret bordant le toit et hurlez à plein poumons :
- Smith est mort, que tous ses hommes partent, ils seront épargnés. Mes amis voici votre ennemi !
Vous lancez la tête de l'infâme Smith, figée dans la douleur de la mort, vers les Apaches qui hurlent de joie. Vous tirez vos dernières balles en l'air et vous disparaissez dans la villa. **Rendez-vous au 80.**

13

Vous entrez dans le saloon qui contient une quinzaine de tables usées, marquées par les coups de couteaux, l'alcool et la patine générale du temps. Quelques visages acérés vous toisent d'un air méfiant lorsque les battants de la porte claquent dans votre dos. Le barman essuie des verres derrière son comptoir et ne lève même pas les yeux vers vous. Deux hommes jouent aux fléchettes au fond de la pièce.
Vous approchez du comptoir en zinc et lancez au barman :
- Il vous reste des chambres ?
- C'est trois dollars. Repas de ce soir compris.
Vous sortez les billets de votre poche et les tendez à l'homme bourru qui les prend rapidement.
- Servi dans une heure. Le repas.
Vous sortez du saloon et regardez la grand-rue, il n'y a pas âme qui vive dans ce patelin de malheur. Même pas un corbeau dont les croassements briseraient la monotonie du chant du vent.
Vous allumez un cigarillo, un de ceux que votre père vous appris à rouler : des feuilles de sauge, de saule et un peu d'écorce de bouleau. Le parfait mélange de saveur et d'apaisement. Après avoir tiré trois longues bouffées, vous apercevez quatre cavaliers approcher du saloon. Ils posent pied à terre devant vous, attachent leurs chevaux à l'un des poteaux soutenant l'auvent et vous passent devant sans même vous adresser la parole.
Quelques instants plus tard vous entendez dans votre dos :
- Oh, l'étranger ! Tu peux pas dormir ici ce soir ! Tu vas dormir dans le désert.

Vous vous retournez vers l'homme qui a prononcé ses mots et vous voyez les quatre cavaliers vous fixant avec un sourire en coin, les mains prêtes à dégainer leurs armes.
- J'ai peur des serpents, répondez-vous sobrement.
Un des hommes rit et ajoute :
- Tu sais danser ?
Faites un test de rapidité, si c'est un succès, **rendez-vous au 38**, si c'est un échec, **rendez-vous au 34.**

14

- Je cherche une chambre pour la nuit. On trouve ça ici ? commencez-vous.
- Je ne peux pas trop parler, ils nous surveillent...vous répond la femme, à demi-mots.
- Qui ?
- Les hommes de Smith ! Ils sont partout. Je dois rentrer maintenant.
Vous sautez au bas de Spice et vous remplissez votre gourde à ras bord (*notez «gourde pleine aux 4/4» sur votre feuille d'aventure*). Smith ? interrogez-vous.
La jeune femme s'approche et vous susurre :
- C'est le patron de la ville, même le sheriff ne peut rien contre ce démon... un conseil : partez loin d'ici, partez loin de l'enfer...
Vous lancez un coup d'œil rapide et circulaire sur la rue principale : déserte. Vous envoyez la main dans l'eau claire de la fontaine et vous buvez trois belles gorgées apaisantes.
Rendez-vous au 52.

15

Vous longez le mur de la bâtisse en restant éloigné des arcades du «cloître». Il vous semble voir bouger un chapeau sur le toit dominant le patio mais vous n'en êtes pas sûr, il se pourrait très bien que Smith ait eu l'idée de poster des hommes à lui ici, l'endroit idéal pour une embuscade à l'issue fatale. Vous tentez de ne pas faire trop de bruit sur le sol dallé et vous parvenez jusqu'à la porte principale – la seule de cet endroit – sans ennui. C'est une porte épaisse au bois travaillé et sculpté dont le centre représente une scène typique de la région : la conduite d'un troupeau de bœufs par des cow-boys. **Rendez-vous**

au 79.

16

Vous profitez de ce moment de répit pour boire une rasade d'eau et faire boire une rasade de plus à votre cheval.

Le chef du groupe s'approche de vous et demande :

- L'étranger, tu attaquerais Smith de quelle manière ?

- Ça dépend. Si vous voulez marquer les esprits ou pas…

- Les citoyens ?

- Oui, en voyant une débâcle organisée, les citoyens se réveilleraient peut-être. Nouveau sheriff, nouveau maire, nouvelle ville…

Le chef interrompt brutalement ses pensées et crie à ses hommes :

- Ka'a zii ! Tsee hak ni !

L'un des guerriers vous dit alors :

- Regarde l'étranger, les cavaliers au loin…

Un nuage de poussière orangé s'élève dans la plaine, les hommes de Smith sont en route pour le camp dans les collines.

- Mes frères, qui veut attaquer ici et qui veut charger ? Les hommes votent tous et vous êtes le dernier à départager.

Si vous voulez mener un attaque de front, au galop dans la plaine, **rendez-vous au 54**, si vous préférez tendre une embuscade autour de la rivière, **rendez-vous au 29.**

17

Vous longez le mur et vous ne tardez pas à découvrir une entrée annexe gardée par deux hommes. Vous vous agenouillez derrière un pin et examinez la situation :

les deux hommes sont lourdement armés – carabine et revolvers à la ceinture – et semblent être désignés pour ne pas prendre par au combat mais uniquement garder cette porte. Ils sont à une dizaine de mètres de vous et parlent en tenant nerveusement leurs carabines. Vous remarquez sur votre droite plusieurs groupes de saguaros qui pourraient dissimuler votre présence si vous vouliez continuer votre progression en passant devant les gardes, sans être repéré. Vous pouvez aussi tenter de lancer votre couteau sur l'un des gardes avant de combattre le deuxième.

Pour continuer à chercher un autre accès, **rendez-vous au 61**, pour essayer de tuer un des gardes au couteau, **rendez-vous au 32.** Si vous voulez attaquer directement les deux gardes, **rendez-vous au 8.**

18

Vous courez vers l'enclos dans lequel les «longhorns» s'agitent de plus en plus : les détonations, les cris et les hommes qui courent en tout sens ont tôt fait de faire paniquer les animaux pourtant réputés impassibles. Vous ouvrez rapidement la barrière, faites le tour de l'enclos et vous tirez trois balles en l'air (*à déduire de vos munitions*) près des animaux. Ceux-ci soufflent vivement et trouvent la faille dans leur enclos, ils s'enfuient aussitôt et se répandent dans la cour renversant tonneaux, bois et barrières : une belle panique se produit. Les hommes de Smith abrités faiblement derrière des abreuvoirs ou des caisses se font charger, vous les entendez hurler de douleur lorsque les centaines de kilos des bœufs leur broient les os. Vous pouvez désormais profiter de cet instant de désordre pour boire une rasade d'eau, dans l'abreuvoir des animaux, avant de courir vous réfugier derrière la fontaine, **rendez-vous dans ce cas au 3**, ou tenter de regagner la diligence non loin de l'aile Ouest de la villa, **rendez-vous alors au 55.**

19

Un cavalier passe à proximité de vous et quelque chose attire son attention : le médaillon et les nombreux colliers de perles et d'os que vous portez autour du cou. Il appelle un autre guerrier et ils vous chargent sur un de leurs chevaux, les bras et jambes pendants contre les flancs de l'animal. Vous quittez la ville à demi-conscient et vous perdez connaissance de nombreuses fois sur le chemin. Vous n'entendez qu'un brouhaha de sabots claquants contre les roches. Vous êtes inconscient lorsqu'on vous étend sur un lit de feuilles et qu'on couvre d'une peau de pronghorn. **Rendez-vous au 50.**

20

Vous parvenez à rester sur le cheval mais au sortir de la rivière asséchée,

l'animal s'effondre subitement sous les effets du venin. Vous chutez lourdement en avant et votre réception douloureuse vous coûte 3 PV. Vos compagnons d'armes vous aident à monter sur un autre cheval et l'un des Apaches vous lance, avec un certain sourire amical :
- Encore un peu de pratique et tu seras bon comme nous ! Là tu es juste un Blanc !
Vous esquissez un sourire en retour et vous reprenez la marche.
Vous mettez un bon moment à atteindre le bout de la piste longeant la rivière et vous débouchez sur une vaste plaine avec Hell's gate pour toile de fond.
Rendez-vous au 16.

21

Vous parvenez à courir en vous dissimulant derrière tonneaux et charrettes et atteindre le bâtiment. Aucun homme de garde ne semble vous avoir vu et vous profitez de leur engouement à tirer de l'Apache pour vous introduire dans le patio de la résidence de Smith.
Un patio rectangulaire ressemblant étrangement à un cloître de monastère : des arcades de pierre bordent cette cour intérieure planté de yuccas, d'agaves et de cactus boules. Au centre, une fontaine en briques crachant joyeusement une eau claire et limpide. Et dire que Smith veut assoiffer les Apaches en les poussant dans les collines arides alors qu'une rivière coule chez lui !
Pour poursuivre votre chemin, vous avez le choix de passer sous les arcades sombres et étroites en **vous rendant au 15**, ou traverser le jardin de cactus pour rejoindre au plus vite la porte en face de vous, **rendez-vous pour cela au 24.**

22

Vous n'avez pas le temps de dégainer que vous ressentez une violente douleur entre les omoplates : vous venez de recevoir une mauvaise balle. Votre souffle se fait court et vous tombez à genoux. Vous entendez le cliquetis des éperons de Smith alors qu'il approche de vous. Vous le fixez droit dans les yeux et vous parvenez à lui cracher ces mots :
- Tu es vraiment un sale chien galeux ! Tirer dans le dos…
- Attends t'a encore rien vu !…
Smith vous gratifie d'un coup de botte qui vous cloue au sol, il se penche vers vous et pose le canon de son arme sur votre nuque. Vous n'entendrez pas la

détonation de son revolver. Votre tête explose sur le sol dans une gerbe de sang, de cervelle et de fragments d'os. Smith vous a eu et vous ne saurez jamais ce qu'il adviendra des Apaches… Votre aventure est terminée.

23

Faites un test d'agilité, si c'est un échec, la mauvaise réception vous coûte 2 PV, si c'est un succès, vous effectuez une roulade et vous amortissez votre chute. Vous surveillez les hommes sur votre gauche : ils tirent sans relâche sur les Apaches, les fermiers et certains villageois qui profitent de cette attaque pour exprimer leur haine. Il n'y a personne à droite et vous marchez accroupi entre les deux murets de briques formant le chemin de ronde. Au bout de quelques mètres, vous surprenez un mercenaire en train de recharger son arme trois mètres plus bas. Vous saisissez cette occasion pour lui sauter dessus, couteau en main.

Pedro Mendoza
Force : 7
Vie : 8
Arme : un rasoir de barbier (2PD)

Si vous tuez cet homme vous pouvez récupérer sa gourde qui contient 1/4 d'eau. Vous pouvez maintenant vous cacher derrière la fontaine qui trône au centre de la propriété pour reprendre votre souffle et examiner la situation, **rendez-vous pour cela au 3**, ou vous dissimuler derrière la diligence de Smith, située à quelques mètres de vous, **rendez-vous alors au 55**.

24

Vous n'avez pas fait deux mètres au milieu des végétaux épineux que des balles sifflent à côté de vous, faisant exploser plusieurs cactus boules. Vous êtes aspergé d'un liquide jaune et épais. Vous faites volte-face et vous apercevez des hommes cachés sur les toits surplombant le patio. Smith avait sa garde rapprochée en attente. Vous devez *tester votre agilité*, si c'est un succès **rendez-vous au 37**, si c'est un échec, **rendez-vous au 68**.

25

Le couloir étroit conduit finalement à une porte de bois ouverte sur le toit terrasse. Vous risquez un œil furtif au dehors et vous apercevez un homme, abrité derrière une coupole en brique, tirer comme un forcené vers la cour de la villa que les Apaches ont dû investir. Cet homme n'est autre que Smith, l'homme au chapeau blanc et vous devez vous découvrir pour pouvoir l'atteindre. Vous avancez prudemment sur son côté gauche lorsqu'il se retourne – instinctivement – vers vous. À vos revolvers !

Smith
Rapidité : 8
Agilité : 9
Vie : 12
Arme : un revolver canon long (3 PD), 6 coups, 18 balles de plus.

Pour toute la durée de ce combat votre rapidité sera amoindrie d'un point en raison de votre position défavorable. Si vous parvenez néanmoins à tuer cet homme, **rendez-vous au 12.**

26

Vous plongez vivement sous la table centrale mais Smith parvient à vous blesser et vous fait perdre 3 PV. Vous dégainez vos revolvers et surpassant votre douleur, vous entamez le combat :

Smith
Rapidité : 7
Agilité : 9
Vie : 12
Arme : un revolver canon long (3 PD), 6 coups, 18 balles de plus.

Si vous triomphez de votre adversaire, vous lui chuchotez :
- Sale rat, je vais voler les deux sacs d'or que tu voulais emmener loin d'ici, ensuite je vais t'achever et jeter ton corps en pâture aux Apaches… Ils seront pire que ces foutus vautours…
Rendez-vous au 46.

27

Le lit de la rivière est jonché de bois mort, de buissons entremêlés et de carcasses d'animaux que la fonte des neiges a pris au piège. Votre cheval a du mal à avancer et vous devez être vigilant pour éviter qu'il ne se blesse. Soudain vous entendez les cliquetis caractéristiques d'un serpent à sonnette ; vous dégainez l'un de vos revolvers et attendez de voir le crotale. Il sort malheureusement trop vite pour vous et effraie votre cheval qui se cabre violemment en hennissant. Vous tirez sur les rennes pour le calmer mais rien n'y fait, il est décidé à fuir. *Faites un test de force*, si c'est un succès, **rendez-vous au 2**, si c'est un échec, **rendez-vous au 73**.

28

Vous roulez sur le sol en évitant quelques tirs de suppression des mercenaires et vous vous abritez derrière un gros pin. Vous grimpez grâce aux épaisses branches et vous atteignez vite une hauteur suffisante pour rejoindre le chemin de ronde. Vous attendez que personne ne regarde dans votre direction et vous sautez vers le mur. **Rendez-vous au 23.**

29

Vous rebroussez chemin à toute vitesse et vous vous dispersez au milieu des arbres et buissons bordant la rivière. Un des guerriers s'enfonce plus profondément dans le bois avec tous les chevaux du groupe. Vous attendez patiemment que les mercenaires à la solde de l'ignoble Smith arrivent à votre niveau. Plus un bruit des Apaches, une extrême nervosité chez les mercenaires… soudain le carnage commence : les deux cavaliers de tête meurent d'une flèche en pleine gorge et leur sang gicle sur la crinière grise de leurs chevaux ; le troisième homme derrière eux, reçoit un hachette en plein crâne qui le lui fend en deux dans un bruit écœurant. Vous sortez de votre abri et ouvrez le feu sur le groupe :

Groupe de cavaliers
Rapidité : 8
Agilité : 7
Vie : 14
Arme : revolver (3PD)

Combattez ce groupe comme un seul homme, si vous triomphez, vos compagnons achèveront les derniers survivants et **vous pourrez vous rendre au 74.**

30

Vos mains ne parviennent pas à vous maintenir sur le tronc d'arbre et vous sentez votre corps glisser lentement vers le vide. Vos muscles se crispent et les avant-bras vous brûlent. Les guerriers autour de vous tentent désespérément de vous attraper mais il est trop tard, vous lâchez prise.
Une chute qui vous paraît durer une éternité. It'kao crie à ses hommes postés en bas de s'éloigner, mais ils n'entendent, ni ne voyent pas que vous foncez sur eux. Votre chute cause la mort de deux guerriers et vous finissez les os brisés sur une roche plate. Vous mourrez en quelques secondes, en suffocant et en crachant du sang. Vous ne saurez jamais si les Apaches ont eu Smith, ni ce qu'il est advenu de Spice. Votre aventure se termine ici.

31

Vous cachez vos chevaux dans un recoin du canyon et vous entamez l'ascension d'un sentier à flanc de paroi. Vous prenez rapidement de la hauteur tout en gardant un œil sur les cavaliers de Smith, approchant à vive allure de l'entrée du canyon. L'autre groupe a pris position dans le fond de la passe, derrière des rochers et dans des bouquets de yuccas ; vous espérez que le combat ne tuera pas trop d'Apaches, au moral déjà bien bas… Les hommes vous précédant prennent position sur divers rochers leur donnant un angle de tir parfait vers le bas. Vous cherchez à votre tour un poste de tir et vous dénichez rapidement une plateforme idéale. Vous tentez d'y grimper mais la roche de ces collines est plus que friable et vous glissez à maintes reprises. Vous réussissez néanmoins à atteindre un rocher en exécutant un bond. Vous vous cramponnez à un tronc d'arbre penché lorsque le sol se dérobe sous vos pieds. Vous n'avez plus le choix : vous hissez sur l'arbre ou faire une chute quinze mètres plus bas.

Faites un test de force, si c'est un échec, **rendez-vous au 30**, si c'est un succès, vous prenez place sur le tronc et vous devez boire *une rasade d'eau*. Le groupe de mercenaires approche de plus en plus de vous. Si vous voulez attendre le signal et ouvrir le feu avec vos compagnons, **rendez-vous au 67**. Si vous préférez provoquer un éboulement sur les mercenaires lorsqu'ils passeront sous votre position, **rendez-vous au 5**.

32

Ajoutez vos totaux d'agilité et de force et lancez deux dés. Si le total obtenu est inférieur à 20, vous manquez le garde et vous devez combattre les deux hommes, si le total obtenu est supérieur ou égal à 20, votre couteau de chasse vient se planter dans la poitrine de l'homme qui, autant surpris que choqué, ne peut pas riposter ni même crier ; il tombe à genoux en regardant le couteau qui vient de le tuer et s'effondre dans un râle. Son collègue ouvre alors le feu vers vous :

Jerry Burns
Rapidité : 7
Agilité : 10
Vie : 9
Arme : une carabine (4 PD), 3 coups. Un revolver (3PD) 6 coups et douze balles de plus.

Owen Brady (*si pas mort*)
Rapidité : 6
Agilité : 8
Vie : 10
Arme : une carabine (4 PD), 3 coups. Un revolver (3PD) 6 coups et six balles de plus.

Combattez vos ennemis l'un après l'autre, quand le premier meurt l'autre prend sa place.

Si vous triomphez de vos (*vôtre*) adversaire(s) vous entrez dans la cour principale. Vous pouvez maintenant vous cacher derrière la fontaine, qui trône au centre de la propriété, pour reprendre votre souffle et examiner la situation, **rendez-vous pour cela au 3**, ou vous dissimuler derrière la diligence de Smith, située à quelques mètres de vous, **rendez-vous alors au 55.**

33

Faites un test de rapidité, si c'est un succès, **rendez-vous au 4**, si c'est un échec, **rendez-vous au 65.**

34

Vous dégainez vos revolvers en un éclair et vous ouvrez le feu : un cavalier reçoit une balle en plein cœur et meurt sur le coup, un autre prend une balle en plein front et son crâne explose, éclaboussant le barman, son torchon et ses verres propres. Les deux autres cavaliers roulent des deux cotés du comptoir, renversent des tables et ouvrent le feu vers vous.
Vous devez combattre ces deux hommes :

Evan Bane
Rapidité : 8
Agilité : 5
Vie : 9
Arme : revolver (3PD), 6 coups. 12 balles de plus.

Ray King
Rapidité : 6
Agilité : 6
Vie : 8
Arme : carabine (4 PD), 3 coups. 7 balles de plus.

Combattez vos ennemis l'un après l'autre, quand le premier meurt l'autre prend sa place.
Si vous gagnez, **rendez-vous au 10.**

35

Vous laissez les cadavres dans le canyon et vous sortez vers la plaine, écrasée par un soleil de feu ; vous devez boire *une rasade d'eau* et donner *une rasade* à votre monture. La luminosité des étendues rocailleuses vous obligent à cligner des paupières. Vous regardez Hell's gate et vous songez à Spice, l'or de Smith et votre devoir envers les hommes qui vous ont sauvé. Votre voyage depuis le Nord-Est et décidément semé de pièges et de rencontres inattendues, vous ne penseriez jamais quelques jours plutôt prendre part à un combat pour venger des Apaches…
Rendez-vous au 74.

36

Vous guidez votre cheval sur les rochers plats pour éviter qu'il ne se casse une patte dans les petites crevasses intermédiaires. Vous voyez soudain un des cavaliers traversant la rivière, tomber au sol, sous les ruades répétées de sa monture. Il se redresse le visage en sang et se rue – couteau au poing – sur un crotale. Il le décapite d'un coup sec et jette sa tête au sol. Le guerrier approche de sa monture, couchée sur le flanc quelques mètres plus loin, haletante et léchant la morsure près de son sabot. Le guerrier prononce quelques paroles incompréhensibles et plante sa lame dans le cœur du cheval. Il monte sur un cheval libre et vous poursuivez votre route, en vous félicitant de ne pas avoir traversé la rivière. **Rendez-vous au 16.**

37

Vous roulez au milieu des cactus et parvenez à vous réfugier derrière la fontaine du patio. Les quelques écorchures des cactus vous coûtent 1 PV et vous devez engager le combat avant que les hommes ne vous encerclent :

Les hommes de Smith
Rapidité : 7
Agilité : 6
Vie : 14
Arme : des revolvers (3PD).

Les rechargements ennemis ne rentrent pas en compte dans ce combat handicap. Si cet échange de coups de feu ne vous laisse pas mort entre les cactus, vous pourrez courir jusqu'à la porte principale, sous les arcades et regagner l'intérieur de la maison. **Rendez-vous au 79.**

38

En un éclair, vos deux revolvers sont entre vos mains et vous ouvrez le feu sur les quatre cavaliers. Un des hommes reçoit deux balles en plein front – sa cervelle gicle sur les verres tout juste nettoyés par le barman –, le deuxième homme reçoit quatre balles dans la poitrine et s'écrase bruyamment contre un tabouret, devant le comptoir. Le troisième se fait arracher une main par deux balles bien placées puis en prend une troisième dans la gorge. Le dernier homme est touché quatre fois au bas ventre et s'écroule dans un râle étouffé. Les clients du saloon sont médusés par votre vitesse. Vous devez fuir avant que le sheriff ne rapplique et ne vous mette au cachot. Pour partir vers l'une des granges aperçue plus loin dans la rue, **rendez-vous au 69**, si vous voulez trouver refuge dans le clocher, **rendez-vous au 10.**

39

Vous courez vers la terrasse couverte devant les fenêtres du rez-de-chaussée et vous vous agenouillez devant celles-ci.
Vous regardez furtivement à l'intérieur de la pièce et vous ne voyez pas de mouvement. C'est une sorte de bureau où trônent deux imposantes bibliothèques contre le mur du fond. Une porte fenêtre permet de pénétrer dans la pièce. Le mur de droite s'ouvre sur un escalier de pierre semblant conduire au niveau supérieur, le mur de gauche possède une porte entr'ouverte. Vous vous glissez rapidement dans le bureau, l'arme au poing et vous devez faire un choix :
pour emprunter l'escalier, **rendez-vous au 45** ; pour prendre la porte entr'ouverte, **rendez-vous au 40.**

40

Vous pénétrez silencieusement dans la pièce qui se révèle être un salon de lecture, à croire que cet infâme Smith se veut cultivé… Vous avancez doucement jusqu'à la porte suivante. Des bruits de pas semblent provenir de

l'escalier dans votre dos puis semblent s'éloigner. Vous remarquez des plans posés sur une table au centre de la pièce : les plans de la future voie ferrée causant du tort aux Apaches. Vous vous apprêtez à ouvrir la porte suivante lorsqu'une voix retentit derrière vous :
- Tu fais quoi du côté des Apaches ?
Smith ! Il est dans votre dos et vous a sûrement dans sa ligne de mire.
- Je veux récupérer ma jument…
- Ta jument ? Elle va servir de femelle à tous mes étalons.
Vous pouvez tenter une roulade sous la table en vous **rendant au 26**, vous pouvez aussi tenter de saisir vos revolvers pour abattre Smith en *testant votre rapidité* et, si c'est un succès, **rendez-vous au 64**, si c'est un échec, **rendez-vous au 22**.

41

Vous n'avez pas le temps de cogner le premier homme que vous recevez un coup de pied dans un tibia et vous perdez l'équilibre. Vos bourreaux vous administrent une pluie de coups (*qui vous font perdre 5 PV*) et vous achèvent d'un coup de pied dans le ventre. Ils vous prennent en poids, traversent la grand-rue et vous jettent devant le bureau du sheriff.
- Monsieur Smith va venir t'apprendre les bonnes manières, ajoute l'un des trois hommes. **Rendez-vous au 47.**

42

Votre cheval fait une ruade lorsqu'il sent qu'il glisse sur la forte pente sablonneuse, il ne parvient pas à maintenir son équilibre et vous devez sauter pour éviter qu'il ne vous écrase sous son flanc. Vous roulez sur le sol en évitant de vous rompre les os sur les nombreux rochers saillants. L'animal pousse un hennissement de douleur et se remet tant bien que mal sur ses quatre pattes. Vous calmez la bête sous l'œil admiratif de vos compagnons et vous remontez en selle ; vous ne tardez pas à sortir de la gorge et vous débouchez sur un autre passage tout aussi dangereux : un canyon. **Rendez-vous au 77.**

43

La salle principale de l'hôtel Morrisson abrite déjà quelques clients mangeant d'un bon appetit, au son entraînant d'un pianiste au costume rayé, jouant au fond de la pièce. Un jeune homme vient à votre rencontre :
- Bonjour et bienvenue ! Vous désirez prendre un repas, une chambre, les deux peut être ?
- Combien coûtent les deux ?
- 4 dollars monsieur.
- Bien. Vous tendez les dollars au réceptionniste et vous allez vous asseoir. On vous apporte une salade de foie de volaille suivie d'un travers de porc caramélisé, un délice. Vous buvez un café offert par la maison, lorsque trois hommes à l'allure menaçante font irruption dans la pièce.
- Bonsoir bande de bouseux ! Ils passent entre les tables et prennent à partie chacun des clients.
- Ça va John ? toujours à te saoûler au whisky ? Et toi miss Merry, tu m'épouses quand ?! Ils s'arrêtent devant vous.
- Oh ! une nouvelle tête ! T'es qui toi ?
- Personne… répondez-vous sans même lever les yeux de votre café.
- Il va falloir qu'on t'apprenne la politesse mon cochon !
Faites un test de force. Si c'est un succès, **rendez-vous au 7**, si c'est un échec, **rendez-vous au 41**.

44

Vous maintenez la tension sur les rennes de votre monture et vous visez un des cavaliers arrivant droit sur vous, deux balles ont raison de lui et il roule sur le sol avant de se faire écraser par son propre cheval. Un autre cavalier vous prend pour cible, vous devez riposter mais en ôtant 1 point de vos totaux de rapidité et d'agilité pour la durée du combat :

Jim Cambolt
Rapidité : 6
Agilité : 6
Vie : 10
Arme : Deux revolvers (3 PD), 6 coups. 12 balles de plus.

Si vous triomphez de cet homme, **rendez-vous au 74**.

45

Vous montez les marches de pierre d'un escalier imposant et mal éclairé. Les détonations à l'extérieur témoignent de la violence du combat qui se poursuit. Vous êtes presque arrivé en haut des marches qu'un soldat de Smith fait irruption face à vous. Un homme asiatique, pas très grand mais possédant un regard menaçant et déterminé. Il vous envoie un formidable crochet qui vous fait redescendre quelques marches et il se jette sur vous. **Rendez-vous au 78.**

46

D'un geste vif vous égorgez Smith qui meurt dans un horrible gargouillis. Vous rejoignez le toit terrasse de la villa et hurlez aux Apaches :
- Smith est mort ! Vous êtes vengés ! Adieu !
Vous filez prestement vers les écuries où vous récupérez Spice qui s'agite joyeusement en vous apercevant. Vous partez au galop vers l'Ouest, le soleil couchant baignant la plaine de sa douce lueur orangée, deux sacs d'or pendent sur votre selle et vous pensez déjà à votre nouvelle vie en Alaska, loin des armes, loin de la mort, loin de votre passé… Félicitations !

47

Le sheriff vous décoche un formidable crochet qui vous assomme. Il vous traîne jusqu'à son bureau sans dire un mot, ouvre la lourde grille d'un cachot et vous pousse à l'intérieur. Quelques heures plus tard un homme d'une cinquantaine d'années, blond, les yeux verts et le visage mat, marqué par les morsures agressives du soleil apparaît devant votre cellule. Il vous regarde avec dédain et vous lance :
- Tu ne sais pas que les étrangers sont mal accueillis à Hell's gate ? Tu n'aurais jamais dû t'arrêter ici. C'est ma ville et j'y invite ou refuse qui je veux.
- Je suis désolé, répondez-vous. Je repars demain. Tout de suite si vous voulez.
- Non, tu repars demain… ou pas du tout, je vais réfléchir à ce que je vais faire de toi, peut être un exemple à ne pas suivre pour les villageois… Bonne nuit.

Vous serrez les dents pour ne rien dire, jurant de trouver une solution pour faire taire ce misérable prétentieux. Vous vous allongez sur le matelas miteux qui vous sert de lit et vous regardez briller le mince croissant de lune à travers les barreaux de votre geôle. Le sommeil ne tarde pas à venir vous emporter dans son agréable tourbillon. **Rendez-vous au 6.**

48

Un sabot du cheval se coince entre deux pierres et vous chutez tous les deux dans le lit caillouteux de la rivière. Vous heurtez une pierre qui vous blesse profondément à la tête et vous fait perdre connaissance. Le cheval tente de se relever mais les nombreux coups de sabots qu'il donne en vain vous frappent presque à chaque fois et vous achèvent dans une mort horrible. Les Apaches parviendront-ils à anéantir Smith et ses hommes ? Vous ne le saurez jamais, ni même ce qu'il est advenu de votre jument. Votre aventure se termine ici.

49

Vous longez une rivière qui doit couler fortement à la fonte des neiges mais qui est sèche et sablonneuse comme toute chose de cette région, durant la période chaude. Des nombreux serpents à sonnettes font vibrer leurs anneaux lors du passage de votre groupe. Les chevaux soufflent leur peur, les guerriers ne disent pas un mot, jusqu'à ce que l'un d'eux vous lance :
- Et tu fais quoi dans le coin ?
- Je voyage… de ville en ville.
- Tu es chasseur de primes ?
- Non, disons que je veux rattraper le passé…
- Vengeance ?
Vous ne répondez pas et souriez.
Vous continuez discrètement votre descente au bord de la rivière tout en scrutant la lisière des bois. Les mercenaires de Smith pourraient très bien vous tendre une embuscade fatale dans ce genre de lieu…
Vous arrivez bientôt devant un passage à gué formé par des gros rochers plats. Vous pouvez suivre une partie du groupe qui emprunte le passage en vous **rendant au 36**, ou bien suivre l'autre partie qui traverse le lit asséché, en vous **rendant au 27**.

50

Un jeune homme vient vous réveiller au petit matin (*votre repos et vos soins vous redonnent 2 PV)* en prononçant ces mots :
- Wakanda veut te voir.
Il vous aide à vous lever et vous guide vers ce qui semble être une caverne, éclairée par quelques alcôves où brûle une sorte de résine.
Vous arrivez devant une arcade plus basse que le plafond de la grotte ; votre guide vous invite à entrer d'un signe de main.
- Il t'attend.
Vous pénétrez dans une cavité très sombre où règne une exceptionnelle fraîcheur, rare pour cette saison et pour ce lieu.
- Tu es Mohican ?
- Non, j'ai été élevé par des Mohicans… Vous ne parvenez pas à discerner qui parle mais la voix paraît rauque et posée.
- Tes bijoux t'ont sauvé… Que fais-tu par ici ?
- De passage…
- Tu es comme tous ces blancs, menteur et sournois…
Un vieil homme avance dans la pénombre et vous voyez enfin le visage de celui qui vous parle : une peau cuivrée, de longs cheveux cendrés, une balafre en travers du visage conférant à son œil gauche une larme de chair, cicatrisée et inconsolable. Pour tout ornement, un bandeau blanc serrant son front et un collier en os de cinq rangées, autour du cou.
- Je suis Wakanda, chef du village…ou plutôt de ce qu'il en reste… c'est moi qui t'ai soigné.
- L'attaque de cette nuit ? Quelles raisons ?
- Smith, l'homme-ténèbres de Hell's gate. Il fait ce qu'il veut avec qui il veut et personne ne s'y oppose… Il nous a chassé des plaines pour y faire construire une voie ferrée devant rejoindre Tucson. Il a massacré presque tout le camp, femmes et enfants compris…
- Je te dois une vie Wakanda… Je respecterais les traditions qu'on m'a inculquées.
- Je ne te demande qu'une chose : aide-nous à détruire cet homme.
Voyant le vieux chef fatigué, pensant aux nombreux morts perpétrés par Smith et pensant à l'or qu'il doit garder dans sa villa, vous acceptez sans rechigner.
- Mes hommes se préparent à descendre vers la ville, le soleil est levé, vous devez partir. Smith va envoyer ses soldats nous débusquer dans ces collines, nous devons être plus rapide et le tuer dans son nid. Deux groupes sont prêts, joins-toi à l'un d'eux.

Vous sortez de la caverne et le jeune guide vous conduit vers une place circulaire encaissée entre les roches : trente guerriers vous attendent sur des chevaux arborant des peintures de guerre. On vous invite à monter un beau cheval noir orné de trois cercles blancs, le symbole des «jeunes guerriers»... Vous devez choisir entre suivre le groupe qui va partir en longeant la rivière asséchée, **rendez-vous dans ce cas au 49**, ou bien partir par la piste entre les rochers, **rendez-vous alors au 51.**

51

Vous suivez les cavaliers sans dire un mot et vous entamez une descente périlleuse entres les rochers ocres, friables et déjà brûlants. Un des Apaches demande :
- Combien d'hommes là-bas ?
Le meneur du groupe répond sobrement :
- Trop...
Vous surveillez attentivement les hauts escarpements qui vous surplombent en espérant ne pas y voir un homme de Smith ; une embuscade dans cette gorge étroite signifierait une mort inéluctable. Vous progressez sur un sol de plus en plus instable et par deux fois votre cheval glisse. *Faites un test d'agilité*, si c'est un succès, **rendez-vous au 42**, si c'est un échec, **rendez-vous au 66.**

52

Vous cherchez du regard un quelconque bâtiment pouvant vous héberger pour la nuit. Un saloon à la devanture bordeaux porte le nom de Davis ; un hôtel restaurant porte des lettres argentées formant le nom Morrisson. Vous vous attardez sur la gauche et vous remarquez une grande villa protégée par un long et haut mur d'enceinte. Quelques hommes armés gardent le portail d'entrée. Vous voyez arriver un cavalier vers vous, lentement. Vous reconnaissez l'étoile du sheriff épinglée sur la poitrine.
- Tu es étranger ici, tu viens faire quoi à Hell's gate ?
- Pas grand'chose... je suis de passage.
- De passage... Et c'est quoi ton métier ? En disant cela, le sheriff regarde avec attention les deux revolvers, à la crosse et à l'acier noirs, que vous portez à la ceinture.
Si vous souhaitez répondre que vous passez une seule nuit et que vous

repartez demain, **rendez-vous au 60.**
Si vous souhaitez répondre que vous êtes chasseur de primes, **rendez-vous au 47.**

53

Vous n'êtes qu'à un mètre du garde lorsque celui-ci referme son pantalon. Vous foncez sur lui et tranchez sa gorge d'un geste vif. Vous accompagnez la descente de son corps tout en lui maintenant votre main sur la bouche pour éviter qu'il ne crie. Vous sentez le sang chaud couler sur votre poignet et après quelques soubresauts, le garde ne bouge plus. Le sable sous son corps se teinte de rouge. Vous laissez là ce corps inerte, en pâture aux vautours, et vous filez vers la porte dérobée. La cour principale de la propriété de Smith est à feu et à sang. Vous pouvez maintenant vous cacher derrière la fontaine qui trône au centre de la propriété pour reprendre votre souffle et examiner la situation, **rendez-vous pour cela au 3.** Vous pouvez aussi courir vers le bâtiment principal afin d'aller y débusquer l'infâme promoteur véreux, **rendez-vous alors au 21.**

54

Vous voyez les cavaliers approcher rapidement et malgré la poussière qu'ils soulèvent vous en dénombrez une bonne dizaine, vous vérifiez vos armes et vous talonnez votre monture. Vos chevaux battent la plaine dans un grondement de sabots ; déjà des balles sifflent autour de vous et un Apache reçoit une balle en pleine poitrine. Il est propulsé en arrière dans une éclaboussure de sang et s'écrase lourdement sur le sable. Vous assistez à la plus héroïque charge indienne qu'il vous ait été donné de voir, et pour cause vous en faites partie !
Votre cheval est d'une rare puissance et vous devez lutter de tout votre corps pour maintenir le galop.
Faites un test de force, si c'est un échec, **rendez-vous au 71**, si c'est un succès, **rendez-vous au 44.**

55

Vous approchez discrètement de la diligence noire et or de l'infâme Smith. Deux chevaux magnifiques s'énervent en soufflant et secouant leurs rennes. L'un d'eux est Spice, votre jument. Vous comprenez que les gardes ont tôt fait d'atteler la diligence pour permettre une fuite rapide du promoteur véreux. Vous profitez de cet instant de répit pour réfléchir à une solution pour en terminer avec cet homme. Attaquer de front en vous introduisant dans la villa risque de vous mener à une mort certaine, d'un autre côté, les hommes toujours à l'extérieur se font massacrer petit à petit. Un bruit de porte qui claque vous sort de vos pensées, vous faites volte-face et vous apercevez Smith sortir en courant de la villa entouré par trois hommes armés. Inutile d'engager un combat risqué ici, vous préférez vous accrocher sous la diligence et attendre le départ de celle-ci. Un des hommes fouette les chevaux et ceux-ci s'élancent à toute vitesse dans la propriété, en direction d'un portail secondaire maintenu ouvert par deux gardes. Vous avez tôt fait de vous éloigner de la ville et les cahots de la piste mettent vos muscles à rude épreuve. *Faites un test de force.* Si c'est un succès, **rendez-vous au 59**, si c'est un échec, **rendez-vous au 62.**

56

Les cris des animaux vous réveillent, les porcs couinent et s'agitent, les chèvres bêlent à s'égosiller. La grange est en flammes ! Vous sortez par la fenêtre et vous courez dans la grand-rue lorsque vous découvrez un spectacle chaotique : des cavaliers lancent des torches enflammées sur tous les bâtiments de la ville et échangent des coups de feu avec des hommes postés sur le haut mur d'enceinte de la plus grande maison de la ville. Vous voyez passer un cheval et dans la lueur des flammes vous reconnaissez les peintures de guerre : les Apaches ! Ils sont en train d'attaquer la ville ! Pourquoi ? Vous ne voulez pas attendre la réponse et vous cherchez déjà à rejoindre le désert. Deux flèches se plantent dans votre ventre et vous coupent tout élan. Vous tombez au sol et vous perdez connaissance (*déduisez 6 PV de votre total de vie*). **Rendez-vous au 19.**

57

Smith s'écroule sur le sol sableux en crachant du sang. Vous approchez, l'arme au poing et d'un coup de pied vous poussez son revolver loin de lui.

- Smith, je veux que tu saches que je vais prendre ton or et partir loin d'ici. Ton règne est fini... tu va être taillé en pièces par les Apaches, mais je vais t'épargner ces souffrances.

Vous sortez votre couteau de chasse et égorgez Smith d'un geste vif. Vous le décapitez ensuite – avec difficulté – et vous plantez sa tête sur une branche, que vous fixez à la diligence. Vous dérobez les deux sacs remplis d'or que Smith a pris soin d'emporter loin des combats ; vous éparpillez quelques pièces d'or sur le sol devant la scène et vous entourez votre collier autour de la branche. Les Apaches comprendront votre message.

Vous détachez Spice, la caressez affectueusement et montez en selle. Vous talonnez votre fidèle amie et déjà vos pensées sont en Alaska, loin de votre passé, loin des armes, loin de la mort...

58

Vous somnolez lorsqu'un cri vous fait sortir de votre torpeur. Vous regardez dans la rue, quelques dix mètres plus bas et vous voyez des cavaliers sillonner la ville en hurlant et en lançant des torches enflammées sur presque tous les bâtiments. Des coups de feu partent du mur protégeant la grande villa, celle gardée par des hommes armés. Soudain une odeur de brulé vous monte au nez : l'escalier du clocher prend feu ! Vous descendez les marches à toute allure et arrivé à la moitié, vous êtes contraint de sauter par l'une des fenêtres donnant sur la grand-rue. *Faites un test de chance,* si c'est un échec vous perdez 3 PV à cause d'une réception douloureuse sur des pierres, si c'est un succès vous ne perdez qu'un PV. Vous essayez de fuir cette ville devenue chaos lorsque vous comprenez ce qui se passe : les Apaches ! Ils sont en train de dévaster la ville ? Pourquoi ? Vous ne cherchez pas la réponse et vous courez loin de toute cette panique. Deux flèches viennent se planter dans votre dos et vous tombez au sol, inconscient (*déduisez 6 PV de votre total de vie*). **Rendez-vous au 19.**

59

Vous parvenez tant bien que mal à vous maintenir sous le châssis de la diligence. Celle-ci s'arrête en haut de la colline et Smith en sort tranquillement en riant aux éclats :
- Ces putains de peaux-rouges, ils se font massacrer !

Smith est à quelques mètres de vous et deux hommes sont à côté de lui. Il en reste un autre sur la diligence. Vous devez à tout prix tenter quelque chose avant d'être découvert. Le vieux cimetière est tout proche de vous, avec de bons réflexes pour pourriez vous y abriter le temps d'un combat... **Rendez-vous au 33.**

60

-T'as plutôt intérêt. J'aime pas voir de nouvelles gueules dans ma ville, surtout celles dans ton genre...
Vous ne répliquez pas et vous saluez le sheriff d'un hochement de tête. Le clocher sonne 7 heures, annonçant que la nuit ne va pas tarder. Vous devez trouver une chambre ; si vous êtes attiré par le saloon Davis, **rendez-vous au 13**, si vous préférez l'hôtel Morrisson, **rendez-vous au 43.**

61

Vous rampez de cactus en cactus et aucun de deux gardes ne vous aperçoit. Vous vous éloignez rapidement de leur position et continuez à longer ce mur d'enceinte en espérant trouver un moyen moins risqué de pénétrer dans la propriété. Au bout de quelques mètres, vous surprenez un homme en train d'uriner contre un cactus, carabine portée en bandoulière. Sur votre gauche un passage comportant une grille ouverte s'offre à vous. Vous ne pourrez pas rejoindre la porte sans vous faire repérer, par contre vous pouvez essayer d'égorger le garde. Vous devez *boire une rasade d'eau* avant d'empoigner votre couteau de chasse et d'avancer à pas de loup vers l'homme qui se soulage.
Faites un test d'agilité, si c'est un succès, **rendez-vous au 53**, si c'est un échec, **rendez-vous au 70.**

62

Vous ne pouvez plus tenir et vous vous laisser tomber sur la piste, le châssis de la diligence heurte plusieurs fois votre tête et vos bras, ce qui vous coûte une perte de 6 PV et 1 Point de rapidité. Vous regardez la diligence s'éloigner vers le sommet d'une colline, puis ralentir pour s'arrêter complètement. Dans un ultime effort vous vous cachez derrière un virevoltant et vous distinguez Smith sortir de son carrosse pour apprécier la débâcle des rebelles se faisant tailler en pièces par ses hommes. Vous rampez sur plusieurs mètres et vous atteignez finalement le cimetière de Hell's gate, tout près de l'endroit où est arrêtée la diligence. Vous vérifiez vos armes et préparez votre esprit à accueillir l'autre monde. **Rendez-vous au 33.**

63

Vous poussez la porte vitrée du drugstore et vous pénétrez dans une vaste pièce, assez sombre, recelant des dizaines d'objets entreposés sur des meubles à étagères. Une odeur âcre de poussière vous saisit la gorge et vous devez vous contenir pour ne pas tousser.
- Salut fiston !
Un bonhomme d'une soixantaine d'années vient de surgir derrière son comptoir.
- Qu'est-ce que tu cherches ?
- Tout et rien…Qu'est-ce que vous avez ?
- J'ai du bœuf séché, très bon pour emmener sur les pistes, j'ai des fruits secs et de l'alcool. Tout ce qu'il te faut pour repartir très vite…
- Repartir ? Je vais dormir ici ce soir. Combien coûte une chambre dans ta ville, grand père ?
- 3 ou 4 dollars. Saloon ou Hôtel… Alors mon bœuf tu le prends ou non ?
Voici ce que propose grand pa' :

Bœuf séché (3 morceaux : +1 PV chacun) : $ 3
Fruits secs (+4PV) : $ 3
Miroir : $4
Fiole de whisky (équivalent à une dose d'eau mais -1 dans une capacité au
choix, durant 5 paragraphes) : $ 3
Eperons : $ 2
20 balles de revolver : $ 6
Corde : $ 2

Vous pouvez manger pour regagner des PV n'importe quand sauf au cours d'un combat.
Faites votre choix en tenant compte de la place dans votre sac mais gardez de

l'argent pour payer une chambre.
- Tu connais la loi de Hell's gate ?
- Non, rétorquez-vous.
- Ne croise pas la route ou le regard de Smith. C'est le patron de la ville, un promoteur avide de pouvoir. Même le sheriff ne peut rien contre cet homme. Vous remerciez le vieil homme et vous quittez le drugstore. **Rendez-vous au 52.**

64

Vous parvenez en un éclair à tirer deux balles vers Smith, l'une d'elles l'atteint dans l'épaule. Il hurle de douleur et s'abrite derrière le mur de la pièce, seul l'encadrement de la porte vous séparent de votre adversaire. Le combat va faire rage :

Smith
Rapidité : 7
Agilité : 9
Vie : 10
Arme : un revolver canon long (3 PD), 6 coups, 18 balles de plus.

Si vous triomphez de votre ennemi, vous lui dites calmement tandis qu'il agonise :
- Je vais t'égorger, je vais voler les deux sacs d'or que tu voulais sûrement mettre en lieu sûr et je vais donner ta dépouille aux Apaches. Ils se feront une joie de brûler ton cadavre…
Rendez-vous au 46.

65

Vous parvenez à atteindre la tête de l'homme posté sur le toit de la diligence. Malheureusement, les deux gardes de Smith parviennent à vous blesser douloureusement à la main droite, vous perdez 3 PV, 1 point d'agilité et 1 point de rapidité. De plus pour tout le combat vous ne pourrez utiliser qu'un seul revolver. Vous visez adroitement les deux hommes de Smith qui malgré leurs abris s'effondrent dans la poussière, Smith hurle alors :
- Sale fils de pute, je vais t'enterrer de mes propres mains.

Smith
Rapidité : 7
Agilité : 9
Vie : 12
Arme : un revolver canon long (3 PD), 6 coups, 18 balles de plus.
Vous entamez le combat avec votre revolver chargé de 6 balles.

Si vous triomphez de Smith, **rendez-vous au 57.**

66

Votre cheval perd l'équilibre et fait une embardée vers la paroi de gauche. Vous avez beaucoup de mal à garder le contrôle de ce fougueux étalon, il est loin de la douceur de Spice, il se cabre, fait une ruade et glisse à nouveau sur une pierre roulante. *Faites un test de chance,* si c'est un succès, vous ne perdez qu'un PV en effleurant les aspérités du mur ; si c'est un échec, vous perdez 3 PV car votre tête et votre main heurtent une roche saillante dépassant de la paroi. La chaleur et l'effort vous obligent à boire *une rasade d'eau.* Vous atteignez la sortie de la gorge pour déboucher sur un autre danger : un canyon. **Rendez-vous au 77.**

67

Vous ne patientez pas longtemps avant d'entendre l'écho des premiers sabots des chevaux de Smith résonner dans le canyon. Deux guerriers sont au dessous de vous en train d'attacher leurs montures à des racines sortant du sol. Les guerriers Apaches ont pour habitude d'emmener avec eux deux ou trois chevaux en plus du nombre de cavaliers pour éventuellement remplacer un animal blessé, ou comme aujourd'hui, tendre un piège... Quelques minutes plus tard, le chef des cavaliers apparaît au détour d'un rocher, puis un autre homme et tout un groupe.
- Arrêtez-vous ! Des putains de peaux-rouges !
Tous les hommes mettent pied à terre et sortent leurs armes. Vous en comptez seize.
- Ralf, va voir ce que ces putains de chevaux font en plein milieu du chemin. Et tire si tu vois bouger !
Un homme au chapeau noir, armé d'un fusil de chasse avance vers les chevaux

qui soufflotent, impassibles.

- Sûrement des putains de puiseurs, ils n'ont plus d'eau nulle part et viennent s'abreuver dans les crevasses. Ces chiens, on aura leurs peaux avec ces collines asséchées !

L'homme fait demi-tour et fait signe aux autres hommes de s'engager dans la passe. Un premier cavalier tombe de cheval, la gorge percée par une flèche. Des coups de feu partent dans toutes les directions. C'est à vous d'agir maintenant, vous visez un des hommes et celui-ci riposte immédiatement ; le combat fait rage, au sol et dans le ciel :

Kyle Jackson
Rapidité : 9
Agilité : 7
Vie : 8
Arme : revolver (2PD), 6 coups. 12 balles de plus.

Si vous tuez votre adversaire, vous redescendez prudemment de votre perchoir avec l'aide des autres guerriers et vous pouvez récupérer parmi les corps, une dizaine de balles en calibre .40 et une carabine 3 coups (5PD) ainsi que 3 balles **Rendez-vous au 35.**

68

Vous plongez au milieu des cactus avant la prochaine salve de coups de feu. Vous êtes blessé au mollet et à l'épaule, de plus les cactus vous écorchent en de multiples endroits, vous perdez 6 PV et vous devez engager le combat, retranché malgré vous derrière la fontaine de briques.

Les hommes de Smith
Rapidité : 7
Agilité : 6
Vie : 14
Arme : des revolvers (3PD).

Les rechargements ennemis ne rentrent pas en compte dans ce combat handicap.

Si vous survivez à cet affrontement, vous rejoignez rapidement la porte principale qui conduit à l'intérieur de la villa, **rendez-vous au 79.**

69

Vous courez vers l'une des granges aperçues plus tôt et vous passez par une fenêtre en essayant de ne pas affoler les animaux. Vous trouvez un endroit sombre où sont entreposées des bottes de pailles. A défaut de lit douillet, vous passerez quelques heures ici. Vous voyez le sheriff emmener Spice loin du saloon où vous l'aviez attachée ; vous essayer d'oublier l'odeur des porcs et des chèvres et le sommeil ne tarde pas à venir vous emporter. **Rendez-vous au 56.**

70

Le garde se retourne alors que vous n'êtes qu'à quelques mètres de lui. Son arme est trop loin pour qu'il puisse s'en emparer mais il tire un poignard de sa ceinture et vous hèle :
- Sale petite fouine, venir m'attaquer dans le dos ! Viens te battre !
Vous foncez sur le garde couteau en avant, prêt à l'occire en quelques coups :

Troy Donovan
Force : 8
Vie : 8
Arme : Poignard (2PD).

Lorsque sa vie atteint 3 ou moins, un deuxième garde arrive en courant dans votre dos. **Rendez-vous au 9.**

71

Votre cheval prend encore davantage de vitesse et vous ne tenez plus la monte à cru, traditionnelle des Apaches. Vous tombez au sol et vous perdez 6 PV. Vous voyez les cavaliers de Smith élargir leurs rangs et l'un d'eux se dirige vers vous avec la ferme intention de vous tuer.

Jack Bedham

Rapidité : 7
Agilité : 6
Vie : 10
Arme : revolver (3PD), 6 coups / couteau (2PD)

Si vous triomphez de votre ennemi, **rendez-vous au 74.**

72

Vous longez le couloir l'arme au poing et vous débouchez sur une arcade de pierre conduisant au toit. Vous regardez furtivement sur le toit terrasse afin de ne pas faire de mauvaise rencontre lorsque vous apercevez Smith en train de recharger son arme, agenouillé derrière un muret. L'occasion rêvée pour mettre un terme à sa dictature. Faites un *test de rapidité* pour savoir combien de fois vous pouvez atteindre Smith avant que celui-ci ne riposte.
Si vous gagnez votre test, retirez 4 PV du total de vie de Smith, si vous échouez, il ne perd qu' un PV. Combattez maintenant cet homme :

Smith
Rapidité : 6
Agilité : 9
Vie : 12 (*moins les blessures*)

Arme : un revolver canon long (3 PD), 6 coups, 18 balles de plus.

Si vous lui faites mordre la poussière, **rendez-vous au 12.**

73

Le crotale manque de se faire piétiner par votre monture et se sentant menacé, il mord le cheval. Cette fois-ci votre compagnon devient fou et traverse la rivière à toute allure ne sentant même pas qu'il se blesse sur les nombreux rochers. *Faites un test d'agilité*, si c'est un nouvel échec, **rendez-vous au 48**, si c'est un succès, **rendez-vous au 20.**

74

Vous retrouvez l'autre groupe de cavaliers Apaches, venant de l'autre chemin. Ils semblent blessés et ont dû affronter eux-aussi des hommes de Smith. It'kao lance à tous les hommes, sans même détourner le regard de la ville :
- Cette ville ne doit plus être dirigée par cet infâme Smith. J'arracherais son cœur aujourd'hui... ou je mourrais. En avant mes frères ! Haaatsi'i !
Un coup de talon et sa monture s'élance au galop vers les sables brûlants de la plaine. Vous l'imitez aussitôt et foncez vers cette ville maudite, une de plus dans votre parcours solitaire...
Vos montures produisent un bruit sourd faisant trembler la plaine tout entière, le galop de la vengeance, le galop de la liberté...
Vous voyez la ville approcher rapidement et vous songez au but de votre voyage, une fois ce combat terminé : rejoindre l'Alaska, établir votre camp et vivre paisiblement loin de votre passé, loin des mauvais hommes morts par vos tirs.
Quelques minutes plus tard à chevaucher sous le feu solaire d'Arizona et vous atteignez les abords de la ville. Des fermiers partent en courant se réfugier dans leurs granges, au milieu du bétail, les femmes étendant le linge laissent tomber draps et vêtements et s'enferment dans leurs frêles maisons de bois. It'kao dirige tout le groupe vers la villa principale de Hell's gate, cette même villa bordée de hauts murs ocres et gardés par des mercenaires lourdement armés. Vous vous arrêtez tous à quelques dizaines de mètres de la villa et It'kao prend la parole :
- Smith ! Sort de ton trou ! On veut discuter.
Vous n'avez pas longtemps à attendre avant de voir l'entité de Hell's gate apparaitre en haut d'un mur.
- Vous voulez quoi, les sauvages ?
- Que tu quittes la ville et on épargnera tous tes hommes.
Silence de la part de l'homme au chapeau blanc.
- Restez dans vos collines arides et on ne violera plus vos femmes ! Voilà mon marché !
Vous profitez de ce combat verbal pour boire *une nouvelle rasade* d'eau. It'kao serre les mâchoires et regardant vers vous tous, il dit :
- Mes frères nous devons combattre, j'en suis désolé.
Il prépare une flèche qu'il envoie dans la direction de Smith. Celle-ci vient se ficher un mètre sous ses pieds, dans le mur d'enceinte.
- Alors on vient te chercher dans ton nid, vipère ! Les guerriers Apaches envoient une volée de flèches et lancent leurs chevaux à l'assaut des portes de la propriété. Les hommes de Smith ripostent et le combat éclate. **Rendez-vous au 11.**

75

Vous accourrez vers le portail détruit et pénétrez dans la propriété de Smith. L'odeur de la poudre noire se répand dans toute la zone et quelques Apaches réussissent à escalader le mur d'enceinte en haut duquel sont postés les mercenaires de Smith. Vous entendez des hurlements de douleur, typiques d'un homme qu'on scalpe ; d'ailleurs certains scalps ensanglantés volent par dessus le chemin de ronde et atterrissent sur le sable de la cour.
Des hommes armés sortent sans cesse de la villa et prennent position à divers endroits de la cour. Vous repérez un enclos dans lequel sont parqués une bonne trentaine de bœufs et vous pensez que les libérer en les affolant pourrait créer une panique au sein des hommes de Smith. Vous pouvez aussi courir comme un fou vers le bâtiment principal afin d'aller y débusquer l'infâme promoteur véreux.
Pour l'enclos des bœufs, **rendez-vous au 18**, pour le bâtiment principal, **rendez-vous au 21.**

76

Vous avancez silencieusement dans le long couloir éclairé par des lampes à pétrole et vous entendez à nouveau des cris d'hommes, mais plus distinctement cette fois-ci :
- On s'en va ! On quitte la villa, les Apaches sont dans la cour !
Les hommes de Smith désertent devant l'invasion Apache, la victoire est proche !
Vous pouvez foncer vers l'escalier conduisant au niveau supérieur en **vous rendant au 45**, ou vous pouvez vous glisser dans la salle sur votre droite, en ouvrant la porte furtivement, **rendez-vous alors au 40.**

77

Le meneur de groupe lève brusquement sa main pour tous vous arrêter.
- Je vois des hommes arriver vers nous… une quinzaine. Les hommes-ténèbres.
Les Apaches vous observent et l'un d'eux, au visage et au regard dur vous lance :
- Ce sont tes frères. Prouve-nous que tu es meilleur qu'eux.

Vous fixez le guerrier dans les yeux, esquissez un léger sourire et répondez :
- On procède à ma manière ou à la vôtre ?
Le chef de groupe s'approche de vous en talonnant sa monture, il soutient votre regard et lance à l'homme qui vous a parlé :
- Naashpé, laisse l'étranger tranquille. Ne sois pas si colérique. Si ta femme et tes deux fils ont été tués, ce n'est pas de sa faute, je te rappelle que moi aussi j'ai perdu des êtres chers…
Le chef de groupe vous lance alors :
- Je suis It'kao, excuse mon frère, il est très peiné. Je pense qu'il vaut mieux faire deux groupes dans ce canyon, un en haut et l'autre en bas en appât, qu'en penses-tu ?
Vous répondez par l'affirmative, ne voyant pas trop quelle autre solution peut se présenter dans ce genre de lieu. It'kao désigne les formations des deux groupes et vous laisse le choix du vôtre. Pour partir avec le groupe d'escalade, **rendez-vous au 31,** pour jouer l'appât ici, **rendez-vous au 5.**

78

Vous devez combattre cet homme :

Li Phan Xian
Force : 8
Vie : 7
Arme : une épée de cavalerie (3PD)

Si vous terrassez cet homme vous pouvez prendre le couloir qui part vers la droite en vous **rendant au 25,** ou prendre le couloir de gauche en vous **rendant au 72.**

79

Une salle sombre et vaste. Une table massive, entourée d'une vingtaine de chaises rudimentaires, trône au milieu de la pièce. Il n'y a qu'une porte à double battant – ouverte en grand – qui donne sur un couloir. Le reste de la salle est composé de vaisseliers, buffets et d'une grande cheminée en pierre surmonté d'un crâne de bison. Vous entendez soudain parler à voix haute, comme des cris de rassemblement provenant d'un peu plus loin que le couloir ; si vous désirez explorer le couloir, **rendez-vous au 76,** si vous préférez revenir sur vos pas et sortir de la villa pour trouver un autre accès, vous pouvez retourner près de l'enclos à bœufs aperçu plus tôt. **Rendez-vous alors au 18.**

80

Spice est à nouveau avec vous, quatre sacs remplis d'or pendent de chaque côté de la selle et le soleil commence à baigner le désert d'une douce lumière rouge-orangée. Vous n'avez qu'une idée en tête : rejoindre l'Alaska et refaire votre vie. Une vie sans mort, sans arme et sans passé… votre aventure est une réussite.

~ The End~

Traque dans les Montagnes

À tous les amoureux de la nature, belle, puissante, mystique...

Bienvenue dans le comté de White Lake.

Ce lieu est l'un des plus beaux coins de la planète en matière de paysages et d'animaux. Vous êtes un chasseur (une chasseuse) et vous avez reçu un formidable cadeau de la part de la fédération de chasse pour votre anniversaire, un bracelet vous autorisant à chasser un animal exceptionnel :

Un grizzly.

La difficulté de votre mission dépendra à la fois de l'attribution des points dans les différentes capacités proposées et des chemins que vous déciderez d'emprunter.

Vous aurez besoin de calme et de persévérance pour pister et tuer ce dangereux mais superbe prédateur.

Rassemblez votre équipement et en route pour une traque haletante dans les forêts enneigées de White Lake...

Règles du jeu :

Elles sont très simples et reposent en partie sur votre observation, votre déduction et sur vos aptitudes en matière de chasse.

Vous disposez de **41** points à répartir comme bon vous semble entre **6** capacités bien spécifiques dont les valeurs varient de 0 à 12.

Les capacités sont les suivantes :

La Patience : Elle reflète votre calme naturel et votre talent à rester immobile, attendant le moment idéal pour tirer.

La Précision : Cette aptitude détermine votre aisance avec les armes, que ce soit en manipulation ou en visée.

L'Observation : Cette capacité vous permet de ne rien laisser passer sous votre œil averti : traces de pas, sang, touffes de poils, tout ce qu'un animal pourra laisser comme indice, vous le remarquerez facilement.

L'Endurance : Elle reflète votre force physique souvent mise à contribution lors d'escalade, de marche prolongée ou autre effort physique intense.

La Discrétion : C'est la valeur qui détermine si vous êtes souple comme un félin ou pataud comme un éléphant ! Vous pourrez approcher un animal sans faire de bruit, couvrir vos odeurs, tout mettre en œuvre pour être en symbiose avec la nature.

L'Esquive : Cette dernière aptitude reflète votre rapidité à esquiver un animal qui vous charge, ou votre sang-froid avant de viser un animal blessé qui vous fonce dessus.

Il vous sera demandé tout au long de votre aventure d'effectuer des tests pour ces valeurs. C'est très simple, il vous suffit de lancer deux dés classiques à six faces et de comparer le résultat obtenu avec la valeur de votre capacité.
Si votre score aux dés est inférieur ou égal à votre aptitude, le test est réussi.
Si votre score est supérieur, le test est un échec.
Selon les conditions vous pourrez recevoir un bonus ou un malus pour votre lancer. Tout ceci vous sera expliqué en détail dans les paragraphes concernés.

La santé :

Votre santé représente votre état général. Vous débutez avec 100% mais si durant votre périple vous descendez à 0%, c'est la blessure grave ou le malaise d'effort mais en tout cas, la fin de votre aventure.
Un bon conseil, choisissez judicieusement la répartition de vos points car une capacité souffrant d'un score faible, pourrait vous mettre en difficulté dans certains cas.
Le choix des armes et de l'équipement sera primordial dans le succès de votre mission.

Les points Trophée :

Il existe plusieurs chemins, plusieurs méthodes pour mener votre mission à bien, c'est à dire tuer l'animal.
Selon vos choix et décisions vous aurez une attribution différentes de points Trophée. Le but ultime étant d'arriver au terme de votre aventure avec un score maximum de points trophée.
Vous débutez avec 4 points de Trophée.
Des chemins dangereux empruntés, des risques pris consciemment, une approche calme et silencieuse et un tir parfait sont autant de

paramètres qui feront augmenter votre score de Trophée. À chaque nouvelle tentative, essayez d'améliorer votre score trophée précédent en utilisant une arme, une approche ou une méthode différente...

Et maintenant c'est à vous de jouer !

<u>Feuille de chasse</u>

Patience :

Précision :

Observation :

Endurance :

Discrétion :

Esquive :

Santé : 100 %

Points Trophée :

Arme choisie :

-

Bonus et malus pour cette arme :

Equipement :

-

-

-

Notes diverses :

INTRODUCTION

Le 16 Septembre 2007

Madame, Monsieur,
Nous avons le plaisir et l'honneur de vous témoigner de notre amitié en vous offrant un cadeau d'anniversaire !
Vous faites partie des plus anciens membres enregistrés sur la liste de la fédération, et votre fidélité est aujourd'hui récompensée par un cadeau qui nous l'espérons vous fera plaisir :
Voici le numéro de série du bracelet pour une chasse dans le comté de White Lake :
WL 001.23/89g

Ce bracelet vous autorise à chasser et baguer un grizzly avant le 30 Novembre, date théorique de semi-hibernation des animaux.
Une valise contenant une balise GPS vous sera envoyée prochainement. Cette balise devra être placée sur l'animal, afin que nos gardes puissent venir récupérer votre trophée.
Le bracelet sera livré avec la balise.

En espérant bonne réception, la fédération et tous ses dirigeants vous souhaitent un heureux anniversaire et une belle partie de chasse.

Sincèrement, le président, James Greenpeace.

Voilà la lettre que vous avez reçue il y a environ deux mois. Votre surprise était de taille puisque la saison de chasse était ouverte depuis quinze jours, et depuis cette date, vous n'aviez eu l'occasion de chasser que quelques perdrix sauvages et un sanglier de 60 kilos. Il faut dire que la météo n'a pas été en votre faveur durant le mois d'Octobre, pluie, gelées, et premiers flocons ont rendue la progression en terrain accidenté assez difficile.
Aujourd'hui c'est une belle journée qui s'annonce, vous avez consulté la météo sur le Net, hier soir, et un beau soleil est prévu pour toute la journée avec un léger vent. Vous avez reçu votre valise cadeau dans le courant de la semaine dernière, et vous avez pu admirer la bague à fixer sur la patte arrière gauche de l'animal tué. La balise GPS était aussi du voyage ; c'est une sorte de clé USB, rouge et jaune, qui se pique sur l'animal avec deux crochets et un bouton on/off sert à émettre le signal

pour les gardes de la fédération. La fédération a recours à ce système depuis de nombreuses années, pour de multiples raisons :
- les chasseurs ne pénètrent plus au cœur de la forêt avec leurs propres véhicules, évitant ainsi dégâts et braconnage ;
- le contrôle des identifications de gibier est plus précis ;
- les gardes fédéraux peuvent dans le même temps recenser le lieu où a été tué l'animal et ainsi dresser des cartes de déplacements des animaux.

Vous êtes debout depuis 4h, vous avez pris soin de *ne pas* prendre de douche et votre équipement est fin prêt : Treillis camouflage, bonnet noir, et boussole !
Il ne vous reste plus qu'à descendre dans votre garage, pour y choisir les armes que vous voulez utiliser ainsi que l'équipement spécial.
Votre maison est un modeste chalet en bois et pierres, d'environ 60m2, auquel vous avez ajouté un garage au sous sol. Ce chalet est un havre de paix pour la saison d'hiver et durant de nombreux weekend vous délaissez votre famille pour vous adonner aux joies de la chasse.
Vos enfants sont trop jeunes pour venir avec vous et la personne qui partage votre vie, préfère sans hésitation le confort urbain à la rigueur des montagnes...
Vous descendez l'escalier de bois qui conduit directement à votre garage. Vous vous dirigez vers le râtelier et vous examinez attentivement vos armes et les objets susceptibles de vous servir durant votre chasse.

Choisissez une arme et trois objets :

<u>Carabine .300 Winchester Magnum Auto</u> : Cette carabine propose un large de choix de tirs. Moyenne et longue distance, munitions magnum ou traditionnelles. La votre est équipée d'une lunette grossissante 2x -6x. Vous pouvez aussi utiliser la lunette grossissante comme des jumelles mais le poids de l'arme ne vous permet pas de bénéficier des bonus d'observation obtenus avec les jumelles.

Vous utilisez des balles magnum et leur vitesse atteint 1088 m/s. C'est une carabine réservée aux gros gibiers. Le poids du projectile est de 10 grammes.

Attribution automatique de point de Trophée pour cette arme : 2

Lors d'un test de précision avec cette arme, vous pourrez déduire deux points de votre score aux dés.

Par contre, elle vous ajoutera un point pour un test d'esquive car c'est une arme lourde et encombrante.

Carabine Winchester .45-70 : Votre carabine de prédilection pour stopper un animal massif à courte ou moyenne portée. La vitesse de la balle n'excède pas les 600 m/s mais elle pèse 20 grammes. Autant dire qu'à moyenne portée, un animal immobile ou se déplaçant lentement, tombera à l'impact et restera sur place...Vous avez équipé votre arme d'une lunette Zeiss, 4x-9x. Vous pouvez aussi utiliser la lunette grossissante comme des jumelles mais le poids de l'arme ne vous permet pas de bénéficier des bonus d'observation obtenus avec les jumelles.

Attribution automatique de point de Trophée pour cette arme : 3

Cette carabine vous permet de déduire un point d'un résultat de test de précision mais vous devrez ajoutez un point au score obtenu lors d'un test de discrétion.

Fusil de chasse classique calibre 12 : Ce bon vieux fusil vous suit depuis vos premiers jours de chasse lorsque vous étiez tout jeune. Vous n'avez que deux coups, mais avec les munitions 12 grains que vous utilisez, un large diamètre est couvert lors du tir, et tout intrus se trouvant dans ce diamètre, a de fortes chances de passer un mauvais moment. Fusil très puissant mais à ne réserver qu'aux tirs à courte portée en raison, justement, de l'éventail de plombs qui se dispersent trop, au-delà de 30 mètres.

Attribution automatique de point de Trophée pour cette arme : 4

Ce fusil vous permet de déduire un point de votre score aux dés lors d'un test de patience.

Arc traditionnel Mohican : Cet arc est un cadeau d'un ami. Vous utilisez cette arme lorsque vous voulez vraiment vous lancer un défi ; une approche parfaite de l'animal doit être réalisée pour effectuer un tir mortel...Mais si le tir est une réussite la fierté est au rendez vous !...Vous utilisez des flèches avec empennage en plumes naturelles (pigeon ou corbeau) et une pointe acier.

Attribution automatique de point de Trophée pour cette arme : 6

Cet arc vous permet de déduire un point du score obtenu avec les dés lors d'un test de patience ou de discrétion. En contre partie, vous devrez ajoutez deux points à votre score lors d'un test de précision.

Couvre odeur : Cette essence se vaporise sur tout le corps, de la tête aux pieds et même sur vos armes et équipement. L'odeur dégagée couvre vos odeurs humaines ou toute autre odeur non naturelle (graisse des armes, lessive sur linge ...)

Miel hyper sucré : C'est un miel traditionnel de sapin auquel vous avez ajouté du sucre en grosse quantité pour en améliorer le goût et surtout la portée de l'odeur. Les ours raffolent de ce genre de produit.

Appeau animal blessé : Cet appeau imite le cri plaintif d'un petit animal blessé, type lapin ou blaireau. Si un prédateur se trouve dans les parages, il voudra sûrement profiter d'un repas facile...

Jumelles : Elles vous permettront d'observer les environs sans être vu. Très utile pour la reconnaissance du gibier, des lieux et des chemins à emprunter avant tout déplacement. Déduisez un point du résultat obtenu aux dés lors d'un Test d'observation si vous utilisez cet objet.

Sérum Anti venin : Cette seringue contient un anti venin puissant capable d'annihiler les effets d'une morsure de serpent ou d'araignée. Elle pourrait bien vous sauver la vie en cas d'inattention de votre part...

Documentation sur le grizzly :

Le Grizzly : mammifère carnivore de la famille des ours, le mâle peut mesurer jusqu'à 2.50m en position debout et peser jusqu'à 750 kg. Il peut atteindre 66 km/h à la course et grimpe parfois aux arbres même s'il est moins habile que son cousin l'ours noir. Le grizzli est <u>omnivore</u>, il se nourrit de plantes et de baies, de racines, de pousses et de fougères mais aussi de poissons, d'insectes et de petits <u>mammifères</u>. Au total, 90 % de son régime alimentaire est végétal. En juin, l'herbe est grasse et mille fleurs y éclosent. Le grizzli les connait par cœur : il ne les broute pas comme une vache, mais cueille avec soin les pousses les plus succulentes. Il connaît même, disent certains, leurs vertus médicinales.

C'est un animal solitaire qui se réunit toutefois le long des torrents et rivières pendant la période où les <u>saumons</u> ainsi que les <u>truites</u> remontent le courant pour frayer. Vif comme l'éclair, il attrape les saumons à coups de patte. Le reste de l'année, il s'attaque parfois aux moutons, aux vaches et aux cervidés. Il dévore surtout les plus affaiblis et les charognes.

La vue du grizzly est considérée comme à peu près équivalente à celle d'un homme, tandis que son ouïe serait un peu plus fine. En revanche, son odorat est développé à l'extrême. Il peut sentir une charogne à 30 km de distance. Le grizzly se dresse souvent sur ses pattes arrière à la fois pour mieux voir et pour mieux sentir un objet ou un animal qui l'intrigue. Cette posture lui permet également de se grandir lors d'un affrontement avec un congénère. Une véritable force de la nature, puissant, tenace et prudent. Vous savez à quoi vous en tenir...

Une fois votre choix effectué vous êtes fin prêt pour partir en quête du redoutable grizzly, **rendez vous au 1.**

1

Un coup d'œil à l'horloge dans le garage : 6h00. Vous enfourchez votre quad et vous démarrez en direction de la forêt.

Une montagne est accessible depuis votre chalet, à quelques minutes à peine. Une forêt de sapins, d'épicéas et de séquoias constitue l'essentiel des arbres de cette montagne. On y trouve aussi quelques chênes pluriséculaires ainsi que quelques peupliers, bouleaux et frênes. De nombreux buissons sont la source d'alimentation favorite des animaux herbivores et omnivores, comme l'ours.

La montagne de Kent, vers laquelle vous roulez, est une masse de granite presque noire, dont le point culminant avoisine les 2200 m. Les dernières centaines de mètres vous rapprochant du sommet sont souvent enneigées, de fin septembre à fin avril.

Vous ne savez pas trop par où débuter votre traque car les grizzlys sont malins, prudents et très difficiles à approcher. Ils n'aiment guère les terrains à découvert ou alors à l'aube et à la tombée de la nuit, et préfèrent les coins reculés où ils vivent à leur rythme. Le grizzly est un animal protégé en temps normal mais depuis quelques années, il s'est reproduit de manière exponentielle dans le comté et par extension dans toute la région. Comme pour toute espèce animale, la protection est une bonne chose, mais souvent au bout de quelques années, des battues fédérales sont organisées pour endiguer le processus de prolifération. C'est un peu le cas avec le grizzly.

Vous ne tardez pas à arriver au pied de l'imposante montagne. Une bonne aubaine pour vous : aujourd'hui le vent est faible, donc en théorie, vous ne devriez pas vous souciez de marcher face ou dos au vent.

Vous laissez votre quad devant la maison forestière Spartan et vous examinez attentivement les chemins possibles pour débuter votre traque :

- Il existe une piste forestière qui serpente entre les arbres et qui monte plein Nord ; cette voie vous conduit à un croisement d'autres pistes forestières utilisées par les gardes forestiers pour les coupes de bois. Elle est dégagée, facile d'accès et la neige y est très clairsemée. Si vous voulez prendre cette direction, **rendez vous au 55.**

- Un petit sentier part plein Ouest et contourne sur plusieurs centaines de mètres le pied de la montagne, il passe entre les bouleaux et les peupliers et rejoint une rivière. Si vous êtes tenté par cette voie, **rendez vous au 88.**

- Enfin, un chemin de pierre grimpe avec un très fort dénivelé vers l'Est jusqu'à une cabane dite «du pendu». Le point de vue sur la vallée y est formidable depuis le promontoire se trouvant à 1400m. La neige de ce mois de Novembre risque de vous rendre la tache ardue, mais votre ascension sera aussi plus directe. Si la voie pour la cabane vous tente, **rendez vous au 96.**

Si vous avez des jumelles avec vous, vous pouvez jeter un coup d'œil sur les différents chemins, **rendez vous alors au 86.**

2

Vous reprenez la piste dont la largeur rétrécit au fil de votre marche jusqu'à devenir un sentier de randonnée. Au bout d'une centaine de mètres à grimper entre les bouleaux et les pins noirs, vous arrivez à une bifurcation où un poteau en bois est planté dans la terre, il comporte deux vieux écriteaux cloués :

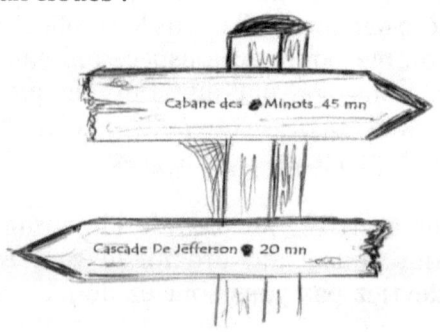

Cascade de Jefferson 20 mn, le panneau pointe vers la gauche, donc la montagne et l'Ouest.
Cabane des Minots 45 mn, le panneau pointe vers la droite, donc vers les plaines et l'Est.
Pour poursuivre vers l'Ouest, **rendez vous au 46.**
Pour poursuivre vers l'Est, **rendez vous au 11.**

3

Une détonation assourdissante déchire le silence. Même la rivière semble stopper sa course au son de votre arme. Le grizzly reçoit la balle dans le poumon gauche et sursaute à l'impact. Il ne s'enfuit pas mais pousse un grognement long et rauque ; il se dresse sur ses pattes postérieures avant de retomber au sol dans un dernier souffle. Le silence est à nouveau bercé par le son mélodieux de l'eau vive de montagne et vous vous redressez pour aller contempler votre trophée.

Vous approchez prudemment de l'animal qui ne respire visiblement plus. Son œil est figé dans la mort et une expression de sérénité se lit sur sa gueule. Il n'a pas souffert et vous en êtes fier ! Après avoir touché deux ou trois fois l'animal avec le canon de votre arme, vous sortez la balise GPS de votre sac et vous la plantez dans la patte arrière gauche du fauve. Un bip long et strident indique qu'elle est activée. Dans quelques heures les fédéraux seront là pour ramasser le grizzly.

Vous posez arme et équipement, vous ôtez vos chaussures et vous vous asseyez sur un tronc d'arbre mort, en laissant vos pieds tremper dans l'eau fraîche et vivifiante du torrent.

Félicitations, vous avez réussi à traquer ce redoutable prédateur et votre chasse est un franc succès. *Ajoutez 5 points trophée à votre total.*

Profitez de ce moment de détente pour apprécier votre réussite, oubliez cette aventure et dans quelques mois, essayez à nouveau cette traque avec une arme plus difficile à manier...

4

Profitant de l'immobilité du grizzly, vous mettez l'animal dans votre ligne de mire : un geste maîtrisé, rapide et souple. *Faites un test de précision* et en cas de succès **rendez vous au 13,** en cas d'échec, **rendez vous au 91.**

5

Vous n'êtes pas assez souple dans vos déplacements et vous faites craquer de nombreuses branches mortes au sol. Pour l'une d'elles -plus sèche que les autres- le craquement parvient jusqu'aux animaux qui prennent la fuite aussitôt. Malheureusement pour vous au lieu de suivre le torrent vers le Nord Ouest, il bifurque Nord Ouest et pénètrent dans le domaine du comté de Carson, signalé par des panneaux oranges et bleus, disposés tous les cent mètres. Vous ne pourrez rien obtenir de ce coté car votre carte de chasse ne vous en donne pas le droit.

Votre chasse se termine sur un goût d'amertume. Vous pouvez tout à fait retenter l'aventure en choisissant d'autres chemins, un autre équipement ou d'autres aptitudes...Persévérez, le trophée est à portée de main...

6

Vous fixez un point loin devant vous et vous apercevez une silhouette caractéristique d'un plantigrade : trappue, nonchalante et se déplaçant calmement. Il semble que cet animal ne soit pas au bord de la rivière mais *dans* la rivière, ce qui explique pourquoi aucune trace au sol ne vient trahir sa promenade. L'animal remonte le courant en tentant de pêcher quelque bon poisson ; vous voyez de grandes éclaboussures dans l'eau - les coups de griffes du pêcheur- et vous remarquez que l'ours ne semble pas vous avoir senti. Vous tentez donc de vous approcher de l'animal pour identifier s'il s'agit bien d'un grizzly. **Rendez vous au 53**

7

Vous progressez sereinement vers la cabane sans apercevoir un seul animal, quelques écureuils jouent à se voler des pignes et trois corbeaux vous encouragent de leurs croassements sinistres. Vous arrivez finalement au promontoire mais une mauvaise surprise vous y attend : la plateforme sur laquelle se tenait la cabane a été dévastée par un éboulement rocheux ! Le point de vue panoramique a de ce fait complètement disparu ; vous vous maudissez d'avoir marché tant et tant pour ne rien pouvoir observer d'autre qu'un éboulis de pierres. Vous décidez de couper à travers bois jusqu'à une piste conduisant dans la plaine. **Rendez vous au 2.**

8

Vous marchez d'un bon pas durant un quart d'heure sans apercevoir un seul mouvement dans le sous bois. Heureusement que quelques oiseaux vous accompagnent de leurs mélodies joyeuses, car vous finissez par désespérer de rencontrer un grizzly par ici.

Au bout du petit sentier que vous empruntez vous apercevez un homme en tenue de chasse en train de boire à sa gourde, un chien assis à ses côtés.

L'homme vous fait un signe de la main en guise de salut. Arrivé à sa hauteur, vous lui adressez un salut amical ; l'homme accusant la soixantaine d'années, vous questionne d'une voix grave :

- Alors, y'a du mouvement ?!

- Ben, pas tellement en fait ! Je marche depuis une petite heure et j'ai aperçu un cerf mulet, un peu plus bas, c'est tout...

- Un cerf mulet ? Et alors pas pu y tirer ??

- Pas voulu ! Je suis en quête d'un animal plus rare, en fait... Votre réponse mystérieuse attise la curiosité de votre interlocuteur.

- Un loup ? Demande activement le chasseur.

- Un grizzly, pour être exact ! C'est un cadeau de la fédération de chasse, pour mon anniversaire...

Le bonhomme marque un temps d'arrêt, puis ajoute :

- Alors si vous cherchez du grizzly, je vois trois endroits possibles. Vous êtes du coin ?

- Je chasse ici depuis quelques années, mais jamais eu l'occasion de pister un grizzly, je chasse plus au Sud d'habitude...

- Au Nord Est d'ici vous avez les gorges de Jefferson, j'ai aperçu des ours là-bas il y a une semaine. A l'Est, une vaste plaine s'étend sur plusieurs kilomètres, et les ours aiment pêcher les truites qui nagent dans les nombreuses rivières. Enfin, devant vous, c'est la zone des marais, c'est de là que je viens et j'ai tué trois bécassines. Les ours n'aiment pas trop ce genre de coin mais qui sait, un vieux mâle pourrait bien vouloir prendre sa retraite et profiter de bain de boue quotidien ! Allez, j'ai encore deux heures de marche pour rentrer. Bonne journée et bon anniversaire !

Vous remerciez le brave homme qui s'éloigne déjà au son chantant de la clochette pendue au collier de son de son chien.

Vous devez faire un choix :
Pour les gorges de Jefferson, **rendez vous au 46.**
Pour les plaines de l'Est, **rendez vous au 11.**
Pour les marais, **rendez vous au 68.**

9

Vous attendez de longues minutes afin que le fauve change de position, il est face à vous et poursuit inlassablement sa pêche. Au bout de quelques tentatives infructueuses il se décide à tenter sa chance dans une partie du torrent moins rapide, où les poissons seront plus calmes. Il se dirige vers le Nord Ouest et offre son profil à votre ligne de mire. Vous tirez sur le fauve et l'atteignez en plein cœur. Il se retourne vers votre position, cherche du regard ce qui a bien pu l'atteindre et s'écroule sur la berge du torrent. Pas un grognement, pas une plainte, votre tir est le plus parfait qui soit et l'animal n'a probablement pas souffert une seule seconde.

Vous traversez prudemment la rivière, rapide mais peu profonde à cet endroit et vous avancez prudemment vers l'animal, immobile. Une bête d'environ 450 kilos, ses griffes sont longues et effilées et ses pattes massives. Vous sortez la balise GPS de votre sac et vous la plantez hâtivement dans la patte postérieure gauche du prédateur. Vous admirez votre trophée en repensant à votre traque débutée il y a quelques heures près de la maison forestière Spartan, et achevée ici, loin de tout, perdu au cœur du comté de White lake.

Le chant mélodieux des rossignols, les «tac-tac» répétés des piverts, et le son apaisant de l'eau qui court vous enivrent en quelques instants.

Vous posez arme et équipement, vous ôtez vos chaussures et vous vous asseyez sur un tronc d'arbre mort, en laissant vos pieds tremper dans l'eau fraîche et vivifiante du torrent.

Félicitations, vous avez réussi à traquer ce redoutable prédateur et votre chasse est un franc succès. *Ajoutez 10 points trophée à votre total (Vous avez décroché la médaille d'or de cette avh, ce grizzly est le plus gros que vous puissiez trouver...)*

Profitez de ce moment de détente pour apprécier votre réussite, oubliez cette aventure et dans quelques mois préparez-vous à traquer un autre animal mythique, dans un autre coin sublime de la planète...

10

L'approche :
Vous vous présentez à l'entrée d'une caverne sombre et humide. Vous sentez un courant d'air chaud en sortir et vous pensez que cette grotte doit s'enfoncer profondément dans le cœur de la montagne. Vous tenez fermement votre arme, prêt à toute éventualité, et vous vous engagez dans la gueule rocailleuse à la poursuite du grizzly. **Rendez vous au 98.**

11

Vers l'Est :
Vous changez de direction et vous pénétrez d'un bon pied dans la partie Est de cette forêt où vous espérez, au fond de vous même, trouver une petite indication quant au passage récent d'un grizzly. Vous scrutez attentivement les alentours, du moins autant que votre vue le permet dans cet épais panorama végétal. Vous remarquez des traces de passage de cerf sur le sol à plusieurs endroits ; des marques contre un tronc de bouleau indiquent aussi que des sangliers sont venus s'y frotter le dos, et il vous semble que des excréments de cougar témoignent de l'activité animale régulière dans cette partie de la région. Le soleil commence timidement à vous réchauffer malgré la faible température de ce mois de Novembre.
Faites un test d'observation, si c'est une réussite, **rendez vous au 97.** Si c'est un échec, **rendez vous au 33.**

12

Vous prenez une grande inspiration et vous vous élancez en prenant un maximum d'élan afin de mettre toutes les chances de votre côté pour traverser ce vide. Vous courez comme un fou et vous poussez de toutes vos forces sur vos cuisses ; vous voyez le bord approcher dangereusement et durant une fraction de seconde, vous paniquez à l'idée de vous écraser lamentablement contre les racines saillantes qui bordent le fossé. Un atterrissage souple et un roulé-boulé dans l'herbe matelassée vous rend votre sourire !

Vous remettez votre équipement en place et vous poursuivez votre chemin, heureux d'avoir réussi un saut qu'un gamin rêverait de faire loin de l'œil restrictif de ses parents !... Après environ 30 mn de marche, vous finissez par sortir de cette forêt, trempé jusqu'aux mollets. Vous apercevez la plaine qui s'étend devant vous, au milieu de laquelle serpente une calme rivière.

Vous ne manquez pas de faire une pause à la «Cabane des Minots», petit abri en rondins construit au temps des trappeurs, que les enfants de la région affectionnent particulièrement de par son isolement relatif du village et de par le charme indéniable de cette «maison de cow-boy» autour de laquelle ils se livrent à des batailles enfantines et épiques. En passant devant la maisonnette vous remarquez qu'il y a des vestes et bonnets oubliés, et vous remarquez même qu'il y a une barre de céréales encore sous plastique, posée sur une pierre ; vous pouvez la manger et regagner 5% de santé si vous avez l'audace de voler un goûter pour enfant !

En approchant des berges de la rivière et en cherchant au sol de probables passages de gibier, vous voyez dans la boue fraîche des empreintes de ce qui semble être un ours. Vous tentez de suivre leur direction mais tout se fond dans la terre humide et argileuse et vous perdez rapidement le fil. Vous devez choisir entre deux directions qui vous paraissent logiques pour une promenade d'ours.

Le Nord pour longer la rivière et entrer à nouveau dans la forêt pour en explorer un autre secteur, **rendez vous alors au 56.**

Le Sud Est pour traverser la paisible rivière et continuer dans la plaine, **rendez vous au 44.**

13

Le tir :
L'ours n'a pas le temps de réagir que votre tir le tue instantanément, un tir parfait dans la région du cœur. Le roi de la montagne s'affaisse dans la boue sans un grognement, sans un dernier souffle rendu. Votre maîtrise de la chasse vous permet de réussir de magnifiques tirs et c'est dans des moments comme celui-ci, lorsque vous êtes confronté la dépouille sans vie de l'animal que vous vous remerciez intérieurement de ne pas avoir fait un carnage et une mise à mort de tortionnaire. *Votre score de Trophée pour cet animal est de 4 points.*
Vous activez la balise GPS que vous plantez dans la patte arrière gauche de l'animal. Les gardes fédéraux ne devraient pas mettre longtemps à vous rejoindre, juste le temps pour vous de profiter d'une cigarette bien méritée, de laisser le soleil réchauffer votre visage froid et boueux, et de faire le plein de sérénité au milieu de ce lieu magique qu'est le comté de White Lake.

Vous pouvez retenter l'aventure afin d'améliorer votre score, en choisissant par exemple une arme plus difficile à manier, un ours plus prudent et plus gros, ou tout simplement un autre chemin...

14

Vous attendez quelques minutes afin que l'animal soit suffisamment loin et vous utilisez votre couvre odeur. Vous tenez fermement votre arme et vous gravissez tant bien que mal l'éboulis qui vous conduit sur la piste du grizzly. *Ajoutez 1 point de Trophée à votre total et* **rendez vous au 74.**

15

Vous observez longuement les grizzlys qui ralentissent et s'approchent de plus en plus de la rivière. L'animal que vous souhaitez avoir est le plus vaillant et le plus gros, il doit peser entre 400 et 500 kilos. Il gronde au nez de ses deux congénères qui essaient de le suivre d'un peu trop près. Quelques coups de pattes d'intimidation et les deux compères prennent le large en grognant leur désaccord. L'animal à l'air d'avoir repéré du poisson frétillant dans l'eau vive de la rivière et tente par deux fois d'en attraper un au passage. Vous voyez de grandes gerbes d'eau monter devant sa gueule et vous pensez que si la rivière pouvait crier, elle le ferait tant les coups de griffes sont violents...

Vous rampez sur une bonne vingtaine de mètres et vous gardez toujours l'animal en vue à travers les herbes. Si vous possédez une carabine avec lunette grossissante, **rendez vous au 20.** Si vous chassez avec un fusil calibre .12 ou un arc, **rendez vous au 58.**

16

Vous reculez calmement en abaissant votre arme et en faisant demi-tour. Vous vous éloignez discrètement de l'animal et vous redescendez la rivière par le chemin pris lors de l'approche. Vous jetez un rapide coup d'œil au ciel qui semble vouloir rester au beau fixe ; tant mieux, pensez-vous, votre traque n'en sera que plus agréable... Après avoir parcouru tout le chemin en sens inverse vous trouvez un petit sentier qui s'écarte de la rivière et rejoint la forêt à l'Ouest. Ceci semble être une bonne occasion pour explorer une autre zone de ce bois. **Rendez vous au 56.**

17

Vous attendez de longues minutes afin que le fauve change de position, il est face à vous et poursuit inlassablement sa pêche. Au bout de quelques tentatives infructueuses il se décide à tenter sa chance dans une partie du torrent moins rapide, où les poissons seront plus calmes. Il se dirige vers le Nord Ouest et offre son profil à votre ligne de mire. Vous tirez sur le fauve et l'atteignez non loin du cœur. Il se retourne vers votre position, cherche du regard ce qui a bien pu l'atteindre et s'enfuit le long du torrent. Pas un grognement, pas une plainte, votre tir est le plus parfait qui soit et l'animal n'a probablement pas souffert une seule seconde.

Vous traversez prudemment la rivière, rapide mais peu profonde à cet endroit et vous avancez prudemment vers l'animal, immobile. Une bête d'environ 450 kilos, ses griffes sont longues et effilées et ses pattes massives. Vous sortez la balise GPS de votre sac et vous la plantez hâtivement dans la patte postérieure gauche du prédateur. Vous admirez votre trophée en repensant à votre traque débutée il y a quelques heures près de la maison forestière Spartan, et achevée ici, loin de tout, perdu au cœur du comté de White lake.

Le chant mélodieux des rossignols, les «tac-tac» répétés des piverts, et le son apaisant de l'eau qui court vous enivrent en quelques instants.

Vous posez arme et équipement, vous ôtez vos chaussures et vous vous asseyez sur un tronc d'arbre mort, en laissant vos pieds tremper dans l'eau fraîche et vivifiante du torrent.

Félicitations, vous avez réussi à traquer ce redoutable prédateur et votre chasse est un franc succès. *Ajoutez 5 points trophée à votre total.*

Profitez de ce moment de détente pour apprécier votre réussite, oubliez cette aventure et dans quelques mois préparez-vous à traquer un autre animal mythique, dans un autre coin sublime de la planète...

18

Vous identifiez sans mal, un petit groupe de sangliers se roulant dans la terre spongieuse en poussant des couinements de bonheur ! Il y a environ 5 adultes et 4 marcassins. Ils se baignent dans les quelques flaques éparses et vous apercevez des mottes de mousse boueuse voler dans les airs sous les coups de groin répétés des cochons sauvages.

Pour passer sans affoler le groupe vous pouvez utiliser un appeau imitant un animal blessé pour les éloigner de vous, ou bien tenter de contourner les animaux sans les éloigner en premier lieu.

Avec l'appeau et une pierre jetée assez loin, les adultes iraient sûrement voir si un petit animal blessé ne pourrait pas leur servir de repas.

Vous tenter une diversion et si vous possédez un appeau de ce style, **rendez vous au 62.**

Pour essayer de passer en douce, à quelques dizaine de mètres des cochons, **rendez vous au 83.**

19

Vous ajustez la femelle qui s'approche de vous rapidement, la tête baissée et la gueule entr'ouverte prête à mordre. Vous tirez lorsque l'animal n'est plus qu'à quelques mètres de vous, le projectile touche la femelle dans le cou et elle pousse un grognement de douleur. Ce tir devrait la tuer, mais pour le moment elle continue sa course vers vous. *Faites un test d'esquive*, si c'est une réussite, **rendez vous au 84**, si c'est un échec, **rendez vous au 95.**

20

Vous rampez lentement vers un rocher plat et vous y posez votre coude comme un support pour votre carabine. Vous regardez le grizzly dans votre lunette grossissante et vous respirez profondément. Un léger vent fait osciller les herbes devant vous et l'animal apparaît et disparaît au gré de l'air. Vous êtes environ à 100 mètres de lui et il ne semble pas qu'il vous ait senti. Il continue inlassablement sa pêche en s'arrêtant de temps à autre pour renifler ce que le vent lui indique. Vous approchez doucement votre index de la détente de votre arme et vous attendez le moment opportun pour tirer.

Il est face à vous et de ce fait une balle dans la tête serait la meilleure option, mais si vous le ratez, il vous sera très difficile de tirer à nouveau sur l'animal en pleine course. Il ne change pas de position pendant une bonne minute puis, fatigué de pêcher dans ce coin trop rapide, il reprend sa promenade le long du torrent.

De cette manière, tout le corps du grizzly s'offre à votre tir et vous n'hésitez pas un seconde : vous ouvrez le feu en visant la région des poumons.

Faites un test de précision, si c'est un succès, **rendez vous au 3**, si c'est un échec, **rendez vous au 100.**

21

Vous tirez sur la femelle qui s'effondre à l'impact, les deux autres dévient instantanément leur course et les animaux encore présents dans la boue fuient à toute vitesse. Vous avez tué un animal pour sauvé votre vie, c'est certain mais vous ne pourrez jamais traîner sa carcasse jusqu'à votre chalet. Vous perdez 2 points de trophée (*déduisez-les de votre total de Trophée*).

Vous progressez à bonne allure entre buissons et joncs et vous quittez bientôt le marais pour une plaine herbeuse qui s'étend jusqu'au lac de Shinewater. Une belle rivière sillonne la prairie et vous pensez fortement que ce coin est un paradis pour un ours voulant manger quelque bon poisson. **Rendez vous au 39.**

22

Vous pouvez utiliser l'un ou l'autre de vos leurres pour masquer votre odeur (*vous ajoutez de ce fait 1 point Trophée à votre total*). Vous patientez quelques instants et vous remarquez que l'ours arrête sa pêche en rivière et se redresse sur ses pattes postérieures. Il souffle longuement et flaire l'air ambiant avant de retomber lourdement dans l'eau du torrent, il sort du cours d'eau et poursuit sa route sur une terre spongieuse et boueuse. *Faites un test de Patience,* si c'est une réussite, **rendez vous au 36,** si vous échouez, **rendez vous au 89.**

23

Vous prenez votre arme et vous visez lentement l'animal qui souffle de plus en plus longuement. Du coin de l'œil vous apercevez entre les arbres deux femelles arriver sur la piste et se figer lorsqu'elles vous aperçoivent. Vous ne voyez pas de jeunes sangliers, les marcassins, derrières les femelles. Tant mieux, leur agressivité en sera réduite d'autant. Mais le problème majeur qui se pose à vous désormais est le suivant :
Soit vous tirez sur le mâle et les deux femelles prennent la fuite, soit les deux femelles vous chargent suite au coup de feu.
Réfléchissez bien en fonction de l'arme que vous utilisez (plusieurs tirs successifs possibles ou pas) et faites le bon choix.
Pour tirer sur ces animaux, **rendez vous au 40.**
Pour attendre, immobile, et voir leur réaction, **rendez vous au 27.**

24

Le grizzly, un spécimen énorme, fait volte-face et revient vers vous en poussant un grognement terrifiant qui se répercute sur les parois de la grotte en une multitude d'échos comme autant de fauves prêts à vous déchiqueter.

Faites un test de précision, si c'est un échec vous ne parvenez pas à mettre correctement l'animal dans votre ligne de mire, et votre coup rate sa cible. Le grizzly fonce alors vers vous et en deux coups de griffes et un coup de mâchoire, il ne reste de vous qu'un semblant de corps humain ayant eu autrefois un visage. Vous mourez dans un gargouillis étranglé, la tête en charpie.

Si c'est un succès, votre coup atteint le grizzly en pleine tête et il vient s'écrouler à vos pieds. Vous respirez un grand coup, soulagé d'avoir pu éviter une mort certaine face à un prédateur aussi féroce qu'un ours et vous vous empressez de quitter la caverne pour aller activer, à l'extérieur et en terrain dégagé, la balise destinée aux gardes fédéraux.

Votre chasse est un succès et *votre attribution de point Trophée pour cet animal est de 6 Points.*

Vous pouvez aussi retenter l'aventure afin d'améliorer votre score, en choisissant par exemple une arme plus difficile à manier, un ours plus prudent et plus gros, ou tout simplement un autre chemin...
(Pour information, cet animal est le deuxième plus gros trophée de l'aventure, la médaille d'argent si vous préférez...)

25

Les animaux se dirigent prudemment vers l'endroit où la pierre est tombée, c'est le moment de leur fausser compagnie. Vous gardez votre arme en main, au cas où, et vous avancez presque à quatre pattes dans la tourbe, les sangliers semblent préoccupés par le cri qu'ils ont entendu et cherchent maintenant un hypothétique repas. Vous vous éloignez suffisamment d'eux et vous pensez en vous même « le ventre, toujours le ventre ! ».

Vous progressez à bonne allure et vous quittez bientôt le marais pour une plaine herbeuse qui s'étend jusqu'au lac de Shinewater. Une belle rivière sillonne la prairie et vous pensez fortement que ce coin est un paradis pour un ours voulant manger quelque bon poisson. **Rendez vous au 39.**

26

Vous chutez deux fois dans des flaques de boue qui vous trempent de la tête aux pieds. Vous maudissez votre décision d'avoir tenté la traversée des marais, et votre énervement ne fait qu'amplifier lorsque vous chutez une troisième fois dans une flaque plus profonde que les autres. Votre arme glisse de votre main et s'enfonce dans la tourbe. Vous tentez vainement de la récupérer mais cette flaque plus traîtresse que les précédentes s'avère être un vrai sable mouvant. Vous ne voulez pas prendre le risque de mourir noyé et vous devez abandonner votre arme.

Sans arme, votre unique possibilité est de rentrer chez vous choisir une nouvelle arme, revenir au paragraphe 1 et surtout, surtout éviter les marais !...

27

Les deux femelles s'écartent lentement de votre position, traversent la piste devant vous et disparaissent entre les arbres de l'autre côté. Le mâle gratte son sabot au sol, grogne et souffle en produisant un petit nuage de fumée avec son groin. Puis il s'écarte lui aussi et accélère soudain en suivant le chemin des femelles, sûrement déjà loin...
Vous êtes fier de n'avoir pas tiré sur ces animaux, sans quoi votre congélateur aurait certes été rempli, mais vous êtes là pour du grizzly et rien d'autre !
Ajoutez un point de Trophée à votre total. **Rendez vous au 2.**

28

Vous entamez une descente présentant quelques belles difficultés vers le bas de la cascade de Jefferson, aujourd'hui pratiquement asséchée. Vous ne tardez pas à apercevoir la plaine en contrebas avec son lot d'étangs et de petits ruisseaux qui sillonnent la vallée comme les nervures d'une feuille. Vous jetez un coup d'œil attentif aux éventuels animaux qui pourraient justement chasser ou pêcher autour de ces points d'eau, mais à première vue vous ne voyez rien qui puisse faire monter votre adrénaline de chasseur... Après quelques dizaines de mètres à descendre en fort dénivelé vous atteignez une zone plane mais assez humide. **Rendez vous au 75.**

29

Vous ne remarquez rien qui puisse vous indiquer dans quelle direction fantôme l'ours a bien pu fuir. Le sentier se dessine clairement dans cette pampa de bord de rivière mais les arbustes bas et les nombreux joncs vous masquent la vue de cinq mètres en cinq mètres. Vous avancez les nerfs à fleur de peau ; en effet ce genre de végétation mi-haute est parfaite pour se faire attaquer par un gros animal surtout si celui-ci est blessé. Si vous avez suffisamment de courage vous pouvez continuer à chercher dans ce secteur en **vous rendant au 41**, si vous ne souhaitez pas poursuivre par ici, *déduisez 3 Points Trophée de votre total actuel* et choisissez une nouvelle destination :
La forêt à l'Ouest d'ici, **rendez vous au 56.**
La cascade de Jefferson, plus à l'Ouest encore, **rendez vous 14.**

30

Le tir :
Profitant de l'immobilité du grizzly, vous mettez l'animal dans votre ligne de mire : un geste maîtrisé, rapide et souple. Vous épaulez votre carabine et vous évaluez la posture de l'animal dans votre lunette : il ne bouge quasiment pas et secoue nonchalamment sa tête massive. Vous expirez profondément jusqu'à vider vos poumons et vous pressez la détente. Le grizzly reçoit la balle en pleine tête et s'effondre instantanément.
 Vous parcourez les quelques dizaines de mètres qui vous sépare de votre trophée et vous constatez que l'ours est mort sans aucune souffrance inutile. Félicitations, vous avez réussi un superbe tir !
Vous sortez la balise GPS de votre sac à dos et vous l'activez sur l'animal. Vous trouvez une roche plate sur laquelle vous vous asseyez et vous pouvez enfin apprécier une cigarette en attendant les gardes fédéraux. Votre chasse est un succès et *votre attribution de point Trophée pour cet animal est de 3 Points.*

Vous pouvez aussi retenter l'aventure afin d'améliorer votre score, en choisissant par exemple une arme plus difficile à manier, un ours plus prudent et plus gros, ou tout simplement un autre chemin...

31

Vous êtes absorbé par la beauté du paysage mais votre œil d'aigle ne vous trompe pas : des ours fréquentent cette prairie. De nombreux arbres bordant la rivière et le lac sont meurtris sur une bonne hauteur au niveau de l'écorce. Vous essayez de repérer l'un d'eux mais apparemment aucun plantigrade ne promène au bord de l'eau. *Ajoutez tout de même un point de trophée à votre total* et choisissez à présent votre destination :
- redescendre vers la plaine et suivre les contours du lac de Shinewater, **rendez vous alors au 39.**
- abandonner cette traque et rebrousser chemin vers le sentier orienté Nord Ouest, celui conduisant au sommet de la butte, **rendez vous dans ce cas au 82.**

32

L'attaque :
Vous avancez l'arme au poing, prêt à toute éventualité. Ces maudits buissons tombants, sortes de genêts ou saules pleureurs nains envahissent cette zone de la rivière et rendent votre progression à la fois difficile et dangereuse. Vous examinez avec une certaine anxiété le sol, les arbustes, la moindre pierre pouvant être maculée de sang mais rien, rien, rien...
Vous tendez l'oreille car il vous semble avoir entendu un bruit...Non... juste le battement de votre propre cœur qui résonne dans vos tympans...Vous sentez votre bouche devenir sèche et soudain un grognement ténébreux se fait entendre sur votre droite. Le grizzly est dressé devant vous et ouvre une gueule béante laissant apparaître des crocs énormes. Vous ne réfléchissez pas un instant et vous tirez vers la poitrine du monstre. Il retombe sur ses quatre pattes en soufflant un nuage de bave dont vous sentez l'écume sur votre visage. Il vous envoie deux formidables coups de griffes avant de s'enfuir pour aller mourir loin de tout.

Comme l'animal, vous tombez aussi en arrière et vous regardez votre poitrine et votre bras droit lacérés. Une importante plaie sur l'avant bras saigne abondamment, une chance que vous puissiez activer la balise GPS encore intacte malgré la chute. Les fédéraux ne tarderont pas mais ce n'est pas un grizzly mort qu'ils ramasseront, c'est vous. *Votre chasse est terminée.*

33

Vous tentez de vous frayer un chemin entre les troncs d'arbre de plus en plus serrés et les buissons épineux de plus en plus nombreux. La neige clairsemée laisse place à une herbe détrempée dans laquelle chacun de vos pas relèvent du défi pour garder l'équilibre. Vous progressez tant bien que mal en pensant au trophée prestigieux qu'est le Grizzly. En plus d'offrir une viande goûteuse et raffinée, sa peau, ses griffes et ses dents sont des récompenses recherchées par de nombreux chasseurs. Vous passez devant quelques imposants rochers de granite noir, dont les interstices sont remplis de neige : les couleurs d'un damier fait de roche et de neige !
Au bout de quelques dizaines de minutes à contempler une nature débordante de merveilles, vous arrivez devant un obstacle de taille qui vous empêche de poursuivre votre route : un énorme fossé large d'au moins trois mètres et profond de quatre se perdant dans le sous-bois à droite comme à gauche. Vous longez ce canal -sûrement le lit d'une ancienne rivière ou torrent de montagne- et d'un côté comme de l'autre vous ne parvenez pas à voir jusqu'où cette tranchée naturelle se prolonge. Vous n'avez d'autres choix que de sauter de l'autre coté, ou bien revenir à la patte d'oie et choisir la piste menant à la cascade de Jefferson.

Pour revenir sur vos pas et emprunter la voie Ouest, **rendez vous au 46.** Pour tenter un saut par dessus le fossé, *faites un test d'Endurance.* Si c'est un succès, **rendez vous au 12.** Si c'est un échec, **rendez vous au 49.**

34

A peine sorti de la forêt vous apercevez plus loin devant vous une pente rocailleuse qui grimpe vers deux directions : le Nord Ouest et le Nord Est. Cette pente est dégagée de végétation ce qui vous permet de suivre des yeux les deux sentiers qui serpentent sur tout ce flanc escarpé. Le sentier Nord Ouest semble se perdre au sommet de la butte, celui partant Nord Est s'enfonce à nouveau dans la forêt et l'inclinaison de la pente semble se renforcer encore.

Pour suivre le sentier Nord Ouest, **rendez vous au 82**, pour suivre le sentier Nord Est, **rendez vous au 52.**

35

Vous épaulez votre arme et vous suivez l'ours qui entre et sort de votre champ de vision dans la lunette. Les nombreux buissons et talus font danser l'animal dans toutes les directions de votre mire. Vous prenez une profonde inspiration avant de presser la détente : la balle atteint l'ours dans la fesse droite. Vous voyez l'ours sursauter en recevant le projectile, puis un long grognement rauque témoigne de la blessure de l'animal. Par manque de chance, ou d'expérience, cette balle fera souffrir l'ours sur de nombreux kilomètres, il ne perdra que très peu de sang et sa blessure cicatrisera sûrement après plusieurs bains de boue. Mais vous ne retrouverez jamais cet animal...

Vous perdez 4 Points de Trophée, **rendez vous au 56.**

36

Vous approchez de plus en plus de l'animal et vous évaluez sans mal qu'il s'agit bel et bien d'un grizzly : un pelage brun et blond, une gueule plus large que son cousin l'ours brun, et un corps plus massif, bien que celui ci ne dépasse certainement pas les 250 kilos. Vous êtes presqu'en train de ramper dans la boue lorsque le grizzly stoppe sa marche, il est à environ 60 mètres de votre position.

Vous entendez un grognement suivi de trois souffles courts. Vous relevez doucement la tête, et vous apercevez l'animal, entre les herbes et autres joncs, en train de renifler quelque chose au sol, puis se remettre en route tranquillement, toujours sans avoir senti votre présence. Vous pensez que d'ici vous pourriez facilement tenter un tir si vous disposez d'une carabine avec lunette de visée. Si tel est le cas, **rendez vous au 30.** Si vous chassez avec un fusil calibre 12 ou un arc, **rendez vous au 90.**

37

A force de patience et de persévérance, vous parvenez à distinguer la véritable nature des formes sombres : Des sangliers ! Un gros mâle et deux femelles, du moins à première vue. Il n'y a pas de marcassins derrière les adultes. Ce qui signifie une chose, vous ne verrez pas de grizzly dans cette zone

Pour deux raisons :

Les ours n'aiment pas les sangliers et c'est réciproque !

Les grizzlys ne fréquentent ces cochons sauvages que pour tuer et dévorer les marcassins, au goût fort et à la viande tendre.

Il n'y a pas de jeunes sangliers donc vous ne verrez pas d'ours par là...

Ajoutez 1 point de Trophée à votre total. Et choisissez désormais entre la voie Est ou la voie Ouest.

Voie Est, **rendez vous au 96.**

Voie Ouest, **rendez vous au 88.**

38

Après environ 30 mn de marche, vous finissez par sortir de cette forêt, trempé jusqu'aux mollets. Vous apercevez la plaine qui s'étend devant vous au milieu de laquelle serpente une calme rivière. Vous ne manquez pas de faire une pause à la «Cabane des Minots», petit abri en rondins, construit au temps des trappeurs que les enfants de la région affectionnent particulièrement, de par son isolement relatif du village et de par le charme indéniable de cette «maison de cow-boy» autour de laquelle ils se livrent à des batailles enfantines et épiques. En passant devant la maisonnette vous remarquez qu'il y a des vestes et bonnets oubliés, et vous remarquez même qu'il y a une barre de céréales encore sous plastique, posée sur une pierre ; vous pouvez la manger et regagner 5% de santé si vous avez l'audace de voler un goûter pour enfant ! En approchant des berges de la rivière et en cherchant au sol de probables passages de gibier, vous voyez dans la boue fraîche des empreintes de ce qui semble être un ours. Vous tentez de suivre leur direction mais tout se fond dans la terre humide et argileuse et vous perdez rapidement le fil. Vous devez choisir entre deux directions qui vous paraissent logiques pour une promenade d'ours.

Le Nord pour longer la rivière et entrer à nouveau dans la forêt pour en explorer un autre secteur, **rendez vous alors au 56.**

Le Sud Est pour traverser la paisible rivière et continuer dans la plaine, **rendez vous au 44.**

39

Vers le Nord :
Le lac de Shinewater est l'un des plus beaux lacs du comté, de nombreuses truites y vivent et beaucoup d'enfants font leurs premières armes de pêcheurs autour de ce lac. Le comté de Carson débute non loin du lac et si vous repérez un grizzly il faudra tout mettre en œuvre pour qu'il n'aille pas se réfugier dans le comté voisin où votre bracelet de chasse n'a plus de validité.
Vous avancez droit devant vous cherchant des traces éventuelles de passage d'ours et vous en trouvez un grand nombre. Les plantigrades doivent peupler cette partie de la région et ces traces vous réjouissent.
Le lac se dessine bientôt devant vous avec ses bordures de roseaux et ses bouquets de saules pleureurs, dont les branches viennent boire à la surface de l'eau. Vous apercevez la rivière qui vient se jeter dans le lac en produisant une belle écume : plusieurs cascades consécutives donnent de la force au torrent qui finit par éclater littéralement dans l'embouchure du lac.
Des cerfs à queue blanche se désaltèrent vers la droite du lac et de nombreux aigles pêcheurs planent au dessus de l'eau.
Si vous souhaitez explorer les abords du lac en partant vers l'Est, **rendez vous au 60.**
Si vous préférez explorer la partie Ouest en remontant le torrent, **rendez vous au 93.**

40

Vous respirez un grand coup et ajustez la tête du mâle dans votre mire. Du coin de l'œil vous voyez les deux femelles immobiles qui vous regardent fixement. Vous serrez fermement votre arme et vous tirez. La boîte crânienne du sanglier explose sur l'arrière avec un bruit d'os caractéristique, l'animal fait un sursaut et tombe instantanément au sol, raide mort.
La plus grosse des femelles fait volte face et s'enfuit à travers les bouleaux en défonçant tout -buissons et arbrisseaux- sur son passage.

La deuxième femelle, la plus fine, prise de panique vous fonce dessus. *Faites un test de précision,* si c'est une réussite, **rendez vous au 19.** Si c'est un échec, **rendez vous au 95.**

41

Le combat :
Perdu dans vos pensées vous ne remarquez même pas les taches de sang qui maculent les roches plates du sentier, vous poussez deux branches qui vous barrent la route et vous vous retrouvez nez à nez avec un animal aux crocs saillants, aux lèvres bordées de sang et de bave : Le grizzly pousse un grognement long et rauque et vous attaque. *Faites un test d'esquive,* si c'est un succès, vous perdez 25% de santé. Si c'est un échec, vous perdez 50 % de santé. Dans les deux cas et si vous êtes toujours en vie, l'animal vous dépasse et se retourne prêt à attaquer à nouveau. Mais c'est sans compter sur votre intention d'en finir avec lui. *Faites un test de précision,* si c'est un échec, vous perdez à nouveau 50 % de santé lorsque ses puissantes griffes vous entaillent la poitrine ; de plus l'ours vous mord férocement le bras et vous l'arrache presque. Vous perdez connaissance et il ne vaut mieux pas savoir ce qu'il advient de vous ensuite...Votre chasse est terminée.
Si c'est un succès vous atteignez l'ours en plein cœur, il continue sa course sur deux mètres et s'effondre dans un râle étranglé...
Vous restez quelques secondes ébahi par le déluge de violence et de danger qui vient de s'abattre sur vous. Vous appréciez la beauté de l'animal et vous ne tardez pas à planter votre balise GPS dans la patte arrière gauche du grizzly. Votre chasse est un succès et *votre attribution de point Trophée pour cet animal est de 3 Points.*

Vous pouvez aussi retenter l'aventure afin d'améliorer votre score, en choisissant par exemple une arme plus difficile à manier, un ours plus prudent et plus gros, ou tout simplement un autre chemin...

42

Vous avancez accroupi dans les herbes hautes qui bordent cette partie du torrent, chacun de vos pas fait un bruit de succion dans le sol spongieux, votre treillis est trempé de bas en haut et vous avez un mal fou à garder cette position qui met vos cuisses à rude épreuve. *Faites un test de discrétion,* si c'est un succès, **rendez vous au 36.** Si c'est un échec, **rendez vous au 79.**

43

Vous apercevez sur un bouquet de joncs, des traces de sang à mi-hauteur. En fouillant un peu autour des traces vous parvenez aussi à identifier une petite touffe de poils appartenant sans aucun doute à un ours, peut être *vôtre* ours...Vous devez user de patience pour avancer entre les arbustes bas qui cachent ce que le sentier vous réserve cinq mètres plus loin. Vous n'avez aucune envie de recevoir un coup de griffe ou une charge de l'animal blessé. Vous passez entre deux gros rochers couverts de mousse et vous débouchez dans une petite aire dégagée de tout buisson, au centre de laquelle s'écoule un petit ruisseau au son chantant. **Rendez vous au 71.**

44

La plaine :
Vous approchez du bord de l'eau et vous constatez que la profondeur ne doit pas excéder les 30 centimètres, le courant est assez faible et vous permet de traverser facilement. Vous remontez le cour d'eau en cherchant au sol des empreintes d'ours, mais vous ne parvenez pas à identifier clairement de telles traces.
Plusieurs fois vous entendez des «plouf» caractéristiques d'une eau poissonneuse ; vous voyez d'ailleurs des éclats argentés sous l'eau : pas de doute cette rivière abrite des truites et les ours en raffolent !
Ne désespérant pas, vous progressez ainsi durant un bon quart d'heure, entre galets ronds, hautes herbes et branches mortes ramenées par les fontes de neige au fil des printemps. Au loin vous entendez un cri d'aigle qui vous rappelle à quel point le comté de White Lake est un formidable lieu pour tout amoureux d'une nature sauvage et mystérieuse. *Faites un test d'observation (vous pouvez utiliser des jumelles),* si c'est un succès, **rendez vous au 6.** Si c'est un échec,

rendez vous au 8o.

45

Vous n'êtes pas déçu de ce que vous voyez en gravissant les derniers mètres de côte : une vallée paisible dans laquelle serpentent de nombreux cours d'eaux et une belle rivière. Quelques bouquets de sapins isolés renforcent ce sentiment de sérénité et les chants mélodieux des rossignols tout près de vous achèvent de faire de cette vue un tableau poétique et apaisant. Vous faites le plein d'énergie quelques instants avant de scruter attentivement la zone pour tenter d'y voir un quelconque animal. *Faites un test d'observation (vous pouvez utiliser des jumelles),* si c'est un succès, **rendez vous au 31.** Si c'est un échec, **rendez vous au 61.**

46

Vers l'Ouest :

Vous avez tôt fait de comprendre que cet itinéraire ne va pas être de tout repos !

Des gorges rocheuses dont les parois sont acérées, un courant d'air froid et humide qui y circule et de nombreuses intersections entre les chemins vous donnent le tournis dans ce labyrinthe minéral. Malgré le vent vous avancez avec une seule idée en tête : le grizzly.

Vous escaladez plusieurs gros rochers formant une sorte d'escalier naturel à la fois magnifique et cruel : une seule glissade, un seul mauvais appui et c'est la chute assurée...

Après plusieurs minutes d'ascension éprouvante vous arrivez devant une difficulté supplémentaire et imprévue : des marmites de géants vous barrent la route. Ce sont des grosses cuvettes naturelles formées par l'érosion et remplies d'eau ; une eau turquoise, cristalline mais mortellement froide...Vous pouvez continuer à progresser en longeant ces cavités mais le danger sera présent à chacun de vos mouvements. Si vous désirez poursuivre dans cette direction, **rendez vous au 65.** Si vous jugez prudent de passer par un autre chemin, vous faites demi-tour et empruntez un chemin se dirigeant vers le Nord et semblant sortir des gorges de Jefferson, **rendez vous dans ce cas au 92.**

47

Vous avancez en vous fiant au grognement qui s'éloigne de plus en plus : et pour cause le grizzly est dans l'autre galerie mais ce sont quelques fissures dans la roche qui vous trompent. Ce qui est le plus grave à l'heure actuelle ce n'est pas l'ours qui s'enfuit en riant de vous, c'est le pied que vous posez sur une mousse glissante et qui vous fait chuter lourdement sur le sol. Vous entamez une glissade sur ce tapis végétal sans pouvoir vous retenir à une quelconque pierre saillante ni même une racine. Votre glissade se termine par une chute mortelle dans un gouffre béant quelques mètres plus loin. Vous n'êtes plus qu'un amas de chairs meurtries et d'os brisés lorsque vous touchez le fond de l'aven, quelques 25 mètres plus bas...Votre chasse prend fin dans les entrailles de la montagne.

48

Le grognement se fait de plus en plus distinct et une forte odeur de fauve emplit vos narines. La puissance de cette odeur fétide est renforcée par une atmosphère toujours plus chaude et humide. Vous entendez non loin de votre position des pas lourds et rapides semblants se diriger vers vous, vous tenez votre arme avec la ferme intention d'en finir une fois pour toutes avec ce grizzly.

La galerie s'ouvre sur une cavité plus large, circulaire et conduisant à trois autres galeries. Vous ne savez quel chemin emprunter car le bruit de pas se rapproche de plus en plus de vous. Le grizzly a du sentir votre présence -ou l'entendre- et fonce vers vous. Vous mettez les trois galeries dans votre ligne de mire prêt à tirer sur le premier animal qui sortirait de l'une d'elles. Soudain avec horreur vous constatez que le bruit de pas lourds et pesants ne viennent non pas d'en face *mais dans votre dos*. Vous ne savez pas comment l'animal a pu trouver une galerie annexe mais il vous a pris a revers et charge d'un air menaçant. **Rendez vous au 94.**

49

Vous prenez tout l'élan que vous jugez nécessaire pour sauter mais le choc entre vos mains et les racines saillantes contre la paroi vous fait vite réaliser que vous avez surestimé votre capacité de saut. Une violente douleur vous parcourt poignets et avant-bras lorsque vous tentez vainement de vous accrocher à l'une des nombreuses racines torturées qui vous lacèrent. Vous chutez lourdement au fond de la fosse et vous restez quelques secondes sonné.

Vous recouvrez rapidement vos esprits, vous rassemblez votre équipement éparpillé et *vous pouvez ôtez 25 % de votre total de santé*. Vous reprenez votre marche, qui désormais n'a qu'une direction : suivre le fossé et espérer qu'il débouche bientôt quelque part ou au moins que les parois se fassent moins hautes afin que vous puissiez en sortir.

Vous marchez ainsi durant de nombreuses minutes, comme un soldat dans une tranchée froide et humide lorsque vous entendez une voix demander :

- B'jour, on s'promène au fond du trou ?!

Vous levez les yeux vers le bord de votre prison naturelle et vous apercevez un vieux bonhomme d'une soixante d'années environ, une casquette de football américain vissée sur la tête, un gros chandail noir, une écharpe bleue foncé et un treillis noir ; une carabine .280 Remington entre les mains. Un visage de père noël !

C'est ce que vous inspire la moue sympathique de ce monsieur à la barbe blanche et aux petites lunettes rondes.

- Beh, en fait je suis tombé dans cette fosse en voulant sauter par dessus et pas moyen d'en sortir depuis un bon quart d'heure !

- Hé oui, c'est la fosse des condamnés, c'est comme ça qu'on l'appelle. Elle arrive de la montagne et débouche sur une ancienne cascade asséchée. Si un animal tombe dans ce fossé, il meurt d'épuisement à coup sûr, d'où son nom ! Allez attrape cette sangle que je t'aide à sortir !

L'homme vous tend la sangle en cuir de sa carabine et vous parvenez tant bien que mal à grimper contre la paroi de la fosse.

- Merci monsieur ! Dites-vous à peine sorti du trou.

- Pas d'quoi ! Alors tu chasses à ce que je vois ? Tu traques quoi aujourd'hui ?

- Un grizzly ! J'ai reçu un bracelet de la fédération et je piste un ours depuis ce matin.

- J'en ai aperçu un il y a deux jours, vers la cascade de Jefferson, un bestiau de 300 kilos environ et hier, je suivais des bouquetins quand j'ai vaguement vu un ours vers la rivière, plus à l'Est, par contre impossible de savoir si c'était un grizzly ou un ours noir... Bon et bien bonne chance, je retourne à mes sangliers !...

Si vous voulez vous diriger vers les gorges de Jefferson, **rendez vous au 46**.

Si vous préférez, poursuivre votre route vers l'Est pour rejoindre la rivière, **rendez vous au 38**.

50

Vous prêtez une attention particulière aux masses sombres qui se déplacent lentement au bord de l'eau, 500 mètres plus au Nord, en jouant à cache-cache avec les joncs. Il vous semble reconnaître des bisons mais sans apercevoir clairement la tête, ce pourrait aussi bien être des chevaux sauvages ou des élans. Vous attendez patiemment que les animaux soient à peu près à découvert pour évaluer leur espèce et vous n'êtes pas mécontent de l'image qui s'offre à vous :

Trois grizzlys promènent paisiblement au bord de l'eau, l'un d'eux est énorme et vous sentez que ce spécimen mérite une attention et une approche particulière *(ajoutez un point de trophée à votre total)*. Votre cœur bat la chamade lorsque vous vérifiez votre arme et que vous commencez à avancer parallèlement à la rivière, en vous dissimulant entre joncs et roseaux. Vous progressez ainsi, recroquevillé derrière les hautes herbes, durant deux ou trois minutes qui vous paraissent d'interminables heures tant la position est inconfortable. Vous devez effectuer *un test de Discrétion,* car vous approchez de plus en plus des plantigrades. Si c'est un succès, **rendez vous au 15**, si c'est un échec, **rendez vous au 5.**

51

Vous avez beau examiner avec la plus grande attention le sol et les troncs d'arbre, rien ne laisse supposer qu'un grizzly ait pu passer par ici. Vous vous attardez néanmoins sur un petit sentier qui semble partir légèrement vers le Nord Ouest en s'enfonçant sous les arbres. Vous suivez ce sentier sur quelques dizaines de mètres, en gardant en vue votre chemin d'origine, et vous remarquez des traces de griffures sur un tronc de peuplier.

Les traces sont confuses, elles peuvent avoir été faites aussi bien par un jeune ours que par un cougar, le peuplier étant trop vieux pour que son écorce usée et scarifiée ne vous livre quelque secret. Vous décidez de tenter l'aventure dans cette direction à défaut de mieux.
Rendez vous au 8.

52

Vous entrez à nouveau dans une partie de la forêt mais cette fois le sentier est tout sauf un parcours de promenade, vos muscles sont mis à rude épreuve et vous seriez curieux de connaître l'angle d'inclinaison de cette maudite pente... Au bout de longues et pénibles minutes d'ascension vous arrivez en vue d'un superbe éperon rocheux semblant dominer l'autre partie de la montagne, un point de vue panoramique idéal pour reconnaître les lieux et tenter d'apercevoir du gibier ! Vous pouvez continuer cette route **en vous rendant au 45** ; si grimper vous fatigue, vous pouvez faire demi-tour et emprunter l'autre sentier en **vous rendant au 82.**

53

Vous avancez à bonne allure tout en prenant soin de ne pas trop «coller» à l'animal. Vous sentez sur votre nuque qu'un léger vent arrière est en train de se lever et qu'il souffle vers le Nord ; l'ours continuant sa pêche, à quelques centaines de mètres devant vous, risque de sentir votre présence si vous ne faites pas quelque chose pour tromper l'odorat de l'animal. Vous savez par expérience que les ours peuvent flairer une odeur à plus de 25 kilomètres lorsque le vent leur est favorable ; en conséquence si vous avez du miel sur vous ou si vous avez pris soin d'emporter un «couvre-odeur», **rendez vous au 22,** le cas échéant, **rendez vous au 42.**

54

Vous atteignez la femelle dans l'épaule, ce qui a uniquement pour effet de la ralentir à l'impact. Une fois sur vous, elle envoie un formidable coup de tête dans votre cuisse droite et vous fait voler dans les airs. Par chance, elle ne revient pas à la charge ni ses semblables. Son attaque ne vous pas abimé l'artère fémorale (coup classique lors d'une attaque de sanglier) mais une vilaine entaille vous coûte tout de même 50% de santé (*retirez-les de votre total de santé*), un treillis déchiré, et une bonne douleur lancinante. Le plus risqué est passé ! L'animal blessé ira sûrement mourir plus loin et cet incident vous coûte 2 points de Trophée (*déduisez les de votre total de Trophée*).
Vous quittez bientôt le marais pour une plaine herbeuse qui s'étend jusqu'au lac de Shinewater. Une belle rivière sillonne la prairie et vous pensez fortement que ce coin est un paradis pour un ours voulant

manger quelque bon poisson. **Rendez vous au 39.**

55

Vers le Nord :

Vous vous engagez sur la piste forestière dont la largeur n'excède pas 4 ou 5m.

La neige y est très légère ; quelques amas durcis sont présents sur les bas-côtés, mais la route est bien dégagée pour rendre la progression facile. Vous observez attentivement de part et d'autre du chemin, cherchant absolument un signe, un détail pouvant témoigner de la présence d'un grizzly dans les parages. Quelques oiseaux chantent gaiement, profitant des premiers rayons du faible soleil de Novembre, et deux pies jacassent en se poursuivant entres les branches des pins noirs. L'inclinaison se renforce de plus en plus et bientôt la côte devient terriblement éprouvante pour vos mollets ! Vous gardez le cap au Nord, bien décidé à rejoindre le croisement des pistes forestières, afin d'y faire un nouveau choix de direction.

Un peu plus loin, un craquement se fait entendre sur votre droite entre les bouleaux dont l'écorce noire et blanche donne l'image d'un sous bois monochrome. Vous mettez votre arme en joue et vous vous abaissez. Vous n'avez pas longtemps à attendre avant de voir un sanglier sortir sur la piste ; un mâle qui se fige et vous observe avec deux gros yeux sombres. Il souffle et gratte le sol avec son sabot. Deux femelles le suivent de près et vous observent à leur tour.

Si vous souhaitez ouvrir le feu sur cet animal en prévention d'une attaque, **rendez vous au 23.**

Si vous préférez attendre de voir sa réaction, **rendez vous au 27.**

56

La forêt :

Dans ce sous bois, de nombreux sapins cohabitent avec des frênes et des bouleaux. Le mélange des écorces colorées, des parfums de feuilles et aiguilles en décomposition vous émerveillent tant et plus. Un vent frais circule entre les arbres et son sifflement donne une allure vivante, presque humaine à cette forêt. Vous avancez sur un sol spongieux, tantôt enneigé, tantôt boueux ; vous remarquez que de nombreux sangliers ont fouillé cette terre à la recherche de quelques champignons ou racines qui pourraient les nourrir et leur faire passer un meilleur hiver. Il est vrai que dans le Comté de White Lake, l'hiver ne doit pas être facile pour les animaux sauvages ; des températures souvent négatives -et *très* négatives- sur un territoire couvert de neige durant 5 mois, des bûcherons qui sillonnent les forêts presque tous les jours avec tronçonneuses et tracteurs, tout un tas de conditions réunies pour rendre les animaux nerveux et les obliger à se cacher loin dans les montagnes où censément la nourriture est plus rare...

Au bout de quelques centaines de mètres parcourus entres les arbres, sans apercevoir l'ombre d'une trace pouvant témoigner du passage d'un grizzly, vous arrivez dans une clairière, **rendez vous au 34.**

57

En dépit du soin que vous apportez à votre déplacement, la tourbe aspire chacun de vos pas et vous fait chuter avec un grand SCHPLOUF retentissant. Vous vous redressez immédiatement et vous apercevez non pas une mais deux têtes d'élans qui regardent dans votre direction. La femelle promenait avec son petit...

Elle commence à souffler nerveusement en s'approchant de vous et en s'arrêtant de cinq mètres en cinq mètres. Vous ne voulez pas tirer sur l'animal car vous condamneriez le petit à une mort certaine, mais l'animal se fait de plus en plus menaçant et commence une série de cris de plus en plus insistants. Vous ne voulez pas risquer une charge d'un animal pesant au bas mot 250 kg, et vous vous éloignez en vous déplaçant calmement et latéralement.

Brusquement la femelle pousse un cri plus fort que les autres et se rue sur vous, tête baissée, son petit courant à ses côtés. Vous savez d'expérience que tout animal sauvage -non blessé- qui veut passer, s'enfuir ou impressionner, ne chargera qu'une fois et s'en ira, fier d'avoir prouvé sa supériorité. Vous comptez sur ces bonnes statistiques et vous vous préparez à effectuer un plongeon de côté. Lorsque les deux animaux ne sont plus qu'à quelques mètres de vous, vous sautez sur la gauche de toute votre force.

Faites un test d'esquive, si c'est un succès, les animaux ne vous touchent pas et s'enfuient sans tarder. Vous reprenez votre route, trempé mais indemne, **rendez vous au 75.** Si c'est un échec, **rendez vous au 73.**

58

Vous rampez difficilement entre les herbes hautes et les roseaux, plusieurs arbustes bas, genre osier, vous obligent par deux fois à entrer dans l'eau pour éviter un détour qui vous rendrait visible. Vous approchez jusqu'à environ 40 mètres de l'animal et vous ne bougez plus. Vous admirez sa force et sa puissance lorsqu'il frappe l'eau pour en extraire son repas. Il y parvient d'ailleurs au troisième essai et sort une magnifique truite qu'il engloutit en quelques secondes. Vous cherchez un rocher pouvant vous abriter pour un tir à genoux, vous en repérez un 10 mètres sur votre droite. Vous vous adossez contre ce dernier et mettez l'ours en ligne de mire.

Faites un test de patience, si c'est un succès, **rendez vous au 9**, si c'est un échec, **rendez vous au 17.**

59

Vous avancez prudemment dans les éboulis, persuadé que le grizzly est déjà plus loin sur le sentier ; soudain vous entendez un grondement terrifiant au dessus de vous : le grizzly vous a senti et se tient à quelques mètres de vous. L'écume aux lèvres, des crocs énormes et une gueule à faire pleurer un enfant pendant de nombreuses nuits... Vous n'avez pas le temps de mettre l'animal en joue qu'il se jette sur vous et vous envoie un coup de griffe qui vous atteint en plein visage. Sous la violence du choc et de la douleur vous tombez en arrière, vous brisant plusieurs os dans la chute. Le grizzly a tôt fait de rejoindre un corps souffrant et incapable de faire le moindre geste hostile envers lui, et en quelques secondes il vous dévore. Vivant...

60

Vous avancez d'un bon pas vers le groupe de cerfs qui s'enfuit et disparait derrière un bosquet de peupliers. Vous longez les berges du lac et vous découvrez de nombreuses empreintes appartenant à des ours. De tailles et profondeurs différentes, elles témoignent toutes de l'activité importante des grizzlys et autres ours bruns autour de ce point d'eau. Un vieux canoë est à demi englouti au bord du lac, de nombreuses chaussures d'enfants sont enfouies dans la vase et quelques roseaux émergent de l'eau. Tout en examinant la surface agitée de remous, sans doute créés par des poissons chassant juste sous la surface, vous remarquez des silhouettes se mouvoir au loin. *Faites un test d'observation (vous pouvez utiliser vos jumelles)*, et si c'est une réussite, **rendez vous au 50**, si c'est un échec, **rendez vous au 70**.

61

Malgré tout le soin et la méthode que vous apportez au balayage visuel de la plaine, vous ne distinguez aucun grizzly dans les parages. Une tache sombre vous interpelle mais vous réalisez ensuite qu'il s'agit d'un imposant rocher figé au bord de la rivière. Un peu déçu d'avoir tant grimpé pour rien, vous jetez un dernier coup d'œil à cette plaine et vous vous jurez d'y revenir au printemps prendre des photos ; en attendant votre route vous attend vers l'autre sentier aperçu plus tôt. **Rendez vous au 82.**

62

Vous sortez discrètement l'appeau de votre sac et vous préparez une pierre assez grosse. Vous soufflez fortement dans le petit bec en frêne de l'appeau et aussitôt un son plaintif, imitant un blaireau ou un renard blessé, se fait entendre dans le marais. Vous ramassez la pierre et la jetez le plus loin possible de votre position en attendant un grand

PLOUF. Les sangliers tournent la tête vers le point d'impact et soufflent en se regardant, curieux. Une des femelles semblant plus vaillante que les autres lève le groin et sent l'air ambiant. Un mâle souffle et pousse un couinement qui fait redresser ses congénères encore dans la boue. *Faites un test de Discrétion,* si c'est une réussite, **rendez vous au 25**, si c'est un échec, **rendez vous au 81.**

63

Vous attendez patiemment que le grizzly soit assez loin avant de gravir l'éboulis qui vous conduit sur ses traces. *Faites un test de discrétion,* si c'est un succès, **rendez vous au 74,** si c'est un échec **rendez vous au 59.**

64

Vous avancez sur un sentier où la neige est clairsemée ; quelques touffes d'herbes ont résisté aux premiers froids de l'hiver, d'autres sont déjà noircies par le gel. Un renard surgit soudain entre deux troncs morts, il vous regarde de ses deux yeux vifs, puis d'un bond rapide, disparaît aussi vite qu'il est apparut.
Au bout d'une centaine de mètres, la piste qui remonte vers la cabane vous pose un sérieux problème : des arbres se sont effondrés et ralentissent considérablement votre progression. Vous vous blessez à maintes reprises et vous décidez d'abandonner cette voie. Vous pouvez faire demi tour et reprendre la piste principale, **rendez vous alors au 7.** Vous pouvez aussi abandonner l'idée du promontoire et regagner aussi vite que possible les plaines, **rendez vous dans ce cas au 2.**

65

Vous longez le bord glissant de la première marmite et vous évaluez la hauteur qui vous sépare de l'eau à environ 3 mètres, la profondeur de la cuve vous est impossible à déterminer tant l'eau limpide fausse toute distance réelle. Vous avancez à petit pas en essayant de garder votre équilibre au mieux ; quelques instants plus tard vous attaquez la deuxième cuvette. Celle ci monte encore d'un cran dans le danger car vous estimez cette fois la hauteur à une dizaine de mètres par rapport à l'eau, une chute ne serait pas forcément mortelle mais vous seriez en fâcheuse posture, seul, et dans une eau ne dépassant pas les 4 ou 5°C... Armé de tout votre courage vous progressez presque à quatre pattes le long de la corniche. *Faites un test d'Endurance*, si c'est un succès vous arrivez à surmonter votre peur et vous atteignez enfin le haut de la marmite. Deux chemins s'offrent à vous, le bas de l'ancienne cascade de Jefferson, **rendez vous au 28** ou le haut de cette même cascade, **rendez vous dans ce cas au 69.** Si votre test d'Endurance échoue, votre vertige devient plus fort que tout et vous oblige à rebrousser chemin, **rendez vous au 92.**

66

Vous longez la rivière sur une bonne centaine de mètres en apercevant ça et là des empreintes fraiches d'ours. Vous scrutez loin devant vous et vous apercevez une petite cabane en pierres dont le toit semble effondré. Vous approchez à pas feutrés de la maisonnette en ruines et vous en faites le tour rapidement. Rien d'intéressant à l'intérieur !

Lorsque vous revenez près de la porte principale, qui aujourd'hui n'est qu'une ouverture béante barrée par des nombreuses branches cassées, vous apercevez quelque chose bouger lentement, 500 mètres plus au Nord. Immédiatement vous vous appuyez contre les pierres couvertes de lichens qui composent les restes du mur et vous observez attentivement et patiemment ce qui se déplace devant vous : Des grizzlys !

Un grizzly énorme se mêle aux autres, à en juger par la nonchalance de son déplacement. Vous sentez que ce spécimen mérite une attention et une approche particulière. Votre cœur bat la chamade lorsque vous vérifiez votre arme et que vous commencez à avancer parallèle à la rivière, en vous dissimulant derrière les joncs et roseaux. Vous progressez ainsi, recroquevillé derrière les hautes herbes, durant deux ou trois minutes qui vous paraissent d'interminables heures tant la position est inconfortable. Vous devez effectuer *un test de Discrétion*, car vous approchez de plus en plus des plantigrades. Si c'est un succès, **rendez vous au 15**, si c'est un échec, **rendez vous au 5.**

67

Vous ne parvenez pas à identifier clairement l'origine des silhouettes sombres sous les arbres. Les branches vous cachent la vue et vous n'arrivez pas à y voir clairement. Il vous faut désormais prendre une décision quant à la route à prendre :
La voie Nord, **rendez vous au 55.**
La voie Ouest, **rendez vous au 88.**
La voie Est, **rendez vous au 96.**

68

Les marais n'ont jamais été un endroit que vous affectionnez. Ce sont des lieux souvent glauques, les eaux sont troubles, pestilentielles la plupart du temps, et le sol semble vouloir vous retenir prisonnier à chaque pas.
Mais il faut reconnaître qu'une de vos plus belles journées de chasse fût vécue au milieu des marais de Louisiane, lorsque vous chassiez l'alligator avec votre frère. Une journée éprouvante pour les nerfs et les muscles, mais au final, un alligator de 3 mètres pour 300 kilos !
Aujourd'hui vous avez beau penser aux souvenirs, vous voilà à nouveau dans une tourbière. Vous scrutez activement l'horizon par dessus les joncs, en espérant apercevoir une silhouette, si loin soit-elle, pouvant vous donner un peu de courage pour sortir de cet enfer boueux. Vous avancez avec difficulté et vous devez *faire un test d'Endurance*. Si vous réussissez, **rendez vous au 77.** Si vous échouez, **rendez vous au 26.**

69

Vous prenez votre courage à deux mains avant d'attaquer les quelques mètres de paroi qui vous séparent du haut de la cascade. La cascade de Jefferson, autrefois puissante et bouillonnante à la fonte des neige est aujourd'hui le vestige d'une nature forte et sa puissance colossale est réduite à quelques minces filets d'eau ruisselants sur la paroi. Les époques changent, la nature subit... L'eau ne vous pose aucun problème, mais l'ascension se révèle éprouvante car les roches sont glissantes et vous vous blessez plusieurs fois les genoux en vous rattrapant in-extremis aux racines et autres branches saillantes. Vous parvenez enfin à atteindre la plateforme au sommet de la cascade et votre premier réflexe est de vous retourner pour apprécier le chemin parcouru : et quel chemin ! La bas de l'ancienne chute d'eau se trouve maintenant quelques 25 mètres en dessous, vous apercevez le sentier par lequel vous êtes arrivé et qui vous a permis de n'escalader que les 10 derniers mètres vers le sommet, si vous étiez arrivé complètement en bas, l'escalade aurait été une autre affaire... Perdu dans vos pensées, vous êtes soudain attiré par un bruit suspect : un grognement rauque suivi d'un souffle un peu plus haut sur le talus rocailleux qui vous surplombe. Vous avez le temps de saisir votre arme et de vous abaisser avant de voir dépasser au bord des pierres, quelques mètres plus haut, la tête massive d'un grizzly ! Un monstre à en juger par la taille de sa tête...Si vous avez pris soin d'apporter un quelconque couvre odeur (odeur neutre ou miel), **rendez vous au 14.** Le cas échéant, vous devrez redoubler de prudence et de discrétion pour votre approche, **rendez vous au 63.**

70

Vous essayez d'identifier les animaux évoluant au loin mais pas moyen d'y parvenir, les herbes sont trop hautes devant vous, eux-mêmes se déplacent en jouant à cache-cache avec les joncs. Vous ne désespérez pas et vous tentez de vous approcher au plus près de ce groupe pour en avoir le cœur net. **Rendez vous au 66.**

71

Le tir :
Ce que vous apercevez au centre de cette clairière à de quoi vous réjouir : l'animal est couché sur le flanc, l'épaule baignant dans le petit ruisseau qui de ce fait déborde et s'écoule autour de lui. Vous vous abaissez pour ne pas effrayer l'animal et vous mettez sa tête en ligne de mire. Vous tirez et le grizzly meurt en un instant ; le calme revient dans la clairière, les écureuils continuent leurs éternelles poursuites avec les pies et vous avancez vers le grizzly pour lui planter la balise GPS dans la patte arrière gauche. Dans quelques heures les gardes fédéraux seront ici pour récupérer l'animal. Votre chasse est un succès et *votre attribution de point Trophée pour cet animal est de 3 Points.*

Vous pouvez aussi retenter l'aventure afin d'améliorer votre score, en choisissant par exemple une arme plus difficile à manier, un ours plus prudent et plus gros, ou tout simplement un autre chemin...

72

Vous avancez prudemment, tous les sens en alerte. Le moindre bruit peut vous trahir ou trahir la position de l'animal, la moindre trace de branche cassée, d'herbe arrachée peut être un indice qui vous conduirait au grizzly. Vous remarquez que certains galets au sol ont été délogés de leur emplacement d'origine, ils sont sales d'un coté, usés et clairs de l'autre et de nombreux trous dans la terre indiquent qu'un animal est passé ici en courant et en projetant des pierres aux alentours. Vous tendez l'oreille mais rien, aucun bruit de course, aucun râle ne vient perturber le chant des merles.

Vous avancez sur une bonne trentaine de mètres, examinant avec précision tous les buissons et autres arbustes. *Faites un test d'observation,* en cas de succès, **rendez vous au 43**. Si vous échouez, **rendez vous au 29.**

73

La femelle vous rate de peu et vous sentez l'odeur des animaux à pleines narines tellement ils passent près de vous. Vous avez échappé à la charge de la maman défendant son enfant ! Par contre ce qui risque d'interrompre votre journée de chasse c'est le jeune tronc cassé à fleur d'eau qui vous a perforé le mollet... la boue devient rapidement rouge sous votre jambe et vous vous empressez de faire un point de compression. La balise qui devait vous servir à appeler les gardes fédéraux risque bien de vous sortir d'une fâcheuse posture. En attendant, votre chasse se termine dans les marais, au pied de la montagne de Kent...

74

Vous suivez le «sentier de chèvres» comme il est coutume de le dire dans cette région, ce chemin caillouteux est inégal, plein de dévers opposés, de bosses et de trous, un bonheur pour vos chevilles ! Vous apercevez un excrément frais sur le sentier et vous retenez votre souffle quant à sa taille : le grizzly aperçu quelques instants auparavant doit être impressionnant au vu de ses déjections.

Le chemin suit une légère courbe à droite et des buissons feuillus commencent à casser un peu la monotonie minérale des lieux. Vous faites attention à ne pas en faire bouger un pour éviter tout bruit malencontreux qui affolerait sans doute votre proie. Soudain au détour de ce virage, vous apercevez l'ours, droit sur ses pattes postérieures, regardant dans votre direction : quelque chose a dû l'avertir de votre présence et l'animal se dresse maintenant pour examiner son poursuivant. Dès qu'il vous voit, l'animal se laisse retomber de tout son poids et s'enfuit sur le chemin ; il ne court pas bien longtemps car la montagne lui offre un refuge de choix : une caverne sombre. Il y pénètre à toute allure et disparait dans la pénombre...

Votre choix est des plus simples : suivre l'animal pour une traque sans merci au cœur de la montagne ou bien redescendre la cascade et explorer la zone du bas.

Pour la traque dans la caverne, **rendez vous au 10.**

Pour rebrousser chemin, **rendez vous au 28.**

75

Vous avancez prudemment entre les joncs et les arbustes bas qui composent l'essentiel de la végétation de cette prairie ; le sol vous inquiète quelque peu car chaque pas produit un drôle de bruit de succion et vos chaussures s'enfoncent profondément dans le sol. Cette partie de la région vous est assez peu familière et pour cause, lorsque vous arpentez la zone c'est généralement la montagne et ses hauteurs, très peu souvent les plaines environnantes, mais il faut bien vous rendre à l'évidence : vous avancez dans un zone très marécageuse ! Vous pensez d'emblée à ce que doit éprouver un animal devant chasser pour se nourrir dans un endroit aussi physique que celui là.

Vous avancez à bonne allure, l'œil vif scrutant les alentours, l'ouïe attentive au moindre bruit trahissant la position d'un animal à proximité (vous avez une chance inouïe, aucun souffle de vent ne peut trahir la vôtre). Malgré tout le soin que vous apportez à votre progression, quelques racines immergées vous font chuter à maintes reprises, *Faites un test d'Endurance,* Si c'est un succès, **rendez vous**

directement au 68, si c'est un échec, ôtez d'abord 25% de santé et **continuez ensuite au 68.**

76

Un grognement assez lointain vous fait stopper net. Vous sentez des gouttes de sueur perler sur votre front et votre respiration s'accélère sans que vous puissiez la contrôler. Vous tendez l'oreille de nouveau et le grognement semble s'éloigner encore, le souci est que dans ce genre de lieu, tout semble proche, tout semble lointain : un écho impressionnant se joue de vous et peut aisément fausser un jugement. Le même grognement rauque se répercute sur la paroi humide de la caverne et pour la première fois de votre vie, vous avez cette étrange sensation de peur. Pourtant vous êtes armé, lui non.
Vous êtes humain et capable d'avoir un raisonnement fondé, lui fonctionne à l'instinct ; mais pour la première fois de votre vie vous sentez la *peur* monter en vous.
Il vous faut prendre néanmoins une décision :
Pour continuer à suivre la galerie qui descend, **rendez vous au 47,** pour revenir sur vos pas et emprunter l'autre galerie, **rendez vous au 48.** Enfin si toutes ces frayeurs souterraines perturbent votre jugement, vous pouvez sortir de la caverne et regagnez le bas de la cascade de Jefferson **en vous rendant au 28.**

77

Vous chutez à maintes reprises et les pierres à demi immergées vous meurtrissent rapidement les cuisses. Vous parvenez tant bien que mal à passer la zone sensible où le marais est vraiment «boueux» et vous posez enfin le pied sur une terre humide mais ferme, où de nombreux arbustes bas semblent avoir élu domicile. Cette épreuve difficile vous a tout de même coûté 25% de santé (déduisez-*les de votre total de Santé*). Vous n'avez pas fait 50 mètres lorsque vous assistez à un beau spectacle, **rendez vous au 18.**

78

A force de persévérance, vous découvrez sur un petit sentier de terre des empreintes de ce qui semble être un ours ; noir, brun ou grizzly vous avez du mal à le savoir mais peu importe, un ours est passé par là ! Vous décidez donc de suivre l'orientation de ces maigres indices qui pointent vers le Nord. Vous vous enfoncez dans la forêt, et vous vous rapprochez bientôt du pied de la montagne. Plusieurs petites cascades ruissellent paisiblement contre les parois couvertes de mousses jaunâtres et vertes et vous apercevez plusieurs bons champignons -que vous jurez de récoltez un autre jour- au pied des arbres.

Vous n'y prêtez pas attention immédiatement mais le sol devient plus mou, plus spongieux au fur et à mesure de votre progression ; la terre et l'herbe de prairie se transforment petit à petit en mousse d'un vert vif, et les arbres se font de plus en plus espacés : vous entrez dans un zone marécageuse...

Si vous souhaitez continuer sur cette piste, **rendez vous au 85.** Si vous ne voulez pas vous hasarder dans les marais, vous pouvez rebrousser chemin vers la cabane Spartan et choisir le Nord en **vous rendant au 55**, ou bien l'Est en **vous rendant au 96.**

79

Votre discrétion n'est pas suffisante pour tromper la vigilance de l'animal qui se met soudainement à courir vers l'Est : il vous a senti avec ce maudit vent dans le dos ...

Vous vous relevez d'un seul coup et vous voyez l'ours à une distance d'environ 50 mètres courir entre les nombreux buissons qui poussent dans cette plaine. Si vous chassez au fusil ou à l'arc, ou si tout simplement vous ne voulez pas tirer, vous pouvez abandonner votre cible à sa liberté et revenir sur vos pas jusqu'à la forêt, **rendez alors au 56.** Vous pouvez tout de même tenter un tir au jugé, si vous possédez une carabine avec lunette de visée en **vous rendant au 35.**

80

Vous avez beau scruter les alentours, sol, troncs et autres, mais rien ne semble témoigner du passage récent d'un ours dans ce secteur. Vous reprenez donc la route de la forêt vers l'Ouest, en espérant trouver un plantigrade au milieu de ce bois de sapins. **Rendez vous au 56.**

81

Les animaux semblent absorbés par le lieu où est tombée la pierre et vous profitez de leur inattention pour leur fausser compagnie. Une femelle semble réticente quant au «piège» tendu pas vos soins et tourne la tête à droite et à gauche assez nerveusement. Vous stoppez votre déplacement derrière un buisson épineux, et vous sortez doucement la tête sur le côté pour vérifier qu'aucun animal ne regarde dans votre direction. Le prochain buisson est à une dizaine de mètres de vous et ce petit passage à découvert risque de vous mettre en fâcheuse posture. Vous regardez lentement vers les animaux mais la femelle «inquiète» semble avoir rejoint le groupe. Vous vous élancez en courant vers les buissons d'en face lorsque vous apercevez avec effroi que la femelle n'était qu'à quelques mètres de l'autre côté de votre buisson. Elle souffle et vous fonce dessus. Vous ne pouvez pas vous retourner pour lui tirer dessus car ce serait très risqué, le seul moyen est de plonger sur le côté lors de son attaque.

Elle vous rattrape en deux secondes et vous envoie un formidable coup de tête dans la cuisse droite. Par chance, elle ne revient pas à la charge et part alerter ses semblables.

Son attaque ne vous pas abimé l'artère fémorale (coup classique lors d'une attaque de sanglier) mais une vilaine entaille vous coûte tout de même 50% de santé (*retirez-les de votre total de santé*), un treillis déchiré, et une bonne douleur lancinante. Le plus risqué est passé !

Vous progressez à faible allure et vous quittez bientôt le marais pour une plaine herbeuse qui s'étend jusqu'au lac de Shinewater. Une belle rivière sillonne la prairie et vous pensez fortement que ce coin est un paradis pour un ours voulant manger quelque bon poisson. **Rendez vous au 39.**

82

Vous marchez d'un bon pas vers le sommet de la butte, excité comme un enfant voulant voir «ce qu'il y a derrière» ! Après quelques minutes de marche vigoureuse vous atteignez la crête et votre surprise est de taille : une petite masse rocheuse se tient devant vous et compose la base d'un escarpement rocheux invisible depuis le bas de la butte mais

réellement problématique vu d'ici ! Vous distinguez quelques failles qui vous permettraient de marcher dans des sortes de gorges rocheuses, encore faut-il avoir envie d'aller tenter un chasse dans ces conditions...
Si l'escalade et la marche physique ne vous effraient pas, continuez votre route en **vous rendant au 46.** Si vous sentez que vous n'êtes pas fait pour une chasse «survie», il vous reste **la direction du Nord Est au 52**, si vous avez déjà exploré cette partie, bon courage pour le paragraphe 14...

83

Vous vous abaissez et vous mettez presque à quatre pattes en longeant les buissons épineux qui forment une haie naturelle entre vous et les sangliers. Vous faites attention à tout ce qui peut être cassant sur le sol, branches, écorces ou tout autre obstacle pouvant vous faire repérer. Vous arrivez au bout de la haie de buissons et vous scrutez discrètement vers la «baignoire» des cochons. Ils jouent toujours !
Le prochain buisson n'est qu'à une dizaine de mètres mais le passage est à découvert et les marcassins sont très jeunes, ce qui signifie mamans très hargneuses...
Vous prenez une profonde inspiration et vous avancez vers la haie suivante, naturellement et calmement, en refusant de penser qu'un troupeau de sanglier s'ébat à quelques mètres. On vous a souvent dit que lorsque vous ne vouliez pas que quelque chose arrive il ne fallait pas y penser...en théorie !
Une femelle sort immédiatement de la tourbière et regarde dans votre direction, elle souffle et couine comme pour rassembler les troupes. Deux autres adultes la rejoignent et avancent vers vous en trottant, puis s'arrêtent à quelques pas de vous. Vous continuez votre route en saisissant doucement votre arme. Soudain une femelle plus teigneuse que les autres se met en tête de charger. Vous mettez l'animal en ligne de mire. *Faites un test de précision*, si c'est un succès, **rendez vous au 21**, si c'est un échec, **rendez vous au 54.**

84

Vous vous jetez sur le coté droit juste à temps pour éviter le dangereux coup de tête de cette femelle. Elle souffle en passant devant vous et projette du sang par la bouche et le groin. Quelques mètres plus loin, vous entendez un bruit de branches qui se cassent suivi d'un bruit sourd. Vous vous relevez, tout choqué de cette attaque, vous reprenez votre arme et vous avancez vers le lieu où la bête est censément tombée. Vous la voyez écroulée au pied d'un églantier qu'elle a cassé en s'effondrant de tout son poids. *Vous perdez 10 % de santé* à cause de votre chute, et vous *ôtez 1 point de Trophée à votre total*. **Rendez vous au 2.**

85

Vous progressez facilement dans ce marais car à défaut d'un sol ferme qui vous rendrait la marche plus facile, le sol est trempé mais aucune flaque profonde ne vient vous détourner de la direction Nord. Vous scrutez les environs avec une attention particulière pour les quelques bouquets de peupliers, qui sont maintenant les arbres dominants, et desquels peuvent à tout instant sortir des animaux sauvages. Vous progressez ainsi sur plusieurs centaines de mètres et vous apercevez devant vous, à environ 40 mètres, une femelle élan qui semble brouter le sol, ou boire peut être. Vous ne souhaitez pas tuer cet animal, vous devez donc essayer de la contourner sans la déranger -votre amour pour la nature passe avant vos pieds mouillés- et pour y arriver vous n'avez pas d'autres choix que de faire un large détour par la gauche. De nombreuses branches pourries ralentissent votre avancée et provoquent votre déséquilibre à plusieurs reprises.
Faites un test de Discrétion et déduisez un point du score obtenu si vous disposez d'un couvre odeur. Si c'est une réussite, **rendez vous au 75**, si c'est un échec, **rendez vous au 57.**

86

Vous balayez la zone à travers vos jumelles et vous ne remarquez rien qui puisse vous aider à choisir une voie plus qu'une autre. Vous vous attardez néanmoins sur la piste qui monte plein Nord.
Il vous semble voir bouger entre les arbres, vous zoomez au maximum de vos jumelles et vous fixez votre attention sur plusieurs masses

sombres sous des bouleaux. Vous tournez la tête lentement, en même temps que les formes se déplacent sous les arbres. Le terrain à l'air assez instable à cet endroit et vous remarquez plusieurs pierres dévaler la pente au passage des silhouettes. Il vous parvenez à compter 3 masses distinctes. *Faites un test d'observation.* Si c'est une réussite, **rendez vous au 37.** Si c'est un échec, **rendez vous au 67.**

87

Vous regardez votre mollet avec désarroi : deux petits trous sanguinolents espacés d'une dizaine de millimètres et votre partie de chasse est fortement compromise...Vous sentez que votre jambe vous fait mal ; la peur aidant les symptômes, vous commencez à suffoquer. Vous gardez votre calme tant bien que mal et allongé près de la chute d'eau vous activez la balise GPS pour prévenir les gardes fédéraux, ils seront là dans une petite heure...

En attendant les secours ou la mort, il ne vous reste plus qu'à retourner à votre chalet pour changer d'équipement, d'arme et vous préparer pour une nouvelle traque. Votre chasse est finie pour cette fois.

88

Vers l'Ouest :
Vous longez une forêt essentiellement composée de bouleaux et de quelques peupliers. Vos sens sont à l'affût de la moindre trace de patte, du moindre excrément qui pourrait vous mettre sur la piste du grizzly. Le silence vous entoure ; même le vent qui d'habitude souffle fort à cette époque de l'année semble vous épargner de ses caresses froides et cinglantes. Quelques corbeaux planent dans le ciel et vous contemplez l'imposante masse de granit qu'est la montagne de Kent ; sa couleur dominante noire renforce encore la sensation d'écrasement que provoque sa vue en contre-plongée.
Soudain, vous apercevez un mouvement furtif entre les troncs de bouleaux : vous vous abaissez pour ne pas être vu et attendez patiemment de pouvoir identifier l'animal. Quelques instants plus tard, un cerf mulet -qui doit son nom à ses grandes oreilles d'âne- sort

tranquillement sur la piste que vous empruntiez, fait deux bonds et disparaît de l'autre côté du chemin. Il y a du gibier ici et peu méfiant apparemment ! Heureux de cette rencontre vous décidez de chercher minutieusement des empreintes d'animaux pouvant indiquer si des plantigrades fréquentent ces lieux. *Faites un test d'Observation*, si c'est un succès, **rendez vous au 78.** Si c'est un échec, **rendez vous au 51.**

89

Malgré votre position accroupie et votre approche lente, vous êtes trop pressé de faire un tir phénoménal sur votre cible. Vous ne savez pas s'il vous entend ou vous sent, mais soudain l'ours se met à courir vers l'Est ; bien que vous soyez bon viseur, une cible mouvante partant en zigzag est difficile à atteindre. De plus vous n'avez même pas l'avantage de la hauteur car vous êtes au même niveau que l'animal. Vous regardez l'ours s'enfuir à travers la plaine sans pouvoir tirer ; vous n'avez d'autres choix que de tenter votre chance vers la forêt, **rendez vous au 56.**

90

Par chance la rivière n'est pas très profonde et les rives n'en sont pas très hautes. A cet endroit l'eau est au même niveau que le sol, si bien que le torrent rend presque la zone marécageuse. Les bruits de patte dans cette boue vous indiquent que l'ours est toujours devant vous en pleine progression, et vous parvenez à garder une idée de sa localisation malgré votre position accroupie qui ne vous permet pas de distinguer en continu votre cible. Vous ne devriez plus être trop loin pour tenter un tir avec votre arme : vous relevez calmement la tête et vous voyez que le plantigrade renifle l'air ambiant en se mettant debout sur ses pattes postérieures de temps à autre. Vous évaluez le poids de l'animal à environ 250 kilos, un «petit» grizzly qui ne devrait pas poser trop de problème en cas de tir raté. Si vous voulez tenter un tir sur cet animal, **rendez vous au 4.**
En revanche, si vous estimez que le trophée ultime n'est pas «ce» grizzly et que vous vouliez essayer un autre secteur en espérant en trouver un plus gros, vous pouvez abandonner cet ours **et vous**

rendre au 16.

91

L'ours pousse un long grognement lorsque votre tir l'atteint dans l'épaule. *Retirez immédiatement 2 points Trophée de votre total actuel.* Il s'enfuit en une fraction de seconde entre les buissons aux branches tombantes qui poussent sur ce sol fertile. Vous n'arrivez pas à ajuster l'animal pour un deuxième tir mortel, vous êtes donc contraint de suivre l'animal au sang. Vous avancez jusqu'à l'endroit où il a été blessé et vous examinez le sol. Des traces profondes de pattes partent vers le Nord Est, d'autres traces se dirigent vers l'Ouest. Il y a du sang sur les quelques buissons environnants -témoins du passage du grizzly- mais aucune autre trace «rouge» au sol vous permettant de savoir exactement quelle direction suit l'animal en ce moment.
Vous devez choisir entre partir plein Ouest ou vers le Nord Est.

Pour l'Ouest, **rendez vous au 32.**
Pour le Nord Est, **rendez vous au 72**

92

Vous ne voulez pas traîner dans ce coin dangereux et vous sortez au plus vite des gorges de Jefferson. Le chemin de pierre sillonne au pied d'imposantes falaises de granit noir et le son sifflant du vent résonne dans tout le canyon. Vous progressez vers le Nord et vous apercevez furtivement deux chèvres de montagnes sauter joyeusement de roche en roche quelques 30 mètres au dessus de vous...Vous débouchez sur un promontoire qui offre une vue sur la vallée suivante dans laquelle se trouve le lac de Shinewater. **Rendez vous au 39.**

93

Vous avancez prudemment vers la zone des chutes d'eau. Ces dernières ne sont pas dangereuses en termes de hauteur et de courant. L'eau arrive assez vite mais ne chute pas vraiment : elle s'écoule sur plusieurs roches jusqu'au lac. Ces roches sont recouvertes d'une magnifique mousse verte dont les filaments dansent au gré du courant. La disposition anarchique des pierres -une grosse saison d'enneigement et une fonte mémorable en 1987 en sont les causes- fait que l'eau prend de la vitesse pour mieux se casser sur la roche suivante et ainsi de suite ; au bout du compte, la dernière roche étant crénelée, l'eau se jette avec force dans le lac, plus comme un geyser horizontal que comme une cascade, depuis une hauteur de 5 mètres environ.

Vous examinez attentivement le chemin qu'un grizzly aurait choisi pour grimper là-haut et vous découvrez un petit sentier qui serpente entre les rochers, au bord de la chute d'eau. Vous vous y engagez vivement et commencez à grimper au son enivrant de l'eau qui coule. Vous n'avez pas fait quelques mètres qu'un mouvement attire votre curiosité sous un des rochers près de vous. Vous restez figé quelques secondes puis ne voyant plus rien bouger, vous reprenez votre route.

Soudain vous sentez une douleur vive vous déchirer le mollet et vous avez à peine le temps d'écraser la perfide vipère qui vient de vous mordre avant qu'elle ne vous attaque à nouveau. Vous ne l'aviez pas vue sous le rocher et votre passage l'a poussée à vous attaquer. Vous sentez une chaleur intense vous parcourir tout le corps -la panique et pas encore le venin, pensez-vous- et vous vous asseyez pour réfléchir. Si vous avez pris soin d'emporter dans votre équipement un sérum antivenimeux, vous vous injectez la dose et patientez quelques minutes, les symptômes du venin devraient être annihilés dans quelques instants. Vous perdez tout de même 25% de santé (*que vous déduisez de votre total de santé*). **Rendez vous ensuite au 99.**

Si vous ne possédez pas de sérum, **rendez vous au 87.**

94

Faites un test d'Endurance, si c'est un succès, vous évitez la charge et le coup de griffe de l'ours en effectuant un plongeon latéral, vous vous **rendez au 24.** Si c'est un échec, l'animal vous envoie valser contre les parois de la caverne et une violente douleur vous parcourt la colonne vertébrale lorsque vous vous écrasez contre le granit. Vous perdez 50% de santé et vous vous **rendez au 24.**

95

Vous tirez de nouveau : votre projectile siffle juste à coté du groin de l'animal qui ne calcule même pas le danger et continue sa course vers vous. Vous n'avez pas le temps de réagir que le sanglier est sur vous, sans viser, vous lâchez encore un coup qui vient exploser la mâchoire supérieure et le groin de l'animal ; une chance car celui-ci ne peut pas vraiment vous mordre au passage, mais il vous envoie tout de même un magistral coup de tête et l'une de ses dents vous entaille la cuisse. *Déduisez 25 % de votre santé.* La femelle couine sous la douleur et s'enfuit entre les bouleaux, trébuchant de nombreuses fois sur la moindre racine, le moindre petit buisson. Elle mourra dans quelques minutes. *Enlevez 1 Point de trophée de votre total actuel.* **Rendez vous au 2.**

96

Vers le promontoire :
Vous entamez la progression d'une manière lente et méthodique, le chemin de pierre ne rend pas la marche facile surtout avec ce gel qui vous procure de belles sensations de glissade ! Vous regardez de tous les côtés pour tenter d'apercevoir un grizzly, une trace contre un arbre ou tout autre indice pouvant vous conduire jusqu'au plantigrade tant recherché. Une bonne demi-heure vous est nécessaire pour arriver à mi-chemin de la côte. Vous reprenez calmement votre souffle et vous continuez votre progression avec pour objectif la cabane du pendu et le superbe point de vue panoramique que l'on a de là-haut.
Cette cabane tient son nom d'un homme qui, ne supportant pas l'idée d'avoir perdu son amour de jeunesse, était monté en pleine nuit jusqu'à cet abri de berger et s'était pendu face à l'Est. On raconte que lorsqu'ils étaient jeunes, les deux tourtereaux venaient passer des nuits ici pour apprécier la beauté du lever de soleil.
Toute cette triste histoire n'efface pas la douleur vive qui étreint vos cuisses tant la pente est raide ; vous apercevez enfin une bifurcation au milieu de la piste. Pour continuer sur la piste caillouteuse, **rendez vous au 7.** Pour essayer le sentier de terre, **rendez vous au 64.**

97

En regardant vers le ciel pour apprécier pleinement les pâles rayons du soleil sur votre visage, vous voyez les restes d'un essaim d'abeilles à environ 2 mètres de hauteur, sur le tronc d'un chêne. En approchant de plus près et après une analyse attentive de l'écorce, vous reconnaissez les cinq scarifications dans l'écorce, typiques des griffes d'un ours. Un essaim d'abeilles sauvages, probablement gorgé de miel, a dû servir de repas à Monseigneur Grizzly.

En examinant avec soin les éventuelles traces autour de l'arbre vous parvenez à suivre des empreintes à moitié effacées qui prennent la direction de l'Est, vers les plaines. *Ajoutez un point de trophée à votre total* et **rendez vous au 33.**

98

Quelques pas, quelques respirations haletantes, et vous vous accommodez à l'air étouffant qui règne dans ce lieu. Vous essayez de discerner le moindre mouvement dans cette obscurité mais rien n'y fait, vous êtes aveugle. Quelques minutes plus tard vos yeux commencent à s'habituer à l'obscurité ambiante et vous remarquez que plusieurs failles dans la roche éclairent la caverne par un jeu de lumière complexe. Vous avancez le cœur battant la chamade, sachant qu'ici vous n'êtes pas le bienvenu et que vous n'êtes pas dans votre élément : le grizzly ayant un odorat bien plus développé que le vôtre, vous pouvez à tout moment courir à la catastrophe s'il venait à vous attaquer. Si vous décidez néanmoins de poursuivre votre route, vous pouvez le faire en empruntant une galerie montante sur votre droite, **rendez vous alors au 48**, ou emprunter la galerie qui descend fortement sur votre gauche, **rendez vous au 76.**

Si vous changez d'avis et que vous souhaitiez faire demi-tour, **vous pouvez toujours vous rendre au 28** vers le bas de la cascade.

99

Maudite soit-elle ! Cet animal minuscule aurait pu vous obliger à rentrer chez vous ou même vous forcer à faire appel aux urgences. Vous laissez le cadavre écrasé du serpent et vous achevez votre ascension du sentier de roches. *Ajoutez 1 point de trophée à votre total.*

Vous n'êtes pas surpris de voir détaler deux lynx qui chassaient les

castors au bord de la rivière lorsque vous faites apparition en haut des chutes d'eau, vous n'aviez encore pas eu de contact «rapproché» avec les félins de cette région, c'est désormais chose faite !
Rendez vous au 66.

100

Une détonation assourdissante vient troubler le silence. Quelques oiseaux s'envolent aussitôt et l'écho de votre tir résonne sur les rochers autour de vous. Votre balle atteint l'ours non loin des poumons, vers l'épine dorsale, trop haut pour un tir mortel aux poumons, trop bas pour lui sectionner les vertèbres. L'ours se dresse sur ses pattes postérieures en poussant un grognement terrible, il envoie deux coups de griffes devant lui, comme pour tuer un ennemi invisible, lorsqu'il retombe au sol, une longue giclée de sang sort de sa blessure. Il grogne une deuxième fois mais de manière plus plaintive cette fois-ci ; il s'enfuit rapidement le long de la rivière en tombant deux fois dans l'eau. Vous suivez la course de l'ours dans votre lunette et vous voyez l'animal ralentir de plus en plus. Il stoppe finalement sa fuite effrénée et anarchique en se laissant tomber dans le torrent.
Vous approchez de lui, l'arme en direction de sa tête et vous remarquez un long filet de sang se répandre dans le cours d'eau, derrière le fauve.
Un dernier souffle et le prédateur se fige dans la mort. Vous plantez hâtivement la balise GPS dans la patte arrière gauche et vous l'activez, dans quelques heures les gardes fédéraux vont arriver.

Vous posez arme et équipement, vous ôtez vos chaussures et vous vous asseyez sur un tronc d'arbre mort, en laissant vos pieds tremper dans l'eau fraîche et vivifiante du torrent.
Félicitations, vous avez réussi à traquer ce redoutable prédateur et votre chasse est un franc succès. *Ajoutez 3 points trophée à votre total.*

Profitez de ce moment de détente pour apprécier votre réussite, oubliez cette aventure et dans quelques mois, essayez à nouveau cette traque avec une arme plus difficile à manier...

Remerciements et note d'auteur :

Les marques citées, les noms propres et les photos d'illustrations sont toutes propriétés de leurs créateurs, détenteurs ou ayants-droits.
Si une quelconque réclamation devait être faite, l'auteur tient à préciser que l'objet du litige serait immédiatement retiré du manuscrit.
Ce récit est une œuvre de pure fiction. Par conséquent toute ressemblance avec des situations réelles ou avec des personnes existantes ou ayant existé ne saurait être que fortuite.
De même, l'auteur tient à signaler que tous les propos tenus par les protagonistes du livre n'engagent qu'eux-mêmes, un peu l'auteur, et pas du tout le personnage qui lui prête son nom.

Remerciements par anticipation :
Winchester, Wikipedia et ses contributeurs.

©Sunkmanitu aka Sunkmanitu, livre débuté en Mars 2010, achevé en Juin 2010.
Édité chez Lulu.com

**Lez édission SM (Show Monstrueux)
présentent :**

GEORGES LE ZOMBI

Introduction :

L'aventure que tu vas vivre va te projeter plus loin que les quelques mots qui vont danser devant tes yeux. Tu vas partir vers un monde peuplé de créatures étranges, nimbé de lumières inhabituelles, situé au plus profond de ton imagination... Une myriade de particules multicolores t'enveloppent doucement et semblent pénétrer chaque pore de ta peau, ne prends pas peur, c'est l'effet de ce livre magique... Une douce chaleur envahit tes membres, une sensation agréable, pour ne pas dire addictive. Ton esprit ne pense plus distinctement, tu n'arrives plus à lever tes yeux de ce qui est écrit devant toi et qui file de gauche à droite...

Bon c'est fini les belles phrases ? on va pas compter jusqu'à trois et dormir non plus ! On passe à l'attaque maintenant, alors en piste !

L'histoire que tu t'apprêtes à lire, te propulse dans le corps d'un zombi 100% viande pourrie.
Quoi ?! Un zombi ??
Oui un zombi, pas ceux des films de Roméro, un vrai zombi sorti de terre à cause d'une chose qu'on peut pas dire (*genre secret défense ou un truc du style*). Alors c'est très simple : ton but c'est d'échapper à ces humains vicieux qui veulent te loger une balle dans ta tête toute échevelée (*ben oui, les sous-sols, les caveaux, ça abîme les parties capillaires, demande à Dessange, tu verras*).
On est en 2012, le Lundi 5 Mars, il est 22h47. T'es dans un centre de la Caisse Primaire d'Assurance Maladie (*la sécurité sociale, Health Care*

chez nos confrères Américains (et peut être aussi au Canada, chez Oiseau)), 'fin bref t'es à la sécu quoi, et t'es planté au dix-septième étage du bâtiment.

Pourquoi ?

Et bien, t'avais un papier à récupérer, et il se trouve que justement le papier en question se trouve dans un bureau au dix-septième étage. C'est bon ? Non ? Évidemment que non, t'es au dix-septième étage parce qu'il fallait bien démarrer quelque part alors on va dire que tu erres depuis un moment dans la ville, tu trouves cet immeuble, l'ascenseur, les portes ouvertes, le bouton 17, les portes fermées, l'ascenseur qui déconne une fois là haut, t'es piégé au dix-septième... Mais quelques heures plus tard, t'entends des cris plus bas, des jeunes qui veulent «shooter du zombi» comme dans «Resident'».

— Hey les gars, on investit le building ? On se fait des headshot ??

— Ouais ! Cool ! Ma batte à clous va faire des ravages.

— J'ai taxé la pioche de mon vieux...

— Moi j'ai la hache de mon grand frère, ça va saigner...

Et ils aperçoivent la lumière au dix-septième étage. Ils entrent dans le rez-de-chaussée...

Ton but est de trouver cet amas de viande fraîche qu'ils représentent afin d'apaiser ta faim (*et oui les médicaments antalgiques ne fonctionnent pas sur les maux d'estomac-zombis...*). Mais ne descend pas les mains dans les poches (trouées), ils sont peut être armés – tu sais, les jeunes de nos jours...

Nom d'un chien, j'en oubliais les règles :

Tes aptitudes sont l'Habileté, l'Endurance et la Chance. Pour l'Habileté (que tu peux appeler «mouvance ralentie»), l'Endurance (qui pour toi est plus une résistance aux coups des humains) et pour la Chance (le premier qui rigole parce que je donne de la chance à un zombi sera jeté aux lions), tu as le droit de leur attribuer un niveau de 1 à 5. Tu disposes de 10 points à répartir entre ces trois aptitudes de base.

Parce que je suis quelqu'un de vraiment sympa, je vais te donner la possibilité de choisir en quoi le zombi que tu es désormais, excellait avant sa mort.

Tu étais flic : ajoute l'aptitude tir.

Tu étais prof : ajoute l'aptitude connaissance.

Tu étais chaman : ajoute l'aptitude herboriste.

Tu n'étais rien de tout cela : ajoute l'aptitude kickboxer (*oui, on ne peut pas __rien__ être…*).

Si tu croises un mec qui veut te renvoyer en terre, c'est pas compliqué : Lance un dé et ajoute le résultat à ton Habileté, lance un dé et ajoute le résultat à l'Habileté de l'ennemi. Si ton score total est plus élevé, il perd un point d'Endurance, si son score total est le plus haut, c'est toi qui perds un point d'Endurance. En cas d'égalité, recommencez à vous taper dessus ! Le premier des deux qui arrive à un total de zéro en Endurance s'écroule et meurt. Si des armes sont utilisées, un point dégât occasionné par l'arme équivaut à un point d'Endurance perdu supplémentaire.

Si plusieurs gars veulent te tuer en même temps, tu pourras te défendre contre chacun d'eux à tour de rôle ; les humains sont trop orgueilleux et fiers pour attaquer un zombi à plusieurs.

Si tu dois tester une aptitude comme Habileté, Chance, ou une des spéciales, lance un dé, si le résultat est inférieur à ton total du moment, tu es victorieux au test, si ton résultat est supérieur à ton total du moment, tu perds le test.

Voilà c'était pas bien long comme règles hein ? Alors maintenant bouges vite de là…au fait tu t'appelles Georges (*oui comme Roméro*), **rends-toi au 1**.

Œuvre interdite aux moins de 10 ans en raison de violence explicite.

1

17è étage de la CPAM

Des bureaux gisent inanimés devant toi, des multitudes de feuillets estampillés «Cerfa» volent au gré du vent qui s'engouffre par les fenêtres ouvertes – ou cassées. Tu remarques que bon nombre de dossiers sont rangés dans des classeurs qui portent la mention retard juin, retard juillet… décidément même après ta mort, la sécu continue à être à la bourre dans le traitement des feuilles des assurés. Tu aperçois une porte vitrée juste en face qui donne sur un hall où clignotent une machine à café et un distributeur de boissons. Autour de toi quelques traces de lutte témoignent des combats qui ont dû faire rage lorsque tes copains putréfiés ont envahi le bâtiment. Car lorsque vous avez quitté vos cimetières, l'exode fut assez spectaculaire : des dizaines de potes à toi abandonnaient lentement leurs demeures funèbres pour rejoindre la population vivante, celle bien en chair.

Toi, tu étais parti direct chez le géant américain au «M jaune» et dans le resto tu t'étais fait un festival : mordu un jeune homme, arraché le bras d'une vieille au goût dégueulasse (*l'eau de Cologne ne te plaît vraiment pas*) et tu avais fini par manger la gorge d'une jolie femme quadragénaire (*tu n'as pas pu t'empêcher de lui bouffer la langue…*). Et puis les jours ont passé et vite fait, bien fait la nourriture «fraîche» commença à manquer. Alors tes potes et toi, vous avez erré dans les rues en quête de viande. Vous gémissiez longuement et sans interruptions, si bien que vous finissiez par être repérables et repérés. Après avoir vu les têtes de tes potes exploser devant toi, au rythme des décharges de fusil de chasse, tu as appris à fermer ta bouche à l'haleine de mort et à ne garder la plainte que pour le moment où tu passes à l'attaque, histoire de folklore quoi !

Bon en attendant, y'a des jeunes qui risquent de te faire sauter le caisson si tu ne te bouges pas un peu et que tu ne les retrouves pas le premier.

Tu cherches rapidement du regard (*enfin avec toute la vitesse dont tes yeux blancs sont capables*) quelque chose qui pourrait apaiser ton appétit mais hormis les barres chocolatées «Mars» qui traînent sur le bureau d'un employé, rien n'excite tes papilles. Pour bien être sûr de ne pas te faire dégonder lorsque tu vas rencontrer les jeunes humains vivants et frétillants, il te faut une arme.

Si tu veux, tu peux prendre avec toi, au choix, l'un des objets suivants :

- Un porte manteau sur pied (*ajoute 2 Points de Dégâts lors du premier assaut*)
- Un tube néon 58W (150cm de long, teinte daylight 865) qui pendouille au plafond (*ajoute 3 Points de Dégâts lors du premier assaut*)
- Un cutter (*ajoute 1 point de dégât pour tous les combats*)
- Un extincteur à poudre polyvalente (*dans ce cas réduit ton score d'habileté d'un point, tant que tu porteras cet objet lourd, ajoute 4 Points de dégâts lors du premier assaut*)

Il te faut maintenant choisir une voie pour rejoindre le rez-de-chaussée où doivent se trouver les jeunes que tu as entendu plus tôt.

Tu peux emprunter les escaliers Nord **en te rendant au 41**, emprunter l'ascenseur Nord **en te rendant au 14**, ou sauter par la fenêtre **en te rendant au 36**.

2
John Woo tourne au cinquième étage

Tu ne parviens pas à te rappeler le sens du mot «self-control» lorsque tu sens le froid de l'acier contre la pulpe abîmée de ton index droit. Tu ne vois que trois jeunes jouer avec la tête d'un zombi, un zombi qui aurait pu être toi. La haine monte en toi et tu mets le petit roux dans ta ligne de mire. Tu as cinq balles dans le chargeur, plus qu'il n'en faut pour tuer trois hommes, le seul hic c'est que *avant* tu étais un tireur reconnu pour avoir un sacré contrôle de toi, c'était *avant*... tu appuies cinq fois sur la détente et tu cloues le petit roux.

Une balle dans le ventre le plie en deux ; une balle dans la cuisse lui explose fémur et artère fémorale ; deux balles dans la poitrine font gicler une belle gerbe de sang comme tu les aimes ; une dernière balle vient déchiqueter son œil et faire éclater l'arrière de son crâne dans un bruit sec d'os brisé. Une jolie coulée rouge s'affiche sur le planning hebdomadaire des agents du cinquième étage. Les deux jeunes sont horrifiés par tant de violence, ils plongent désespérés vers les bureaux où sont posées leurs armes et s'approchent de toi avec la ferme intention de tuer ce zombi plus que dangereux :

Jeune chevelu
Habileté : 3
Endurance : 4

Grand jeune
Habileté : 1
Endurance : 2

Du fait de ta position derrière les bureaux tu peux combattre tes deux ennemis l'un après l'autre. Si tu réussis à te débarrasser de ces deux humains gênants, **rends-toi sans attendre au 5.**

3

Séquence fast-food

Lorsque tu étais vivant, tu aurais bouffé un truc grouillant d'asticot ?
Non.
On est d'accord, et bien ici c'est la même chose. Le problème est que les asticots te trouvent à leur goût, ils n'hésitent pas à picorer ce qui reste de tes organes internes. En soi ce n'est pas grave, mais avec des trous du larynx jusqu'au fondement, ta nourriture ne sera plus digérée et fuira de toutes parts, tu vas ressembler à une vraie passoire ! Et donc tu vas dépérir lentement…
Pour savoir si les asticots t'ont pourri la vie (*enfin la mort*), tire un dé. Le résultat représente la quantité de viande putréfiée que tu as ingéré (en centaines de grammes – pour 100gr de viande ingérée tu perds un point d'Endurance – ; en comptant 20 asticots pour 15 grammes de viande, tu peux te rendre compte du nombre d'asticots qui vont se

délecter de ta personne.). Si tu es encore vivant tu finiras par évacuer les asticots et tu peux **enfin te rendre au 12**, si tu es mort et bien tant pis, recommence depuis le début avec de nouvelles caractéristiques et cette fois fais gaffe à qui tu bouffes !

4

Bureaux plateaux Est, deuxième partie

Tu parviens à lire le nom du service dans lequel tu te trouves : COURRIER.

Tes souvenirs d'enseignant te reviennent en mémoire et tes automatismes d'écriture aussi. Tu saisis un stylo estampillé «Docteur House», un bloc-notes ayant pour trame de fond «Grey's Anatomy» et tu prends appui sur un sous-main « Julie Lescaut» (*cherches l'intrus...*).

Tu esquisses – d'une écriture tremblante et mal assurée – un petit mot à l'attention du service qui gère tes dossiers, le 2è étage celui qui s'occupe des assurés de Juillet à Décembre :

« Madame, Mademoiselle, Monsieur,

Je tiens à vous faire part de ma résurrection inopinée depuis quelques semaines. Je souhaiterais de ce fait que vous mettiez mon dossier à jour afin que mes droits d'assuré reprennent au plus vite. En effet il me semble que j'aurais besoin très bientôt d'une visite médicale car je fais de l'allergie à la poussière. Ma tombe est assez vieille, malheureusement je n'ai pas les moyens de déménager.

De plus, manger des cervelles et des foies crus a tendance à me donner des aigreurs d'estomac.

En espérant que vous accèderez à ma demande, veuillez recevoir l'expression de mes sentiments putréfiés.

Georges.»

Tu laisses là ce joli mot et tu quittes l'étage non sans avoir regagné 1 point de Chance pour cette démarche administrative réussie avec brio. **Rends-toi au 32**.

5

Le repas du chef

Tu traînes les corps de tes repas vers un grand bureau noir. Tu t'empares d'un cutter et tu prélèves avec précision les parties organiques qui te font envie : foie, yeux, cœur, mollets. Tu t'assoies sur le grand fauteuil noir, tu rehausses le siège, redresse le dossier et tu noues une serviette en papier autour de ton cou. Tu commences à manger et tu te délectes de ce mets succulent. Les chairs sont très tendres et le sang encore chaud. Cet apaisant repas te convient parfaitement, les vitres brisées un peu partout permettent un léger courant d'air des plus agréables. Tu goûtes aux joies d'un repas de chef et tu t'en félicites...

Il existe trois autres fins à cette aventure, peut être que si tu as encore faim tu retenteras l'aventure, en tout cas félicitations Georges, ta mission de survie est une réussite.

6

Le dîner en amoureux

Tu approches des trois zombis déjà à table et tu constates qu'il s'agit de zombis demoiselles. Tu t'assoies à leurs côtés, non sans avoir apporté les deux autres corps et le repas débute enfin pour toi.

Tu attaques par une salade de joues bien rosées, tu enchaînes ensuite avec les deux poumons du rouquin qui ont un goût étrange d'herbe exotique, pour finir tu dégustes une cervelle – celle du grand mince – qui emplit de joie tes papilles.

Une fois le repas terminé pour vous tous, tu discutes quelques minutes avec tes nouvelles compagnes, parlant d'humains, de cuisine zombi, de voyages et tu entames une séduction de la belle brune (*traduction du mot «belle» en langue zombi : Au moins un œil sur deux, au moins une main sur deux, et un semblant de visage.*)

Tu n'arrêtes pas de reluquer sa poitrine, épargnée par le cimetière et les coups des humains et tu sens qu'avec quelques jours de plus, il y aura moyen de conclure.

D'ailleurs cette expression te rappelle ton passé, mais impossible de savoir pourquoi, sûrement un séjour à la neige…

En attendant, ta mission est un succès et tu peux enfin goûter à une nuit sentimentale bien méritée.

Bien joué Georges !

Il existe trois autres fins à cette aventure, si l'appétit te revient, tu sais quoi faire…

2
L'horrible découvrarium du docteur zombius

Tu avances avec prudence vers l'endroit d'où provient ce bruit et tu aperçois au fond de l'allée 2, un zombi attaché au montant d'une portière de voiture. Un chien en laisse, voilà le tableau.

Il essaie désespérément de briser la chaîne qui le retient prisonnier mais n'y arrive pas et s'énerve. Il tient une pioche à la main et vous reconnaissez alors le bruit métallique : c'est le bruit de l'acier frottant contre le sol du parking. Tu peux aider ce zombi en allant le délivrer ou fuir et laisser ton congénère à son triste sort, après tout, il n'avait qu'à faire gaffe aux humains…

Pour aller l'aider, **rends-toi au 46.**

Pour fuir retournes à l'ascenseur et choisis :

- le réfectoire **au 9**,
- le huitième étage, **au 42**,
- le neuvième étage, **au 26.**

8
It's a long way to the top

Tu ne peux plus tenir à regarder tes congénères se faire maltraiter de la sorte. Tu te redresses comme un piquet et tu avances d'un pas déterminé vers les bourreaux et leurs otages.

Le premier jeune à s'apercevoir de ta présence est le petit rouquin, il reçoit une gifle griffue qui lui lacère le visage, aveuglé il recule et trébuche. Le zombi qu'il retenait prisonnier se jette sur lui et le mord profondément au cou et au visage. Des lambeaux de chair volent en tout sens et le jeune rouquin hurle à s'en faire exploser les poumons. Son camarade de jeu, le chevelu grand et mince, pousse alors son otage par dessus le parapet et vient porter secours à son copain. Tu te diriges vers le dernier de la bande – le jeune aux dreadlocks – qui panique à l'idée d'affronter un zombi tout en tenant un autre zombi en laisse. Il donne un fort coup d'épaule au ressuscité retenu au bout de la perche et celui-ci bascule aussi dans le vide.

Dreadlocks se tient face à toi et affiche un visage malsain. Il ricane et te montre ses copains dans ton dos. Instinctivement tu tourne la tête vers eux pour les regarder, l'un en train d'agoniser et de se vider de son sang, l'autre en train d'éclater la tête du dernier zombi à coup de batte. Le chevelu traîne ensuite le corps du mort-vivant vers le rebord du toit et le précipite pour une chute finale de plus de 40 mètres.

Il reprend sa batte et se dirige vers toi. Tu es pris en étau et tu te sens mal, très mal. Et puis soudain, c'est le flash, l'éclair de génie-zombi.

Lorsque le chevelu te menace avec sa batte, tu recules vers le jeune aux dreadlocks qui lui ne porte pas d'arme. Tu attends que le batteur arme son gourdin sportif et tu te laisses tomber au sol.

La batte du chevelu fait éclater la tête de «dreadlocks».

Et tout vole : les yeux, les locks et les multiples piercings qui ornaient ses oreilles. Tu mords violemment la cuisse du «Red Sox» tandis que celui-ci te tabasse le dos ; il peut taper, tu ne crains pas les coups !

À force de morsures il finit par lâcher sa batte et s'évanouir. **Rends-toi au 50.**

2
Le dernier étage de la CPAM

Les portes de l'ascenseur s'ouvrent sur une vaste salle décorée de jolies plantes vertes (*enfin plus trop vertes depuis l'invasion des «Living dead»*), de photos grand format d'îles paradisiaques et de contrées enneigées, les destinations qui font rêver les employés et qu'ils ne pourront jamais se payer.

Tu avances dans cette ambiance presque trop calme et tu entres dans l'immense réfectoire : des tables à perte de vue, des chaises aluminium et bleu, encore des plantes vertes, encore ces photos qui font rêver et travailler plus, et la partie service et restauration sur le côté droit.

Si tu veux explorer la salle de réfectoire, **rends-toi au 22.**
Si tu préfères traîner vers les cuisines, **rends-toi au 47.**

10

Les sous-sols de la peur

L'ascenseur s'ouvre et dévoile un hall minuscule. Tu ouvres la seule porte qui te fait face te tu te retrouves dans le parking. De nombreuses voitures sont intactes mais certaines témoignent des combats qui se sont déroulés ici : des pare-brises éclatés et ensanglantés, des vitres explosées, des carrosseries cabossées, du sang caillé sur les sièges, des membres pourrissants qui gisent à même le sol. Les humains ont du se battre durement contre tes potes puants et livides et tu penses que nombre de tes congénères ont du laisser des parties de leurs corps ici même.

L'éclairage du parking est intermittent et inégal, par moment une allée complète se trouve plongée dans l'obscurité totale. Tu essayes d'écouter et de sentir si les jeunes ne sont pas embusqués quelque part dans cet endroit idéal pour te faire la peau. Rien. Aucun bruit autre que les tubes fluorescents qui cliquettent à chaque rallumage.

Soudain tu entends un bruit métallique au fond du parking, comme si quelque chose frottait contre le sol. Tu te plaques contre un gros poteau en béton et tu essayes d'analyser la situation (*dans ta position on dirait Solid Snake...*).

Tu peux attendre et chercher à voir ce qui est à l'origine du bruit ou bien repartir au plus vite vers un autre étage.

Si tu veux rejoindre une autre partie du bâtiment, voici tes options :
Pour le réfectoire au dernier étage, **rends-toi au 9.**

pour le huitième étage, **rends-toi au 42**,
pour le neuvième étage, **rends-toi au 26** *(oui je sais cela fais deux fois que je te propose uniquement le 8è et le 9è étage, mais c'est mon aventure et je fais comme je veux, d'abord !)*.

Tu peux aussi avancer vers le fond du parking, découvrir l'origine de ce bruit, **rends-toi alors au 7.**

<u>11</u>

Hall 9è étage Sud

Les doubles portes vitrées sont de ce côté bien ouvertes, tu les dépasses et tu as juste le temps de voir une silhouette devant la machine à boissons. Tu restes figé en croyant rêver : c'est bel et bien un humain qui se tient là dos à toi en train de boire un soda *(du Coca à en croire le rot caverneux qui vient de sortir de sa bouche)*.
Tu ne peux pas t'empêcher de pousser ton râle favori, celui qui fait peur :
— Eeerrrhhh !
Le jeune homme se retourne, sa canette à la main *(t'avais vu juste : elle est rouge...)*, il ramasse ce qui semble être une hache, et tout après avoir descendu une longue gorgée de breuvage héroïque, il déclame :
— Ça alors, une saloperie de zomblard qui veut me tirer ma canette ! alors écoute-moi le squelette, je vais terminer mon Coca tranquille et ensuite je te décapite, okay ?
Même si tu ne comprends plus ce que disent les humains, tu sens que celui là te veut du mal et son air supérieur ne te plait pas du tout. Et lui non ! Faudrait voir à ce qu'il te manque pas de respect non plus…
Immédiatement tu lui réponds :
— Aaarrggg… Hooor… Eeerrrhhh ? *(ce qui veut dire : you talkin' to me, huh ?)*
Et tu avances tout bras tendus vers lui. Le combat s'annonce rude et ce fieffé malotru est énervé car il est obligé de jeter sa canette de Laumspur :

D'jeun à la hache
Habileté : 3
Endurance : 3

Si tu parviens à faire taire ce sac à bulles, tu lui bouffes une partie de l'avant-bras histoire de regagner un point d'Endurance, mais tu ne te risqueras pas à manger davantage, le soda rouge est très mauvais pour tous, vivants comme morts. Tu empruntes l'escalier Sud car l'ascenseur ne répond pas. **Rends-toi au 32.**

12

Escaliers Sud

Tu franchis la porte des escaliers Sud et tu entames une progression ascendante étage après étage, à la recherche du moindre bruit, de la moindre odeur pouvant trahir le passage ou la présence des jeunes. Les portes de l'étage 1 sont bloquées de l'intérieur, à l'étage 2 tu fais une halte, tu pénètres dans le hall reliant les plateaux Sud et Nord mais tu ne croises ni entends personne. Tu arrives enfin au troisième étage où tu perçois quelques bruits. Tu ouvres doucement la porte (*en même temps l'ouvrir fort t'est impossible...*) et tu renifles de tout ce que tes narines putréfiées te permettent. Les jeunes sont passés par là, ça sent la viande fraîche !
Tu avances sur le plateau Sud parmi les bureaux silencieux et les stores se balançant au gré de la bise nocturne. Aucun mouvement suspect, aucune trace excitant tes papilles, pourtant tu renifles la chair. Ils sont passés et sont même peut être encore dans le coin.
Rends-toi au 45.

13

8è étage, duels à Ok Corral

Tu armes ton pistolet dans un réflexe qui te surprends toi-même. Tu te faufiles vers les bureaux proches des joueurs de foot ; il te manque un fauteuil et une bonne bière pour regarder le match et tu en oublierais que tu es zombi et que le ballon est la tête d'un de tes semblables. La partie est endiablée, le score est de 3 à 2, la fièvre monte sur la moquette.

Tu n'as plus tiré depuis ta mort, il te faut pourtant dessouder ces jeunes qui risquent réellement de te pourrir l'existence et qui de plus pourraient te fournir un excellent repas.

Tu mets le plus petit en joue – le plus difficile à atteindre. Tu armes le percuteur et tu te prépares à faire un vrai massacre, tu retrouves un semblant d'excitation, celui-là même que tu ressentais lorsque parvenais à arrêter un meurtrier en cavale. Tu presses doucement la détente. Fais un test d'Habileté, si tu réussis, **rends-toi au 35**, si tu échoues **rends-toi au 2**.

14

Ascenseur 17è étage

Vous appelez l'ascenseur qui finit par arriver dans un doux bruit de glissement métallique parfaitement huilé. Les portes s'ouvrent et vous êtes surpris de voir autant de membres arrachés et mutilés dans la cabine : il y a des mains, des pieds, des jambes, des bras, trois têtes, un tas d'intestins en décomposition, il vous semble aussi reconnaître des poumons, des cœurs, et une paire de seins. Une belle paire de nichons au milieu de ce fatras de restes zombiesques... Vous prélevez les deux jolies proéminences rosâtres et vous les déposez délicatement dans un pot non loin de vous où est planté un Ficus. Une femme doit pouvoir se complaire au milieu des fleurs. À défaut de roses, vous offrez un ficus à ce qu'il reste de ce qui fût une femme.

Vous entrez dans le réduit feutré – et puant – avant d'appuyer sur le bouton «RDC».

Les portes se ferment lentement et une voix annonce votre descente vers les étages inférieurs. La cabine se bloque brutalement au 9è étage.

La voix retentit de nouveau et annonce :

« Vous êtes arrivé au rez-de neuvième étage, vous êtes arrivé au rez-de neuviè…, vous êetes aarivéééé….» fin de transmission, plus rien ne se passe. Vous voilà contraint de sortir à cet étage. Vous perdez un point de Chance et vous avancez dans le hall du 9è étage. **Rendez-vous au 26**.

(Tu n'as même pas remarqué que ce paragraphe était écrit à la deuxième personne du pluriel et pas à la deuxième du singulier, allez avoue ! C'est le formatage de l'esprit aux LDVELH ça !)

<u>15</u>

L'an de grâce 2012

Les trois jeunes approchent de toi et peuvent te frapper avec leurs armes, le bureau devant toi et deux chaises te séparent de leur haine.

Tu les regardes et souris, un sourire en coin, le même que John Mac Clane dans Die Hard…

Tu libères ton arbalète médiévalo-contemporaine et là c'est le tableau des horreurs, le festival du macabre, le summum du sadisme :

- Le grand sifflet se prend d'entrée une boule colle-verre dans la poitrine. Il couine une première fois tellement il à l'air d'avoir mal. Il couine une deuxième fois lorsqu'une dizaine de punaises se fichent dans son visage. Les lèvres, le nez, les joues et les yeux sont touchés. Il part en courant et en hurlant pris de panique par cette attaque autant surprenante que douloureuse. Ses pas affolés le conduisent jusqu'à la fenêtre cassée près d'un bureau blanc, il ne s'arrête pas et bascule dans le vide. Fin de partie pour lui, «No more coins - Game Over»

- Le brun aux cheveux longs, le «hardos», se prend des gommes-cutter plein la poire. Son visage est lacéré en quelques instants et sa gorge suinte le sang de tous côtés. Il frappe en aveugle d'un grand coup de pioche qui atteint directement le petit roux juste à ses côtés. En quelques minutes son sang va envahir la moquette de cet endroit mais lui va s'affaler raide mort.

- Le petit roux, hormis le fait qu'il se prenne un coup de pioche dans l'abdomen, se fait «agrafer» le visage par deux ou trois capuchons de surligneurs chargé de dizaines d'agrafes. En une demi-seconde il ressemble à «Pin-Head» d'Hellraiser. Lui est plus coriace et tu dois lui emprunter sa hache pour lui couper un bras. Là il est déjà moins vaillant, il te profère quelques injures bien salées et des nerfs tu lui coupes l'autre bras, là il tombe, évanoui, mais ses artères humérales ne tarderont pas à vider son corps comme une bonde de baignoire.

Cette scène se termine avec deux jeunes au tapis baignant dans leur sang et agonisant, un autre jeune gisant dix mètres plus bas, sur le parvis de la Caisse Primaire d'Assurance Maladie.
Rends-toi au 23.

16

L'ascenceur Nord

Tu appuies par pur réflexe sur le bouton d'appel de l'ascenseur et tu attends patiemment que retentisse le «ding» confirmant l'arrivée de ton taxi vertical. Les portes s'ouvrent et tu pénètres dans le réduit obscur. Le clavier signale les étages par des touches vert fluo, tu appuies sur le 9, premier chiffre qui te revient en mémoire (*peut être que tu es né un 9, ou peut être que tu t'es éteint un 9...*). Les portes se referment et la voix suave d'une femme emplit la cabine :
— La Caisse Primaire d'Assurance Maladie vous souhaite la bienvenue...
Quelques secondes plus tard, l'ascenseur freine progressivement et finit par stopper :
— Neuvième étage. Service du contrôle Médical. Bonne journée...
Tu sors de la cabine en étant sous le charme de cette voix, fait étrange tu remarques une bosse au niveau de ton pantalon. Impossible de savoir si cette bosse était là avant ou non...
Rends-toi vite au 26 avant d'avoir des idées obscènes.

17

La machine Enigma

Lorsque tu étais enseignant tu t'amusais à coder certains choses pour tes élèves, pour savoir celui ou celle qui aurait l'esprit de déduction le plus pertinent. Ici cela ressemble fortement à un message codé, mais qui peut bien avoir laissé un message dans un bureau administratif ? Les jeunes sont ils en train de jouer avec toi ?? En tout cas tu reste seul avec tes doutes et ton code, relis bien le message :
NsrTRvSRlTt.
N'oublies pas que tu es désormais un zombi et que tes facultés de lecture sont peut être altérées… Tu peux essayer de remplacer les lettres par d'autres lettres, les décaler d'une ou deux places dans l'alphabet, enfin après tout c'était toi le prof ! Alors au travail !
Une fois le message décrypté ou une fois lassé, **rends-toi au 38**.

18
Cabine de soulagement des WC Hommes

Tu prends ton courage à deux mains et tu pousses violemment la porte du premier box, sur ta droite, elle claque contre le mur de cloisonnement et dévoile un cabinet vide.
Tu avances vers la deuxième cabine dont tu claques à nouveau la porte contre la cloison. Vide aussi.
Tu passes devant ce qui reste du miroir et tu regardes :
ton teint fait vraiment peur, mais bien que ta peau soit absente par endroits sur ton visage, tu étais plutôt beau-gosse de ton vivant et c'est toujours le cas. Sans te vanter et avec un peu de travail effréné, la locataire de l'allée numéro 14, un de ces soirs, tu lui ferais bien un remake de «la chevauchée fantastique» version interdit aux moins de 18 ans… enfin tu penses à des choses futiles qui te déconcentrent et pourraient te coûter cher.
Troisième cabine devant toi. Encore un bruit suspect mais impossible de déterminer le lieu de provenance. Ah oui, car je ne t'ai pas dit, mais tu n'as plus d'oreilles, un berger allemand te les as bouffées…

Si tu veux vérifier les deux dernières cabines, histoire de voir si un confrère à toi est en «mayday-mayday», **rends-toi au 37**.
Si tu préfères laisser les bruits là où ils sont et filer vers le plateau Est, **rends-toi au 48**.

<u>19</u>

Une ballade au grand air

Tu ouvres les deux portes vitrées du toit terrasse et tu cherches où peuvent bien se terrer les jeunes qui restent. Tu entends des rires et des râles au bout du toit. Tu te faufiles de jardinière en jardinière et finis par apercevoir la scène ultime dans tout cauchemar de zombi, à cette différence prêt : tu ne rêves pas, tu es bel et bien éveillé (*enfin éveillé autant qu'un zombi peut l'être...*).
Devant toi, trois jeunes sont sur le toit, près du parapet et s'amusent avec des zombis qu'ils retiennent au bout de perches terminées par des collets. Les zombis essaient vainement de saisir leurs tortionnaires et les jeunes s'amusent à frapper les morts-vivants avec différentes armes, histoire de voir les blessures occasionnées.
— Et les mecs, regardez, je lui plante un tournevis dans le ventre et il ne sent rien ! C'est vraiment une sacré saloperie !
— On va choisir un zombi chacun et faire un pari, une course, ça vous dit ?
Le troisième jeune, un gars portant des dreadlocks et un jean large lance :
— Je propose qu'on les balance par dessus bord, vingt étages de chute, le premier zombi qui touche le sol fait gagner 20 euros à son propriétaire !
Les trois jeunes sortent des billets qu'ils disposent sur une jardinière.
— Et Micka ? il es toujours dedans ? demande un petit rouquin.
— Oui, lui répondent les deux autres, il cherche absolument à augmenter son niveau de tuerie, il râle d'être à vingt points alors que nous avons tous dépassé les soixante !
Si tu es armé de couteaux, tu te dois d'intervenir, **rends-toi au 28** pour une attaque intelligente.

Si tu préfères rester dans l'ombre, **rends-toi au 43**.

Enfin, armé ou pas, si tu penses foutre la pagaille en ajoutant au surnombre «zombi», tu peux te préparer à ruer dans les brancards et créer une diversion **en te rendant au 8**.

20
Où comment se prendre un banc dans la gueule !

Le banc est projeté avec force contre la double vitre, par manque de chance les montants en fer du banc viennent frapper le montant aluminium de la baie vitrée. L'objet de tous tes espoirs rebondit avec autant de force qu'il a été lancé. Vu ta rapidité relative et tes réflexes putréfiés, tu le prends en pleine poire ! Cet incident te coûte un point d'endurance.

Tu maugrée quelque chose en zombi, intraduisible ici. Il te reste comme option l'escalier Nord. Tu franchis la lourde porte qui te conduit sur le palier de l'escalier Nord, tu entends des bruits dans cet escalier plongé dans l'obscurité (*je t'avais prévenu...*), des pas approchent de toi et tu te tiens prêt à une attaque en règle. En un éclair, un jeune équipé d'une lampe frontale et armé d'une batte cloutée apparaît au bas des marches. Il lance :

— Saloperie je vais te crever !

Tu ne comprends rien à ces mots mais vu son air déterminé, tu sens qu'il veut t'éclater la tête. Il monte les marches quatre à quatre et se pose devant toi. Il arme sa batte, tu dois lui foncer dessus avant qu'il ne frappe :

D'jeun à la frontale
Habileté : 2
Endurance : 5

Si à tout moment au cours du combat tu obtiens 1 ou 6, tu réussis à pousser ce malotru dans les escaliers et comme une grosse buse défoncée à la beuh, il s'écrase douze marches plus bas. Son crâne fait un bruit écœurant lorsqu'il explose au contact du béton.

Si tu vaincs ton adversaire, tu réussis à descendre jusqu'au cadavre encore chaud et tu en profites pour te délecter de son cerveau fumant. Tes totaux d'Endurance et d'Habileté retrouvent leurs niveaux initiaux. Mais rassures-toi tu n'as pas encore fini ton travail :
1/ Tu ne pourras pas manger tranquillement ici avec les autres jeunes qui rôdent,
2/ Ce n'est pas avec un petit cerveau et quelques entrailles que tu vas apaiser ta faim,
3/ Ce n'est pas en 5 paragraphes que tu vas gagner cette aventure !

Rends-toi donc à l'étage d'où vient ce jeune homme – le huitième – et poursuis ta mission, paresseux ! **Rends-toi au 42.**

21
Fight against the glass door Part III

Tu vérifies tes articulations, tes phalanges bien visibles (*normal t'as presque plus de peau*), tu fais quelques moulinets avec ta tête histoire de ne pas te péter les cervicales (*ce serait con de te tuer tout seul, sachant que la tête est le seul point faible du zombi, ce serait une sacrée ironie...*)
Tu inspires un grand coup et tu visualises la porte déjà explosée dans ton esprit. Tu te visualises en train d'asséner deux low-kicks, un mid-kick et deux coups de coudes à cet adversaire vitré.
« **Round one ! Reaadyyy ! Fight !** »
Tu fonces vers la porte vitrée en grognant un truc du style :
— Hadoken ! Yoga Flame ! Mais rien ne se produit.
Déçu tu martèles la vitre à coup de poings en soufflant ton désespoir de la voir un jour se briser. Au bout de quelques coups répétés, un des tes os plus saillants que les autres finit par créer une fissure dans le verre. Tu esquisses un sourire édenté et tu frappes de plus belle : la vitre explose en mille morceaux, du coup toi tu perds l'équilibre et tombe

lourdement de l'autre côté de la porte ; au passage tu te casses tous les os de la main gauche. Tu peux retirer un point d'habileté à ton total mais au moins tu es dans les bureaux. Tu t'engages sur le plateau Sud qui te choque par son état incroyable, **rends-toi au 11**.

22

La Cantine

Tu erres parmi les tables et tu remarques que certains repas n'ont pas été entamés, ils sont pourris aujourd'hui mais de l'entrée jusqu'au dessert tout y est ; les employés devaient être au début du repas lorsque tes potes zombis ont envahi le bâtiment la première fois.

Pour apaiser ta faim, il y a quelques morts couchés sous les tables renversées, mais ils sont vraiment dans un sale état. Des dizaines de mouches volent autour des dépouilles avec un bourdonnement puissant.

Tu ne trouves rien d'intéressant dans cette salle de repas, ni en nourriture, ni en armement, par contre un bruit t'interpelles non loin des cuisines. Tu te diriges vers les banques réfrigérées et un jeune homme apparait derrière elle. Il saute sur le comptoir pour se retrouver face à toi, il est armé d'une batte.

— Un zombi ! Je vais te tuer ton seul et mes potes vont râler ! Ils sont sur le toit terrasse là, ils jouent. Allez j'te crève et je les rejoins.

Aussitôt dit aussitôt fait, le jeune homme te fonce dessus, tu dois te défendre :

Jeune homme chevelu
Habileté : 2
Endurance : 3

Si tu parviens à tuer ce prétentieux, tu peux rejoindre directement le toit terrasse, au moins là il y aura de quoi te rassasier, **vas vite au 19**.

23

Le repas d'ouvrier :

Tu approches doucement des deux jeunes qui sont au sol. Tu salives déjà en poussant de petits grognements de plaisir. Eux sont terrorisés à l'idée de finir en pièces dans ton estomac, pourtant c'est la dure réalité : ils vont y passer. Mais leur chair ne s'avère pas si tendre, leurs cerveaux sont très petits et le goût est assez désagréable.

Enfin tu t'envoies quand même deux cervelles, un foie, un bon mollet (*celui du petit roux est très tendre*) et trois yeux en dessert. Le plus chiant finalement c'est de trier les punaises et les agrafes, un peu comme les arêtes dans le poisson. Mais bon, quand on est ouvrier on mange et on apprécie sans rien dire.

Félicitations Georges, tu as rempli ta mission. Pour information, il existe trois autres « meilleures » fins à cette aventure. Si l'appétit te reprend, tu sais quoi faire !...

24
Même sans couteau suisse...

Tu rampes vers les bureaux proches du stade. Tu ouvres discrètement les tiroirs de quelques bureaux afin de préparer tes armes, il te faut du matos et ces bureaux regorgent de tout ce qu'il te faut : gros élastiques épais, punaises, agrafes, gommes, lames de cutter...
Tu disposes sur le bureau le plus proche tout ton arsenal et tu te mets au travail :
tu confectionnes un élastique géant en faisant une tresse composée de tous les autres élastiques. Tu te sers de la lampe de bureau d'un coté et de la poignée de l'armoire de l'autre pour y fixer ton élastique de manière à créer un lance pierre géant, de l'envergure de tes bras.
Tu disposes ensuite des lames du cutter brisées et plantées dans des gommes comme des boules hérissées de griffes. Les boîtes de punaises, tu les ouvres et les incline vers les footballeurs, tu à encore un peu de

temps, il y à 2 à 1.

Les agrafes sont disposées en paquet dans des capuchons de surligneurs et ces mêmes capuchons sont alignés sur le sous-main comme des soldats prêts à partir à l'assaut.

L'arme de destruction massive tu la confectionnes avec des boules de papier enduites de colle et d'éclats de verre provenant de la fenêtre brisée juste à côté de toi.

Tu attends le moment opportun pour te montrer, une fois ta volée de projectiles meurtriers prêts à prendre leur envol. Tu sors de ton abri avec un râle agressif, les jeunes se tournent immédiatement vers toi et foncent sur leurs armes, ils s'en saisissent et approchent.

Si tu veux attendre qu'ils soient vraiment très près de toi pour lâcher ton «lance-projectiles» géant, **rends-toi au 15**. Si tu préfères jouer la sécurité et tenter de les neutraliser avant que tu ne sois à portée de leurs armes, **rends-toi au 33.**

25

World Cup Zombi 2012

Trois jeunes gens sont en train d'ouvrir tous les tiroirs de tous les bureaux de cet étage. Ils fouillent en renversant tout sur le sol, jettent des dizaines de feuilles en l'air qui retombent comme autant de confettis malheureux. Ces trois vandales rient aux éclats, vous voyez du coin de votre œil blanc que leurs armes sont posées près des fenêtres à quelques bureaux de votre position. Les jeunes calment leur folie cambrioleuse, s'arrêtent un instant et fument une clope.

— Ah, ah, ah ! Interdit de fumer dans les lieux publics ! Je les emmerde les lieux publics !

— On est quand même bien depuis que tout est parti en vrille, hein ?

— Ouais c'est clair, plus de flic, plus de lois, le top quoi !

Sur ces mots le plus grand de la bande se baisse, ramasse quelque chose qui vous est caché par les fauteuils et les bureaux puis s'adresse à nouveaux à ses collègues :

— On se fait un foot-bureau ?

— Yes ! Balle au centre, zéro-zéro.

Le plus grand des trois laisse le temps à ses deux collègues de dégager un semblant de mini terrain, ils disposent deux fauteuils pour simuler les buts, le petit roux s'improvise gardien, le brun aux cheveux longs prend place en défense et la grand de la bande pose la balle à ses pieds. Il entame une montée en puissance vers les buts, dépasse le grand et shoote vers les buts. Le gardien dévie la balle qui rebondit et vient rouler tout près de vous. Et là c'est l'effroi : le ballon n'est autre qu'une tête de zombi enroulée de ruban adhésif. Ah les cons !

Il est temps de faire quelque chose si tu ne veux pas finir en ballon toi aussi.

Si tu possèdes une arme à feu, **rends-toi au 13**. Le cas échéant, **rends-toi au 24**.

26

9è étage Nord

Tu te retrouves dans le hall où attendent patiemment deux machines à café. La première arbore le logo très «fresh summer» de Liptonic : des bulles, des vagues, et des glaçons…

La deuxième affiche une photo plus classique, plus raffinée : celle de la mousse d'un expresso dans lequel est dessiné un bateau.

Le couloir s'ouvre sur les plateaux Sud, une double porte vitrée t'interdit l'accès aux bureaux. Si tu ne trouves pas de solution pour briser ces vitres, tu va rester prisonnier ici longtemps… tu pourrais aussi emprunter l'escalier Nord, mais il est mal éclairé, sûrement encombré et je ne veux pas te proposer d'y aller tout de suite ; en même temps c'est mon histoire et je fais comme

je veux !

Si tu possèdes un porte-manteau ou un extincteur, tu peux tenter de briser les vitres en te **rendant au 49**. Si tu veux essayer de pousser un des bancs du hall vers les portes vitrées dans l'espoir de les faire exploser, tu peux essayer de te **rendre au 39**. Enfin si tu disposes de la capacité «Kickboxer», tu peux tenter un «triple-hit-combo» face aux vitres, dans l'idée de les mettre KO. **Rends-toi alors au 21.**

27

9è étage, plateau sud

Les portes explosent lorsque le montant en fer du banc vient les frapper violemment ; des éclats de verre partent dans tous les sens et tu souris en contemplant ton œuvre.

Tu avances lentement entre les cloisons vitrées du plateau Sud et tu ne remarques rien d'anormal : ici les bureaux semblent tous en place, les dossiers bien rangés dans des classeurs multicolores. Tu es pourtant certain que ce bâtiment a été le théâtre de combats acharnés il y a quelques semaines, ta mémoire te fait peut être défaut…

Si tu ne possèdes pas d'arme ou que tu les perdues, tu peux éventuellement emprunter un désodorisant d'atmosphère laissé là sur un bureau. En fait grâce à cette bombe de parfum, tu pourras ajouter un point à ton habileté durant ton prochain combat (*et pas plus, après la bombe sera vide*).

Tu traverses le plateau pour te retrouver dans le Hall Sud, **rends-toi au 11.**

28

Le grand cirque Zombatta

Tu vises le premier jeune homme – le plus grand – et tu lances un premier couteau. Fais un test d'habileté, si tu réussis, tu le touches en pleine poitrine, il tombe au sol et crache tout son sang. Si tu échoues c'est son bras que tu atteins, il hurle de douleur lorsque la lame lui déchire les chairs.

Pour le deuxième jeune, le rouquin, tu effectues aussi un test d'habileté, si tu réussis : plein but ! La lame vient s'enfoncer dans sa gorge. Un râle étranglé et des yeux révulsés confirment que l'humain a changé de monde. Si tu échoues, tu le blesses au niveau du ventre, il crie son mal, tombe à genoux et vous lance un regard ténébreux.

Le troisième quant à lui reçoit le couteau dans le bas-ventre juste en dessous du nombril. La pointe s'enfonce de plusieurs centimètres et malgré la nuit tu peux observer une tâche rouge se répandre sous son sweat-shirt. Il tombe au sol en gémissant comme un animal malade. Les zombis retenus en otage parviennent à se défaire de leurs «laisses» et fondent sur leurs bourreaux comme un aigle sur sa proie, en quelques secondes, c'est un effusion de sang, de chairs arrachées et d'organes qui volent en tous sens.

Selon les réussites de tes tests, tu va devoir combattre les deux premiers jeunes hommes, handicapés ou non :

Le grand mince
Habileté : 2 (1 si blessé)
Endurance : 3

Jeune homme roux
Habileté : 3 (2 si blessé)
Endurance : 2 (1 si blessé)

Si tu parviens à tuer tes deux adversaires, **tu peux te rendre rassuré au 6**.

29

Toilettes Hommes du 7è étage Nord

Tu ouvres doucement la porte orange qui grince longuement. Le néon fixé au plafond clignote, plongeant les commodités dans le noir total par intermittence, cela te donne l'impression de pénétrer dans un monde en noir et blanc. Tu parviens à remarquer – entre deux clignotements – que les WC comportent quatre cabines de soulagement et trois urinoirs. Le miroir au dessus des lavabos est fêlé en plusieurs endroits et du sang macule les murs et la faïence. Soudain, dans un flash de lumière saumonée, tu aperçois quatre corps étendus sur le sol. En premier lieu tu pousses un gémissement de joie mais en t'approchant d'un peu plus près, tu reviens à la triste réalité, ces quatre personnes sont mortes. Enfin, elles sont mortes une deuxième fois, car il s'agit d'anciens zombis *(tu te fies à l'odeur, quoique vu l'endroit..., tu te fies également au teint blafard et aux membres décharnés)*. Tu t'agenouilles devant tes semblables et quelque chose te surprend :

Les blessures saignent encore.

Deux zombis ont été décapités, les têtes ont d'ailleurs trouvé refuge dans le lavabo pour l'une, dans un urinoir pour l'autre *(quelle triste fin...)*.

Le troisième zombi a un marteau planté dans le haut du crâne, quant à _la_ troisième car il s'agit d'une femme, elle a la boîte crânienne ouverte en deux comme une vulgaire noix de coco.

Tes cousins livides se sont fait défoncer il y a peu de temps, les jeunes ne doivent pas être loin.

Tu peux éventuellement fouiller les cabines si tu penses y trouver un zombi (mort-)vivant, **rends-toi pour cela au 18.**

Tu peux aussi dégager les lieux et retourner sur le plateau Est, où tu as entendu le bruit tantôt, **rends-toi alors au 48.**

30

8è étage, fouille totale

Tu laisses les zombis râler et traîner à leur convenance pendant que tu fouilles les bureaux à la recherche d'indices sur le passage des jeunes ou éventuellement à la recherche d'armes.

Tu ouvres tous les tiroirs, toutes les portes mais tu ne tombes que sur des dossiers auxquels tu ne comprends rien. Tu avances vers le plateau Sud et tu passes devant un gros bureau, celui du chef sans doute. Tu essayes de forcer les tiroirs, dans les bureaux des chefs, il y a toujours des vitamines ou des fortifiants, tu voudrais bien te faire un petit cocktail «dynamite» !

Tu forces comme un fou pour ouvrir le tiroir qui ne cède pas, en revanche, tu lâches prise d'un seul coup et tu perds l'équilibre, ta tête vient frapper le rebord d'un vase énorme dans lequel s'épanouit un caoutchouc. Le choc te blesse et te fait perdre un <u>demi-point</u> d'Endurance. (*Oui, un point complet ce serait trop, et un demi point ça va t'obliger à faire fonctionner ta matière grise ; pas un mal pour un déterré comme toi...*).

Tu accèdes au hall intermédiaire entre deux plateaux et tu entends la chasse d'eau qui vient d'être tirée dans les toilettes Femmes. Deux secondes plus tard, une jolie jeune blonde sort des WC, c'est une zombi, bien conservée malgré la moitié du visage qui lui manque. Elle se dirige droit sur toi et râlant et en grognant, elle n'a pas compris que les zombis n'attaquent pas les zombis, sauf cas exceptionnel, enfin en même temps vu sa couleur de cheveux...

The Blonde zombi
Habileté : 1
Endurance : 5

Si tu réussis à la calmer pour de bon, tu approches des fenêtres cassées pour t'aérer un peu les poumons. Tu entends des rires bruyants provenant de quelques étages plus bas. Les lumières sont allumées trois étages en dessous : le cinquième étage est un vivier ! Tu y fonces **en te rendant au 40.**

31

8è étage Nord, la réunion

Tu avances lentement vers tes semblables et tu t'adresses à eux (*nous passons directement en mode traduction spontanée*)

— Hey, les gars, z'auriez pas vu des d'jeunes dans le coin ?

— Si, on en a vu mais sont pas à notre goût.

— Putain, y'en a un peuchère, il a une tignasse, y ressemble à une broussaille ! ah con ! (*oui c'est un zombi du Sud Est de la France...*)

— Et l'autrre, il porrte des cheveux rrroux on dirrait une carroteeuh (*ce zombi vient de Toulouse...*)

— Où sont-ils parce que moi je crève de faim et je boufferais n'importe qui !

Et là les trois zombis répondent en chœur :

— Cinquième étage M'sieur !

Pour rallier le cinquième étage et ses bonnes nouvelles, **rends-toi au 40.**

32

Escaliers Sud 7è étage

Tu te retrouves dans les escaliers Sud et tu entends des rires provenant d'un étage inférieur. Immédiatement ton cerveau se met en équation :

```
rireS = humains
S à rires = plusieurs humains
Plusieurs humains = gros repas
Rires en bas
Donc En bas = gros repas.
```

Il ne t'en faut pas plus pour te décider à descendre les marches jusqu'au cinquième étage, là où les rires sont vraiment très forts.

Tu arrives devant la porte portant l'inscription : SERVICE DU CONTENTIEUX

Tu pousses nerveusement les portes de cet étage comme un gladiateur entrant dans l'arène, à cette différence c'est que le lion affamé, c'est toi ! **Rends-toi au 40.**

33

Bataille rangée 5è étage

Les jeunes approchent de toi avec une moue des plus terrifiantes. Le grand fait rebondir l'extrémité de sa batte dans sa main, le chevelu traîne sa pioche derrière lui et le petit roux brandit une hache de bûcheron qui te fait avaler ta salive (*enfin ce qu'il en reste*) à plusieurs reprises. Lorsqu'ils sont à bonne distance de toi, tu lâches ton élastique et les projectiles s'envolent vers tes adversaires. Le grand est le premier qui s'en prend plein la tronche, il reçoit des lames de cutter et des punaises sur le visage, il est défiguré et aveuglé. Il perd l'équilibre, panique et part en courant sous les yeux ébahis de ses camarades, par malchance il fonce droit vers une fenêtre et ne ralentit pas. Lorsque ses collègues lui hurlent de s'arrêter, il n'écoute pas et tient toujours son visage – englué par le sang –, il percute la fenêtre de plein fouet et la fait exploser, emporté par son élan, il bascule dans le vide et hurle durant environ... une seconde, juste avant de s'écraser comme un vol Oceanic Airlines (*c'est à dire sans bruit et rapidement*).

Ses collègues sont désormais devant toi et tu dois te battre avec eux, heureusement pour toi, à côté de ton QG, il y a une paire de béquilles (*tu peux ajouter 1 point de dégât à chaque coup porté*), tu en saisis une et fais des moulinets de dissuasion avec. Le combat se déroule de manière normale, ta position derrière le bureau t'autorises un combat en deux temps, une fois que le premier jeune est hors de combat, tu pourras attaquer le deuxième.

D'jeun aux cheveux longs
Habileté : 2
Endurance : 2

P'tit Roux
Habileté : 3
Endurance : 3

Si tu remportes les combats, **rends-toi au 23**.

34

Hall de la CPAM

Ta mémoire olfactive – à la différence de ta mémoire émotionnelle – ne te trompe pas, les jeunes sont passés par là et pour cause ils fumaient de la beuh ! Tu dirais même que la variété est de la Pandora, tu le sais, tu en fumais lorsque tu vivais… Ton nez hume les bons effluves de cette plante exotique et tu te diriges naturellement vers les escaliers Sud. Tu passes devant deux bancs dans la salle d'attente où deux corps de femmes sont en train de pourrir. Tu remarques de grosses blessures au niveau des jambes – à moitié dévorées – et tu devines qu'elles sont mortes d'hémorragie. De nombreux asticots grouillent sur les tissus gris bleutés et d'innombrables mouches volettent autour des corps et des flaques de sang caillé. Cette odeur te rappelle vaguement ta maison *(ton 1.5m², tout en bois)*. Tu peux éventuellement goûter un peu de leur chair si tu as vraiment faim et que tu veux regagner de l'endurance ; **rends-toi alors au 3**, si tu préfères rechercher activement les jeunes qui sont passés par là, **rends-toi au 12**.

35
L'inspecteur Harry à la CPAM

Tu atteins le grand sifflet en pleine poitrine, il est projeté en arrière sous la violence de l'impact et s'effondre contre la photocopieuse un peu plus loin dans un bruit exceptionnel. Tu appuies de nouveau sur la détente pour être sûr de bien finir le travail. Autre impact au niveau de la poitrine, explosion des côtes et gerbe de sang par la bouche accomplissent le tableau… Les deux autres footballeurs de bureau sont subjugués :
1/ Leur pote vient de se faire exploser les poumons par un tir de 9mm,
2/ Ils se sentent les prochains sur la liste de réjouissances,
3/ C'est un foutu zombi qui tient le «gun», et ça c'était pas prévu au programme !

Tu ajustes le petit roux qui te fait de grands signes avec les mains en t'implorant de ne pas tirer. Tu ne l'écoutes pas et appuies sur la détente. Une balle vient lui enlever le haut du crâne dans une explosion de chair, d'os et de sang. Il tombe sous les yeux horrifiés du dernier des «tueurs de zombis». Celui-ci recule et se planque derrière un bureau, il récupère les armes de ses copains et se met en tête de te lancer tout ce qu'il trouve, dans la face. Tu as droit à 2 tirs (tests d'habileté) pour éliminer ce petit teigneux de chevelu (*un tir le tue*), après tu seras à cours de munitions et tu devras engager un combat classique :

Jeune chevelu
Habileté : 3
Endurance : 4

Si tu parviens à le faire passer de vie à trépas, **rends-toi tout heureux au 5.**

36
Sur le parvis de la CPAM, rez-de chaussée

Ouaw ! 17 étages de chute libre ça décoiffe les quelques cheveux qui te restent.
— Errrrgghhhh ! C'est le râle que tu fait lorsque tu tombes.
— Schkraaak ! Schkreeeaaak ! Ce sont les branches des pins dans lesquelles tu atterris, dix mètres plus bas, et qui cassent les unes après les autres sous ton poids (mort).
Schbaaaam ! C'est le bruit mou et sourd que produit ta rencontre avec le bitume du parvis.
Moins deux points d'Endurance c'est ta punition pour une idée aussi malvenue. Mais bon, tu n'es pas mort (enfin pas une deuxième fois, à moins que ton score initial d'endurance ne fût de deux points et dans ce cas tu es mort *et* stupide d'avoir réparti tes points comme cela…).
Moins un point d'Habileté, c'est ta deuxième punition car tu t'es fracassé en traversant les arbres, par contre tu peux ajouter un point à ta chance car tu es toujours (mort-)vivant. Au fait, tes éventuelles armes sont inutilisables. Tu te relèves doucement, dans toute la splendeur zombiesque qui est la tienne, et tu te diriges lentement vers le hall principal au rez-de-chaussée. Une fois les doubles portes coulissantes passées, ton flair ne te trompe pas : les jeunes sont passés par là. Mais où sont ils allés ?
Tu peux essayer la cage d'escalier Sud, **en te rendant au 12**, la cage

d'escalier Nord **en te rendant au 44**, emprunter l'ascenseur Nord en te **rendant au 16.** Enfin si tu disposes de l'aptitude herboriste, **rends-toi au 34**.

37

Cabine numéro 3 des chiottes hommes

C'est pas le tout de se moquer de ton pote qui a la tête qui baigne dans l'urine, juste à côté, mais faudrait voir à écouter aux portes aussi (*même sans oreilles*).

Deux paragraphes que tu viens de passer où je te propose de revenir en arrière, t'as plus d'oreilles, mais t'as encore tes yeux, même s'ils sont blancs ?!

Enfin, tu ouvres la troisième porte dans un claquement sec et tu reçois un coup de hache à incendie en plein milieu du bocal. Ta tête s'ouvre en deux verticalement et une belle giclée de sang rosâtre vient ajouter un peu de nuance colorée au miroir et à la faïence des lieux. Tu vois deux jeunes hommes en face de toi, deux jumeaux avec un rictus sadique au coin des lèvres. Les jumeaux retirent leur hache et la ramènent vers sa poitrine. *Sa* poitrine ? *Leurs* poitrines ! Mais… Ça y est ! Tu comprends seulement maintenant qu'avec la tête fendue en deux tu vois en stéréo. Putain ! C'est à la fois agréable comme sensation et étrange.

Ce qui l'est moins c'est que *le* jeune homme (*qui vient du coup de perdre son frère*) voyant que tu ne veux pas mourir, réitère son coup et te fend la tête jusqu'au cou, et là c'est le trou noir.

Tu t'effondres mollement au milieu des toilettes ; le jeune homme t'enjambe, non sans te donner deux-trois coups de pieds et te lance un :

— Ssaloperie de bouffeur de sservelle (*oui, il a un léger cheveu sur la langue…*).

Et pour toi qui riais de ton camarade de l'urinoir, saches que tu es avachi **contre un chiotte**, le buste posé **contre le trône** et que tes deux demi-têtes trempent dans le fond de la cuvette. **Sale.**

Ton aventure est terminée, Georges.

38

L'ascenseur Sud

Tu approches des portes de l'ascenseur et tu réfléchis (*avec tout ce que ton cerveau liquéfié te permet*) à l'endroit où peuvent bien se terrer des d'jeunes voulant trouver du zombi.

Ils vont sûrement aller à l'essentiel et chercher l'endroit le plus logique où un mangeur de cervelle serait en train d'errer attendant de trouver sa pitance. Si tu étais un zombi normal, tu fouillerais peut être le sous-sol histoire de voir si dans le parking, il ne reste pas quelques morts pas trop abîmés qui pourraient te constituer un en-cas. Tu aurais peut être aussi grimpé jusqu'au réfectoire et aurais fouillé dans les ex-chambres froides (*Ex, car depuis votre invasion, de nombreuses zones dans de nombreux bâtiments ne sont plus alimentées en électricité*).

Mais tu n'es pas un zombi normal, tu as gardé une once de réflexion et ce don te permet de te trouver dans le hall du cinquième étage à penser à piéger des jeunes qui veulent eux-mêmes te tuer.

En attendant un choix crucial s'impose à toi : tu dois appuyer sur un des boutons du cadran numérique de l'ascenseur qui vient juste d'ouvrir ses portes dans un doux bruit de mécanique huilée.

Pour le sous-sol, **rends-toi au 10**.

Pour le réfectoire au dernier étage, **rends-toi au 9**.

Pour essayer quelques étages, tu peux essayer les étages intermédiaires du bâtiment comme le huitième ou le neuvième,

pour le huitième étage, **rends-toi au 42**,

pour le neuvième étage, **rends-toi au 26**.

39

Fight against the glass door Part II

Tu pousses vivement le banc vers la porte avant de le redresser pour le maintenir en équilibre à un mètre de la porte vitrée. Tu prends un peu d'élan et tu fonces vers le banc (*enfin tu fonces...*) dans l'idée de le projeter violemment vers les vitres.

Fais un test d'Habileté.

Si tu le réussis, **rends-toi au 27**.

Si tu échoues, **rends-toi au 20**.

40

5è étage Sud

Tu pénètres dans le hall du 5è étage et tu observes le plateau : moins de bureaux que dans les étages précédents, plus d'armoires métalliques, plus de dossiers rangés dans des chemises cartonnées. De nombreux textes de lois sont affichés sur les murs à en croire la cocarde bleu-blanc-rouge qui les orne tous. Tu avances à pas feutrés au milieu des bureaux et plantes vertes, et aucun signe ne laisse penser qu'une épidémie mortelle se déroule dans la région depuis quelques semaines. Aucune trace de combat, aucune trace de sang, tout est calme…

Tu traverses le premier plateau et tu arrives au hall intermédiaire, celui qui relie les plateaux Nord et Sud, le hall où se trouvent les toilettes. Par la porte vitrée, tu aperçois furtivement des gens évoluer sur le plateau suivant. Tu t'abaisses et te dissimules derrière une épaisse armoire à étagères. Tu à du mal à croire ce que tu vois, **rends-toi au 25**.

41

Escaliers Nord

Tu ouvres la porte des escaliers Nord et tu commences à descendre les marches, dans la semi-obscurité. Le bruit de tes pas traînants résonne dans la cage d'escalier, et pour un peu tu te ferais peur à toi même…Tu franchis les étages 16, 15, 14, 13 (*bon je continue pas jusqu'en bas*) et tu te retrouves bloqué au neuvième étage par tout un tas de bureaux entassés dans les escaliers conduisant aux niveaux inférieurs, une pseudo-barricade comme posée là pour se protéger d'une invasion venant d'en bas. Tes potes zombis ont dû tenter l'assaut quelques jours auparavant. Il faut dire que depuis que les cimetières ne sont plus vos résidences, vous baladez longuement en ville au désespoir des humains qui n'ont qu'une idée en tête : coller une prune dans la vôtre !

Soudain une explosion retentit à l'étage supérieur : la porte du 10è vient d'être soufflée dans les escaliers et un mur de flammes t'empêche de remonter. Sûrement ce que les pompiers appellent un «backdraft»… cet endroit est plus dangereux que tu ne le pensais, il va falloir faire vite.

Tu examines les environs et tu constates que le Bâtiment de la CPAM a dû subir de lourdes attaques à en juger par les traces brunâtres qui maculent la peinture blanche des murs alentour. Fait étrange il n'y a pas de corps ici. Tu trouves par contre des mains arrachées et à demi-putréfiées, des yeux opaques et dégonflés, des dents (*et à juger par leur état, si elles appartenaient à un humain «vivant», il ne devait pas connaitre les Laboratoires Colgate…*). Un pied sectionné avec chaussette et mocassin est posé bien à plat juste devant la porte. Si tu n'étais pas mort, tu rirais…

En attendant le Festival du rire inter-zombi, tu es bloqué ici et tu n'as d'autres choix que d'ouvrir la porte du neuvième étage. Au fait tu perds aussi un point de chance pour… pour ta malchance. **Rends-toi au 26.**

42

La rencontre

Tu atteints le huitième étage et tu franchis les portes du plateau Nord. Tu ne fais pas attention car dans l'obscurité il est difficile de voir où l'on marche, mais tu tapes sur quelque chose de mou sur le sol. Tu t'abaisses et cherches à tâtons ce qui est dans ce hall, posé au sol. Après un examen rapide de l'objet tu trouves un cylindre doté d'un interrupteur que tu actionnes involontairement : la lampe-torche s'allume et baigne les lieux dans une lumière bleutée froide. Le corps d'un homme est étendu devant toi, uniforme bleu foncé, brassard rouge, ceinture avec menottes, matraque et pistolet automatique. Pas de doute, il s'agit d'un agent de police.

Si tu étais toi même flic avant ta mort, tu disposes donc de l'aptitude Tir. Tu peux éventuellement récupérer le pistolet automatique du mort, tu te souviens encore comment on s'en sert. Il est chargé de 5 balles.

Tu entends soudain du bruit au milieu des bureaux non loin de toi, tu éteins la torche et tu patientes quelques instants.

Des zombis errent parmi les tables et les fauteuils de cet étage, ils lèvent leurs nez pour tenter de savoir où ils pourraient trouver de la viande bien rouge. Tu ne risques rien ils ne sont pas en train de manger, ils ne chercheront pas à te nuire, si tu veux les ignorer et fouiller tout l'étage **fais-le en te rendant au 30**, si tu préfères leur parler, **rends-toi au 31**.

43

Le soldat de l'ombre

Planqué derrière les jardinières tu attends le moment propice pour passer à l'attaque. Les trois jeunes poussent dangereusement les zombis vers le bord du bâtiment. Tu lances un regard vers en bas et vu d'ici, 20 étages de chute c'est pas forcément une bonne idée, surtout que de ce côté du bâtiment, le sol est loin et aucun arbre ne pourrait ralentir ou adoucir la chute.

— Allez putain d'zombi avance tes fesses putréfiées, tu vas pas me faire perdre 20 euros quand même ! lance le jeune aux dreadlocks.

Il pousse sur la perche qui retient le zombi par le cou, celui-ci est contraint d'avancer jusqu'au parapet.

Tu ne tiens plus, il faut que t'agisses. Tu approches du jeune le plus à l'écart des autres et tu le mords sauvagement à l'épaule, celui-ci horrifié se retourne et tu en profites pour lui arracher la moitié du visage d'un coup de griffe. Le zombi soudainement libéré se dirige vers les deux autres jeunes, et avec ton aide, il libère un deuxième zombi.

Le troisième jeune affolé, lâche la perche et saisit sa batte cloutée. Il fait des moulinets en reculant et vous somme de rester à distance. Tu avances courageusement vers lui et tu saisis un pavé de béton – vestiges du bâtiment autrefois neuf – que tu lui lances au visage.

Effectue un test d'habileté, si tu réussis, il prend le pavé en pleine poire et s'écroule sonné. Deux zombis ne perdent pas une seconde et se mettent à table. Si tu échoues, tu dois le combattre :

Jeune homme mince
Habileté : 2
Endurance : 4

Une fois ton ennemi hors d'état de vous nuire, tu profites de l'air agréable de la nuit, perché au sommet de ce bâtiment, les autres zombis sont déjà en plein repas. Tu peux te joindre à eux en te **rendant au 6.**

44

Escaliers Nord

Tu avances dans le hall principal et tu rejoins la double porte estampillée «ESCALIERS NORD» Ça sent la viande fraîche par ici, ton nez à demi-pourri ne te trompe pourtant pas. Tu grimpes les escaliers qui, de paliers en paliers, te conduisent au 7è étage. Tu ne peux pas aller plus loin, les escaliers menant à l'étage supérieur sont bloqués par un empilement de bureaux, chaises et armoires métalliques : ça sent la protection contre l'invasion des morts-vivants !
Toi, tu t'en fous un peu, l'odeur de viande fraîche était de plus en plus forte vers le 7è étage, et lorsque tu pousses la porte du hall, cet effluve te fais saliver (une bave verdâtre, puante et assez chargée en bactéries…).
Tu te traînes discrètement vers le petit coin café qui relie les plateaux Nord et Sud de l'étage (*d'ailleurs, tu es d'une lenteur «auto-discrète» qui ferait pâlir Solid Snake ou Sam Fisher…*). Tu restes sur tes gardes car tu ne voudrais pas finir avec un truc enfoncé dans le crâne ; les jeunes sont peut être en embuscade dans un recoin et t'attendent de pied ferme.
Le plateau est silencieux, un silence qui te rappelle les jardins de ta résidence, entre rosiers en plastique, marbre froid et fleurs fanées. Quelques feuilles de papier volettent au rythme du vent qui fait chanter

les stores comme autant de xylophones métalliques. Un bruit retient ton attention sur le plateau Est, une sorte de craquement sourd et continu, entrecoupé de grognements. Dans ce hall, la chose qui peut t'intéresser sont les toilettes, où tu pourrais peut être trouver un jeune en train de se soulager (avec toute la bière qu'ils s'envoient…) ou deux jeunes en train de… enfin tu vois quoi, ce n'est pourtant pas si loin ?
Si tu veux aller vérifier ce qui est à l'origine du bruit, **rends-toi au 48**, si tu préfères passer d'abord par les WC, **rends-toi au 29**.

45
Exploration des étages supérieurs

Tu te retrouves dans le hall Nord du cinquième étage – là où l'odeur est la pus forte – devant deux machines à boissons et un distributeur de friandises. Éclairées et silencieuses elles te regardent de leurs yeux café et thé glacé, ronronnant gentiment de temps à autre. Tu te présentes discrètement sur le plateau Nord de l'étage et tu examines les alentours : bureaux en désordre, chaises et fauteuils renversés, armoires métalliques ouvertes, cassées et dossiers éventrés. Feuilles de papier qui volent au gré du vent.
Tu remarques que sur le tableau blanc au fond du plateau, il y a une inscription en lettres rouges. Attiré par la couleur tu approches du tableau et voilà ce que tu parviens à lire :
NsrTRvSRlTt
Si tu étais prof avant ta mort, **rends-toi au 17**, si ce n'est pas le cas, **rends-toi au 38**.

46
La délivrance

Tu n'es qu'à deux mètres de la voiture que trois jeunes sortent sur les côtés de l'allée : deux à gauche, un à droite. Un dernier te laisse avancer et sort dans ton dos pour t'empêcher toute fuite.

Tu es fait comme un rat !

Le zombi attaché bredouille quelque chose en te regardant mais tu ne comprends rien à ce qu'il dit, non pas car il parle le zombi mais simplement parce qu'il n'a plus de dents ni de langue, ces enfoirés de bourreaux lui ont défoncé la boîte à paroles !

Le plus grand des quatre, un jeune homme tout en sveltesse, s'adresse à toi :

— Et oui saloperie ! On a tendu un piège et ça a marché ! On était pas sûr que les zombis puissent communiquer entre eux et puissent réfléchir par eux-mêmes, maintenant on sait que oui !

Le rouquin de la bande ajoute :

— Et maintenant on va vous tuer tous les deux, toi et notre prisonnier.

Les deux derniers de la bande, ceux qui n'ont pas encore parlé s'approchent de toi armés de battes cloutées.

Il est inutile de combattre, d'ailleurs le premier coup de batte t'arrache la moitié du visage et de la tête avec. Tu tombes à genoux dans un râle étranglé. Le zombi te regarde avec toute la compassion et la peine que peuvent exprimer les deux yeux blancs opaques d'un mort-vivant. Tu t'écroules mais tu n'es pas encore mort (*enfin re-mort*). Tu aperçois ton congénère se faire planter sa propre pioche dans la tête. Puis soudain tu ne vois ni n'entends plus rien. Tu as été victime de la barbarie humaine, une exécution froide et impitoyable dans un parking souterrain.

Bon faut pas déconner non plus, on va pas pleurer, n'oublies pas que t'es un zombi et que le méchant c'est toi dans l'histoire (*normalement*). Alors recalcules tes stats et reprends cette aventure, et cette fois les quatre d'jeunes tu te les fais en carpaccio, okay Georges ?!

47
Hell's Kitchen à la Sécurité Sociale

Tu passes derrière les banques autrefois réfrigérées et les tables autrefois chauffantes et tu progresses vers les chambres froides (*oui, autrefois...*). Au passage, si tu étais flic ou kickboxer, tu peux t'emparer d'un jeu de couteaux (5 pièces) : tu peux les lancer (test d'habileté pour toucher ton adversaire) ou te battre avec (+1 point de dégâts dans ce cas).

Tu ouvres les lourdes portes des chambres froides et tu es surpris par l'odeur pestilentielle qui s'en échappe : des cuisses de poulet moisies, des gigots d'agneau plissés et rabougris arborant une belle couleur bleutée, et du poisson grouillant de vers.

Rien de bien comestible même pour un zombi comme toi.

Tu reviens sur tes pas en espérant trouver des conserves de Cassoulet ou autre produit à base de viande dont la date de péremption ne serait pas encore dépassée. Un jeune homme se tient devant toi, un rictus sadique au coin des lèvres :

— T'es cuisinier, le zombi ?! Je vais te crever, j'étais sûr qu'on trouverais des foutus zomblards dans ce bâtiment, mes potes sur le toit terrasse vont enrager car je vais augmenter mon score de «zombi dead power» ! ha ha ha !

Et ce jeune impoli se jette sur toi, il te faut le combattre :

Jeune chevelu
Habileté : 2
Endurance : 3

Si tu remportes le combat, tu peux fouiller le réfectoire ou aller directement sur le toit terrasse afin de tuer le reste du groupe et satisfaire enfin ton insatiable faim (*dure à dire c'te phrase !*).

Ta prochaine destination est le toit terrasse, **rends-toi au 19**.

48

Bureau plateau Est

Tu avances parmi les bureaux retournés, cassés, ensanglantés. Tu as l'impression qu'une tornade est entrée dans ce bâtiment tant les étages

sont chaotiques. Les combats ont du être violents si tu en juges aux impacts de balles contre les murs, au nombre de douilles qui brillent un peu partout et aux nombreux membres arrachés, meurtris, sectionnés ou mâchouillés. La police a investit les lieux et jeté des grenades lacrymogènes, tu remarques plusieurs cartouches sur le sol. Le bruit que tu penses avoir entendu plutôt ne cesse d'amplifier au fur et à mesure que tu déambule au milieu des allées. Les grognements se poursuivent et augmentent en fréquence, tu connais ce bruit mais tu ne parviens pas à remettre une image dessus.
Grrh...scrontch...grrh...mmh...slurp...scrontch...mmhh

Au détour du bureau de Mme Kyzarso, qui gît d'ailleurs sur son fauteuil, les bras posés sur les accoudoirs avec un joli petit trou au milieu du front, au détour d'un bureau donc, tu aperçois une masse sombre, tapie dans un coin contre un bureau voisin :
deux silhouettes de forme vaguement humaine sont prostrées, dos à toi. Le bruit vient bien de ces créatures, tu parviens à reconnaitre ce que t'évoques ce bruit, lorsqu'une des créatures se retourne vers toi, la bouche pleine de sang et de laquelle dépasse la queue d'un rat. Des zombis se font un Rat-burger !
Tu te diriges d'un pas affirmé vers ces deux congénères mais l'un d'eux se redresse et te barre la route.
— Rrrhh... eerrhhh….aaaarrhh, vous grogne-t-il
— Mmmmhhhhh…eeerrhhhhh…. lui réponds-tu.
Ce qui siginifie en VOST :
— T'approches pas, c'est notre bouffe, demerdes-toi !
— Ah tu le prends comme ça ? Je vais te défoncer !

D'ailleurs le zombi comprends que tu n'es pas là pour rigoler, t'as faim et il le voit bien (*comme L'oréal ?*). Il avance vers toi les bras tendus pour te repousser, tu vas devoir te défendre si tu ne veux pas que cet enfoiré te fasse la peau.

Zombi dérangé en plein repas
Habileté : 3
Endurance : 3

Si tu parviens à renvoyer ton congénère «*Ad Patres*», tu peux récupérer quelques rats dont le deuxième zombi se fout éperdument, lui se termine un pigeon (*oui, tu trouves des pigeons qui nichent devant les hautes fenêtres des bâtiments, je te le dis, je l'ai vu de mes propres yeux*).

Les rats consommés te font regagner deux points d'Endurance. En examinant d'un peu plus près le zombi que tu viens d'occire, tu réalise qu'il est jeune et que ses vêtements ne sont pas sales du tout, de plus une vilaine morsure sur son poignet pourrait confirmer qu'il s'agit d'un des jeunes ayant investit le bâtiment auparavant. Tu peux ajouter un point à ton total de chance.

Vous traversez le plateau du 7è étage et vous pouvez rejoindre l'escalier sud. Si vous possédez la capacité Prof, **rendez-vous au 4**, dans le cas contraire, **rendez-vous directement au 32**.

49

Fight against the glass door Part I

Tu effectues un mouvement pendulaire avec ton arme afin de te donner le plus de force et de chance possible. Tu lances l'objet contre le verre épais de la porte.

Ajoute tes totaux d'Habileté et de Chance et lance un dé, si le score que tu obtiens est supérieur à tes deux totaux combinés, le verre ne casse pas, tu perds un point d'endurance pour l'effort et tu dois recommencer le test. Si tu n'as plus de point d'Endurance, tu t'effondres au neuvième étage de la Caisse Primaire d'Assurance Maladie. Tu t'es tué à la tâche, ici, c'est con hein ?

Si le score obtenu au dé est inférieur aux totaux combinés, le verre explose en centaines d'éclats dans un bruit à la fois étincelant et sourd. Une explosion contenue.

Ton arme est par contre inutilisable, tu es donc contraint de l'abandonner ici. Tu accèdes au plateau Sud qui est dans un état lamentable. **Rends-toi au 11.**

<u>50</u>

<u>Le repas de patron</u>

Perché à plus de quarante mètres au dessus de la ville tu regardes le ciel et admires la lune qui se dirige lentement vers l'horizon dans une belle couleur argentée.

La journée ne va tarder à débuter mais avant de te planquer, tu t'assoies confortablement sur le toit de l'immeuble, entre deux jardinières et tu débutes un repas bien mérité :

Un foie bien saignant te sert d'entrée, tu poursuis avec un avant-bras et une main dont tu te délectes des cartilages. Pour conclure ton repas, tu rassemble les yeux des trois cadavres et tu te concoctes une salade variée, aux belles couleurs noisette, bleu et vert.

Tu apprécies le petit air frais qui te caresse doucement les lambeaux du visage.

Un repas sur le toit du monde, un privilège de patron que tu as bien mérité, sois-en sûr…

Si la faim te reprend, saches qu'il existe trois autres fins à cette aventure.

Pour le moment ne tarde pas et regagne ton caveau avant que d'autres humains ne te fasse la peau.

Félicitations Georges !

<u>Crédits</u> :

Cette courte aventure se veut un hommage parodique aux films de zombi dont je suis fan, et au gore comique des premiers films de Peter Jackson.

Tous mes remerciements aux maîtres du gore, du « zombie-movie » et du fantastique en général. Merci aussi à Shinji Mikami, papa de Resident Evil, sans qui je n'aurais jamais autant aimé les zomblards.
Je tiens aussi à souhaiter longue vie à nos amis les zombis qui vivent au cinoche, en jeu ou sous toute autre forme d'art.
Un clin d'œil à Rick Grimes pour son long combat contre les hordes déchaînées de « rôdeurs »….

RIP George A. Romero 1940-2017.

ARAWAMBA

Vous pouvez chercher longtemps le plus grand prédateur que la terre ait jamais porté ; il est pourtant si facile de le trouver dans un miroir...

Vous ne savez plus qui vous êtes ni où vous êtes.
Vous ne savez même plus comment vous êtes arrivé ici.
Votre corps est meurtri, votre tête tourne.
Confusion, perte totale de vos sens. Les cinq.
Une grande image floutée en souvenir.
Du vert, émeraude, partout.
Un grand silence et plus rien.

Pour découvrir votre identité, **rendez-vous au 1** en ayant pris soin de vous munir d'un crayon, d'une bout de papier et d'un dé à six faces...

1

Vous n'entendez, ne voyez et ne sentez rien. Vous ne bougez plus.

Puis lentement, des images dansent devant vous. Des silhouettes de forme vaguement humaines, se gondolant tel un drapeau flottant au vent.

La chaleur. Vos pieds semblent être en feu, la vague de flammes vient lécher vos mollets, vos cuisses, votre dos et votre nuque.

Impossible de voir quoique ce soit. Vos yeux refusent d'obéir.

Vos doigts palpent une texture humide, de la mousse ? des lichens ? finalement une pierre ronde parsemée de gouttelettes. Votre main parvient à agripper une racine tortueuse.

Que vous arrive-t-il ?

Si vous voulez tenter de hurler à pleins poumons, **rendez-vous au 41,** si vous préférez vous concentrer sur la récupération de vos sens, **rendez-vous au 12.**

2

Tandis que vous marchez votre esprit est assailli par des questions :

Pourquoi êtes-vous ici ? Qui êtes vous au fond ? Comment allez-vous vous en sortir ? ?

La confusion règne dans votre tête. Cette jungle est oppressante, cette pluie hypnotique. La chaleur vous étouffe et ce vert, ce vert partout : devant, derrière, au-dessus, au-dessous...

— AAAHHHH ! hurlez-vous plein de détresse. La seule réponse que vous obtenez est le crépitement de la pluie sur les feuilles et le cri d'un singe effrayé par votre voix.

Vous essayez de focaliser votre inquiétude sur autre chose : les empreintes que vous suivez depuis quelques minutes prouvent que la vie animale abonde dans cette zone. Qui dit animaux dit humains s'en nourrissant. Vous ne finirez bien par tomber sur un village, si isolé soit-il vous arriverez toujours à communiquer et à retrouver la "civilisation"...

Le sentier est soudain plus étroit et vous oblige à traverser deux fougères entrecroisées.

Faites un test de jugement, si c'est une réussite, **rendez-vous au 10**, si c'est un échec, **rendez-vous au 35.**

3

Vous avancez furtivement en vous servant des troncs d'arbres comme abri. Personne ne semble avoir remarqué votre présence et vous parvenez à vous dissimuler au milieu d'un gros bouquet de hautes fougères. Voir sans être vu. À cet instant cet adage vous paraît le meilleur du monde. Même votre respiration se fait plus calme. Pour la première fois depuis votre réveil, vous vous sentez en sécurité au milieu des plantes détrempées. La jungle vous *protège*.

Un homme fait les cent pas devant cette étrange cage. Il est armé d'une longue machette et interpelle souvent les enfants désirant s'approcher trop près de la prison de bois. À l'intérieur de la cage vous dénombrez quatre hommes assis. Ils sont immobiles, leurs visages sont étranges vus depuis votre position. Leur peau. Colorée. Vous touchez vos joues et regardez vos doigts : les marques laissées par cette poudre inconnue sont de la même couleur que la peau des prisonniers. Vous êtes des leurs. Mais libre.

Que se passe-t-il dans ce foutu morceau de jungle ? ?

Vous cherchez désespérément une pierre, un bâton assez solide pour tenter de vous défendre en cas de besoin –votre couteau étant vraiment trop faible– mais l'herbe est trop haute, le bois mort trop pourri.

Les hommes prisonniers sont vêtus de treillis, des militaires ? Si ces soldats sont ici il y a forcément un lieu où sont cachées leurs armes. Avec une arme automatique en main, n'importe quel joueur de "machette" s'écraserait et supplierait qu'on l'épargne.

Vous devez choisir à présent quelle stratégie adopter :

Pour tenter d'approcher les prisonniers par l'arrière de la cage, là où l'indigène ne patrouille pas, **rendez-vous au 36,**

pour essayer de dénicher une arme, **rendez-vous au 39.**

Enfin *si vous avez noté le code **Solution**, __rendez-vous au 9.__*

4

Vous avancez avec peine dans cet inextricable filet de laines et de feuilles. La pluie ne cesse de tomber et limite encore votre progression, malgré tout vous avancez. Coûte que coûte, sans savoir où cela va vous conduire mais votre objectif est simple : survivre.

Le terrain commence à se faire plus difficile et grimpe assez brutalement. Une sorte de promontoire se dessine à travers les troncs couverts de lichens, à quelques dizaines de pas devant vous. Vous espérez qu'en ayant un point de vue élevé vous pourrez vous repérer par delà la canopée. Au prix d'un dernier effort, vous atteignez le sommet de la butte. La jungle s'étend à perte de vue. Impensable, effrayant, désolant. Cet amas de branches, de feuilles, de nervures, de spores va vous retenir prisonnier, pour toujours. Aucun signe de civilisation à des kilomètres à la ronde, quelques buttes peut être plus hautes que celle sur laquelle vous vous trouvez mais aucun point assez haut pour avoir une vue donnant un peu d'espoir...

Vous tombez à genoux et regardez droit vers le ciel gris et menaçant :

— Mais putain ! hurlez-vous, qu'est-ce que j'ai fait pour mériter ça ! Merde ! Meeerde ! MEEERDEEUUU ! ! !

Le crépitement de la pluie continue inlassablement son chant à sonorité funeste.

Pourtant quelque chose attire votre oeil à quelques centaines de mètres sur votre gauche : une clairière semble se dessiner au milieu de la canopée. Malgré les trombes d'eau qui réduisent votre vision, vous jureriez apercevoir aussi des huttes sur pilotis. Mais cela peut aussi être des palmiers dont les palmes formeraient une ombrelle ressemblant à une hutte.

*Si vous avez noté le code **Kita**, __vous pouvez vous rendre au 24__,* si vous avez l'intention de vous dirigez vers la clairière, __rendez-vous au 42__. Enfin si vous pensez qu'en vous enfonçant dans la jungle et en vous dirigeant vers le promontoire suivant vous pourrez trouver une échappatoire, __rendez-vous alors au 47.__

5

Allongé sur le dos, votre main parvient à saisir l'objet contenu dans votre poche : un talkie-walkie noir et gris.

Vous approchez l'appareil de votre bouche et actionnez le poussoir sur le côté :

— Allô ? Quelqu'un me reçoit ?

— Y'a quelqu'un dans ce foutu endroit ? ?

— *katipelo... taliyoki... kita !*

Vous lâchez le talkie et vous vous asseyez dans le même mouvement. Cette réaction inattendue de votre corps vous surprend mais la réponse du talkie encore plus.

Vous reprenez l'appareil et établissez à nouveau la communication :

— Je suis perdu... quelqu'un peut m'aider ? demandez-vous en implorant.

— *tujikafo... KI-TA ! !*

— Mais putain qui parle ? demandez-vous insistant.

Aucune réponse. Vous vous levez avec peine mais malgré tout vous parvenez à vous maintenir debout. Vous examinez le lieu dans lequel vous vous trouvez :

une rivière serpente paisiblement entre fougères et troncs de takutika, dont les fruits possèdent des vertus curatives. Vous avancez vers le cours d'eau et vous vous abaissez vers l'élément liquide. Votre visage ! Vous voyez enfin à quoi vous ressemblez. Brun, barbu, visage assez angulaire. Vous froncez les sourcils pour essayer de discerner encore mieux les détails de votre "vous-même" et vous découvrez avec une grande stupeur que des motifs colorés sont peints sur vos joues, votre nez et votre menton. Vous portez les mains à votre visage et vos doigts se colorent d'une poudre fine et douce semblable à du talc. Coloré.

Vous envoyez la main dans votre deuxième poche lorsqu'un cri horrible fait saturer le haut-parleur du talkie-walkie.

Un frisson vous parcours l'échine. Vous serrez fermement le couteau de survie trouvé dans votre poche droite et vous vous relevez tant bien que mal. Vous décidez de quitter cette zone au plus vite.

*Notez le code **Kita**.*
Pour suivre le cours d'eau vers l'amont, **rendez-vous au 17**, pour suivre le cours d'eau vers l'aval, **rendez-vous au 45.**

6

Vous repensez aux notes prises dans votre carnet plastifié :
Votre expédition comprenait quatre scientifiques employés par UG laboratoires et des agents de sécurité. La femme qui est étendue devant vous ressemble à l'une des scientifiques qui vous accompagnait.
Qui était-elle ? Qui étiez-vous ? ?
La boue, l'humidité, la pluie et la chaleur vous fatiguent ; vous perdez espoir au fil des minutes. Brutalement un bruit sec vient troubler votre détresse : une flèche vient de se planter dans un tronc non loin de vous. Pas une flèche tirée par un arc, mais plutôt une fléchette de sarbacane. Puis aussitôt une autre vous frôle le bras. Vous devez échapper à cette menace invisible et silencieuse.

Vous pouvez vous enfuir en longeant la rivière, toujours vers l'aval, **rendez-vous dans ce cas au 7**, Si vous préférez changer de cap, remontez la rivière en vous enfonçant dans la jungle et **rendez-vous alors au 32.**

7

Vous vous abaissez pour tenter d'échapper à cet ennemi invisible et silencieux. Quelqu'un vous veut du mal. Qui ? Pourquoi ? ?
Un bruit de souffle mat et bref derrière un buisson. Un visage sombre. De longs cheveux noirs. Une fine cordelette rouge autour de la tête.
Un flash qui martèle votre esprit, vous connaissez ces faciès : les Arawambas.
Des bribes de souvenirs vous reviennent en mémoire tandis que vous courez comme un paumé au milieu de ce dédale vert et végétal.
Une tribu indigène, une expédition à caractère scientifique. Vous êtes pourchassé. On va sûrement vous tuer.
Le courant de la *niña verde* s'accélère, jusqu'à devenir fort. Ce cours d'eau pourrait vous conduire à votre salut ou à votre perte.

Que souhaitez-vous faire, plongez dans la rivière en espérant survivre aux rapides **en vous rendant au 33** ou vous enfoncer dans la jungle en tentant de semer vos poursuivants **en vous rendant au 29** ?

8

Les rochers sont de plus en nombreux sur le sentier, bientôt c'est un véritable parcours de haies que vous affrontez. Vos poumons sont prêts à exploser, la chaleur, la pluie, l'humidité ambiante, la peur ; chaque inspiration remplit votre poitrine d'un mélange air/eau très handicapant.

Un bruit sourd vient s'ajouter à celui de la pluie : une rivière coule non loin d'ici. Vous faites une halte quelques instants pour faire le point :

On vous poursuit, on vous tire dessus, vous êtes perdu au milieu d'une jungle... Il existe mieux comme situation !

Un cri vous rappelle à l'ordre :

— KIITTAAAAA ! ! Tokilepto ! ! Hahaha ! !

Le rire paraît à la fois pervers et démoniaque. L'Arawamba en vous lâchera pas. Ce sera lui ou vous, vous êtes maintenant certain.

Vous reprenez votre course et vous apercevez une crevasse au sol, dissimulée entre deux rochers. Vous vous y engouffrez et tirez quelques branches de fougères devant l'ouverture. La pluie coule sous vos pieds et amenuise la terre. Vous voyez l'Arawamba passer devant vous. Fait étrange lui ne court pas dans cette jungle, il marche vite, sarbacane en main, le regard perçant la pluie.

Fier de l'avoir dupé vous relâchez votre corps. Votre poids changeant d'axe, les pierres se trouvant sous vos pieds roulent, entraînés par le ruissellement d'eau de pluie. Vous perdez l'équilibre et vous tombez sur le ventre.

Une glissade dans l'obscurité sur une pente gluante et n'offrant aucune aspérité, aucune prise pour s'accrocher. Vous parvenez à vous retourner sur le dos mais ce toboggan minéral n'en finit plus. Un bruit d'eau s'amplifie de plus en plus, soudain sous vos fesses, le vide. Vous planez, sans bien comprendre. Un trou dans le plafond de cette cavité éclaire l'endroit où vous vous trouvez :

une sorte de caverne aux parois couvertes de mousses, un lac souterrain, de longues stalactites au plafond.

Soudain le contact avec l'eau. Le courant. Balloté comme un vulgaire brin d'herbe. Vous tentez désespérément de reprendre de l'air, vous y parvenez. Vous vous maintenez comme vous pouvez, cherchant à nager malgré la puissance de cette rivière souterraine. L'obscurité à nouveau, le courant qui accélère en même temps que votre rythme cardiaque, en même temps que votre peur.

Vous sortirez de cette rivière et vous échouerez sur les berges de la rivière, proche d'un village.

Un enfant découvrira un homme blanc à moitié mort.

Les villageois préviendront d'autres blancs qui vous soigneront, mais toutes ces épreuves ne vous laisseront pas indemne : vous ne saurez jamais qui vous avez été, ni pourquoi vous vous êtes retrouvé au milieu de cet enfer végétal.

Votre aventure se terminera dans un dispensaire psychiatrique, votre vie sera une succession de doutes, de cauchemars et de questions...

Votre histoire s'achève ainsi.

9

Vous armez le levier de l'arme que vous a donné la mercenaire et faites irruption au milieu du village. Les enfants effrayés courent dans tous les sens, les femmes hurlent et cherchent à se cacher au plus vite. Les hommes du village accourent suivis de près par un vieil homme à la peau blanche.

— Lâche ton arme. Avec ou sans cet objet tu ne sortiras pas vivant d'ici...

— Tu parles ma langue et tu me menaces ? ? hurlez-vous.

Votre sang bout dans vos veines. Trop de pression, trop de peur contenue. La jungle, la pluie, la fatigue, l'inconnu, la douleur, la peine, le désespoir. Tout se bouscule dans votre esprit...

Où est votre pays ? Qui êtes vous dans cette foutue région du globe ? Que faites vous ici ?

Les indigènes se rapprochent de vous, formant un demi-cercle ils vous toisent d'un air menaçant. Ils agitent leurs machettes... vous ne pouvez pas reculer, vous ne pouvez plus...

Rendez-vous au 43.

10

Une fine corde est tendue entre deux gros pieds d'arbustes. Vous examinez sommairement le système et vous décelez un piège. Une grosse branche hérissée de pieu est prête à frapper un animal qui déclencherait le système. Vous l'auriez pris au niveau des cuisses et il vous aurait sûrement blessé profondément. Vous vous félicitez d'avoir éviter cet ingénieux système de mise à mort. Vous ajoutez 1 point à votre total de mental et 2 points à votre total de santé.

Malgré votre joie quelque chose vous ramène vite à la réalité :

Les fougères bougent sur votre droite, une masse sombre aperçue entre les feuillages. Un long bâton dépasse du faîte des buissons. Brutalement un visage s'extirpe d'entre les branches, comme si la jungle prenait visage humain. Un faciès sombre, une peau cuivrée, fine cordelette rouge en guise de bandeau, de longs cheveux noirs. Vous connaissez ces portraits... Une tribu d'Amazonie... Vous souvenirs arrivent par bribes... Les Arawambas.

L'indigène amène lentement la sarbacane à sa bouche. En un éclair vous disparaissez. Une flèche vous frôle.

Vous heurtez plusieurs branches épineuses, vous perdez l'équilibre en trébuchant sur des racines tortueuses, mais votre agresseur est tout proche et vous ne tenez pas à savoir pourquoi il cherche à vous atteindre... **Rendez-vous au 29.**

11

Vous laissez le cours d'eau derrière vous et vous reprenez l'abri offert par la jungle. Abri ou prison pour l'instant votre esprit ne sait plus, la pluie se renforçant vous redoubler d'effort pour apercevoir un semblant de voie entre les fougères, les lianes et les troncs serrés de cet écosystème complexe et grandiose.

La jungle paraît s'animer sous l'effet des trombes d'eau, tout bouge, sans vent ; tout crépite, fait du bruit, parle, sans bouche. Tout autour de vous caresse, griffe, déchire, sans doigts.

L'entité verte qui vous entoure semble vous avaler minute après minute. Un léger sentiment de claustrophobie vous étreint et vous tenter de vous raisonner aussitôt : impossible de lâcher maintenant, vous savez pertinemment que c'est la mort assurée.

Allez, un groupe de buissons passé, quelques racines enjambées, une énorme araignée évitée, encore des fougères, serrées, enchevêtrées, presque tissées.

Rendez-vous au 4.

12

Vous commencez à interpréter les images devant vous, les contours se font plus nets, le monochrome laisse sa place à un dégradé de verts. Des fougères aux épis dentelés, des lianes créant un véritable rideau, de la mousse sur le sol, des bulbes rouges, bleus et jaunes émergeant de cette fourrure végétale tels des yeux inquisiteurs.

Vous parvenez à ramener votre corps en position fœtale ; vos membres paraissent peser une tonne. Dans un élan de force surhumain vous parvenez à basculer votre corps dos au sol.

La canopée vous apparaît menaçante, toutes ces branches telles des griffes, ces troncs tels des corps torturés, et cette pluie qui tombe finement et vous aveugle.

Vous essayez de faire le point.

Si votre corps refuse d'obéir, vous voulez au moins essayer de réfléchir à votre situation.

Que s'est-il passé ?

Où êtes-vous ?

Que faites vous-là ?

Votre cerveau semble être réduit à une marmelade informe incapable de réagir, une sorte d'inconscient vous dicte ce qu'il *faudrait* faire, mais la réalité est tout autre : vous êtes perdu au milieu d'une jungle, sans savoir pourquoi ni comment vous en êtes réduit à un corps presque inanimé.

Vous passez vos mains l'une sur l'autre comme pour vérifier que vous n'êtes pas dans un mauvais rêve. Vous sentez une chevalière à votre annulaire gauche.

Vos poches, elles, contiennent peut être un indice sur votre identité.

Vous essayez de fouiller votre pantalon de toile. Dans la poche droite, vous sentez un objet dur, rectangulaire, puis un objet plus cylindrique. Dans l'autre poche, un objet assez compact pourvu d'une extrémité souple.

Si vous voulez essayer de vous asseoir afin de sortir les objets contenus dans votre poche droite, **rendez-vous au 49**, si vous préférez sortir l'objet contenu dans votre poche gauche, **rendez-vous au 5**.

13

Votre corps ne peut plus, ne *veut* plus. La jungle aura eu raison de vous. Vous glissez lentement dans un monde aux douces lumières, aux agréables parfums, aux couleurs apaisantes. Loin de l'enfer vert, loin de la moiteur, de l'oppressante humidité ambiante.

Qui sait ce qu'il adviendra de votre enveloppe charnelle, dévorée par un cochon sauvage, un félin, ou quelque indigène affamé.

Vous ne retrouverez jamais vos proches si ce n'est dans cet autre monde...

Votre aventure en Amazonie s'achève tragiquement...

14

La lame de votre couteau fend l'eau et entaille profondément les chairs de l'anaconda à plusieurs reprises. La réaction de l'animal est immédiate : il relâche la pression exercée par ses anneaux constricteurs. Vous continuez à frapper comme un psychopathe en proie à une frénésie barbare et aveugle. Le sang de l'animal se mélange avec la mare verdâtre dans laquelle a lieu le combat, en quelques secondes le serpent quitte la zone et vous parvenez à rejoindre la berge, encore secoué par cette terrifiante rencontre. L'anaconda vous a blessé légèrement mais votre mental remonte suite à votre victoire : vous pouvez ajouter un point à votre total de mental.

La masse sombre que vous aviez repérée quelques minutes plus tôt n'est qu'à quelques mètres de vous, vous déambulez dans une boue puante et vous approchez de votre objectif :
votre surprise est de taille lorsque vous constatez qu'il s'agit d'un mort... Vous approchez silencieusement du cadavre qui est échoué face contre terre ; du bout des doigts vous le retournez sur le dos et vous tombez d'effroi : c'est ce qu'il reste d'une femme dont le corps présente de multiples blessures. Des chairs violacées apparaissent entre les plis des vêtements déchirés, les mains sont amputées de tous les doigts au niveau des premières phalanges. La poitrine est largement mutilée au niveau des seins, comme si ces proéminences avaient été sectionnées à ras. Le visage bien que boursouflé et marqué par la mort, présente des traces de poudre colorée semblable à celle qui recouvre votre propre visage. Un pendentif en forme d'oiseau donne à cette dépouille un semblant d'humanité, et pourtant, le spectacle est terrifiant. Vous fixez longuement les traits de cette femme et inexorablement, l'allure générale vous rappelle quelqu'un...

*Si vous avez noté le code **Kita**, **rendez-vous au 16**, si vous avez noté le code **Singe**, **rendez-vous au 6**.*

15
La chute approche et l'adrénaline monte en vous. Votre gorge se noue, vos membres —déjà bien éprouvés— donnent ce qui leur reste de vivacité, votre peur est au maximum. Jamais une sensation comme celle-là ne vous avait étreint à ce point. Et soudain le vide.

Un vol plané entre les trombes d'eau descendantes et le nuage d'écume remontant. Vous ne pouvez plus, ne savez plus respirer. Tout est air mais tout est eau. Le contact avec la rivière au bas de la chute est rude. Vous êtes sonné mais votre instinct de survie vous commande de nager au plus vite vers les berges. Au prix d'un effort surhumain vous y parvenez. Épuisé, vomissant de l'eau et titubant, vous êtes en vie. Vous lancez un dernier regard vers le haut bouillonnant de la chute d'eau et vous n'y voyez personne d'humain.

C'est après plusieurs heures de marche exténuante que vous voyez se profiler les toits ronds de quelques huttes. Vous vous écroulez dès que le premier villageois s'approche de vous. L'équipe de récupération qui devait vous retrouver au village vous prend en charge, mais la fatigue extrême, l'émotion de cette aventure et la drogue retrouvée dans votre sang feront de vous un fantôme de vous-même.

Vous ne saurez jamais qui vous êtes car vous ne le comprendrez jamais. Vous ne recouvrerez jamais votre mémoire et votre pleine conscience. La jungle et ses hôtes ont eu raison de vous. Vous finissez cette aventure en vie mais dans un état léthargique, en proie à des visions et des cauchemars terrifiants. Telle sera votre peine...

Votre périple est terminé.

16

Votre talkie émet soudain un grésillement suivi d'un silence. Puis une voix se fait entendre, faible comme si quelqu'un chuchotait :

— *tchiiiii*...quelqu'un me reçoit ....*tchiiii*.... passe canal 25....*tchiii*.....plus de clarté.

Vous répondez par un "reçu" codé en morse. Vous actionnez la molette des canaux et vous attendez que la voix se manifeste.

— Quelqu'un me reçoit ?

— Oui, je suis perdu, lancez-vous plein d'espoir.

— Nous sommes tous perdus, qui est en communication là ?

Vous hésitez puis répondez :

— Un brun barbu !

— Jean-marc ?

— Je ne sais pas, répondez-vous le ton plaignant. Je ne sais plus qui je suis.

— C'est normal ils nous ont envoyé une putain de dose de poudre, à démonter un cheval.

— Mais qui ? On est où là ? ? PUTAIN ! ! !

— Moi je suis pas loin du village, mais ils sont juste là, autour, au-dessus, au dessous... partout.

— On peut se rejoindre ? demandez-vous.

— Se rejoindre ? Sais pas. Faut suivre la *niña verde et* rejoindre Kuelap, le village en bas de la vallée. Il faudrait m'indiquer ta posi--— *Tchiiiii....*
Le talkie grésille de façon continue. Le bouton poussoir est maintenu enfoncé par votre interlocuteur.

Puis soudain :

— *taliyoki... kita !*

Vous lâchez votre radio. Encore cette voix stridente, encore cette langue inconnue.

— Allô ? Allô ? ? Et meeeerde...

Vous remettez la radio dans votre poche et tentez d'accélérer le pas pour suivre la rivière.

Niña Verde doit être le nom du cours d'eau que vous suivez. Kuelap un village en aval. Votre survie. L'issue de votre calvaire.

La boue, l'humidité, la pluie et la chaleur vous fatiguent ; vous perdez espoir au fil des minutes. Brutalement un bruit sec vient troubler votre détresse : une flèche vient de se planter dans un tronc non loin de vous. Pas une flèche tirée par un arc, mais plutôt une fléchette de sarbacane. Puis aussitôt une autre vous frôle le bras.

Rendez-vous au 7.

17

Vous avancez en aveugle dans un dédale de fougères, de racines tortueuses et de lianes immenses. Votre corps est meurtri et une sensation de panique commence à vous étreindre.

Deux paramètres vous définissent : la santé et le mental. En temps normal vous possédez 6 points de santé et de mental.

Pour savoir où vous en êtes de vos aptitudes physiques et mentales lancez un dé deux fois :

le premier lancer indique votre total actuel de **santé,** c'est ce résultat qui reflète votre état physique général : il représente **votre endurance, votre agilité et votre force.**

Le deuxième lancer indique votre total actuel de **mental,** c'est ce résultat qui reflète votre état mental général : il représente **votre peur, votre clairvoyance et votre jugement**.

Les deux valeurs ainsi obtenues seront vos totaux initiaux de santé et de mental. Au plus vos totaux sont hauts, au plus vous avez récupéré votre état normal.

Si au cours de votre aventure, il vous est demandé de tester votre endurance, votre agilité ou votre force, vous devrez lancer un dé et comparer avec votre total actuel de santé. Si le résultat obtenu est inférieur à votre total du moment, vous avez réussi le test et vous suivrez les indications données au paragraphe où le test est demandé.

Si au cours de votre aventure, il vous est demandé de tester votre peur, votre clairvoyance ou votre jugement vous devrez lancer un dé et comparer avec votre total actuel de mental. Si le résultat obtenu est inférieur à votre total du moment, vous avez réussi le test et vous suivrez les indications données au paragraphe où le test est demandé.

Notez que si votre mental chute à o vous devrez **vous rendre immédiatement au 31**, si votre santé chute à o, **c'est au 13** que vous devrez vous rendre.

Pour le moment vous devez choisir entre vous enfoncer davantage dans la jungle en **vous rendant au 4**, ou suivre la berge au plus près en remontant la rivière **: rendez-vous dans ce cas au 34**.

18

L'homme ne voit pas arriver immédiatement. Lorsqu'il vous aperçoit il vous met en joue avec sa sarbacane. Et tire, vous évitez la fléchette de justesse. Vous ramassez une pierre que vous jetez vers lui. Il l'évite. Il pose sa sarbacane et saisit sa machette. Vous cherchez très vite une branche pouvant vous servir de gourdin ; ce morceau de bois fera l'affaire. Préhistorique, primitif mais cela pourrait vous sauver la vie.

L'homme s'engage dans la rivière, vous y entrez aussi. Un combat entre deux mondes va se jouer, une lutte entre deux hommes que tout oppose.

Pour mener ce combat rien de plus simple :

L'indigène possède une force de 3.Vous possédez une force égale à votre total actuel de santé.

Lancez un dé à six faces et ajoutez votre total actuel de force, même chose pour l'indigène, celui qui obtient le score le plus haut frappe l'autre. Celui qui est blessé perd un point de force, le premier qui arrive à zéro s'évanouit.

Si tel est le cas, **rendez-vous immédiatement au 13.**

Si vous venez à bout de votre adversaire vous vous hâtez de chercher d'où vient cet indien. Son village n'est peut être pas loin, d'autres blancs y vivent peut être et avec leur aide vous pourriez quitter cette jungle au plus vite. Vous apercevez un dégagement dans les cimes des arbres, une clairière semble se trouver assez près de votre position. Si vous pensez que foncer vers cet espace à ciel ouvert est la solution, **rendez-vous au 42.**

Vous pouvez aussi quitter cette zone et vous enfoncer dans la jungle dans l'espoir de trouver une autre issue même si cela vous apparaît peu probable, **rendez-vous alors au 47.**

19

Après une fouille un peu chaotique, vous dénichez au fond d'une sorte de caisse des armes automatiques. Des Heckler & Koch, modèle Mp7. Un pistolet mitrailleur qui pourrait sûrement vous aider à rependre le contrôle du village, à sauver les soldats et surtout vous permettre de vous tirer d'ici en vie...

Un gilet pare-balles et un casque équipé d'une torche font aussi partie de vos trouvailles. Vous vous en équipez illico.

Vous empoignez quelques chargeurs, vérifiez qu'ils soient pleins, enclenchez l'un d'eux dans l'arme et vous engagez l'arme, prête à tirer.

Ces gestes maintes fois vus dans les films vous apparaissent soudain naturels... Qui êtes vous donc ?

Vous prenez une profonde inspiration et vous sortez de la hutte arme au poing. Les enfants devant vous voyant que vous tenez une arme à la main reculent en hurlant. Les quelques femmes non loin de vous commencent à s'agiter et profèrent des paroles inconnues. Trois hommes arrivent au pas de course. Ils tiennent des machettes et se montrent menaçants. Jusqu'à ce que vous pointiez le canon de votre HK vers eux. Ils ne bougent plus. Vous désignez la prison de bois où sont retenus les soldats et leur faites signe d'y aller. Vous espérez qu'ils comprennent que vous voulez faire libérer les soldats. Aucun mouvement de leur part, ils tiennent leurs machettes, résignés et confiants.

Soudain, surgissant de derrière une hutte un peu plus loin, un vieil homme à la peau plus claire que les indigènes, apparaît. Il vous fait signe et s'adresse à vous :

— Pose ton arme pauvre idiot... Tu ne le sais pas encore mais une dizaine de sarbacanes sont braquées sur toi en ce moment même...

— Tu parles notre langue ? ? Et tu es quoi, un foutu missionnaire jésuite, dites-vous en pointant votre arme sur lui.

— Non, pauvre fou, juste un blanc épargné par les Arawambas.

— Épargné ? pourquoi ?

— J'ai su me faire accepter...

— Bon je suis pas là pour écouter tes conneries, libère les gars qui croupissent dans la cage là-bas et laissez-nous nous barrer d'ici.

— Les Arawambas ne relâchent pas un prisonnier. Ils le gardent. Tu vas être obligé de tirer et ensuite tu vas mourir.

— Tu sais pas ? j'en ai rien à foutre, je prend le risque...

Rendez-vous au 43.

20

Vous n'avez pas longtemps à marcher dans la boue sableuse des rives avant d'apercevoir un homme :

Cheveux longs noirs, corps maigre, muscles secs, il est debout sur une roche ronde au milieu de l'eau et se tient immobile, la sarbacane à la bouche. Cet indigène pêche selon une technique sans doute ancestrale.

Le spectacle est fascinant : cet homme, dans son élément, au milieu de cette jungle, avec cette pluie qui accentue le dramatique des choses. La scène est tout juste sublime, si vous n'étiez pas perdu, loin de tout, loin de vous-même vous vous poseriez en spectateur.

D'un autre coté peut être que cet homme vous est hostile, qu'il ne vous tolèrerait pas dans sa jungle et que s'il vous apercevait il vous tuerait sans sommations.

Pour l'instant vous devez choisir entre attaquer cet indigène **en vous rendant au 18**, ou bien aller lui parler de manière pacifique en **vous rendant alors au 22**.

21

Les berges sont assez étroites et vos pieds sont tantôt dans l'eau verdâtre, tantôt dans une mousse spongieuse et glissante. La sensation d'engourdissement dont vous souffriez quelques minutes plus tôt commence à se dissiper, en revanche votre cœur bat toujours très vite et votre esprit est en proie à la plus grande des paniques. Vous réfléchissez à toute vitesse en essayant de savoir qui vous êtes et pourquoi vous êtes perdu dans cette jungle sournoise.

Plus loin devant vous, une masse sombre semble être immobile sur la berge. Vos pas sont de plus en plus lourds et le sable de moins en moins porteur. Si vous désirez poursuivre vers ce qui est échoué plus loin, vous devrez continuer votre progression dans l'eau **en vous rendant au 27**. Si vous ne souhaitez pas poursuivre plus avant la curiosité, vous devez bifurquer et poursuivre en parallèle dans la jungle **en vous rendant alors au 37**.

22

Vous approchez doucement de l'homme à la sarbacane. Lorsqu'il vous aperçoit il abaisse d'abord son outil de pêche, puis vous fixe d'un regard interrogateur.

— N'ayez pas peur, je viens en ami dites-vous les mains bien ouvertes, paumes vers lui.

Il recule dans un premier temps puis porte la sarbacane à sa bouche et vous vise.

— Oh, oh ! Pas de crainte, je suis là en ami. Je suis perdu. Perdu !

Vous accompagnez vos mots de gestes aussi lents et explicites que possible.

Il pousse un cri et souffle dans son arme. Une fléchette vous atteint dans la poitrine. Un léger picotement survient au niveau de l'impact. Surpris et apeuré vous cherchez du regard un endroit où vous cacher le temps que l'indigène se calme, mais il est rapide, il tire une fléchette hors d'un sac et vous vise à nouveau. Vous tentez de courir vers lui et vous vous engagez dans la rivière. Il souffle à nouveau dans son long tube de bois et vous atteint cette fois dans un bras.

Plus qu'un picotement c'est une douleur vive qui vous parcourt maintenant.

Votre bras s'engourdit et vous paniquez.

Vous faites demi-tour pour fuir.

Une autre piqûre vous assaille entre les omoplates.

La jungle. Vingt mètres à parcourir pour échapper à ce fou.

Une fléchette se plante dans votre fesse, une autre dans votre cuisse.

Votre vue se brouille, vos muscles commencent à ne plus répondre. Ce foutu sauvage vous empoisonne. À l'ancienne.

Vous atteignez les premières fougères et vous vous écroulez. Conscient mais complètement paralysé.

Vous entendez des remous dans la rivière, quelques instants plus tard le sauvage vous retourne sur le dos, face à lui. Un sourire pervers déforme son visage. Il pose sa sarbacane au sol et saisit sa machette. Il la lève haut dans le ciel pluvieux.

Votre mort sera immédiate. Décapité.

Les réponses que vous attendiez ne viendront jamais.

Votre aventure se termine sur les rives d'une rivière, perdue au milieu d'une jungle inconnue...

23

La pluie se densifie, de véritables cordes de pluie s'entremêlent aux épaisses et tortueuses lianes. Vous vivez un cauchemar éveillé. Incroyable mais pourtant réel. La chaleur, malgré l'eau, est de plus en plus étouffante. Vous essayez de vous raccrocher à quelque chose de connu, de familier. Votre famille ? Mais en aviez-vous seulement une ? ? Votre identité ? Êtes-vous quelqu'un qui gagne à être connu ? ?

Un bruit sec vient claquer non loin de vous. Vous regarder furtivement vers le lieu d'où est venu le claquement. Une fléchette est fichée dans le tronc d'un gros kapokier. Un projectile lisse d'une quinzaine de centimètres et terminé par une boule de mousse.

Les fougères bougent sur votre droite, une masse sombre aperçue entre les feuillages. Un long bâton dépasse du faîte des buissons. Brutalement un visage s'extirpe d'entre les branches, comme si la jungle prenait visage humain. Un faciès sombre, une peau cuivrée, fine cordelette rouge en guise de bandeau, de longs cheveux noirs. Vous connaissez ces portraits... Une tribu d'Amazonie... Vous souvenirs arrivent par bribes... Les Arawambas.

Vous fuyez aussi vite que vos cuisses vous le permettent. **Rendez-vous au 29.**

24

Vous saisissez votre talkie-walkie et essayez de capter une fréquence utilisée par un éventuel survivant à ce cauchemar.

Canal 1 :

— Y'a quelqu'un qui me reçoit ?

— *Tchiiiiii....*

Canal 2 :

— Y'a quelqu'un dans cette putain de jungle ? ?

— *Tchiiiiii....*

Vous essayez tous les canaux disponibles jusqu'à obtenir enfin une réponse sur le canal 32 :

— Oui, chuchote une voix. Je t'entends. Peux pas parler. Ils surveillent.

Vous vous surprenez à chuchoter aussi :

— Peu importe qui tu es, répondez-vous, tu es OÙ ? ?

— village. huttes pilotis, nord *niña verde*. Les mots s'enchaînent rapidement.

— J'arrive. Au fait "ils" c'est qui ?

— *Tchiiii*....

— Toujours là ? ?

La voix chuchote encore plus bas :

— Oui. Ramène ton cul, on est mal. Danger.

— Y'a danger ? C'est qui "ils" putain ! !

— Tribu. Sauvages. À éliminer.

Vous ne perdez pas une seconde et vous foncez vers le bas de la butte direction la clairière. **Rendez-vous au 42.**

25

Vous approchez doucement de l'homme au sol pour ne pas l'effrayer. Lorsqu'il voit du mouvement dans les buissons, il saisit son pistolet-mitrailleur et le pointe dans votre direction.

— N'avances plus ou je te crame ! ordonne-t-il.

— N'aies pas peur je suis de ton côté, chuchotez-vous à vous montrant à découvert les mains bien en évidence.

Il rabaisse le canon de son arme et soupire :

— Putain, j'te croyais mort.

À cet instant vous réalisez que l'espoir est devant vous, votre voeu de survie n'était peute être pas vain. Cet homme est vivant, armé et semble vous connaître.

— Tu sais qui je suis ? demandez-vous, excité.

— Beh oui, tu l'un des membres de l'équipe scientifique.

— Équipe scientifique ? On est où, je suis qui, qu'est-ce qu'on fout dans cette putain de jungle ? ?

— Attends mon pote pas trop vite là, je pisse le sang, on a pas vraiment le temps pour les présentations. Tu as sûrement une amnésie partielle car ils nous ont drogués. Ne me demande pas qui, ce sont les sauvages qui vivent dans la camp juste à coté, la clairière aux pilotis.

— On peut s'enfuir d'ici, trouver du secours ? ?

— Oui, tu vas prendre mon MP7, te pointer au village et descendre tout ce qui n'est pas blanc et vit à poil.

— Tu es sûr, je veux dire on pourrait se barrer d'ici, je peux t'aider...

— Y'a quatre mecs retenus prisonniers là-bas dans une foutue cage en bambou. Ce sont mes frères d'armes. Je les laisse pas crever comme des rats. Si tu veux mon aide, aide-moi d'abord. Si tu as oublié je te rappelle que la seule femme de notre groupe a été massacrée, mutilée et jetée à la rivière en offrande. Angèle qu'elle s'appelait. Une petite beauté... Ça te va ou je t'ajoute des couleurs au tableau ?...

Vous ne comprenez pas bien ce qui vous arrive, ni maintenant ni depuis votre réveil au bord de la rivière, mais si votre espoir de survie est de libérer quatre soldats, vous allez le faire. Et sans hésiter. *Notez le code* **Solution.**
Rendez-vous au 3.

26

L'Arawamba qui vous pourchassait quelques minutes plus tôt avec une sarbacane pourrait bien appartenir à cette tribu, venir de ce village. C'est sans aucun doute une pensée purement blanche, pensez-vous au fond de vous même, une pure réaction de xénophobie mais dans cette satanée jungle, vous préférez être prudent plus que de rigueur.

Une observation calme et discrète vous paraît être la meilleure approche de ce village, de ces indigènes. *Vous gagnez un point de mental.* **Rendez-vous au 3.**

27

Vos premiers pas dans cette rivière verdâtre, puante et couverte de lentilles d'eau, vous semblent sortis d'un cauchemar. Vos pieds suivent l'une des artères de la jungle, le liquide vert dans lequel vous évoluez est son sang.

Le cours n'est pas très profond mais par endroits vous avez l'eau à mi-cuisse, votre progression est assez difficile et l'effort fourni occupe votre esprit et vous évite de penser à l'enfer dans lequel vous vous trouvez...

Vous n'êtes plus qu'à quelques mètres de la masse échouée sur la berge lorsque vous sentez quelque chose de *différent* glisser contre votre mollet. Pas une plante, pas une racine. Quelque chose de *vivant*. Vous vous immobilisez immédiatement : la sensation de "caresse" recommence avec insistance. L'horreur, la peur et la panique prennent le contrôle de votre corps. Votre main parvient tout de même à descendre jusqu'à votre poche droite. Vous palpez le carbone de votre couteau de survie lorsque la caresse sous-marine devient étau.

Quelque chose s'enroule avec vigueur et insistance autour de votre jambe et la pression devient si forte que vous perdez l'équilibre et tombez dans l'eau.

Vous tentez de vous redressez au plus vite mais la créature passe non loin de votre tête tout en serrant davantage votre mollet. Aveuglé par l'eau dans les yeux, vous discernez malgré tout ce qui vous a pris pour cible : un énorme anaconda.

Reprenant vos esprits et recouvrant la vue assez vite vous évaluez mal la taille de votre assaillant : cinq mètres, peut être six. De larges taches olive sur un corps marron-brun. L'animal commence à serrer ses anneaux contre votre cuisse. Il vous faut réagir vite avant que le serpent ne s'entoure autour de votre poitrine. Vous tenez fermement le couteau de survie et vous plantez la lame affutée comme un rasoir en plusieurs endroits du corps du reptile. *Faites un test de force, si c'est un succès* **_rendez-vous au 14_**, *si c'est un échec,* **_rendez-vous au 28_**.

28

Vous parvenez à blesser sérieusement le serpent, mais il serre depuis quelques trop longues minutes et votre tibia se brise soudain comme une branche trop sèche. Vous hurlez de douleur et vous luttez pour ne pas vous évanouir. Le serpent entaillé, sanguinolent et meurtri glisse vivement entre deux eaux et disparaît avec la grâce d'une danseuse. Vous rampez, plus que vous ne nagez vers la berge, la douleur est grande et vous visualisez un avenir proche dramatique. Vous ramassez deux branches de belle section et vous confectionnez une attelle liée par votre ceinture. Seul, perdu, blessé dans cette jungle, vos chances de survie sont très minces. Vous perdez 3 points de santé et 1 point de mental, si cela ne vous tue pas vous approchez de la masse sombre qui demeure immobile dans la boue, sur la berge.

Votre surprise est de taille lorsque vous constatez qu'il s'agit d'un mort... Vous approchez silencieusement du cadavre qui est échoué face contre terre ; du bout des doigts vous le retournez sur le dos et vous tombez d'effroi : c'est ce qu'il reste d'une femme dont le corps présente de multiples blessures. Des chairs violacées apparaissent entre les plis des vêtements déchirés, les mains sont amputées de tous les doigts au niveau des premières phalanges. La poitrine est largement mutilée au niveau des seins, comme si ces proéminences avaient été sectionnées à ras. Le visage bien que boursouflé, lacéré et marqué par la mort, présente des traces de poudre colorée semblable à celle qui recouvre votre propre visage. Vous fixez longuement les traits de cette femme et inexorablement, l'allure générale vous rappelle quelqu'un...

*Si vous avez noté le code **Kita**, **rendez-vous au 16**, si vous avez noté le code **Singe**, **rendez-vous au 6**.*

29

Vous courez aussi vite que vos muscles le permettent. Vous entendez votre poursuivant pousser des petis cris stridents rappelant ceux d'un singe hurleur. Une fléchette vous frôle à nouveau, il se rapproche... Vous sautez par dessus les troncs couchés au milieu de votre route, les arbustes épineux lacèrent vos cuisses, les lianes vous freinent et la mousse vous fait glisser à plusieurs reprises... La jungle semble être alliée avec votre assaillant, *elle et lui* ne veulent pas que vous sortiez d'ici...

La pluie martèle votre visage et gêne votre vision, votre appréciation des distances est faussée, votre évaluation des dangers aussi. Vous ne voyez pas une branche cassée et elle vous déchire le bras au niveau du biceps, vous perdez un point de force.

Le semblant de chemin que vous suivez depuis quelques minutes se sépare en deux sentiers assez distincts :

- le premier part sur la droite et s'enfonce dans une jungle basse encore plus épaisse que celle où vous vous trouvez ; si vous désirez vous y aventurer, **rendez-vous au 40.**

- le deuxième sentier se prolonge sous les arbres et slalome entre les lianes épaisses. Le terrain semble offrir plus d'abri contre les fléchettes de l'Arawamba car de nombreux rochers couverts de mousse sont disséminés sur le chemin. Pour suivre cette voie, **rendez-vous au 8.**

30

Vous ne parvenez pas à surmonter la peur du saut. Vous cherchez désespérément un autre accès parallèle à la chute, mais il est trop tard, un homme sort d'entre les fougères et autres lianes. Il tient une machette dans sa main droite, une sarbacane dans la gauche. Il n'est pas très grand, assez maigre, porte un pagne des plus simplistes et une cordelette rouge entoure son crâne. Son cœur est tatoué, ses deux cuisses aussi. Un Arawamba se tient devant vous. Vu son regard il n'est pas là pour lier amitié.

Dans un ultime élan de courage –de folie même– vous hurlez à votre poursuivant :

— Je vais te tuer ! Rentre chez toi petit homme !

L'homme avance doucement vers vous et étudiant votre comportement. Il voit que vous n'avez que votre couteau à la main, il le désigne du doigt et vous montre sa machette qu'il pose dans la boue, il fait de même avec la sarbacane. L'Arawamba vous invite à rendre les armes pour un duel à la loyale, Vous hésitez un bref instant puis considérant votre taille et la sienne, vous savez qu'à mains nues vous pourriez le battre facilement. Au pire vous récupérez votre couteau et vous le saignez avec...

L'indigène avance vers vous en poussant de petits cris stridents semblables à ceux d'un singe hurleur. Soudain il vous fixe de ses deux petits yeux noirs et chuchote :

— Tikatepi chochotayas... Inawiwa Kita... Achiwata KITA...

Il vous saute dessus les bras tendus vers votre gorge.

Pour mener ce combat rien de plus simple :

L'Arawamba possède une force de 3.Vous possédez une force égale à votre total actuel de santé.

Lancez un dé à six faces et ajoutez votre total actuel de force, même chose pour l'indigène, celui qui obtient le score le plus haut frappe l'autre. Celui qui est blessé perd un point de force, le premier qui arrive à zéro s'évanouit.

Si vous êtes vainqueur, vous n'avez d'autres choix que sauter au bas de la chute d'eau. Pénétrer à nouveau dans une jungle hostile ne vous enchante guère, au pire vous mourrez en sautant et vous serez délivré de cet enfer ; vous entrez dans les rapides et vous priez pour votre âme, **rendez-vous au 15**. Si vous perdez le combat, il ne vaut mieux pas savoir ce qu'il advient de vous... Votre aventure se termine en haut de cette chute d'eau dans cette jungle inconnue...

31

Votre esprit s'embrouille, vos sens ne répondent plus, votre logique est détruite. Vous errez comme une âme en peine au milieu des végétaux. La jungle trouvera bientôt une solution pour vous, une mort lente et douloureuse ou une fin rapide et sans souffrance. Peu vous importe, vous ne saurez jamais qui vous avez été, ce que vous êtes venu faire dans cette foutue jungle et pourquoi vous y êtes mort.

Tragique, incompréhensible et amer. Votre histoire s'achève ainsi...

32

Notez le Code U.G

Vous courez comme un fou à travers ce dédale végétal. Votre poursuivant peut bien être derrière vous, vous ne vous retournez pas pour vérifier. Courir. Respirer. Voir à travers la pluie. Courir encore. Survivre.

Après quelques minutes de fuite effrénée −qui vous paraissent durer des heures− vous devez vous arrêter. Votre corps ne peut plus, vos poumons ne veulent plus. Vous lâchez prise : votre agresseur n'a qu'à en finir avec vous au moins vous serez délivré. Mais non, rien n'arrive, si ce n'est la pluie usante et lassante qui martèle votre corps. Vous examinez les alentours aussi loin que porte votre vue : aucun mouvement autre que les feuillages pliant sous les larmes célestes. Aucun bruit autre que cette jungle qui boit encore et encore.

Vous vous remettez en route et ne tardez pas à retrouver la rivière que vous aviez abandonnée plus tôt.

Cette artère aquatique serpente paisiblement sous les caresses des longues branches d'Aguaje. Vous longez la rive en prenant soin de rester dissimulé parmi les buissons lorsque vous arrivez à une bifurcation naturelle.

Un arbre énorme divise le chemin en deux et vous oblige à choisir une nouvelle direction : vous pouvez continuer à longer la berge et à remonter vers l'amont de la rivière **en vous rendant au 34**, ou bien vous enfoncer davantage dans la jungle tout en étant parallèle à la rivière ; **vous devrez alors vous rendre au 4.**

33

Vous vous jetez au cœur de la rivière en furie. Le courant est très fort et vous avez du mal à garder la tête hors de l'eau, vos cuisses tapent à de nombreuses reprises contre des rochers affleurant. Ces ennemis sournois vous arrachent des cris étranglés car l'eau se charge aussi de vous faire souffrir en s'engouffrant dans votre gorge. Vous vous débattez plus que vous ne nagez dans cette masse liquide et presque immatérielle. Votre main droite trouve un objet salutaire : un petit tronc d'arbre mort pourrait vous servir de bouée. Vous vous y agrippez de toutes vos forces et vous parvenez à reprendre votre souffle. Le bruit des rapides est assourdissant, l'eau vous ballotte comme un vulgaire fétu de paille. Vous ne pesez plus rien, vous ne représentez plus rien face à la puissance de la nature. Le bruit va en s'amplifiant devant vous, mais pourtant votre inconscient vous pousse à regarder derrière vous : votre agresseur est-il toujours là ? Aucune tête sur la berge, plus aucune fléchette cherchant à vous blesser. Mais un danger en appelle un autre. Une énorme nuage d'écume s'élève un peu plus loin en aval. Bruit plus écume : l'équation est simple, une chute d'eau.

Vous pourriez prier et vous en remettre à plus haut que vous. Mais existe-t-il plus haut que l'homme ? Cela vous aidera-t-il aujourd'hui ?

Le choix vous appartient. Si vous voulez tenter un saut au bas de la cascade, *effectuez un test de peur*. Si le test est victorieux, **vous pourrez vous rendre au 15**, si le test échoue, **c'est au 30 que vous devrez vous rendre**.

34

La rivière ondule paisiblement sous les branches basses et feuillues de gros arbres. L'image serait digne de carte postale si vous n'étiez pas perdu au milieu de ce dédale vert inextricable. Quelques minutes de marche, dix peut être vingt et la rivière offre un spectacle à la fois réjouissant et inquiétant :

des piquets sont plantés en travers du courant et sont reliés par des filets approximatifs faits de lianes. Deux pirogues sont disposées non loin de vous sur la berge opposée.

Aucun doute des hommes vivent ou pêchent dans la zone.

Le salut serait donc tout proche ? Vous vous surprenez à y croire, trouver un être civilisé dans cet enfer, trouverait un moyen de revenir à votre "vous" initial, à votre vie originelle.

Au plus vous avancez au plus vous sentez comme une menace. La peur de rencontrer un indigène dangereux, la peur d'avoir un conflit de culture avec lui, vous finissez par vous l'avouez : c'est la lâcheté qui organise toutes vos peurs et vos phobies...

Que pourrait-il se passer si vous rencontriez des autochtones ? Ils vous effraieraient, vous crieriez plus haut et votre statut de blanc ferait de vous le plus fort en gueule, du moins le pensez-vous.

Au fur et mesure que vous avancez les berges se font plus larges, elles semblent naturellement plus fréquentées. Si vous voulez poursuivre en remontant le long de la rive, **rendez-vous au 20**, si vous préférez la jouer discret et repiquer vers la jungle, **rendez-vous au 11**.

35

Lorsque vous franchissez les buissons, vous sentez quelque chose se tendre contre votre tibia, trop tard le piège est libéré : une énorme branche vient vous frapper de plein fouet au niveau des cuisses. La branche est hérissée de pieux d'une trentaine de centimètres de long. L'un deux vous traverse la cuisse. Par chance la blessure est grave mais pas mortelle, votre artère fémorale étant épargnée. Vous accusez le coup et perdez 4 points de santé, si cela ne vous tue pas vous vous éloignez de ce maudit piège. Vous vous en voulez de ne pas avoir pensé qu'un piège pouvait avoir été installé sur une piste fréquentée par autant d'animaux.

Vous poursuivez votre route tant bien que mal en doutant de plus en plus de votre chance de survivre dans cet enfer.

Soudain un bruit sec claque non loin de votre tête : un fléchette vient de se ficher dans le tronc spongieux d'un takiyeko. Vous vous abaissez par pur réflexe mais vous ne savez pas d'où provient le tir.

Les fougères bougent sur votre droite, une masse sombre aperçue entre les feuillages. Un long bâton dépasse du faîte des buissons. Brutalement un visage s'extirpe d'entre les branches, comme si la jungle prenait visage humain. Un faciès sombre, une peau cuivrée, fine cordelette rouge en guise de bandeau, de longs cheveux noirs. Vous connaissez ces portraits... Une tribu d'Amazonie... Vous souvenirs arrivent par bribes... Les Arawambas.

L'indigène amène lentement la sarbacane à sa bouche. En un éclair vous disparaissez. Une flèche vous frôle.

Vous heurtez plusieurs branches épineuses, vous perdez l'équilibre en trébuchant sur des racines tortueuses, mais votre agresseur est tout proche et vous ne tenez pas à savoir pourquoi il cherche à vous atteindre... **Rendez-vous au 29.**

36

Vous êtes contraint de vous allonger et de ramper au milieu des hautes herbes pour pouvoir vous cacher aux yeux de cette sorte de geôlier. Par chance la pluie faisant plier les feuilles de tout ce qui vous entoure, les buissons bougent à votre passage mais vous passez inaperçu. La cage de bois n'est plus qu'à quelques mètres. Encore un effort dans cette épaisse couche végétale, le ventre sur cette terre collante, poisseuse. La jungle vous lèche de toute sa moiteur, elle se joue de vos nerfs et se fout de votre pudeur. L'eau s'infiltre de toutes parts, sans gêne. La boue s'étale sur votre peau sans délicatesse, comme une défécation forcée dont vous seriez la victime. Encore un souffle et vous êtes en contrebas de la prison de bois. Soudain un des hommes retenus dans ce "gnouf " primitif vous aperçoit. Il ne bouge pas pour ne pas trahir votre présence mais ses yeux en disent long sur l'espoir qui renaît en lui.

En planque sous des feuilles de palmiers nains, vous chuchotez au gars qui vous regarde :

— Vous êtes tous les quatre en vie ?

— Oui. Tu es revenu pour nous ?

— Je suis venu car je cherche à savoir et à survivre. Qui on est ? Que fout-on dans ce bordel ? ?

— Il faut que tu trouve des armes, je pourrais... L'homme s'interrompt brutalement et son visage se fige dans une expression de terreur. Il désigne quelque chose du doigt, derrière vous.

Vous vous retournez. Trop tard. Un effroyable coup de massue vous fait perdre connaissance.

Rendez-vous au 46.

37

Les arbustes, buissons et autre végétation basse s'écartent pour laisser place à un sentier visiblement fréquenté par des animaux à en croire les empreintes dans le sol : des sabots de cochons, des empreintes de félin et d'autres empreintes qui restent inconnues.

Plusieurs excréments témoignent de l'activité récente des animaux. Comment vous sortir de cette jungle ? Vous relativisez en pensant qu'un animal survit très bien ici, de nombreuses tribus doivent vivre en harmonie avec cette jungle pourtant hostile, et vous au milieu ? Vous, vous êtes perdu, affamé, affaibli et terrorisé...

Au bout d'une trentaine de pas, un autre sentier plus discret part sur votre droite. Si vous voulez continuer sur le sentier aux empreintes,

rendez-vous au 2, si vous voulez suivre le sentier sur votre droite, **rendez-vous au 23**.

38

Vous avancez vers le centre du village avec un large sourire et les mains tendues en signe paix.

Aussitôt trois hommes aux longs cheveux noirs et armés de machettes vous encerclent.

Vous n'osez plus bouger. Le cauchemar amplifie au fil des heures dans cette satanée jungle...

Un vieil homme à la peau blanche sort d'une hutte et vient à votre rencontre :

— Sois le malvenu ici.

Vous restez choqué par cet accueil.

— Je ne suis pas là pour te sauver ni pour les empêcher de faire ce qu'ils ont à faire... Je suis là pour t'informer de ce que tu n'aurais pas du faire...

— Attendez, interrompez-vous, je ne sais plus qui je suis, ce que je fais ici, et comment j'y suis arrivé...

— Tu es comme beaucoup de blancs : avide de pouvoir, menteur, arriviste et sans âme. Je vais répondre à tes questions mais saches que dans tous les cas cette jungle sera ton tombeau...

Tu es venu avec un groupe d'autres blancs pour piller la forêt. Non content de voler ses richesses, tu as cru bon d'emmener avec toi des hommes armés pour "travailler" en toute impunité. Erreur prétentieuse...

Pauvre inconscient, je vais pour te punir te laisser à ton triste sort...

L'homme finit sa phrase lorsque vous recevez un formidable coup sourd sur l'arrière de la tête. Vous vous effondrez.

Vous êtes assis au milieu de quatre hommes en treillis de combat. Leurs visages sont fatigués, creusés et désespérés. Ils portent des traces de peinture sur les joues, le nez et le menton. Deux longues lignes rouges parallèles et obliques sur chacune des joues. Une ligne pointillée blanche sur l'arête nasale et un demi-cercle rouge sur le menton.

D'épais rondins de bois vous retiennent prisonniers tous les cinq.

— Tu te souviens de quelque chose ? demande l'un des hommes, visage long et grands yeux bleus.

Votre tête pèse une tonne, vos tempes sont semblables à des couteaux qui vous transpercent de part en part.

— Pas vraiment non...répondez-vous à demi-mots.

— Tu viens de te faire piéger par ces chacals. Dans quelques minutes ça ira mieux...

— On m'a assommé ok, mais pourquoi je me suis réveillé près d'une rivière un peu plus tôt dans la journée ?

— Un peu plus tôt ? ! C'est il y a une heure... lorsque tu t'es enfui.

— Une heure ? ? j'ai l'impression d'être dans cette maudite jungle depuis un mois ! !

Un deuxième homme intervient :

— Écoute on n'a pas toute la journée pour faire quelque chose. Ces saloperies d'indiens vont nous massacrer si on se barre pas vite fait.

— Se barrer ? Mais on est bloqués dans une cage type Vietnam, je rêve pas là, ajoutez-vous ironique.

— Oui mais les espèces de sauvages que tu vois là tout autour, sont méchants mais stupides. On peut les duper, j'en suis sûr.

Le troisième soldat prend la parole :

— Je pensais essayer la technique du défi. Simple, animal, primitif, instinctif.

Vous fixez le gras qui vient de parler. Petit, trapu, une longue cicatrice sur le front et une barbe de trois jours.

— La technique du défi, reprenez-vous ? Et c'est quoi ? ?

— Je vais défier notre gardien comme deux putains de gorilles qui chercheraient à se battre. Une provocation si tu préfères...

— Et on est censés sortir d'ici comment avec ta technique ? demandez-vous encore.

— Vous simulez le sommeil tous les quatre. Je défie ce foutu maton, lorsqu'il approche de la cellule, on l'attrape, on l'étrangle et on se sert de sa machette pour couper les putains de lianes qui ferment notre belle cage... simple non ? !

Le quatrième et dernier soldat resté silencieux depuis le début intervient à son tour :
— Simple... si ce putain de sauvage marche dans ton plan foireux... sinon on va croupir ici. Putain si j'avais mon calibre, ce bon vieux Mp7... J'aurais déjà répandu de la viande sur tout ces foutus palmiers...
— Vos armes sont toujours dans le village ? demandez-vous.
— Ouais. Dans cette hutte dégueulasse là-bas. Le soldat vous désigne une toute petite hutte au fond du camp.

Vous devez décider ce que vous allez faire :
- suivre le plan du soldat et tenter une évasion, **rendez-vous au 19.**
- attendre encore un moment pour réfléchir à une autre solution, **rendez-vous au 44.**

39
Où des sauvages peuvent-ils bien cacher des armes appartenant à des blancs ? Les huttes du villages suivent toutes un rassemblement et un alignement logique sauf deux, une assez haute et de diamètre supérieur à toutes les autres –la pièce communale, pensez-vous– une autre au bout du camp, petite, à peine couverte de palmes et autres feuilles.
Vous vous dirigez discrètement vers la plus petite d'entre elles. Quelques enfants rôdent dans cette zone du camp, quelques femmes s'affairent à tisser devant les huttes.
Faites un test de clairvoyance pour essayer de dénicher l'endroit le plus logique où seraient cachées les armes des soldats.
Si c'est une réussite, **rendez-vous au 19**, si c'est un échec, **rendez-vous au 48**.

40
La jungle se densifie au niveau du sol. Des mousses de plus en plus épaisses, des fougères de plus en plus larges. L'homme qui vous poursuivait s'arrête brutalement devant un gros arbre. Il tend sa sarbacane vers le ciel et hurle à votre intention :
— Ajaw Balaaaaammm !

Vous n'en avez que faire, il peut râler tant qu'il veut vous êtes plus rapide que lui. Les arbres se raréfient et laissent place à une épaisse végétation basse, irriguée par de nombreux ruisseaux. Un buisson bouge soudain sur votre droite. Un crocodile, un serpent ? La jungle recèle mille et un dangers. Vous le savez, mais vous persévérez, il vous faut sortir de cet enfer et trouver un humain civilisé qui puisse prévenir des blancs.

Vous avancez tel un fantôme dans ce dédale vert. La pluie martèle votre visage, votre corps est trempé, jusqu'aux os.

Un silence anormal règne dans cette zone. Pas un singe, pas un cri d'oiseau. Soudain quelque chose vous plaque au sol. Une douleur intense parcours votre bras. Vous vous débattez, vous frappez en aveugle, vos poings rencontrent quelque chose de souple mais ferme, des muscles ?

Vous parvenez à vous retourner sur le dos vous faire face à votre agresseur. Inutile manœuvre, l'ennemi qui vous fait face est redoutable, dans cette position, impossible de vous en sortir.

Le jaguar vous toise de ses deux yeux verts et il plante ses crocs dans votre visage. Il lacère une partie de vos joues, de votre bouche et arrache votre œil droit. La douleur est intenable. La jaguar relâche la pression et saisit votre gorge. Dans quelques secondes, vous ne serez plus de ce monde. La jungle et ses hôtes ont eu raison de vous.

Votre aventure s'achève tragiquement.

41

Vous ouvrez la bouche et soufflez toute la peur, la crainte et la douleur qui vous animent. Un petit singe s'enfuit sur une haute branche, vous ne le voyez pas.

Ce que vous ne voyez pas non plus c'est qu'une corde est attachée à l'une des ses pattes arrières, lorsqu'elle arrive en bout de course, elle libère un bâton qui ouvre un filet.

Une dizaine de pierres descend en pluie mortelle sur votre corps. Vous n'entendez que le bruit de vos os qui éclatent et vous perdez connaissance.

La jungle a eu raison de vous. Vous ne saurez jamais pourquoi...

42

La jungle se disperse, l'étau vert se desserre. Au fur et à mesure que vous approchez de la clairière, les buissons bas se font plus rares, les sentiers humains plus francs.

La canopée laisse filtrer plus de lumière, plus de pluie aussi...

Malgré tout vous sentez que vous touchez au but, l'énigme va bientôt se résoudre. Peu importe la solution, facile à accepter ou non, vous voulez savoir qui vous êtes et ce que vous faites ici, au milieu de nulle part.

Vous vous dissimulez derrière le tronc d'un gros arbre et vous observez le village :

Une douzaine de maisons montées sur pilotis ou plutôt construite sur des arbres étêtés. Une dizaine d'autres maisons au niveau du sol, plus sommaires. Quelques palmes entassées pour toute couverture, quelques rondins pour toute structure.

Des hommes enfin ! Une trace de civilisation là, devant vos yeux à quelques mètres de vous.

*Si vous avez noté le code **UG**, **rendez-vous directement au 26**.*

Quelques hommes vont et viennent, vêtus de simples pagnes de tissus. Deux femmes s'affairent à donner le sein à leurs enfants. Un calme irréel règne dans ce village où personne ne semble gêné par cette pluie torrentielle. Et puis votre œil s'habituant à la pluie, il vous semble apercevoir une sorte de cage aux barreaux de bois, un peu à l'écart du village. Un groupe de personne se trouve à l'intérieur. Un élevage d'animaux ? Une geôle pour blancs ? ? Impossible à déterminer d'ici.

Vous pouvez tenter de progresser à couvert pour vous approcher de la cage et observer ce qui se passe dans ce village, **rendez-vous pour cela au 3**; vous pouvez aussi sortir à découvert et profiter de la surprise pour essayer un quelconque moyen de communication avec les autochtones, **rendez-vous alors au 38**.

43

Vous pressez la détente de votre arme. Le vieil homme est déchiqueté par les tirs puissants du MP7. La panique s'empare du village, vous vous abritez derrière un tronc couché au milieu du camp et vous ouvrez le feu :
femmes, enfants, hommes, tout le monde s'écroule sous les balles. La jungle ne résonne plus au son de la pluie mais à celui des cris, des hurlements et impacts de balles dans les chairs.
Quelques minutes et quelques chargeurs plus tard, le village est anéanti.
Un silence de mort à peine troublé par quelques singes hurleurs.
Vous vous dirigez vers la prison de bois où sont cloîtrés les quatre soldats.
Un gros coup de machette sur les lianes fermant les portes et les gars sont libres.
Tout le monde souffle. Vous le premier.
Le tableau ressemble à une fresque historique relatant un massacre à l'époque des conquistadors. Vous n'en êtes pas fier, mais vous n'éprouvez aucun remord.
Ils voulaient vous tuer, du moins vous en êtes convaincu.
Aucun des gars ne parle. Ils reprennent les armes, se rééquipent en gilets et casques. L'un d'eux prend une carte, une boussole, fait quelques relevés et indique la direction à suivre. L'homme-soldat reprend ses reflexes, l'homme-humain reprend son fonctionnement, l'homme-animal a parlé.
Vous laissez derrière vous un village massacré, une tribu exterminée. C'était vous ou eux. L'instinct de survie a dicté sa règle, vous avez été le plus fort, ils sont les plus faibles, c'est la loi de la jungle, de *leur* putain de jungle...

Au bout de quelques minutes de marche, l'un des soldats s'adresse à vous :
— Au fait tu sais pourquoi on est là ?
— Non, répondez-vous, je ne sais même pas qui je suis...
Rendez-vous au 50.

44

Les heures s'enchaînent et la pluie finit par cesser. Le maton s'éloigne de votre cellule et les enfants du village en profitent pour venir vous examiner comme des bêtes de foire. Quelque chose ne tourne pas rond dans le comportement de ces gosses. Des gestes étranges, des allures bizzares. Et leurs regards. Froids, sans âme, fantomatiques.

Ils tournent autour de votre cage comme des vautours. Ils poussent tous de petits cris perçants, brefs, saccadés, répétés.

Jusqu'au retour des adultes. Cinq hommes dont l'approche fait fuir les gosses comme des rats sur un navire...

Les hommes s'approchent des barreaux, l'un d'eux ouvre un sac contenant une poudre verte, il en verse dans ses mains et souffle sur vous. Un nuage phosphorescent se répand dans la cage. Trois soldats endormis ne voient même pas le spectacle, vous et deux autres soldats en êtes témoins. L'un des soldats se colle contre les barreaux et hurle :

— Libère-moi enculé ! Libère-moi et je vous fume tous !...

Un homme plus âgé que les autres approche de lui et agite un collier orné de petits os, son balancement produit un son cliquetant très particulier.

— *Jikawata... chicajaja... Kita ! !*

— Kita j't'emmerde ! répond le soldat serrant de plus en plus fort les barreaux de bois. Mais la cage est plus que solide, et l'espèce de sorcier n'est pas du tout impressionné par cette pseudo-démonstration de force. Au contraire il approche tout en restant à distance des bras du prisonnier, le regarde en souriant ; ce genre de sourire pervers, sadique, diabolique.

Il sort un gros coquillage de sa poche, un escargot conique, gros comme un citron et le porte à sa bouche. Le soldat le regarde ahuri.

— Un escargot ? et tu branles quoi avec un putain d'esc...

Le soldat vient de s'effondrer. Le sorcier vient de souffler dans l'escargot et une poudre rouge a été pulvérisée par un trou au bout de la coquille. La réaction du soldat est immédiate : anesthésie.

Vous reculez au fond de la cage, mais deux Arawamba vous plaquent dos aux barreaux. Le sorcier approche de vous et vous avez aussi droit à l'escargot. Voile noir. Fin du compte.

Vous reprenez connaissance et ce que vous voyez vous empli d'effroi. Vous êtes tous les cinq pendus par les pieds au dessus d'un gros tas de bois dans une sorte de hutte très haute.

Le sorcier du village psalmodie quelques incantations devant le premier d'entre vous, un soldat blond, massif qui se débat tant qu'il peut.

Deux Arawambas se tiennent devant lui et l'un d'eux tient un long couteau effilé dans la main. Le sorcier interrompt son sermon et trace une longue ligne rouge –du sang ?– diagonale sur le torse nu du jeune soldat.

À cet instant, l'Arawamba au couteau plante la lame dans la poitrine du soldat et déchire les chairs de l'aine jusqu'à au plexus. Le soldat hurle et perd connaissance.

Les entrailles de votre compagnon d'infortune se déversent dans une sorte de jarre en terre, qui une fois récupérée par le deuxième indigène et jetée en pâture aux enfants du village qui se jettent dessus comme des chiens sur un os. Cette vision dégueulasse vous file la nausée.

Une femme munie d'une torche enflammée approche du soldat et enflamme le bûcher sous sa tête...

Inutile de vous dire que la seule chose qui puisse vous sauver avant cette horrible fin serait une crise cardiaque.

Votre aventure dans la jungle amazonienne est terminée.

45

Le courant n'est pas très fort et la rivière ne semble pas très profonde. Quelques poissons vifs glissent tels des serpents entre deux eaux. Un frisson vous parcourt l'échine.

Deux paramètres vous définissent : la santé et le mental. En temps normal vous possédez six points de santé et de mental.

Pour savoir où vous en êtes de vos aptitudes physiques et mentales lancez un dé deux fois :

le premier lancer indique votre total actuel de **santé**, c'est ce résultat qui reflète votre état physique général : il représente **votre endurance, votre agilité et votre force.**

Le deuxième lancer indique votre total actuel de **mental**, c'est ce résultat qui reflète votre état mental général : il représente **votre peur, votre clairvoyance et votre jugement**.

Les deux valeurs ainsi obtenues seront vos totaux initiaux de santé et de mental. Au plus vos totaux se rapprochent de six (sans jamais dépasser), au plus vous avez récupéré votre état normal.

Si au cours de votre aventure, il vous est demandé de tester votre endurance, votre agilité ou votre force, vous devrez lancer un dé et comparer avec votre total actuel de santé. Si le résultat obtenu est inférieur à votre total du moment, vous avez réussi le test et vous suivrez les indications données au paragraphe où le test est demandé.

Si au cours de votre aventure, il vous est demandé de tester votre peur, votre clairvoyance ou votre jugement vous devrez lancer un dé et comparer avec votre total actuel de mental. Si le résultat obtenu est inférieur à votre total du moment, vous avez réussi le test et vous suivrez les indications données au paragraphe où le test est demandé.

Notez que si votre mental chute à o vous devrez **vous rendre immédiatement au 31**, si votre santé chute à o, **c'est au 13** que vous devrez vous rendre.

Pour l'instant vous devez choisir entre marcher le long du cours d'eau **en vous rendant au 21** ou vous écarter un peu et marcher au milieu des fougères, **rendez-vous alors au 23**.

46

Vous êtes assis au milieu de quatre hommes en treillis de combat. Leurs visages sont fatigués, creusés et désespérés. Ils portent des traces de peinture sur les joues, le nez et le menton. Deux longues lignes rouges parallèles et obliques sur chacune des joues. Une ligne pointillée blanche sur l'arête nasale et un demi-cercle rouge sur le menton.

D'épais rondins de bois vous retiennent prisonniers tous les cinq.

—Tu te souviens de quelque chose ? demande l'un des hommes, visage long et grands yeux bleus.

Votre tête pèse une tonne, vos tempes sont semblables à des couteaux qui vous transpercent de part en part.

—Pas vraiment non...répondez-vous à demi-mots.

—Tu viens de te faire piéger par ces chacals. Dans quelques minutes ça ira mieux... Tu te souviens de quelque chose de rationnel ?

— Oui, je me souviens de m'être réveillé au bord d'une rivière...

— C'est lorsque tu t'es enfui. Il y a une heure...

— Une heure ? ? j'ai l'impression d'être dans cette maudite jungle depuis un mois ! !

Un deuxième homme intervient :

— Écoute on n'a pas toute la journée pour faire quelque chose. Ces saloperies d'indiens vont nous massacrer si on se barre pas vite fait.

— Se barrer ? Mais on est bloqués dans une cage type Vietnam, je rêve pas là, ajoutez-vous ironique.

— Oui mais les espèces de sauvages que tu vois là tout autour, sont méchants mais stupides. On peut les duper, j'en suis sûr.

Le troisième soldat prend la parole :

— Je pensais essayer la technique du défi. Simple, animal, primitif, instinctif.

Vous fixez le gras qui vient de parler. Petit, trapu, une longue cicatrice sur le front et une barbe de trois jours.

— La technique du défi, reprenez-vous ? Et c'est quoi ? ?

— Je vais défier notre gardien comme deux putains de gorilles qui chercheraient à se battre. Une provocation si tu préfères...

— Et on est censés sortir d'ici comment avec ta technique ? demandez-vous encore.

— Vous simulez le sommeil tous les quatre. Je défie ce foutu maton, lorsqu'il approche de la cellule, on l'attrape, on l'étrangle et on se sert de sa machette pour couper les putains de lianes qui ferment notre belle cage... simple non ?!

Le quatrième et dernier soldat resté silencieux depuis le début intervient à son tour :

— Simple... si ce putain de sauvage marche dans ton plan foireux... sinon on va croupir ici. Putain si j'avais mon calibre, ce bon vieux Mp7... J'aurais déjà répandu de la viande sur tout ces foutus palmiers...

— Vos armes sont toujours dans le village ? demandez-vous.

— Ouais. Dans cette hutte dégueulasse là-bas. Le soldat vous désigne une toute petite hutte au fond du camp.

Vous devez décider ce que vous allez faire :

- suivre le plan du soldat et tenter une évasion, **rendez-vous au 19.**
- attendre encore un moment pour réfléchir à une autre solution, **rendez-vous au 44.**

47

Au diable les hommes, au diable l'espoir, au diable la survie. Un purgatoire voilà à quoi vous pensez en ce moment. Une épreuve pour vous punir de quelque chose fait précédemment, dans cette vie ou une antérieure...

Vous commencez vraiment à cogiter et cela ne vous rassure pas : vous vous imaginez dans quelques jours, quelques semaines si la jungle ne vous a pas tué, comme un Robinson. Barbu, chevelu, fou, muet, maigre. La peur de votre issue vous étreint poitrine et gorge. Mais vous devez lutter. De toutes vos forces. C'est la seule solution. Lutter ou crever.

Et cette putain de flotte qui n'arrange rien, continue, serrée, qui fouette la canopée avec violence. Un vrai duel de titans : la forêt contre le ciel, le vert émeraude contre le gris obscur.

Et vous, pauvre homme au milieu de ce combat...

Vous êtes perdu dans vos pensées lorsque quelque chose vous stoppe net : un homme semble blessé à quelques mètres de vous. Couché, adossé à un arbre, il n'a pas l'air de vous avoir vu et paraît encore conscient. Enfin un humain à qui parler ! Méfiant mais heureux, vous **vous rendez au 25.**

48

Vous vous faufilez dans cette minuscule hutte et vous commencez à fouiller parmi les paniers en osier tressés, parmi les jarres et autres objets archaïques.

Un enfant aperçoit du mouvement dans la cabane et donne l'alerte, en quelques instants, la hutte est encerclée par les hommes de la tribu et l'un d'eux hurle à votre intention :

— Jinaaaa ! Lokta !

Vous ne bougez pas d'un millimètre.

— Jinaaa ! Lokta CHI-JO ! !

Aucun mouvement de votre part.

Brusquement un enfant pénètre en courant dans la hutte, il est armé d'une machette. Lorsque vous vous déployez pour éviter qu'il ne vous blesse, vous ressentez une piqûre au bras droit ; vous avez juste le temps de voir une fléchette plantée dans votre muscle et vous sombrez dans le noir total...

Réveillez-vous au 46.

49

Vous vous asseyez avec une grande difficulté. Vous avez des vertiges et votre bouche est pâteuse. Des fourmillements se font sentir au bout de vos doigts. Vous parvenez tout de même à identifier les objets désormais entre vos mains : un couteau de survie léger et compact et un carnet de notes plastifié. Bien que votre premier réflexe soit de saisir le couteau pour votre sécurité, vous êtes attiré par ce que peut contenir le carnet spiralé. vous l'ouvrez et dès la première page un flash vous assaille :

Un bruit de ronronnement, un écriture instable, d'autres personnes en face et sur les côtés. Toutes assises. Un banc plus qu'un fauteuil ou une chaise, inconfortable, une lumière très faible éclaire des visages tendus. Vous reconnaissez votre écriture posée maladroitement sur les lignes du petit calepin.

" 25/01/1996. Au dessus de Chochopoyas, Pérou.
Nous avons quitté le sol français depuis un long moment, lors de l'embarquement, l'excitation se lisait sur nos visages. Notre destination finale approchant, l'excitation se change peu à peu en crainte.
UG laboratoires nous paye tous très cher pour cette mission hors du territoire ; les agents de sécurité ont tous revêtu leur "costume de guerre" : treillis, boussoles, et armes automatiques. Nous savions que la zone à explorer était réputée dangereuse, mais lorsque nous vîmes débarquer dans le hangar n°51, sept hommes armés aux allures de spetsnaz, notre sourire amusé se changea en visage terrorisé..."

Vous marquez un temps d'arrêt. Un bruit attire votre attention plus haut dans les arbres. Un petit singe écureuil saute de liane en liane. Vous revenez à votre carnet et vous commencez à comprendre : une mission en Amazonie, une incursion dans un territoire dangereux, un laboratoire qui paie cher pour une mission spéciale...
Mais qui diable êtes-vous ?
Vous posez votre carnet sur une petite roche couverte de mousse et vous essayez de vous redresser. Debout, chancelant mais debout, vous faites quelques pas devant vous. Une rivière serpente paisiblement entre fougères et troncs de takutika, dont les fruits possèdent des vertus curatives. Vous avancez vers le cours d'eau et vous vous abaissez face à l'élément liquide. Votre visage ! Vous voyez enfin à quoi vous ressemblez. Brun, barbu, visage assez angulaire. Vous froncez les sourcils pour essayer de discerner encore mieux les détails de votre "vous-même" et vous découvrez avec une grande stupeur que des motifs colorés sont peints sur vos joues, votre nez et votre menton. Vous portez les mains à votre visage et vos doigts se chargent d'une poudre fine et douce semblable à du talc. Coloré.
Un mouvement de recul incontrôlé vous fait perdre l'équilibre et vous tombez en arrière. Votre chute fait fuir un ouistiti juste derrière vous : le singe remonte vers la canopée en emportant avec lui votre carnet plastifié !
— Putain de singe ! hurlez-vous.

Vous saisissez l'objet dans votre deuxième poche et vous constatez qu'il s'agit d'un talkie-walkie. Vous pressez le bouton sur le coté de l'appareil et un grésillement continu se fait entendre :
— Y'a quelqu'un qui reçoit ?
— Je suis perdu. Allô ?
Pas de réponse.
Notez le code **Singe**.
Énervé par le vol du carnet, effrayé par votre situation, vous remettez les deux objets qu'il vous reste dans vos poches et vous devez à présent choisir la direction à prendre :
Pour suivre le cours d'eau vers l'amont, **rendez-vous au 17**, pour suivre le cours d'eau vers l'aval, **rendez-vous au 45.**

50

Épilogue :

21/08/1995, 5 mois plus tôt.

Chez Angèle et Jean-Marc.

— Chéri, chéri, on a reçu la lettre d'UG labo ! On est choisi pour l'expé Amazonie !
On part avec Sauvat et Leblanc.
— Génial, répondez-vous. Combien de temps doit durer la mission ?
— Une petite semaine. Reconnaissance. Exploration. Echantillonnage. Prélèvements.
— Qui nous sécurise ?
— GPE. Ils assurent aussi les préfets, députés et sont tous d'anciens soldats, pour la plupart. Ça rassure, dit-elle en souriant.
— Tu as la carte de la zone ?
— Oui, attends... Région de chochopoyas, province d'Amazonas. *Niña verde* non loin de notre zone cible. Multiples espèces endémiques. Ethnopharmacologie importante. Entomologie spécifique à

approfondir pour la cosmétique. Tribus Caracatoyas, Kilawitos et Arawambas sur zone. Dangers potentiels.

Vous fixez votre jardin de banlieue à travers votre double-vitrage. Après une profonde inspiration, vous vous retournez vers votre fiancée et vous vous approchez d'elle. Vous tenez son pendentif en forme d'oiseau entre vos doigts et le portez à hauteur de ses yeux :

— Les oisillons prennent leur envol ? On va ramener ce qu'on nous demande et à nous le succès, la reconnaissance et la gloire...

Angèle touche doucement votre chevalière, celle en argent, la chevalière de votre famille, elle sourit et ajoute :

— Oui mon chéri les oisillons prennent leur envol... Tu devras enlever cette chevalière à notre retour, pour mettre une alliance à la place.

— Oui, je t'ai déjà dit oui pour notre mariage, répondez-vous avec un sourire un brin moqueur.

— Et tu seras certainement un très bon papa ?

— Papa ? tu veux dire que..

— Oui. De trois semaines...

Votre aventure est terminée...

FIN

En hommage aux tribus amazoniennes. Au pouvoir des plantes. À la puissance insoupçonnée et trop injustement oubliée de notre Terre nourricière.

L'issue

Une aventure par delà les portes de l'esprit...

L'aventure — Le jeu

Vous n'allez pas être simple lecteur de ce livre, vous allez incarner son héros principal.

Vous êtes un homme ordinaire dans une ville ordinaire. Mais la Terre n'est plus celle que vous avez connue. Les hommes qui la dirigent ont changé, les lois aussi.

Voici quelques bribes de règles à suivre pour vivre cette aventure :

Votre personnage est défini par trois paramètres : le physique, le mental et la réaction.

Le physique (PHY) détermine à la fois votre force, votre endurance, votre résistance ; tout ce qui touche à votre corps physique.

Le mental (MEN) détermine votre force psychologique, votre courage et votre intelligence pure. Tout ce qui a attrait à votre corps astral.

La réaction (REAC) détermine votre agilité, votre vitesse de déplacement comme votre vitesse d'analyse, vos réflexes. C'est le lien entre votre corps astral et votre corps physique.

Ces trois valeurs ne peuvent jamais dépasser 6 ou être inférieures à 0.

Vous pouvez choisir l'un des trois profils suivants pour votre aventure :

Comptable
PHY 4
MEN 3
REAC 5

Chaudronnier
PHY 5
MEN 4
REAC 3

Enseignant
PHY 3
MEN 5
REAC 4

Votre VIE varie en fonction de vos blessures ou de votre état général. Le total peut aller de 12 maximum (pleine santé) à 0 (mort). Chaque

fois que ce sera précisé vous devrez modifier votre total de vie, lorsque vous atteignez 0, vous êtes mort.
Pour connaître votre niveau de VIE en début d'aventure lancez un dé et ajoutez 6 au résultat obtenu.

Si vous deviez tester l'une de ces trois capacités (ou parfois un combiné de capacité, voir plus bas), vous n'aurez qu'à lancer un dé à six faces et comparer avec votre total du moment.
Si le résultat obtenu est inférieur ou égal, le test est réussi, si le résultat obtenu est supérieur, vous avez échoué. Dans les deux cas vous suivrez les instructions données dans le paragraphe où vous subissez ce test.
Test combiné : Si l'on vous demande de faire de test de PHY+MEN, par exemple, vous procéderez comme suit :
ajoutez les totaux des deux capacités demandées, obtenir un chiffre compris entre 2 et 12. Lancer non plus 1 mais 2 dés à six faces. Résultat obtenu inférieur ou égal à ce "total cumulé", le test est réussi, résultat obtenu supérieur, vous avez échoué.

Une capacité spéciale est associée à chacun des profils :

Le comptable, habitué aux longues journées de calculs et de concentration peut, lors d'une épreuve trop difficile, augmenter son MEN d'un point. Cette capacité peut être utilisée à n'importe quel moment mais une fois seulement au cours d'un même paragraphe.

Le chaudronnier, dont le profil est le plus physique, n'est quand même pas un brute épaisse et sans cervelle, il peut s'il est sous pression, augmenter sa REAC d'un point. Cette capacité peut être utilisée à n'importe quel moment mais une fois seulement au cours d'un même paragraphe.

Enfin l'enseignant, rôdé aux agressions des parents d'élèves – et quelquefois des élèves –, s'autorise un peu de self-defense en augmentant d'un point son PHY. Cette capacité peut être utilisée à n'importe quel moment mais une fois seulement au cours d'un même paragraphe.

Sachez que votre aventure ne sera pas un parcours de santé. Vous devrez puiser en vous le courage, la force et l'humilité nécessaires à la réussite de votre mission, au vrai sens du terme...

La Terre en 2035.

Les états ont tous lâché. Perte totale de contrôle sur les hommes.
Des révoltes éclatèrent un peu partout sur le globe, les premiers
mouvements contestataires résonnèrent et firent effet boule de neige :
les gouvernements les plus stricts furent démantelés avec violence,
ceux plus nuancés abandonnèrent la lutte au profit de peuples révoltés.
Les symboles représentatifs des puissances nationales tombèrent : la
statue de la liberté coula dans l'Hudson River, la Tour Eiffel fut
plastiquée et réduite en un amas de fer incandescent, même Burj
Khalifa, la plus grande des géantes s'écroula comme un château de
cartes, autant de symboles de l'équilibre rompu d'un système politique
à bout de souffle. La guerre se répandit comme une traînée de poudre
sur tous les continents, le sang coula, les pleurs, les cris, la planète
traversa une période d'horreur. Puis petit à petit, tout se tassa. Les
puissants, retranchés dans des bunkers pyramidaux, surveillaient les
hommes et attendaient patiemment. Cinq ans plus tard, l'anarchie
avait élu domicile. Des gangs s'improvisaient dans toutes les villes, les
faibles étaient obligés de se terrer comme du gibier de potence, les forts
– en armes et en gueules – devinrent les seigneurs des villes.
Les dirigeants du monde entier saisirent cette occasion d'humanité
divisée pour relancer le commerce de la politique – extrême : avec
l'aide de soldats dévoués et asservis génétiquement, ils reprirent les
villes, les pays, les continents. Avec force, avec puissance, avec terreur.
Les hommes refusant de se plier au système étaient exécutés
froidement. Les états faisaient pression sur chaque humain en
menaçant de détruire des familles complètes. Voici un extrait du
discours du 4 Juillet 2040 prononcé par le Grand Œil – président de
tous les présidents – et vu par tous les téléspectateurs du globe :

" Vous avez voulu la guerre, vous l'avez eue. Vous avez voulu gérer le
monde à votre idée, nous vous avons laissé faire pendant cinq années.
Et aujourd'hui, où en est votre réussite ? Inexistante. Inutile. Ridicule.
Nous vous laissons vivre par grâce. Vous allez désormais travailler et
obéir. Ceux qui seront irréprochables auront une vie luxueuse et
heureuse, ceux qui tenteront de s'écarter du droit chemin seront
inévitablement et sévèrement punis. Il y a toujours trop d'humains sur
Terre, ainsi, il a été décidé dans les grandes chambres secrètes que
chaque année, nous aurons un quota d'humains à éliminer. Les voleurs,
contestataires, paresseux, malades seront éliminés. La nouvelle

politique mondiale sera celle-ci. Ceux qui la refusent peuvent mettre fin
à leur vie..."

Les suicides massifs suivirent sans tarder, entre associations de
martyrs, groupements de religieux divers voyant une ère maléfique
arriver et hommes trop effrayés par cet avenir sombre, une forte part
de la population s'éteignit de cette manière.
Seuls restèrent les plus vaillants, les plus forts et les plus courageux.
Soumis, apeurés et souvent affamés, les hommes vivaient comme des
bêtes de trait. Le travail, toujours plus, pour satisfaire les puissances.
Les milices de soldats génétiques sillonnaient les rues tous les jours,
toutes les nuits. Les grands laboratoires ré-ouvrèrent leurs portes aux
scientifiques du Grand Œil. La recherche en biogénétique et en
cybernétique fit une avancée considérable. Le savoir prodigué par la
Pyramide, quartier général des puissants, donnait tout pour la science.
Les hommes furent asservis mentalement, physiquement, les animaux
changèrent peu à peu en animaux mutants. Ce nouveau régime était en
train de modeler une planète et un peuple à son idée : de l'esclavage
autorisé et non contestable.

Nous sommes en 2050, après dix années tragiques sous le régime
totalitaire du Grand Œil.

Un groupe de soldats sévissait dans le quartier 25, le vôtre ; pour un
filet d'orange volé, ils vous tombèrent dessus et vous massacrèrent.
Laissé pour mort au milieu d'une rue pavée, vous vous réveillez dans un
lit d'hôpital, sous un scialytique aveuglant. Autour de vous, quatre
personnages en tenue de chirurgien, masqués et gantés.
Dans un demi-sommeil, voici ce que vous entendez :

" Il est presque réveillé, dans quelques jours il sera prêt..."

Cinq jours plus tard, vous êtes assis sur un banc métallique dans un
sombre couloir aux murs lisses, sorte de béton ciré gris-bleu, éclairé
par quelques tubes Leds, d'un blanc froid terrifiant. Quelques hommes
sont à coté de vous. Sept pour être exact. Leurs visages respirent la
peur, la crainte, la peine. Un homme masqué – cagoule noire – fait les
cents pas quelques mètres plus loin. Il porte un fusil d'assaut en
bandoulière et tient une matraque électrique dans la main droite.
Le sol tremble et un vacarme lointain résonne dans cet étrange endroit.

Un de vos compagnons de banc, susurre :

— Ils nous attendent... Ils nous veulent.
— Ferme-là ! répond sèchement l'homme cagoulé. Vous ne parlerez
que pour supplier la mort, vous ne pleurerez que dans l'autre monde.
La moindre émotion dans ce couloir et je vous brise les côtes à coup de
matraque. C'est bien clair mes agneaux ?
Où êtes-vous ? Qui sont ces hommes à vos côtés ? Amis, ennemis ??
Autant de questions qui claquent dans votre tête avec un écho
grandissant.
L'homme cagoulé surveille une horloge digitale murale qui affiche
20h57.

— Bon, trois putains de minutes avant le grand show ! Vous avez
entendu les directives énoncées par Guilian le Héros ? Du spectacle, de
l'action et du sang ! C'est ce qu'ils veulent, ils ont payé cher leur place
pour être ici, ils en veulent pour leur argent...
Tout tourne très vite dans votre tête : qui est Guilian, vous a-t-il parlé ?
Quand ? Vous ne vous souvenez de rien... Aussi incroyable que cela
puisse paraître, vous avez volé un filet d'orange et vous vous êtes
retrouvé par terre, en sang... Puis ce lit d'hôpital et maintenant ce
couloir de condamné...
— N'oubliez pas, reprend l'homme cagoulé, la soirée va être longue...
Difficile et longue à supporter. Vous risquez tous d'être tués, blessés
c'est sûr... Ils aiment ça aussi les blessures graves... Vous avez trois
minutes pour vous concerter, après vous êtes des stars !

Un homme assis en quatrième position en partant de vous se lève et
s'adresse à vous tous :
— Vous savez où l'on est ? demande-t-il la mine terrifiée.
— Oui, dans l'Arène, répond un homme aux cheveux blancs.
— L'arène ? Quelle arène ? demande votre voisin direct.
— Rome, Le colisée. Vous vous souvenez ? Et bien nous sommes des
gladiateurs modernes...
— Quoi ?? reprend un homme assis en dernière position sur le banc.
C'est quoi c'te connerie ?!
— J'aimerais que ce soit une connerie, reprend le vieil homme.
Connaissez-vous le groupement des enfants de cristal ?
Tout le monde se regarde hébété.

— Je fais partie de cette société secrète. Nous avons quelques-uns de nos membres infiltrés au sein des hommes asservis au grand Œil. Voilà le dernier rapport de nos agents :
Fortune et gloire en étant au service de l'ordre de la pyramide. C'est la motivation aveugle de la majorité des esclaves du Grand Oeil. Et les neuropsychiatres se chargent de corrompre jour après jour leur esprit...
En ce qui concerne les voleurs que nous sommes :
Pour satisfaire au besoin de violence, le grand Œil a décidé que certains marginaux ne seraient non plus exécutés mais lâchés dans une arène, affronteraient de redoutables combattants et subiraient de difficiles épreuves. Une sorte de purgatoire pour nos fautes...
Le pire de tout ça est que le spectacle de ce soir est pour la première fois diffusé sur toutes les antennes du monde, dans les domiciles comme dans les rues sur des écrans géants. Ainsi tout le monde voit. Tout le monde tremble. Et l'Œil est satisfait...

Les enfants de cristal, les jeux de Rome... Des bribes de mots s'entremêlent dans votre esprit et tournoient en une danse tribale.
20h58.
Le vacarme monte de plus en plus dans ce couloir étrange.
Les hommes commencent à respirer de plus en plus vite. Certains transpirent déjà malgré la température plutôt froide qui règne ici.
 Le vieil homme se lève et vous entraîne un peu à l'écart.
— Ne nous déçoit pas Zadkiel. Tu n'es pas ici pour rien. Ton combat ne fait que débuter dans cette arène.
20h59.
L'homme cagoulé approche en faisant grésiller les décharges de sa matraque contre le mur :
— Une minute et le bain de sang va commencer. Prêts à mourir ?!
Le ton ironique en dit long sur son état d'asservissement. Inhumain, sans émotion, sans âme.

Une sirène semblable à celle qui résonnait il y a plus de cent ans lors des bombardements durant la seconde guerre mondiale résonne dans le couloir.

21h00.

Le public est en furie. Vos mains sont moites, votre cœur accélère. L'odeur de la peur se fait sentir. Votre destin est devant vous. Vous

vous alignez et vous vous dirigez tous les huit, précédés par l'homme cagoulé, vers une porte métallique d'un blanc immaculé.
Que vous réserve la suite ? **Rendez-vous au 36.**

2

Vous avancez lentement vers la sortie du couloir. L'arène se dessine lentement devant vous et les cris du public amplifient. Quatre gardes sont devant la porte et attendent pour refermer derrière vous. Vous les dépassez sous les acclamations du public.
Numéro 7 jette un coup d'œil furtif vers les hommes cagoulés.
— Hania ? J'ai le pressentiment que numéro 7 va faire faire une connerie...
— Laisse-le ; s'il doit finir sa vie comme ça, n'intervient pas, Zadkiel...

Numéro 7 fonce vers le garde le plus proche de lui. Un coup de tête monumental projette ce dernier sur ses collègues. Il s'empare du fusil automatique de l'homme à la cagoule. Un d'eux lui crie :
— Joue pas au con, prisonnier, les sentinelles vont t'abattre !
Mais Numéro 7 pointe déjà le canon de son arme vers le public.
Une rafale. Un homme barbu s'écroule la poitrine en sang.
Une rafale d'arme lourde. Numéro 7 s'écroule à moitié déchiqueté par les tirs surpuissants des sentinelles robots, gardiennes de la sécurité de la foule.
Votre compagnon d'infortune est mort, sous vos yeux. Son oncle est écroulé dans les gradins tandis que la foule hurle sa peur et sa panique.
Aslak prend le micro pour calmer la populace :
— Chers spectateurs, ce qui vient de se produire est assez rare, néanmoins il arrive que dans les jeux purgatoires nous tombions sur des gladiateurs plus vaillants que les autres, numéro 7 faisaient partie de ceux-là, pour notre plus grand plaisir ! Il mérite un applaudissement d'honneur pendant que nos commis ramassent les morceaux...
Nos chers numéros 3 et 4 sont-ils prêts à affronter le cercle final ?
Hania et vous échangez un regard et vous avancez dans l'arène, **rendez-vous au 12.**

3

Vous évitez de justesse son pied, vous saisissez en une fraction de seconde sa cheville et vous faites vriller sa jambe. Votre adversaire perd l'équilibre et chute. Le public vous encourage soudainement.
— Numéro 3 ! numéro 3 ! Scandent les gens les plus proches de vous. Vous hésitez un bref instant à frapper l'homme au sol pour être sûr qu'il ne vous attaque pas dans le dos une fois devant la caisse mais vous ne voulez pas donner cette image au public. Ne pas les satisfaire. Ne pas jouer le jeu.

" *Tu es un enfant de cristal. Ta mission va bientôt être menée à son terme. Ne perd pas espoir Zadkiel...*"
Cette voix résonne en vous comme si le temps s'était arrêté et que plus rien d'autre ne perturbe votre esprit.
Ce n'est pas la voix d'Hania. C'est autre chose, un souvenir, une régression, une voix familière pourtant.

Le frère d'Aiyana se relève et vous regarde d'un air menaçant. Du coin de l'œil vous apercevez le troisième adversaire déjà en train d'ouvrir l'autre caisse.
Numéro 5 se rue sur vous. Un coup de poing dans la mâchoire le stoppe net, un balayage rapide le fait de nouveau chuter sur le sable.
Vous n'hésitez plus et vous foncez vers la cantine métallique. Vous ouvrez rapidement le coffre et reculez d'un pas.

À l'intérieur de la caisse métallique se trouve un système mécanique doté d'un canon d'arme à feu pointé vers vous. Un bras télescopique se déploie et s'extrait de la caisse. Vous êtes figé d'effroi. Que faire ? Plonger, courir, refermer le capot ?
Vous n'avez pas le temps de le savoir. La dernière image que vous voyez est une lumière rouge clignoter sur le dispositif piégé.

Quelques secondes plus tard, votre corps n'est plus qu'un amas de chairs déchiquetées et fumantes. Aiyana vomit et rejoint numéro 1. La foule hurle sa joie et son excitation. Les jeux purgatoires viennent de faire leur première victime...

Votre aventure est terminée.

4

Vous montez lentement les marches qui grincent sous chacun de vos pas. Le bois gémit et plie sous votre poids, vos nerfs sont mis à rude épreuve durant quelques minutes. Puis vous regardez par dessus votre épaule pour savoir environ à quelle hauteur vous vous trouvez : le sol a disparu dans l'obscurité, vous êtes seul, sur un escalier semblant sorti d'une vieille église médiévale, avec rien de visible en dessous comme au dessus, à droite comme à gauche. Vous retirez un point de votre total de MEN.

Vous pouvez tenter de redescendre vers le bas de l'escalier en **vous rendant au 49**, ou poursuivre votre ascension incertaine en **vous rendant au 28**.

5

Vous foncez sur Hania et commencez à l'étrangler. Les yeux du vieil homme se figent d'effroi. Il communique avec vous et même si vous faites la sourde oreille à ses vibrations télépathiques, sa force est trop grande et vous entendez ses mots :

— Zad...kiel... Ne fais pas... ça... Pas... maintenant... Il faut... être...

Ses yeux se révulsent et le vieil homme devient lourd sous vos mains. Vous relâchez votre étreinte fatale et Hania s'écroule sur le sol de l'arène.

Aslak intervient :

— Dommage numéro 3, trop pressé de finir, trop pressé d'être seul... Pour franchir ton premier bloc, il fallait être deux, deux vivants je veux dire !

Et pour devenir un héros tu devais arriver au bout de cette arène. Tu vas donc être bloqué ici... Cher public, voulez-vous d'un futur héros lâche, peureux et qui tue son allié à la moindre occasion ?

Le public vous siffle, vous hurle des obscénités au visage.

Aslak disparaît par un escalier dérobé et apparaît sur une coursive non loin de vous. Puis parlant à voix basse, il ajoute :

— Zadkiel qu'as-tu fait pauvre fou ?? Hania était ton allié... vous deviez arriver au bout ensemble. Tu as brûlé ton billet retour pour le collège de cristal. Je ne peux plus te protéger... Désolé Zad... Tout est à recommencer...

Il fait un signe de la main droite et aussitôt une volée de fléchettes anesthésiantes vous frappe dans le dos. Vous sombrez dans le noir absolu.

Vous ne saurez jamais quel était votre destin ni votre issue, vous ne saurez jamais pourquoi Aslak a prononcé ces mots. En revanche, vous resterez dans la Grande Arène, asservi en tant que garde cagoulé, l'esprit contrôlé et torturé en permanence par le Grand Œil.
Votre mission est un échec.

6

Bloc 4A
Le bloc se présente à vous de manière peu accueillante : le sol est couvert de sang séché et de tout un tas de restes organiques en décomposition.
Vous examinez rapidement ce qui à pu produire un tel massacre lorsque des murs commencent lentement à monter sur les deux cotés de la plateforme. Dans le même temps des tiges de toutes longueurs sortent du sol par des trous de la taille d'une balle de tennis.
De l'autre coté de la plateforme, deux piliers encadrent une porte conduisant à ce qui semble être le dernier bloc. La porte s'ouvre lentement comme pour vous inviter à avancer.
Le traditionnel rectangle holographique s'affiche alors au milieu de la dalle devant vous :

Piège surnommé "le pressoir".
Les murs que vous apercevez des deux cotés de votre plateforme vont se resserrer l'un vers l'autre jusqu'à vous broyer complètement. Vous devez atteindre la porte avant qu'il ne soit trop tard, mais attention aux tiges sorties du sol, certaines explosent si vous les touchez, d'autres sont électrifiées...
Comme le Grand Oeil est tout puissant et plein de bonté, une offrande vous est faite : une pilule de vie va vous être donnée pour pouvoir résister aux tiges, au moins les électriques...
La foule hurle de joie devant l'explication de ce nouveau piège horrible, décidément au plus c'est sale, au plus ils aiment... pathétique.
Un nain arrive dans votre dos et se présente :
— Je suis Warwick, le nain pharmacien. Voilà pour vous messieurs, deux pilules de vie, du grand art médicinal, cocktail détonant garanti !
Bon courage !

Le nain dépose deux petites pilules bleues et repart aussitôt. Vous pouvez avalez les pilules quand bon vous semble, votre total de VIE remontera à son niveau initial.

Toutes les tiges sorties, le bloc est désormais transformé en véritable dédale instable et explosif. Pour atteindre la porte, très simple, il vous suffit de faire plusieurs tests pour savoir si votre slalom entre les tiges ne vous sera pas fatal.

Testez votre MEN pour savoir si vous passez le premier groupe de tiges. Si vous échouez, tirez un dé : de 1 à 3 c'est une tige électrique et vous perdez 1 point de VIE, de 4 à 6, c'est une tige explosive et vous perdez 2 points de VIE.

Lorsqu'une tige explose les murs avancent deux fois plus vite. Si trois tiges explosent les murs iront si vite que vous finirez, Hania et vous broyés entre les mâchoires de pierres.

Vous devez tester votre MEN à trois reprises, pour savoir si vous avez réussi à passer les trois groupes de tiges piégées.

Lorsque vous arrivez devant la porte de sortie un rectangle holographique s'affiche à nouveau :

Cette porte est fermée par une barrière d'énergie. Pour la débloquer il vous faut un code, tapez ce code sur le petit clavier digital fixé au pilier. Les codes *alpha, beta et delta* correspondent à des chiffres. Multipliez ces chiffres entre eux et vous obtiendrez un nombre. Lorsque vous aurez trouvé le résultat de la multiplication, rendez-vous au paragraphe correspondant.

Si vous n'avez pas les trois codes, **rendez-vous au 18**.

7

— Hania ? Que se passe-t-il ?

...

— Hania ?? C'est quoi ce truc ?...

...

— Zadkiel, tu es dans le brise-cerveau. Une étape très prisée du public, très redoutée des gladiateurs. Une sorte de labyrinthe dans lequel ton esprit est malmené, très profondément.

Puise en toi la force psychologique pour sortir de cette salle maudite. Je ne peux pas t'aider plus que ça, fais les bons choix et pas forcément les plus évidents.

...

— Merci Hania...

Vous pouvez désormais fouiller le placard métallique en face de vous, **rendez-vous au 21,**
  – emprunter l'escalier sur votre droite, **rendez-vous au 31,**
  – ouvrir la porte "EXIT" sur votre gauche, **rendez-vous au 26.**

Vous pouvez aussi vous équiper du pistolet automatique, il contient 10 balles et chacune inflige un dégât variable de 1 à 6 points de VIE.

8

Vous descendez doucement l'échelle aux barreaux métalliques empruntée par le héros quelques minutes auparavant. La foule devient tout à coup plus silencieuse, la coursive est étroite et forme un chenal de pierre, les spectateurs ne vous voient plus. Vous suivez un long couloir à ciel ouvert et vous ne rencontrez aucun ennemi. Aslak prend la parole depuis son promontoire :
— Et bien chers spectateurs, nos gladiateurs sont plus malins que prévus, ils ont emprunté les coursives dédiées aux Héros... Mais cet itinéraire est à double tranchant, car ils seront bientôt confrontés à une porte spéciale...
Vous continuez votre progression en essayant de garder la direction du dernier bloc en ligne de mire, votre sens de l'orientation est mis à rude épreuve dans ce labyrinthe de pierre. Au détour d'un couloir, vous apercevez une échelle grimpant le long d'un bloc, vous regardez Hania et il vous fait un signe d'approbation ; lui comme vous semblez être d'accord : ce bloc est le dernier de l'arène.
Vous grimpez tous les deux contre la paroi et vous atteignez le haut du bloc. Le public vous acclame, la foule n'en revient pas que vous ayez réussi à sortir de ce labyrinthe connu uniquement des Héros de l'arène. Le bloc sur lequel vous vous trouvez est fermé par une porte encadrée par deux piliers. Deux autres portes identiques se trouvent à deux autres endroits sur la plateforme, tous près de pontons métalliques. Ce sont les passerelles par lesquelles vous auriez du passer après avoir vaincu le dernier ennemi. Vous avez, grâce à votre courage, évité des pièges plus que sournois...
Mais la porte devant vous est fermée par quelque chose qui semble indestructible : un champ d'énergie.
Un rectangle holographique s'affiche :

Cette porte est fermée par une barrière d'énergie. Pour la débloquer il vous faut un code, tapez ce code sur le petit clavier digital fixé au pilier. Les codes *alpha, beta et delta* correspondent à des chiffres. Multipliez ces chiffres entre eux et vous obtiendrez un nombre. Lorsque vous aurez trouvé le résultat de la multiplication, rendez-vous au paragraphe correspondant.

Si vous n'avez pas les trois codes, **rendez-vous au 18**.

9

Notez le code beta et le chiffre 5.

— Hania, je crois que mon heure est proche, désolé je ne vais pas être à la hauteur de vos espérances...

— Zadkiel, ne perd pas espoir. Ils ne te tueront pas si facilement, tu ignores encore qui tu es et pourquoi tu es là.

— Ils sont trop aguerris, trop vifs. On est trop faibles.

— Les chevaux mutants sont sensibles à une seule chose, le psychisme. Ils ne craignent pas les cris, les armes, les flammes. Essaie de communiquer avec eux, grâce au cristal.

— Hania, je ne sais même plus qui je suis, comment voulez-vous que je parle à un cheval.

— Instinctivement. N'y réfléchis pas, fais-le.

Vous fixez votre ennemi qui fond sur vous, puis déposant votre arme au sol, vous vous tenez droit et immobile face au cavalier. Surpris, Sud tire sur les rennes de sa monture pour freiner sa course.

Vous tentez d'entrer en communication télépathique avec l'animal. Il s'agite, devient nerveux puis trottine sur place, le cavalier de Marduk a du mal à le maintenir en place malgré les coups de rênes répétés assénés à l'animal.

— *Ton maître est mauvais... Ton esprit ne leur appartient pas. Ils ne doivent pas te faire subir cela...*

Le cheval s'agite de plus en plus frénétiquement et commence à souffler nerveusement. Sud ne comprend pas ce qu'il se passe avec son destrier.

— *La fosse... Les pieux... Ton calvaire sera terminé.*

Le cheval hennit puis saute subitement dans la fosse à ses côtés. La foule retient son souffle et un silence de mort emplit les gradins. Le cheval s'empale sur les pieux avec un fracas épouvantable, Le cavalier n'a pas le temps de sauter à bas du cheval qu'il est déjà au fond de la fosse, le corps transpercé par les piques d'acier. Il râle un bref instant puis succombe.

Vous fixez l'animal du regard, son œil vacille puis se fige.
— *Merci Zadkiel, tu m'as délivré...*
Ne sachant trop ce qui vient de se passer et surtout comment c'est arrivé, vous regardez vos partenaires, tout aussi incrédule qu'eux et vous les rejoignez. Vous retrouvez votre point de REAC perdu.
Rendez-vous au 27.

10

Notez le code alpha et le chiffre 1.

Vous y pensez quelques instants puis vous laissez M'baye face à Masque de Lion, il baisse les yeux, certainement honteux de vous laisser affronter d'emblée une être hideux et sûrement très dangereux. C'est tout de même à contrecœur que vous vous dirigez seul vers Calgotx. Quitte à combattre un monstre une fois dans votre vie, autant combattre le plus horrible d'entre eux... Il fait tournoyer sa lance autour de lui en poussant des rugissements bestiaux. Vous n'êtes pas un combattant, encore moins un guerrier. Vous ne savez pas comment "entrer" dans le combat.
Calgotx approche doucement de vous, comme le ferait un prédateur devant une proie pétrifiée par la peur. Il vous toise de son œil noir, l'écume aux lèvres. Le combat va se dérouler come suit :

Calgotx

PHY : 4
MEN : 2
REAC : 3
VIE : 9

Lancez un dé pour vous et un pour votre adversaire, ajoutez les résultats respectifs à vos totaux de REAC, celui qui obtient le plus haut score frappe.
Faites ensuite un test de PHY+MEN (pour celui de vous deux qui porte le coup), s'il est réussi, l'attaque est victorieuse. Les dégâts infligés et les points de VIE retranchés sont fonction de l'arme utilisée.

La lance de Calgotx ôte 4 point de VIE à chaque frappe réussie. Si vous possédez la canne, elle ôte 2 point de VIE, si vous possédez la massue, elle fera perdre 3 points de VIE, mais en raison de son poids, vous devrez ôtez un point de PHY de votre total pour la durée du combat. Si vous combattez à mains nues les dégâts que vous infligez sont variables, tirez un dé :
obtenez de 1 à 3 et vous faites perdre 1 point de vie à votre ennemi, obtenez de 4 à 6 et vous lui faites perdre 2 points. Mais vous devez ôter un point de MEN pour tout le combat. En effet approcher au plus près de votre ennemi pour l'atteindre vous terrifie et donc vous handicape.

Notez que vous pouvez utiliser votre moyen de communication télépathique avec Hania, une fois au cours du combat, il vous en coûtera 1 point de REAC (ôtez-le de votre total jusqu'à la fin du combat), et **vous vous rendrez au 34**.
Si vous sortez victorieux de cet effroyable combat, **rendez-vous au 15**.

11

Vous portez la pilule à votre bouche et vous la faites éclater entre vos dents. Un jus fruité se répand dans votre gorge. Doux, sucré et pas désagréable. Vous sentez un bien être immédiat et l'effet de la substance ne se fait pas attendre. Vous remontez votre total de vie de 6, si vous dépassez votre total de départ (en plafonnant à 12), la substance agit comme une drogue et vous devez retirer un point de votre total de REAC. Vous gagnez également un point de PHY (en plafonnant à 6 si besoin). Les modifications de REAC et PHY sont effectives pour le paragraphe d'où vous venez et pour le suivant, vos totaux retrouvent leur valeur normale ensuite.
 Retournez maintenant où paragraphe d'où vous venez.

12

L'arène est composée d'une multitude de blocs de pierres, de formes et de hauteurs différentes. Des fosses, à pieux, à lames tranchantes, d'autres contenant des liquides dont vous ignorez l'origine sont disséminées un peu partout dans l'arène.
Enfin des échelles, des ponts suspendus et des escaliers permettent de circuler d'un bloc à l'autre.

Aslak s'adresse directement à vous :
— Je vous explique ce qui vous attend pour cette dernière et redoutable épreuve.
Vous apercevez des blocs de pierres, ils forment un parcours. Reliés entre eux par diverses technologies, le départ de cette "course" est matérialisé par le bloc juste devant vous ; le bloc final est le gros cylindrique juste sous mes pieds.
Des échelles et des escaliers vous permettent de remonter sur les blocs, si vous veniez à chuter. Vous pouvez chuter sur le sable, auquel cas, selon la hauteur vous ne vous blesserez pas, vous pouvez chuter dans l'une de nos faiseuses de veuves, ou bien tomber nez à nez avec l'un de vos ennemis qui rôdera au sol. Je vous précise que l'itinéraire "par en bas" ne mène nulle part, chaque bloc est cloisonné par sa propre piste basse. Pour corser le tout des ennemis seront aussi présents sur les blocs.
Celui de vous deux qui parvient au bloc final sera le nouveau héros de l'arène et sa peine sera purgée. Je vous souhaite bien du plaisir chers gladiateurs !
Deux choix s'offrent à vous :
– Grimper sur le bloc de départ, **rendez-vous au 30**.
– Vous débarrasser d'Hania immédiatement, **rendez-vous au 5**.

13

Le pont suspendu n'a pas l'air solide mais il vous paraît impossible que monter soit la solution pour sortir de ce maudit lieu. Vous vous engagez sur cette passerelle hors du temps, hors du contexte même, pourtant elle est là et elle va peut être vous conduire à la sortie. Vous avancez prudemment mais d'un bon pas, votre progression vous satisfait même si vous avancez toujours comme un cargo dans la brume : au son. Vous n'y voyez rien à plus de trois mètres devant vous. Cela en deviendrait étouffant si vous ne parveniez pas à vous contrôler ; brusquement un bruit de battement se fait entendre. Un battement qui vous stoppe net, votre cerveau n'ayant que le son comme repère, vous essayez de toute miser sur l'analyse auditive.

Un battement répété... Qui vous rappelle quoi ?

Un hélicoptère ? non, trop faible comme bruit.

Un moteur ? pas assez mécanique.

Ce serait plutôt quelque chose de naturel, qui ne suit pas un cycle sonore régulier, les battements ont un rythme tantôt rapide, tantôt lent.

Le son se rapproche. Les battements sont produits par un animal.

Des pattes sur un sol qui résonne ? Non, trop sourd comme son.

Un oiseau ? Peut être, ce serait un oiseau assez gros... Aigle, vautour, condor ?

Soudain quelque chose vous frôle le dessus du crâne, un grand souffle d'air sur votre nuque.

Puis un autre. Vous distinguez maintenant deux battements distincts. Vous vous immobilisez et vous vous abaissez à ras de la main courante en corde.

Un bruit sourd se fait entendre quelques mètres devant vous, en même temps que le pont bouge sans même que vous n'ayez fait le moindre mouvement.

Dans l'obscurité vous distinguez une forme d'environ deux mètres cinquante de hauteur se déplaçant en dandinant. Lentement le mouvement du pont devient plus ample tandis que se profile nettement la chose qui avance vers vous :

Vous devez y regarder à deux fois pour vous convaincre de ce que vous voyez, un ptérodactyle sorti tout droit d'un autre âge.

L'animal au long bec dentelé avance vers vous, ailes repliées le long du corps. Il crie en secouant la tête.

Il ne vous laissera sûrement pas passer de l'autre côté du pont sans lui avoir administré quelques coups de politesse...

Vous devez le combattre sur ce pont instable, voici ces caractéristiques :

Ptérodactyle

PHY : 4	**REAC : 4**
MEN : 2	**VIE : 10**

Lancez un dé pour vous et un pour votre adversaire, ajoutez les résultats respectifs à vos totaux de REAC, celui qui obtient le plus haut score frappe.

Faites ensuite un test de PHY+MEN (pour celui de vous deux qui porte le coup), s'il est réussi, l'attaque est victorieuse. Les dégâts infligés et les points de VIE retranchés sont fonction de l'arme utilisée.

Le bec de l'animal inflige 3 points de dégâts à chaque frappe réussie. Si vous combattez à mains nues les dégâts que vous infligez sont variables, tirez un dé :

obtenez de 1 à 3 et vous faites perdre 1 point de vie à votre ennemi, obtenez de 4 à 6 et vous lui faites perdre 2 points ; si vous possédez le pistolet vous pouvez l'utiliser : 10 balles, 1 à 6 points de VIE de dégâts.

Pour savoir si vous parvenez à atteindre votre cible lors du premier tir : Test de MEN à effectuer à la place du test combiné (PHY+MEN). Si réussite, lancer un dé : le résultat obtenu indique les dégâts infligés. Si échec, vous manquez votre cible et l'animal s'envole.

Dans les deux cas, depuis les airs, il n'aura de cesse de vous attaquer jusqu'à ce qu'il soit abattu. Pour le combattre au pistolet après le premier tir :

Vous avez l'avantage, vous faites un test de MEN, si vous réussissez, vous tirez et infligez les dégâts selon la règle précédente, si vous échouez faites un test de REAC pour l'animal, s'il réussi, vous perdez 3 points de VIE. S'il échoue recommencez jusqu'à la mort de l'un de vous deux ou jusqu'à épuisement des balles. S'il venait à vous manquer des munitions, reprenez le combat à mains nues comme expliqué plus haut.

Si vous êtes vainqueur de ce combat hors du temps, **rendez-vous au 23.**

14

Vous laissez vos compagnons à leur triste misère et vous foncez à toutes jambes vers la porte est, loin du piège à fosses. Vous assistez impuissant à la mort de vos quatre partenaires et vous voyez leurs dépouilles être jetées dans les fosses à pieux, par la cavalerie de Marduk, sous les cris excités de la foule. Puis lentement, les héros de l'arène se dirigent vers vous, sans se presser. Ils savent que votre position sur cette coursive étroite les empêche de vous attaquer en groupe mais deux chevaux peuvent bien charger en même temps par deux cotés différents. Ce sont Sud et Ouest qui se chargent du boulot, ils lancent leurs bêtes au galop ; ne voulant pas finir broyé sous les sabots des chevaux, vous reprenez la traverse sableuse qui vous conduit au centre de l'arène.

Nord en a apparemment assez de votre manège et son épée à lame dentelée s'envole dans les airs, à l'horizontale. Lorsque ses crans déchirent vos chairs, vous hurlez de douleur, mais c'est surtout lorsque le cheval mutant vous écrase lentement les os que vous ressentez la plus grande des souffrances. Votre vie ne va pas tarder à s'arrêter, dans l'ignorance de qui vous êtes et qui vous auriez pu être...

15

Les deux gladiateurs sont morts. Leurs corps inertes sont couchés sur le sable fin de l'Arène. La foule est à la fois comblée et médusée. Deux simples victimes viennent de supprimer définitivement du circuit, Masque de Lion et Calgotx, deux héros des jeux purgatoires.

M'baye vous regarde le visage couvert du sang de vos ennemis et vous dit :

— Leurs armes sont à nous, on l'aura mérité.

La lance de Clagotx inflige 4 points de dégâts, l'épée de Masque de lion inflige également 4 points de dégâts. Les plastrons et jambières de Calgotx sont trop abimés pour être récupérés.

Aslak intervient depuis le promontoire :

— Et bien cher public, c'est une première dans le déroulement des jeux purgatoires ! Un seul mort au terme de la première arène et deux héros au sol... Ils se faisaient sûrement trop vieux pour défendre l'Arène.

Il reste désormais sept prisonniers pour passer la deuxième porte... Combien vont succomber à notre prochaine épreuve ? Les paris sont ouverts. Les sentinelles noires vont circuler dans les gradins pour encaisser vos mises, alors n'hésitez pas, c'est le moment de remplir vos poches de Monnaie Unique !

La foule hurle sa joie. Ça grouille, les mains fouillent les guenilles à la recherche d'argent à perdre. Deux gardes cagoulés font avancer les prisonniers restés en retrait. Vous êtes tous alignés devant une porte de bois, décorée de gros clous à tête pyramidale.

— Tenez-vous prêts chers prisonniers, vous allez franchir la deuxième porte, sûrement la dernière porte de votre misérable vie. Derrière ce passage, l'issue de votre existence. Un privilège de mourir sous les yeux des spectateurs du monde entier, un privilège de mourir devant les caméras. Et pour les plus braves d'entre vous, une surprise vous attend peut être, histoire de rendre le combat encore plus intéressant... Mmhh, j'en salive d'avance !
Gardes ! faites avancer les gladiateurs numéro 2, 6 et 8 !
Les deux derniers restants, numéro 4 et numéro 7 sont encore les privilégiés de ce tour. Mais le privilège ne durera pas. Votre handicap final n'en sera que plus grand...

Vous sentez une pointe à l'arrière de votre dos, les gardes vous forcent à avancer vers la massive porte de bois. Un homme à la carrure imposante se dirige vers cette dernière, il actionne un levier niché dans une alcôve de béton et l'épaisse porte s'entrouvre lentement. Celle-ci n'offre qu'un corridor sombre et gorgé de poussière en suspension, les cinq prisonniers que vous êtes sont contraints d'avancer dans cette gueule noire et hostile.

Numéro 6 est juste derrière vous, vous l'entendez sangloter.
— Tiens le coup, lui chuchotez-vous. Ça leur ferait trop plaisir.
— Ma femme et mes deux gosses ne me reverront plus jamais. Je n'ai même pas eu le temps de les serrer dans mes bras lorsque ces pourris m'ont arrêté...

" Le Grand Œil voit tout, entend tout, mais ne sais que ce que nous voulons lui faire savoir. Zadkiel, l'armée du cristal est en marche. Ton rôle est primordial. Ne lâche pas. Le sacrifice peut tout changer..."

Encore cette voix, encore ces bribes de phrases qui s'adresse à vous mais dont vous ne comprenez pas le sens. Hania ? Peut-être les entend-il aussi ? Peut-être sait-il quelque chose de plus sur ce "collège de Cristal"
— Hania ? Hania ?? J'entends des voix c'est normal ? Je veux dire une autre voix que la vôtre.
— C'est normal Zadkiel, c'est le cristal qui te parle. Celui pour qui tu te bats, celui qui t'a conduit jusqu'ici.

— Mais je ne comprends rien à tout ça ! Ni la voix dans ma tête, ni vos phrases énigmatiques, ni même comment j'arrive à parler avec vous sans ouvrir la bouche...

— Tu es notre guide Zadkiel. Au sein du collège de cristal. Poursuis ta mission, tout te reviendra au moment opportun...

N'ayant d'autre solution que de faire confiance au vieil homme et en votre destin vous pénétrez à votre tour dans le couloir noir.

La porte de bois se referme derrière vous.

L'obscurité totale. Le vertige du noir d'abord, puis le bruit. La foule semble déchainée dans la prochaine arène, la structure de béton semble trembler au rythme des mouvements du public.

Une lumière bleutée prend possession du couloir où vous êtes tous les cinq prisonniers. Le halo va en s'intensifiant jusqu'à inonder complètement le corridor.

Vous apercevez des insectes voleter autour de vous, soudain vous ressentez tous des piqûres à divers endroits du corps. Les insectes vous attaquent malgré vos gestes frénétiques, ils parviennent tous à vous piquer. Une voix résonne dans un haut parleur encastré dans un mur :

— Les mouches d'énergie vous ont piqué, ce ne sont pas des insectes venimeux, au contraire, vous allez ressentir un certain bien être, chers prisonniers, il faut que vous soyez présentables pour la prochaine arène !

Votre total de points de VIE remonte à son niveau de départ.

Vous analysez maintenant le couloir dans lequel vous êtes tous retenus. Des murs lisses et froids. Un plafond brut de décoffrage. Quelques spots rouges brillent sur les cotés du boyau de béton. L'un d'eux diffuse un hologramme au milieu de la galerie.

Vous vous rassemblez autour de l'image virtuelle et attendez que sa forme se précise.

Un homme, puis deux et un troisième se matérialisent. Ils sont couchés, à même le sol. L'un est bleu, les deux autres sont rouges. Puis trois rectangles holographiques distincts s'extraient de l'hologramme, chacun d'eux reliés à un corps par une flèche. Une liste d'informations commence à défiler sur les trois afficheurs, si bien que vous pouvez commencer à lire :

Prisonnier numéro 5 : James F. Munroe. 24 ans. Originaire du quartier AN226 (anciennement Chicago, Amérique du Nord). Voleur. Condamné aux jeux purgatoires pour avoir dérobé de la viande synthétique chez Meatex lab.

Son corps est actuellement transféré à l'incinérateur de la grande cité. Ses proches apprendront comment il est mort et ils devront payer au Grand Œil une taxe d'incinération.

Héros Masque de Lion : Vrai nom, Swahel M'gabo. 45 ans. Originaire du quartier AF407 (anciennement Nairobi, Kenya). Héros depuis huit éditions des jeux purgatoires. 22 morts à son actif. Tué aujourd'hui même lors du premier combat dans l'Arène. Paix à son âme. Sa famille sera indemnisée à hauteur de 100.000 MU.

Héros Calgotx : Vrai nom, Calgotx Urutai Lepo. 36 ans. Originaire du quartier AS23 (anciennement Quijarro, Bolivie). Héros depuis quatre éditions des jeux purgatoires. 10 morts à son actif dont deux dévorés devant le public. Tué aujourd'hui même lors du premier combat dans l'Arène. Paix à son âme. Sa famille sera indemnisée à hauteur de 100.000 MU.

Un silence s'installe dans votre groupe. Numéro 8, avance de l'autre coté du couloir et commence à taper contre la porte métallique qui devrait s'ouvrir sur la prochaine arène.
— Ouvrez sale bâtards, ouvrez et finissons-en !
La porte commence à descendre lentement dans une glissière, les projecteurs de l'arène viennent illuminer progressivement tout l'intérieur du corridor. Lorsque vos yeux s'habituent à cette intensité, vous découvrez tous ce qui vous attend dans le prochain cirque de pierre :

l'arène suivante est circulaire comme la précédente. Sol de sable fin, murs de pierres. Quatre fosses se trouvent également réparties dans l'arène, l'une d'elles est toute proche de vous et en vous penchant vous apercevez sans mal ce qu'elle contient et sa profondeur :
Trois ou quatre mètres de hauteur, autant de diamètre, fond hérissé de pointes en acier, de lances et restes putréfiés de victimes précédentes. Les abords de la fosse puent, c'est normal vu ce qui se trouve au fond de cette dernière.
Quatre portes diamétralement opposées. Chacune de ces portes est surplombée d'un blason représentant un point cardinal. Les portes en sont ni en fer ni en bois, plutôt un sorte de barrière d'énergie, opaque et grésillante.

Aslak intervient à nouveau :

— Et bien cher public ici ou chez vous, ce qui va suivre vous ravira à coup sûr ! Nos cinq candidats vont devoir affronter les cavaliers de Marduk. Chacun sa spécialité, chacun sa signature. Nos quatre héros vont entrer en piste, applaudissez les cavaliers de Maaaaarduuukk !!

Les barrières d'énergie se dissipent peu à peu et quatre formes se dessinent devant les ouvertures. Elles se précisent jusqu'à devenir claires : quatre hommes sur quatre animaux ressemblant à des chevaux, mais plus massifs, anormaux dans la morphologie.
Numéro 2 s'écrie :

— Oh non, des mutants ! Des putains de chevaux mutants comme ceux qui nous aidaient dans les champs où je travaillais.

— Des chevaux mutants ? reprend M'baye. C'est quoi ??

— Des animaux modifiés génétiquement. Plus gros, plus musclés. Mais pire que tout, dénués d'émotions. Ils ne sont effrayés par rien, ni homme, ni flamme, ni arme... Ce sont des muscles sur pattes, point final.

Chaque cavalier arbore une tenue identique : casque intégral en acier, comme ceux des spartiates de l'antiquité, plastron et tablier de cuir. Chacun porte une cape de couleur différente, blanc pour le nord, noir pour l'est, rouge pour l'ouest et jaune pour le sud.
La cavalier du nord est doté d'une longue épée à lame dentelée, celui de l'est est équipé d'une hache à deux lames, le cavalier de l'ouest possède un marteau de guerre quant à celui du sud, il fait tournoyer un long cimeterre.
Une femme ne portant qu'un pagne et affichant deux seins nus avance sur le promontoire d'Aslak avec un sac assez long. Elle s'arrête au bout de la corniche qui surplombe l'arène et ouvre le sac pour en sortir trois épées qu'elle jette au sol, à quelques dizaines de mètres de votre groupe.
La foule salue le geste par un cri commun et des applaudissements.
Un nain traîne un fagot de ce qui semble être de longues branches mais lorsqu'il dispose ces longues tiges de bois contre le mur de l'arène, près de la porte nord, vous vous apercevez que ce sont des lances primitives, dotées d'une pierre affutée à leur extrémité.

Les cavaliers de Marduk commencent à s'agiter et leurs montures deviennent nerveuses.

Il vous faut *tous* réagir vite.

– si vous voulez courir vers les lances près de la porte nord, **rendez-vous au 29,**
– si vous préférez attaquer les cavaliers de front, **rendez-vous au 17,**
– si vous jugez plus sage de blesser les montures en premier lieu, **rendez-vous au 35,**

16

Le cheval est blessé à de multiples endroits, il chancelle et finit par perdre l'équilibre, le cavalier ouest a du mal à garder sa monture debout, numéro 6 et M'baye en profitent pour sauter sur Ouest et le faire chuter au sol. Le cavalier de Marduk a beau se débattre, vos compagnons le transpercent de tous cotés avec leurs lances. De grandes giclées de sang maculent le sable beige de l'arène, tandis que vous vous approchez du cheval mutant pour l'achever d'un coup dans la tête. Vos deux amis poussent Ouest vers la fosse à pieux et ce dernier finit empalé sur les pointes en acier qui en tapissent le fond. Est marque un temps d'arrêt puis se lance à vive allure vers vous trois.
Vous pouvez essayer de l'éviter et ensuite le combattre à trois ou vous pouvez tenter la vieille ruse du chasseur et de l'ours. Patienter jusqu'au dernier moment et lever vos lances vers la monture pour qu'elle vienne s'empaler d'elle-même. Sachant que cette manœuvre est très risquée, vous n'aurez pas droit à l'erreur.

Pour cette technique, faites un test de MEN (augmenté d'un point en raison de la présence de vos compagnons à vos cotés), si vous réussissez la monture du cavalier vient s'embrocher sur vos lances. Deux sont désormais inutilisables. Si vous possédiez, en entrant dans cette arène, une autre arme vous pouvez la récupérer, sinon, vous devrez vous battre contre le cavalier est à mains nues.
Si vous échouez, numéro 6 est éjecté par la charge du cheval mutant et se retrouve empalé au fond de la fosse à pieux. M'baye et vous perdez deux points de VIE. Vous pouvez désormais combattre Est au sol, et sans M'baye : la hache du cavalier l'a blessé à la cuisse, il est par terre, gémissant. Voici ses caractéristiques :

Cavalier de Marduk est (blessé par la chute)

PHY : 5
MEN : 3
REAC : 4

VIE : 7

Lancez un dé pour vous et un pour votre adversaire, ajoutez les résultats respectifs à vos totaux de REAC, celui qui obtient le plus haut score frappe.

Faites ensuite un test de PHY+MEN (pour celui de vous deux qui porte le coup), s'il est réussi, l'attaque est victorieuse. Les dégâts infligés et les points de VIE retranchés sont fonction de l'arme utilisée. La lance inflige 3 points de dégâts, la hache du cavalier en inflige 4, à mains nues les dégâts que vous infligez sont variables, tirez un dé :
obtenez de 1 à 3 et vous faites perdre 1 point de vie à votre ennemi, obtenez de 4 à 6 et vous lui faites perdre 2 points

Si vous voulez combattre Est à trois, c'est aussi possible, dans ce cas les règles seront légèrement différentes :

Cavalier de Marduk est

PHY : 5
MEN : 3
REAC : 4

VIE : 10

Sachant que vous êtes trois contre un, vos tests seront forcément avantagés. Le test d'initiative n'est plus nécessaire. Pour savoir si vous parvenez à frapper Est, faites un test de PHY+MEN (en diminuant de deux points le résultat obtenu aux dés), si c'est réussi; il perd 5 points de vie d'un coup. Par contre en cas d'échec, deux hommes parmi vous trois sont blessés. Chacun perdant 2 points de VIE.

M'baye et numéro 6 possèdent les points de VIE du paragraphe 10.

Si vous parvenez à tuer Est, par l'une ou l'autre des méthodes, **rendez-vous au 27.**

17

M'baye est armé, vous aussi. Numéro 8 s'est emparé d'une épée, seuls numéro 2 et numéro 6 sont à mains nues.

Vous vous placez en triangle, comme les garnisons romaines il y deux mille ans, les hommes armés – dont vous – devant. Le cavalier sud approche rapidement de votre position tandis que Nord approche par le flanc droit. Soudain, numéro 6 quitte la formation et court vers les lances. Il en ramasse trois et revient dans le groupe. Juste le temps pour trois d'entre vous de les saisir que Sud est déjà sur vous. Votre groupe éclate – logique – lorsque le cheval de Sud vous heurte de plein fouet. Numéro 6 chute lourdement sur le côté, numéro 2 évite de justesse le coup de cimeterre du cavalier. Numéro 8 parvient à entailler profondément le cheval, tandis que M'baye et vous ne parvenez pas à blesser le cavalier.

Toute juste rétablis de cette attaque, voilà Nord qui charge à son tour, cette fois c'est la panique dans votre groupe chacun cherchant à fuir dans une direction différente pour échapper à la longue lame crantée du cavalier.

Vous regardez cette scène avec un certain recul, comme si le temps se figeait pour quelques secondes : vous courez tous à une mort certaine en affrontant les cavaliers de cette façon. Du coin de l'œil vous apercevez les cavaliers est et ouest contourner votre groupe par l'arrière. Quatre chevaux, quatre cavaliers dans les quatre issues entre les quatre fosses à pieux. Si vous ne réagissez pas maintenant, la mort est assurée.

Si hurlez à vos compagnons de se ruer vers la traverse est – celle encore libre – vous vous retrouveriez contre les murs de l'arène mais hors de la zone des fosses, **rendez-vous au 20**.

Si vous ne voulez pas vous préoccuper d'eux et que vous souhaitiez y aller seul avant qu'il ne soit trop tard, **rendez-vous au 14**.

18

Hania et vous échangez un regard. Vous ne vaincrez pas la Grande Arène, vous ne vaincrez pas le Grand Œil.

Hania pose un genou à terre, et ferme les yeux.

Vous vous abaissez et communiquez avec lui :

— Hania, je suis désolé. Je n'ai pas été à la hauteur...

— Je suis triste Zadkiel, si triste... Le cristal avait mis dix ans pour te trouver, dix longues années à errer dans le Vrai Monde pour trouver l'enfant qui pourrait être notre guide...

— Hania allez-vous enfin m'expliquer qui je suis ?

— Non Zadkiel, je ne peux pas. Nous allons mourir ou nous allons servir l'Œil. Mais dans tous les cas, ils vont prendre possession de notre esprit et de notre âme et il ne faut surtout pas qu'il trouve la réponse à ta question dedans...

— Je suis si important ?

— Tu n'as pas idée du but de ta mission et de ce que tu étais prêt à faire pour y parvenir... Mais quelque chose a dû buggé de l'autre côté...

Les phrases énigmatiques d'Hania vous laissent sans voix. Mais il est malheureusement trop tard. Trop tard pour atteindre votre but, trop tard pour échapper à l'asservissement de l'Œil. Dans quelques minutes des gardes cagoulés vont venir vous chercher et dans quelques jours vous serez comme eux, robotisés, hypnotisés et sans plus aucune envie de rébellion.

Votre aventure est terminée.

19

Vous ouvrez les yeux dans une salle froide, grande, très grande et éclairée par quelques tubes fluorescents.

Vous êtes à même le sol, sans arme et personne aux alentours. Où sont vos partenaires, M'baye, numéro 6 et 8 ?

Vous vous relevez difficilement encore engourdi par cette injection.

Un placard métallique, type placard de vestiaire se trouve en face de vous. Sur votre gauche, à une vingtaine de mètres, une porte sur laquelle est inscrit "EXIT".

À droite un escalier de bois en colimaçon semblant monter plus haut que ne porte votre vue.

À vos pieds, une arme à feu. Un pistolet automatique.

Hania ? Ne pourrait-il pas vous aider.

Si vous avez noté le code *alpha* ou *beta*, **rendez-vous au 7.**

Si vous n'avez aucun de ces codes :

— vous pouvez fouiller le placard métallique en face de vous, **rendez-vous au 21,**

— emprunter l'escalier sur votre droite, **rendez-vous au 31,**

— ouvrir la porte "EXIT" sur votre gauche, **rendez-vous au 26.**

Vous pouvez aussi vous équiper du pistolet automatique, il contient 10 balles et chacune inflige un dégât variable de 1 à 6 points de VIE.

20

Notez le code beta et le chiffre 5.

Vous criez :
— Plaquez vous aux murs est ! Sortons de ce piège !
Vos compagnons vous écoutent, numéro 8 fais une roulade et évite un large moulinet d'épée d'un cavalier, numéro 6 parvient à blesser un cheval avant de se retrouver contre le mur, numéro 2 est blessé au passage du cavalier sud. Son bras est gravement déchiré par la lame du cimeterre. M'baye et vous rejoignez le mur près de la porte est.
Les quatre cavaliers se retrouvent avec comme seule alternative de vous charger par les flancs mais le passage entre le mur et les fosses est très étroit. Ce sera vous ou eux !
Numéro 2 reste au centre, car blessé il serait plus un handicap qu'un combattant précieux. M'baye et vous faites face aux cavaliers de Marduk nord et sud, tandis que numéro 8 et 6 affrontent les cavaliers Est et Ouest.
Le combat va être rapide dans la mesure où si les cavaliers passent, de votre coté ou du coté de vos compagnons, c'est le groupe entier qui est décimé.
Pour connaître l'issue de ce combat suivez ces règles :

Cavalier Nord va charger en même temps que cavalier Est. Vos compagnons ont une moyenne de REAC de 5 et un MEN de 3. Vous même et M'baye cumulez 4 en REAC et 3 en MEN.
Les cavaliers ont les caractéristiques suivantes :

Marduk Nord   REAC 4 MEN 3

Marduk sud   REAC 5 MEN 2

Marduk Est REAC 4 MEN 4

Marduk Ouest REAC 4 MEN 3

Faites un test (REAC+MEN) pour votre groupe puis pour les cavaliers nord et sud successivement.

Faites un test pour le groupe allié (REAC+MEN) puis pour les cavaliers est et ouest successivement.

Pour obtenir une victoire il faut réussir votre test et il faut que le cavalier échoue au sien. Pour une défaite, c'est le contraire, enfin il y a égalité si vous échouez ou réussissez tous les deux.

Si vous cumulez quatre victoires, l'attaque groupée des cavaliers de Marduk n'aura pas eu raison de votre stratégie et vous parviendrez à faire chuter tous vos ennemis dans la fosse à pieux. **Rendez-vous au 27.**

Si vous cumulez une ou deux victoires, vous ne parvenez pas à repousser les cavaliers et leurs montures et votre groupe de prisonniers est décimé. Votre mort est rapide, si rapide que vous n'entendez même pas les chevaux piétiner vos os pour le plus grand bonheur du public.

Si vous cumulez trois victoires, un seul cavalier reste en piste, vous devez l'affronter :

Dernier cavalier de Marduk

PHY : 3
MEN : 3
REAC : 2
VIE : 5

Vous êtes le plus vaillant du groupe de prisonnier c'est donc à vous de combattre le dernier ennemi.

Lancez un dé pour vous et un pour votre adversaire, ajoutez les résultats respectifs à vos totaux de REAC, celui qui obtient le plus haut score frappe.

Faites ensuite un test de PHY+MEN (pour celui de vous deux qui porte le coup), s'il est réussi, l'attaque est victorieuse. Les dégâts infligés et les points de VIE retranchés sont fonction de l'arme utilisée. Les armes utilisées par les cavaliers infligent invariablement 2 points de dégâts.

Si vous triomphez du dernier adversaire, **vous vous rendrez tous, blessés et fatigués au 27.**

21

Vous examinez attentivement le placard métallique ; l'imprudence face au coffre de la première arène a coûté cher au prisonnier numéro 5... Aucun piège visible ne semble équiper ce placard. Par précaution vous ôtez une de vos chaussures — à la semelle isolante — et vous faites sauter le loquet pour ouvrir la porte.

À l'intérieur se trouve un gilet, noir, mat un peu dans le genre des gilets de protections équipant les milices du Grand Œil.

Vous pouvez le prendre et l'enfiler en **vous rendant au 25**, vous pouvez aussi revenir aux choix précédents :

— emprunter l'escalier sur votre droite, **rendez-vous au 31,**
— ouvrir la porte "EXIT" sur votre gauche, **rendez-vous au 26.**

22

Une lourde grille en acier se soulève dans un grincement de ferraille assourdissant. Le public retient son souffle, vous êtes effrayé par ce qui va sortir de ce passage maudit.

" Le collège de cristal porte son espoir sur tes actes Zadkiel. Le grand Œil peut être anéanti. Ne perd pas espoir..."

Ce n'est pas Hania qui communique, pas sa voix. Autre chose. Une voix connue pourtant.

Soudain deux colosses surgissent devant la porte. Deux hommes hauts de plus de deux mètres, épais comme des arbres. L'un porte un casque doté d'un masque de lion, il arbore une peau de bête qui lui sert de cape. De longues cicatrices lacèrent son torse nu. Un pantalon de cuir recouvre le bas de son corps. Il tient à la main une épée au métal souillé. L'idée que les tâches soit le sang de ses anciennes victimes vous remplit d'effroi.

Le deuxième homme est armé d'une lance. Il ne porte pas de casque mais il aurait été préférable qu'il en porte un : son visage est horrible. Un œil blanc, lacéré en diagonale du front jusqu'à la joue. Une dentition anarchique et pourrie. Un plastron métallique recouvre sa poitrine et deux jambières en acier protègent ses cuisses. Il ouvre sa bouche et pousse un cri de fauve. Sa bouche est vraiment pourrie. Vous vous surprenez à vous posez cette question : Une morsure de cet homme n'est-elle pas plus dangereuse qu'une blessure de sa lance ?

Aslak empoigne le micro en produisant un larsen tonitruant dans l'arène de béton :

— Chers amis du public, chers amateur d'action, chers enfants.
Numéro 1 et numéro 3 vont devoir affronter nos deux héros !
Masque de lion nous vient de la lointaine Afrique, cet ancien continent rempli de féroces animaux. Masque de lion était déjà un tueur, les fauves étaient relégués au rang de gazelle lorsqu'il parcourait la savane... Aujourd'hui le fauve est lâché et il a faim...
Calgotx nous vient quant à lui d'Amérique du Sud, sa tribu d'origine chassait l'homme. Par défi tribal mais aussi et surtout pour la nourriture... Oui Calgotx est cannibale — il nous revient d'ailleurs cher en viande, à l'académie des Héros –, il n'hésitera pas à manger ses victimes, devant vous chers spectateurs...
Voilà la première rencontre de la soirée.
Pour les cinq autres candidats restés en retrait, ne vous inquiétez pas, certains d'entre vous rejoindront la prochaine arène avec ou sans numéro 1 et 3 !
Que le combat commence !

La foule se lève dans les tribunes et acclame les gladiateurs, masque de Lion et Calgotx sont scandés. Vos jambes se dérobent. Le moment de vérité est là, votre vie se joue dans quelques secondes.

" *Le grand Œil possède la suprématie pour l'instant... Notre armée est bientôt prête Zadkiel. Ne désespère pas.*"

Vous regardez furtivement M'baye, sans détourner les yeux de vos deux ennemis, il vous lance, la respiration saccadée :
— Le cannibale me terrifie... On s'allie ou chacun le sien ?
Vous allier avec un homme que vous devrez tuer au final ou pire, qui vous tuera ne vous parait pas chose facile à admettre. Par contre pour gagner les faveurs du public vous pouvez éviter à M'baye de se battre contre le héros qui l'effraie.
Si vous voulez affronter seul le cannibale, **rendez-vous au 10**, si vous préférez tout de même vous allier avec M'baye, **rendez-vous au 41**.

23

Vous poursuivez sur la passerelle après ce rude combat contre cet animal improbable. Le ponton de bois commence à présenter une légère côte qui vous emmène à penser que le bord n'est pas loin. Quelques secondes plus tard vous atteignez une plateforme assez large où se trouve une porte de bois. Sur cette dernière est écrit en lettres blanches :

"Félicitation Gladiateur, tu as vaincu le brise-cerveau"

Puis une voix retentit dans le néant :
— Les spectateurs vont voir en toi un homme doté d'un grand courage, un homme ne reculant pas, prêt à tout pour survivre. Tu as mérité une récompense...

La lumière commence à revenir autour de vous, une lumière blanche, presque irréelle. Elle s'intensifie jusqu'à rendre la pièce complètement saturée et vous obliger à fermer vos yeux. Vous ressentez une douleur à l'arrière de la cuisse. Puis une vague de chaleur vous envahit, vous submerge. Vous perdez l'équilibre, tombez à genoux et perdez connaissance.

"Zadkiel... reprend le contrôle... Tu es presque au terme de ta mission... Ils comptent sur toi... TOUS."

Vous ouvrez lentement les yeux et vos sens reviennent peu à peu. Vous sentez le sable chaud de l'arène sous vos doigts, les cris du public gagnent en puissance dans votre tête.
Ils acclament votre numéro. Ils vous veulent debout, prêt à affronter les Héros suivants.
Lentement vous vous relevez, avec difficulté mais pas vraiment épuisé par l'épreuve du brise-cerveau, du moins pas autant que vous ne le pensiez.

Aslak prend la parole :
— Cher public, chers téléspectateurs, Notre numéro 3 est le vainqueur du brise-cerveau ! Félicitons-le !
Malgré votre état psychologique vous vous surprenez à sourire.
Aslak reprend :

— Vous êtes en quelque sorte un privilégié...
Vous l'interpellez alors publiquement :
— Et numéro 4 et numéro 7, aucune épreuve subie depuis le début de vos ignobles jeux. Ne seraient-ils pas les vrais privilégiés de la soirée ?
— Ahhh ! numéro 4 est disons... spécial. C'est le doyen de votre groupe et nous voulions le garder pour l'épreuve finale. Quant à numéro 7, c'est le neveu renié de l'un de nos mécènes, son cher oncle a payé cher pour le garder en vie plus longtemps...
Mais rassure-toi, numéro 3, tes deux derniers compagnons vont te rejoindre juste après les annonces.

Plusieurs rectangles holographiques apparaissent au centre de l'arène, à la vue de tous :

Prisonnier numéro 1 : M'baye Kialiki. 26 ans. Originaire du quartier AF15 (anciennement Kigali, Rwanda). Rebelle, agitateur et voleur. Condamné aux jeux purgatoires pour de multiples entorses au règlement du Grand Œil.
Il est prisonnier de la spirale de sable. Ses proches apprendront comment il est mort.

Prisonnier numéro 6 : Hideo Shinji. 49 ans. Originaire du quartier AZ35 (anciennement Kyoto, Japon). Rebelle. Condamné aux jeux purgatoires pour avoir délibérément insulté un garde.
Son corps est actuellement découpé dans le grand malaxeur. Ses proches apprendront comment il est mort.

Prisonnier numéro 8 : Malakato Ramanalopi. 30 ans. Originaire du quartier AF321 (anciennement Nocibe, Madagascar). Tueur. Condamné aux jeux purgatoires pour avoir tué trois miliciens lors d'une arrestation.
Son corps restera pétrifié dans la salle des miroirs. Ses proches apprendront comment il est mort.

Hania et numéro 7 approchent de vous et vous tapent amicalement sur l'épaule. Numéro 7 ajoute :
— Allez soyons courageux, encore une épreuve et ce sera fini.
Hania vous glisse discrètement quelque chose dans la main droite. Puis il communique avec vous sans ouvrir la bouche :

— Zadkiel, dès qu'Aslak aura fini de parler, avale cette pilule. Tu te sentiras mieux...

— Merci Hania, mais est-ce que j'ai vraiment envie de me sentir mieux ? J'ai envie de m'allonger et d'attendre la mort...

— Non Zadkiel, pas maintenant. Trop de gens ont besoin de toi. Ne les déçoit pas, ne *nous* déçoit pas...

Vous tournez la tête vers Hania surpris par sa réponse, il se contente d'esquisser un sourire et de fermer les yeux comme pour réitérer sa phrase.

— Chers gladiateurs, ce que les jeux purgatoires vous proposent maintenant est une épreuve en équipe. Drôle n'est ce pas ? Vous allez vous entraider avant le duel final dans lequel un seul d'entre vous trouvera le salut !

Gardes faites avancer nos prisonniers vers la porte noire. **Rendez-vous au 42.**

24

La consistance est assez étrange : gélatineuse, translucide et sans odeur. Vous mettez la pilule dans votre bouche et vous l'avalez.
Quelques secondes plus tard tout devient flou autour de vous, les cris de la foule semblent étouffés, vos mouvements semblent ralentis.
C'est une drogue, vous en êtes sûr ; non seulement elle n'est pas mortelle mais en plus elle accélère toutes vos actions, ce qui a pour effet de vous faire évoluer dans un monde au ralenti. Vos trois capacités sont augmentées de 2 points chacune (en plafonnant à 6 si besoin) pour la durée du paragraphe en cours et du prochain paragraphe, par contre le vertige occasionné vous coûte un point de VIE.
Remerciez intérieurement cette jeune fille pour son don et retournez au paragraphe d'où vous venez.

25

Vous sortez le gilet hors du placard et vous vous éloignez pour le revêtir. Vous le mettez sur vos épaules et patientez. Pourquoi ? Un vague instinct d'avoir un piège sur les épaules...
Pourtant au bout de quelques secondes, rien ne se produit. Un hologramme blanc illumine soudain la vaste pièce, il représente un

homme en situation de combat au corps à corps, l'homme porte le gilet (en surbrillance bleue sur l'hologramme), il reçoit des coups de batte, des flèches et même des coups de hache sans être blessé. Un petit texte s'affiche alors dans le coin au dessus de l'hologramme :

Gilet en Kev-lum. Protection maximale contre les objets tranchants, perforants ou les chocs électriques.
Il peut être porté indépendamment par un homme ou une femme, sa grande souplesse ne gênant aucun mouvement.
Gilet équipant les milices du Grand Œil. Un modèle plus performant protège aussi contre les objets contondants, mais il s'use plus vite et n'équipe que certaines forces spéciales du Grand Œil.
Cet objet n'est pas neuf mais il est pour vous, gladiateur.

Avec ce gilet vous pourrez diminuer d'un point tout dégât qui vous serait infligé et cela quatre fois.

Remerciant intérieurement votre courage et votre audace, vous vous retournez pour effectuer un nouveau choix :
— emprunter l'escalier sur votre droite, **rendez-vous au 31,**
— ouvrir la porte "EXIT" sur votre gauche, **rendez-vous au 26.**

26

Vous approchez lentement de la porte en l'examinant attentivement : trappes, glissières, trous, cavités, rien ne semble indiquer que la porte est piégée. Pourtant... Quelque chose vous dit que cette porte n'est pas l'issue, elle ne représente pas la solution à cette énigme.
Vous avancez doucement votre main vers la poignée métallique : lisse, chromée, elle ne reflète bizarrement rien autour d'elle, comme si le chrome absorbait la lumière aux alentours. La porte émet un son sourd, une sorte de vibration dans les basses fréquences, au plus votre main est proche de la poignée, au plus les vibrations s'intensifient.
Vous posez néanmoins vos doigts sur le chrome. Arrêt brutal du son. La lumière de la salle décline progressivement jusqu'à ce que seule la porte soit éclairée. Impossible de savoir par où, elle est lumineuse, point final. Même les murs jouxtant cette dernière restent plongés dans les ténèbres.
Votre respiration devient plus rapide, vous sentez votre cœur accélérer. Quel est donc cet étrange test ?

Si vous souhaitez ouvrir la porte pour découvrir ce qui se cache derrière, **rendez-vous au 46.**
Si vous ne voulez pas ouvrir, revenez aux choix précédents :
— vous pouvez fouiller le placard métallique en face de vous, **rendez-vous au 21,**
— emprunter l'escalier sur votre droite, **rendez-vous au 31,**

27

M'baye titube, numéro 6 et numéro 8 avancent en boitant, blessées et entaillés en de multiples endroits. Numéro 2 est étendu sur le sol, sûrement mort.
Aslak saisit son micro, puis se lève de son trône :
— Maintenant chers spectateurs, chers téléspectateurs, les Hologrammes !!
Des rectangles holographiques apparaissent encore au centre de l'arène, les mêmes que ceux rencontrés dans le couloir séparant cette arène de la précédente :

Prisonnier numéro 2 : Carlo Benvenuto. 39 ans. Originaire du quartier E46 (anciennement Naples, Italie). Rebelle. Condamné aux jeux purgatoires pour avoir résisté aux milices nocturnes lors d'un contrôle d'identité.
Son corps est actuellement transféré à l'incinérateur de la grande cité. Ses proches apprendront comment il est mort et ils devront payer au Grand Œil une taxe d'incinération.

Cavalier de Marduk de la porte nord : Vrai nom Jukka Vuoratikainen, 32 ans. Originaire du quartier E407 (anciennement Helsinki, Finlande). Héros depuis deux éditions des jeux purgatoires. 3 morts à son actif. Tué aujourd'hui même lors du deuxième combat dans l'Arène. Paix à son âme. Sa famille sera indemnisée à hauteur de 200.000 MU.

Cavalier de Marduk de la porte sud : Vrai nom Abdul tarak Ouasli, 33 ans. Originaire du quartier AZ407 (anciennement Riyad, Arabie saoudite). Héros depuis trois éditions des jeux purgatoires. 7 morts à son actif. Tué aujourd'hui même lors du deuxième combat dans l'Arène. Paix à son âme. Sa famille sera indemnisée à hauteur de 200.000 MU.

Cavalier de Marduk de la porte est : Vrai nom Karl Rohnstadt, 38 ans. Originaire du quartier E45 (anciennement Stuttgart, Allemagne). Héros depuis quatre éditions des jeux purgatoires. 5 morts à son actif. Tué aujourd'hui même lors du deuxième combat dans l'Arène. Paix à son âme. Sa famille sera indemnisée à hauteur de 200.000 MU.

Cavalier de Marduk de la porte ouest : Vrai nom Halldòr Gollunarsòn, 45 ans Originaire du quartier E405 (anciennement Akureyri, Islande). Héros depuis neufs éditions des jeux purgatoires. 26 morts à son actif. Tué aujourd'hui même lors du deuxième combat dans l'Arène. Paix à son âme. Sa famille sera indemnisée à hauteur de 200.000 MU.

Aslak intervient à nouveau :
— Ahh quel dommage, il n'y a qu'un seul mort parmi les prisonniers...
Nos quatre cavaliers sont détruits, détruits par de vilains petits insectes qui commencent à devenir gênants...
Qu'en pensez-vous cher public ? Les quatre survivants méritent-ils de retrouver les deux derniers prisonniers pour les épreuves ultimes ou devrions-nous les faire passer un autre test, juste pour voir s'ils sont vraiment aussi forts qu'ils le paraissent ?!
Le public crie, siffle, vous jette des canettes de bières. Aslak reprend :
— Et bien mes chers amis, la foule vient de manifester son accord, ils ne veulent plus vous voir. Qu'on les emmène dans le brise-cerveau !
Les spectateurs hurlent leur joie. Vous vous regardez tous les quatre plus qu'inquiets.
Le brise-cerveau ? Sale nom pour un lieu...

Vous ressentez une piqûre sournoise à l'arrière de la cuisse et votre vue se trouble. Vous distinguez vos frères d'armes tituber et vous sombrez dans l'inconscience.

" Zadkiel accroche-toi... Ce n'est pas fini, juste une épreuve de plus. "

Rendez-vous au 19.

28

Votre visibilité se réduit à quelques marches, sept, huit tout au plus.
Vous montez sans savoir jusqu'où cela va vous conduire, ni même si cet
escalier infernal émerge quelque part.
Le colimaçon donne le tournis et la nausée mais vous persistez, vous
voulez en avoir le coeur net, en revanche une chose ne vous rassure
guère : vous montez depuis un bon moment vous semble-t-il, alors où
se trouve le toit de cette maudite salle dans laquelle vous avez repris
conscience ?
Vous faites une halte quelques minutes pour souffler, après un rapide
calcul vous estimez vous trouver à une hauteur d'au moins trente
mètres... Toujours pas de lumière, dans aucune direction. Pas de son
excepté celui du bois qui craque à chaque mouvement de votre corps.
Vous continuez votre ascension lorsque soudain le colimaçon s'élargit
en une sorte de palier. Une plateforme de bois suspendue à quatre
grosses chaînes rouillées. Cette plateforme mesure environ trois mètres
par trois et présente deux sorties apparentes. L'une est horizontale
et matérialisée par une sorte de pont suspendu, fait de bois et de
cordes, l'autre est un échelle qui monte à la verticale.
Pour continuer votre route à l'horizontale, **rendez-vous au 13**, pour
essayer de persévérer dans les hauteurs, **rendez-vous au 43**.

29

Faites un test de PHY. Si c'est un échec vous êtes touché par le
cimeterre de Sud, vous devez retirer 1 point de votre total de VIE.
Si c'est un succès pour parvenez à éviter son moulinet et à vous
emparer d'une lance.
Vous faites volte-face pour juger de la distance et du temps vous
séparant de la prochaine attaque. Sud s'occupe déjà de numéro 2 ;
votre compagnon d'infortune essaye vainement d'attraper les jambes
de Sud pour l'emmener au sol, mais celui-ci, aidé par sa monture
infernale, résiste. Et ce maudit cavalier semble jouer avec sa victime,
car il ne prend même pas la peine de le frapper avec sa lame, il le
frappe avec le pommeau du cimeterre.
Nord est aux prises avec numéro 8 qui à réussi à s'emparer d'une épée
et qui se maintient à distance de son adversaire en tournant autour
d'une fosse à pieux.

Est trottine sereinement entre les fosses, cherchant sa prochaine victime.

Numéro 6 accourt vers vous et saisit rapidement une lance, rejoint bientôt par M'baye. Ouest tire sur les rennes de sa monture et se dirige vers vous trois.

Numéro 6 s'approche de vous et lance :

— Je vais l'occuper, toi, numéro 1 fais pareil, et toi numéro 3 contourne-le et plante ce maudit cheval. Faut qu'on les dégage tous les deux dans la fosse...

Vos deux compagnons se dressent face cavalier de l'ouest. Il lève son marteau bien haut et pousse un cri bestial, son cheval ignoble se cabre en hennissant.

Pendant que vos deux compagnons se battent contre le cavalier ouest, voici votre tâche :

Faites un test de MEN+REAC pour savoir si vous réussissez à toucher le cheval d'Ouest.

Au bout de trois réussites, le cheval titube et vous pouvez **vous rendre au 16** en prenant soin de noter les points de vie de vos deux partenaires.

À chaque échec, vos compagnons perdent un point de VIE chacun. Leurs totaux de VIE sont les suivants :

M'baye : 7

Numéro 6 : 5

Si l'un de vos compagnons meurt, vous devrez affronter directement Ouest, mais ce sera plus difficile dans la mesure où Est le rejoindra très vite et M'baye ou numéro 6 devra l'affronter.

Si vous deviez combattre Ouest, voici ses caractéristiques :

Cavalier de Marduk Ouest

PHY : 4
MEN : 3
REAC : 4

VIE : 10

Lancez un dé pour vous et un pour votre adversaire, ajoutez les résultats respectifs à vos totaux de REAC, celui qui obtient le plus haut score frappe.

Faites ensuite un test de PHY+MEN (pour celui de vous deux qui porte le coup), s'il est réussi, l'attaque est victorieuse. Les dégâts infligés et les points de VIE retranchés sont fonction de l'arme utilisée. La lance inflige 3 points de dégâts, le marteau du cavalier également.

Si vous parvenez à éliminer Ouest, **rendez-vous au 27**.

30

Vous aidez immédiatement Hania à grimper sur le bloc dressé devant vous, une fois en haut tous les deux vous examinez rapidement la situation : Le bloc sur lequel vous vous trouvez mesure environ sept mètres par sept, en face de vous un pont de bois permet de rejoindre une plateforme de laquelle s'échappent deux autres ponts à gauche et à droite.

Le sol de votre plateforme est lisse, sans piège apparent mais tout ici vous incite à la prudence.

Un rugissement vous fait sursauter : en contrebas deux lionnes tournent en vous regardant. La coursive du bas est donc déjà dangereuse en cas de chute. Hania vous lance :

— Zadkiel, nous allons avancer prudemment et je vais passer devant...

Vous n'osez pas contredire le vieil homme qui malgré sa petite taille et sa peau burinée impose le respect par une aura extraordinaire.

Hania progresse lentement sur la dalle de pierre, vous vous attendez à le voir chuter dans une fosse surprise, à le voir projeter par un système de catapulte, enfin tout ce qui pourrait être imaginé en matière de piège bien sournois.

Il n'en est rien. Hania atteint la plateforme suivante sans souci et déjà il inspecte les deux ponts qui partent en direction opposées.

Vous avancez à votre tour sur le bloc lorsque vous entendez un déclic sous votre pied. Un déclic qui ne s'est pas déclenché lors du passage d'Hania...

Hania vous voit figé au milieu du bloc et comprend qu'il y a un problème.

Un hologramme se matérialise devant vos yeux :

Bloc 1
Piège surnommé "le partenaire maudit".

Votre pied est posé sur une mine. Un héros va grimper sur la plateforme suivante pour affronter votre équipier. Si votre équipier meurt, vous mourrez aussi, si votre équipier gagne, il pourra désarmer le piège sous votre pied. Il aura besoin de vous pour passer aux blocs 2A et 2B car les deux passerelles y conduisant ne s'activeront que si deux prisonniers actionnent les leviers en même temps...

Hania se tient prêt à recevoir celui qui tient vos deux vies entre ses mains. Une femme assez grande se démarque du public par une longue robe d'un rouge vif et une chevelure noire comme l'encre. Elle hurle :
— Numéro 4 ! Attrape cette arme !
La femme jette un long bâton sur la plateforme où se tient Hania. Le vieil homme s'en saisit et fait quelques moulinets avec. Des ondes violettes rayonnent autour des deux extrémités du bois lorsqu'il est manipulé.
Hania communique avec vous :
— Elle vient de me donner un bois de puissance, une essence d'arbre très rare qui, après quelques traitements nucléaires, se charge d'énergie et relâche cette puissance lorsqu'il est manipulé avec force. Une sorte de taser végétal.
— Vous allez y arriver Hania ? demandez-vous inquiet, le pied toujours posé sur la mine.
— Tu es parvenu jusqu'ici. Je ne vais pas abandonner maintenant.

Un gigantesque dragon de Komodo apparaît alors au bout de la plateforme d'Hania ; long d'environ deux mètres, massifs, les écailles d'un brun foncé lugubre. Il ouvre une gueule énorme qui laisse apparaître des crocs métalliques démesurés. Un animal mutant, encore...
Hania fait tourner son bâton devant lui et se prépare à affronter le saurien. Vous allez tirez les dés pour Hania et combattre comme si vous étiez face au monstre.

Dragon de Komodo

PHY : 4
MEN : 1
REAC : 3

VIE : 8

Hania

PHY : 3
MEN : 4
REAC : 3
VIE : 7

Lancez un dé pour vous et un pour votre adversaire, ajoutez les résultats respectifs à vos totaux de REAC, celui qui obtient le plus haut score frappe.
Faites ensuite un test de PHY+MEN (pour celui de vous deux qui porte le coup), s'il est réussi, l'attaque est victorieuse. Les dégâts infligés et les points de VIE retranchés sont fonction de l'arme utilisée.
Les dents du dragon ôtent 2 point de VIE à chaque morsure. Le bois de puissance également.
Si vous êtes victorieux, un poussoir émerge du sol à quelques mètres de vous. Hania l'actionne et vous entendez un déclic sous vos pieds. La mine est désamorcée. Vous remerciez Hania et approchez des deux passerelles. Elles conduisent toutes les deux à des plateformes assez larges. Pour que les passerelles vous permettent l'accès aux blocs suivants, il faut les approcher jusqu'au bord du bloc sur lequel vous êtes. Un levier niché dans un pilier porte l'inscription : actionner 1 et 2 en même temps.
Hania se dirige vers un coté, vous vers l'autre. Vous posez vos mains sur les leviers puis comptez à rebours de 3 à 0.
Un son mécanique, type engrenage se fait entendre dans l'arène. Les passerelles avancent doucement vers le bord de vos îlots de pierre.
Vers quel nouveau bloc allez-vous vous diriger ?
Le bloc de droite, **rendez-vous au 45**,
le bloc de gauche, **rendez-vous au 47**.

31

Vous êtes au pied d'un escalier en colimaçon qui semble s'enfoncer dans le plafond, trop sombre pour en déterminer exactement la hauteur. Vous hésitez un pied sur les marches de bois et aussitôt l'escalier produit un grincement caractéristique des vieux planchers d'autrefois.

La rambarde est patinée et le bois sent le moisi. Les gravures sur les balustres ne vous sont pas familières, aucune religion ni architecture définies. Des formes étranges, des sortes de statuettes vaguement humanoïdes, composent ces balustres alignées de chaque cotés des marches. En vous approchant de plus près il vous semble voir assez de détail, malgré la faible lumière de la pièce, pour reconnaître des visages sur ces statues. Des visages inconnus, mais des visages humains. Torturés, en souffrance, les visages déformés. Vous pensez à ces images de l'enfer peintes par Boticelli. Cette rampe ne vous inspire pas confiance...

Vous pouvez tout de même vous y risquer en **vous rendant au 4.**

Sinon, il vous reste les deux autres choix :
— fouiller le placard métallique en face de vous, **rendez-vous au 21,**
— ouvrir la porte "EXIT" sur votre gauche, **rendez-vous au 26.**

32

Bloc 4B
Le bloc numéro 4 gauche est légèrement incliné. Le sol est stable, non glissant mais incliné. en bas de la pente se trouve une sorte de caniveau, de gouttière, vous vous demandez ce que réserve encore cette plateforme. Au bout de celle-ci se trouvent deux piliers qui encadrent une porte conduisant à ce qui semble être le dernier bloc. La porte s'ouvre lentement comme pour vous inviter à avancer.

Le traditionnel rectangle holographique s'affiche alors au milieu devant vous :

Piège surnommé "la friteuse".
Courageux gladiateurs, ceci est l'avant dernier bloc. Une pente, une gouttière en bas de la pente et du gladiateur hésitant... Normal. Vous remarquerez que des petits anneaux de cordes dépassent du sol à divers endroits, ce sont des prises pour vous accrocher.
De l'huile va être déversée à différents débits dans le sens de la pente. Tout va devenir glissant, le sol, vos corps, pour traverser cette plateforme, vous devrez vous servir des cordes comme des prises d'escalade. Deux choses :
La pente de la dalle se modifie au fur et à mesure de votre progression... La gouttière au bas de la pente ne récupère pas l'huile,

elle contient une autre huile, en ébullition celle-ci... Donc si vous chutez ça risque de brûler... Bon courage gladiateurs.

Comme le Grand Oeil est tout puissant et plein de bonté, une offrande vous est faite : une pilule de vie va vous être donnée pour pouvoir résister aux chocs...

Une caisse glisse lentement du haut de la pente et s'arrête à vos pieds, elle s'ouvre et dévoile de petites pilules bleues à votre intention. Vous pouvez avalez les pilules quand bon vous semble, votre total de VIE remontera à son niveau initial.

Effectuez un test de PHY pour savoir si vous parvenez à passer les premiers anneaux de cordes.

Si c'est un échec vous chutez contre le sol de la dalle ; lancez un dé : de 1 à 3 vous perdez 1 point de VIE, de 4 à 6 vous glissez jusqu'au caniveau plein d'huile chaude et vous perdez 3 points de VIE.

Si c'est une réussite, testez ensuite PHY+REAC avec les mêmes règles et finissez par un test PHY+REAC+MEN (ajoutez tous vos totaux du moment et lancez trois dés).

Lors de votre dernier test la dalle est inclinée à 70°. La foule est en délire et le public vous encourage tous les deux à chuter dans l'huile bouillante. Une vraie bande de pervers est assise dans ces tribunes...

Lorsque vous arrivez devant la porte de sortie un rectangle holographique s'affiche à nouveau :

Cette porte est fermée par une barrière d'énergie. Pour la débloquer il vous faut un code, tapez ce code sur le petit clavier digital fixé au pilier. Les codes *alpha, beta et delta* correspondent à des chiffres. Multipliez ces chiffres entre eux et vous obtiendrez un nombre. Lorsque vous aurez trouvé le résultat de la multiplication, rendez-vous au paragraphe correspondant.

Si vous n'avez pas les trois codes, **rendez-vous au 18**.

33

Numéro 5 n'est qu'à quelques mètres de sa caisse, Numéro 1 est déjà en train de l'ouvrir tandis que la foule s'échauffe de plus en plus.

Numéro 1 s'empare d'une lourde masse hérissée de pointes acérées, une arme archaïque comme celles qu'utilisaient les gladiateurs de l'époque romaine.

Pour Numéro 5, c'est une autre histoire :

Il vient à peine d'ouvrir la cantine métallique lorsqu'il recule et s'immobilise comme paralysé. Vous ne comprenez pas immédiatement jusqu'aux détonations. Le corps de numéro 5 est agité de tremblements tandis que les détonations continuent, un enchaînement de coups de feu semble-t-il, une sorte de rafale d'arme automatique. Vous vous déplacez sur le coté pour voir ce qui se trouve *devant* numéro 5 qui vous tourne le dos. Le spectacle auquel vous assistez vous glace le sang :

Une sorte de robot automatisé est déployé hors de la caisse et tire un flot continu de balles dans le corps de votre adversaire. Le sang gicle de tous côtés, les lambeaux de chairs s'arrachent du corps. Aiyana assiste impuissante et en pleurs à la mise en charpie de son frère.

Le public hurle de joie devant un tel spectacle de boucherie. Comme première victime, ces barbares assis en ont pour leur argent.

Aslak s'empresse de hurler dans le micro :

— Ohh ma chérie ton frère a été trop imprudent et trop gourmand... Gardes, emmenez cette pauvre enfant !

Numéro 1 viens vers vous à grande foulées, vous vous tenez prêt à recevoir son attaque lorsqu'il vous tend simplement la main en lançant :

— Je m'appelle M'baye.

— Zadkiel, répondez-vous. Tenons-nous prêts à les recevoir...

Rendez-vous au 22.

34

— Hania ? Hania ?? Je suis pétrifié...

— Zadkiel, n'aies crainte le "cristal" nous protège...

— Il va me tailler en pièce ce boucher ! hurlez-vous sans un mot.

— Ne sois pas effrayé Zadkiel. Ton adversaire possède un point faible. Son seul et unique oeil restant. Crève-lui et ton combat sera gagné...

— Il faudrait que je l'approche pour ça...

— Puises en toi le courage de le faire, n'oublies pas pourquoi tu es ici. Ta mission, le grand Oeil...

— Hania je ne me souviens de rien, je me rapelle avoir volé un filet d'oranges, c'est tout.

— Non, Zadkiel, tu es un enfant de cristal et ta mission se joue en partie ici, cette arène est une porte qui te conduira à l'étape suivante de ta mission. Mais dépêche-toi, Calgotx ne va pas te laisser tourner autour de lui longtemps, il va attaquer...

Pour tenter de toucher Calgotx à l'œil, son unique point faible réel, ajoutez vos points de MEN et de REAC, vous obtenez un chiffre compris entre 2 et 12. Lancez deux dés, si vous obtenez un résultat inférieur à ce chiffre vous avez réussi à frapper Calgotx à l'œil, il perd un nombre de point de vie égal aux dégâts infligés par l'arme que vous portez :

à mains nues (votre MEN est minoré d'un point pour tout le combat) : 1 point

avec la canne : 1 point

avec la masse d'armes : 2 points

si votre test est un échec, vous perdrez invariablement les deux points de VIE infligés par la lance de votre ennemi. Le test peut être fait jusqu'à la mort de l'un de vous deux.

Une fois Calgotx complètement aveugle, ses capacités chutent considérablement :

Calgotx

PHY : 2
MEN : 2
REAC : 2

VIE : 7

Ce nouveau combat est entre vos mains, si vous en sortez victorieux, **rendez-vous au 15.**

35

Vous hurlez à vos adversaires :

— Les chevaux, faut qu'on neutralise les bêtes d'abord !

Numéro 2 et numéro 6 se ruent sur les épées jetées au sol par la femme aux seins nus, numéro 8 et M'baye récupèrent quelques lances. Vous étudiez la situation :

L'arène est divisée en quatre quartiers, représentée par les quatre fosses à pieux. Sur toute la périphérie, la piste est de ce fait plus étroite que les traverses reliant les quatre portes d'accès des cavaliers. Vous pouvez tous vous grouper au centre et attendre que les chevaux chargent, ou bien les attirer sur la coursive pour pousser plus facilement les chevaux vers les fosses.

Vous appelez M'baye et lui demandez ce qu'il en pense. Un groupe centré lui paraît être une idée suicidaire, si les quatre cavaliers chargent en même temps, votre groupe va voler en éclats. C'est alors que numéro 2 propose une idée. Avancer en file indienne le long de la coursive extérieure, un homme à l'épée devant et un porteur de lances derrière, approcher d'un cavalier et exciter le cheval pour qu'il se cabre. C'est là que le lancier intervient, en plantant le cheval par dessous. Il nous faut deux groupes de deux et un homme qui partira seul.

— J'y vais seul, dites-vous instinctivement...

Les groupes se forment et chacun part vers une allée périphérique, les cavaliers observent votre manège et Sud fait un signe de la main aux trois autres cavaliers, le piège semble fonctionner et ils empruntent exactement le trajet prévu. Le premier cavalier à charger est Nord, Ouest lui emboîte le pas sur l'allée suivante et Sud fonce vers vous, Est reste au centre de l'arène pour éviter toute fuite de votre part. Les chevaux avancent doucement vers vos compagnons, la peur se lit sur le visage de vos partenaires tandis qu'un rictus sadique s'affiche sur le visage des cavaliers. Nord est le premier à faire cabre sa monture pour écraser le groupe à coups de sabots, numéro 2 reçoit un coup de sabot sur l'épaule et s'écroule au sol, numéro 6 parvient à enfoncer sa lance dans la poitrine du cheval mutant qui hennit de douleur avant de perdre l'équilibre, Nord saute à bas de sa monture mais, numéro 6 s'empare de l'épée de son équipier toujours au sol et entame un combat contre le cavalier Nord.

M'baye et numéro 8 réussissent à éviter l'attaque du cheval et du cavalier, ils se permettent même de triompher en plantant le cheval dans le flanc et en le faisant chuter dans la fosse à pieux. La foule est en délire. Ouest parvient à éviter la fosse mais reçoit un coup d'une formidable puissance de la part de M'baye. La lame de l'épée lui sectionne le bras. Une gerbe de sang éclabousse les visages de vos compagnons. Ouest est plus courageux que prévu car avec un bras coupé, il maintient son marteau de guerre et garde le groupe à distance. Sud charge vers votre position, votre attaque doit être précise autant qu'efficace.

Vous pouvez tenter de parler rapidement à Hania en vous rendant au 9, mais vous perdrez un point de REAC pour le test à suivre, si vous décidez de communiquer avec lui, **rendez-vous au 9.**

Faites un test de REAC, si c'est une réussite, vous parvenez à enfoncer votre lance dans le ventre du cheval ce qui le mettra hors combat.
Si votre test est un échec, le cheval est à peine éraflé. Dans les deux cas vous devez combattre Sud.

Cavalier de Marduk sud

PHY : 4 (5 si cheval toujours en combat)
MEN : 3
REAC : 3

VIE : 7 (9 si cheval toujours en combat)

Lancez un dé pour vous et un pour votre adversaire, ajoutez les résultats respectifs à vos totaux de REAC, celui qui obtient le plus haut score frappe.
Faites ensuite un test de PHY+MEN (pour celui de vous deux qui porte le coup), s'il est réussi, l'attaque est victorieuse. Les dégâts infligés et les points de VIE retranchés sont fonction de l'arme utilisée. La lance inflige 3 points de dégâts, le cimeterre du cavalier également.
Si vous parvenez à éliminer Sud, il reste le cavalier est à éliminer.

Dernier cavalier de Marduk

PHY : 3
MEN : 3
REAC : 2

VIE : 7

Sachant que vous êtes quatre contre un, vos tests seront forcément avantagés. Le test d'initiative n'est plus nécessaire. Pour savoir si vous parvenez à frapper Est, faites un test de PHY+MEN (en diminuant de deux points le résultat obtenu aux dés), si c'est réussi; il perd 5 points de vie d'un coup. Par contre en cas d'échec, deux hommes parmi vous quatre sont blessés. Chacun perdant 2 points de VIE.
M'baye possède actuellement 6 points de VIE
Numéro 8 et numéro 6 en possède 5 et vous, votre total du moment.

Si vous triomphez du dernier adversaire, **vous vous rendrez tous, blessés et fatigués au 27.**

36

La porte s'ouvre et le bruit s'engouffre dans le couloir comme un vent trop puissant. Vos oreilles bourdonnent, les cris, les sifflets, la tête vous tourne. Vous faites un gros effort pour ne pas défaillir. L'homme cagoulé vous fait tous avancer en ligne vers le centre de l'arène, une musique très épique est diffusée dans les multiples haut-parleurs du cirque de béton et d'acier. Des lumières aveuglantes sont braquées sur vous. Les tribunes sont pleines. Hautes et grouillantes. En quelques secondes vous prenez conscience de la taille de cette imposante construction. Vous êtes dans une arène circulaire qui doit faire cent mètres de diamètre, mais par dessus le mur d'enceinte vous pouvez apercevoir du public à perte de vue... Le cirque doit contenir plusieurs arènes toutes visibles depuis les gradins. Le Colisée de Rome tel que le disait Hania quelques instants plus tôt...
Une fois au centre de l'arène, la musique cesse. Le public se tait brusquement et un projecteur vient éclairer un homme au centre des tribunes, sur un promontoire d'acier. Un homme à longue cape noire, aux cheveux lissés arborant fièrement une couronne d'or, il tient un micro argenté dans sa main droite et le son de sa voix va être projeté dans toute l'arène :
— Bienvenue mes amis pour cette nouvelle édition des jeux purgatoires. Première édition télévisée, largement diffusée dans le monde. Regardez tous pauvres fous, regardez ce qu'il en coûte de désobéir à l'Œil !
Nous avons huit candidats, huit voleurs ou insurgés qui crurent que l'ordre établi les épargnerait. Erreur fatale chers prisonniers.
Aujourd'hui, ce soir, devant tous les habitants du globe pour allez purger vos peines, en direct.
Bien sûr à quoi bon se battre si la mort est votre seule issue ? Et bien chers prisonniers, chers amis des tribunes, cher téléspectateurs, l'issue pour un seul d'entre eux, peut être idyllique :
Une vie riche et heureuse en tant que héros de l'Arène. Un seul pourra triompher. Il deviendra un gladiateur attitré de l'Arène et sera compté parmi les redoutables adversaires que nos prisonniers vont affronter ce soir !

Le public hurle son excitation. Les yeux s'injectent de sang tant le spectacle s'annonce barbare. L'homme dans toute sa folie, ancestrale et complexe.

— Chers amis prisonniers, futurs morts (*l'homme couronné laisse échapper un petit rire*), vous allez avancer en ligne vers moi.
Vous vous exécutez tous.
Stop ! C'est parfait, pour les caméras. Quelques spectateurs rient bruyamment.
Je vais vous expliquer clairement les règles du... jeu !
Dans quelques minutes des adversaires seront lâchés dans cette arène.
Deux brutes sanguinaires prêtes à vous égorger après vous avoir fait souffrir durant de longs moments, et oui vous comprendrez, pauvres prisonniers qu'il faut que le public en ait pour son argent !!
À combien est la place d'ailleurs ? Un homme se penche vers l'homme couronné et chuchote à son oreille.
60 M.U. ? Pour ce prix là vous devez en avoir pour deux heures de spectacle cher public ! Le public crie et s'enthousiasme.
Sur les huit futurs pauvres corps refroidis qui se trouvent devant moi, je vais en faire tirer trois au sort. Une petite main innocente va s'occuper de cela. Une silhouette de petite taille avance sur le promotoire où se trouve le présentateur couronné.
Sous le feu des projecteurs, une longue draperie blanche recouvre la silhouette.
— Approche de moi, n'aie pas peur, je suis Aslak, le génial présentateur des jeux purgatoires. Un homme retire le voile blanc et fait apparaître une jeune fille aux longs cheveux bleus. Son visage est diffusé sur les écrans géants de l'arène.
Un homme de votre ligne hurle :
— Nooon ! Aiyana !
— Ahh ! lance Aslak d'un ton interrogateur, quelqu'un connaît cette douce enfant ? Je vais vous le dire : c'est la petite sœur d'un prisonnier !! Et c'est elle qui va tirer les trois premiers noms... J'espère ma chérie que tu ne vas pas envoyer ton frère à la mort ! Hi, hi, hi...
La petite fille rentre sa main tremblante dans une grosse boule transparente et en sort trois étiquettes.
— Alors nous avons les numéros 1-5-3 ! Garde, examine la nuque de nos prisonniers et fais avancer ceux qui correspondent à ces trois chiffres.

Le garde cagoulé vous inspecte méthodiquement l'un après l'autre et fait avancer un premier homme, noir, svelte et tremblant de peur. Le deuxième homme à sortir du rang n'est autre que la frère d'Aiyana. De longues larmes coulent sur ses joues. L'homme cagoulé s'en aperçoit et lui assène un violent coup de matraque dans les côtes. Le troisième homme à sortir du rang c'est vous.

— Bien, bien, reprend Aslak. Vous êtes épargnés par le sort. Ma chérie tu as bien choisi, tu prolonges peut être la vie de ton frère. Vous trois allez avoir un bonus par rapport à vos cinq camarades restés en retrait. Il y a deux caisses en face de vous contre le mur. Au coup de trompette, vous allez choisir une caisse et courir vers elle. Je ne vous dis pas ce qu'elles contiennent. Soyez prêts à tout pour récuperer son contenu. Il ne peut bien évidemment y avoir que deux satisfaits...
Attention cher public, attention chers athlètes, la trompette va bientôt sonner !

Le vieil homme vous lance discrètement une petite pierre, furtivement vous vous retournez vers ce dernier qui vous fixe sans mot dire, pourtant il vous semble entendre sa voix dans votre tête.
— Zadkiel, ne sois pas effrayé... C'est bien moi qui te parle, le vieil homme derrière toi... Je suis Hania. Tu ne te rappelles probablement pas de moi, mais nous étudiions ensemble au collège de cristal. Toi aussi tu fais partie des enfants de cristal...

Vous essayez de répondre dans votre esprit, espérant que cette forme de télépathie fonctionne dan l'autre sens :
— Hania, je ne me souviens de rien.
À votre grande stupéfaction, vous parvenez à communiquer avec Hania.
— C'est normal, ils t'ont injecté des produits pour t'asservir. Peine perdue pour eux... Pour les épreuves à suivre fonctionne à l'instinct. Agis en homme courageux, ne sois pas le mouton qu'ils veulent te faire devenir...
Oh non ! les trompettes avancent sur le promontoire, regarde !

Trois femmes à moitié dévêtues approchent du bord du promontoire et portent les trompettes à leurs bouches de façon évocatrice. Une musique rappelant les vieux péplums du siècle dernier résonnent dans toute l'arène :

— À la fin de la sonnerie, ruez-vous sur les caisses ! Hurle Aslak.

Les trompettes terminent leur annonce sur une note tenue. La musique s'arrête, le public retient son souffle, plus aucun bruit ne perturbe le cirque de béton.

L'homme noir se met à courir vers les deux caisses, le frère d'Aiyana se tourne vers vous en lançant un regard presque coupable puis s'élance à son tour vers les caisses.

Pour courir vers la caisse de droite, celle vers laquelle se dirige l'homme noir, **rendez-vous au 44,**

pour vous diriger vers la caisse de gauche et poursuivre le frère d'Aiyana, **rendez-vous au 39,**

enfin pour ne pas courir et attendre la suite des évènements, **rendez-vous au 33.**

37

Notez le code delta et le chiffre 8.

Vous répondez au garde en prenant un air suffisant :

— Et vous croyez que quelques malheureux gardes vont nous déloger ? Pauvres fous !

Quatre gardes se profilent au bout du couloir, avançant lentement, armes automatiques au poing.

Aslak annonce à l'extérieur :

— Cher public, une fois de plus la dernière arène effraie nos gladiateurs. Ce sont nos gardes qui doivent aller leur expliquer le règlement... J'espère qu'ils seront présentables et encore en état de combattre à leur sortie ! Ha, ha, ha !!

Numéro 7 s'adresse à vous :

— On ne va pas pouvoir résister longtemps numéro 3, ces gardes sont des hommes modifiés. Plus forts, plus rapides que nous et surtout armés...

— Ne t'inquiète pas, répondez-vous. Tu voulais une arme de jet ? Je t'offre un fusil d'assaut pour tuer ton oncle. Tu es preneur ?

Votre ton et votre assurance font reculer numéro 7 d'un pas.

Hania sourit et se prépare à l'affrontement.

Les gardes ne sont qu'à quelques mètres de vous lorsque vous leur lancez :

— Dites donc messieurs le gardes, combien le Grand Œil vous paye ?

— Et en quoi un moucheron de ton espèce peut s'intéresser à notre solde ?

— Et bien c'est juste que je voulais, par simple curiosité, savoir à combien s'élève le prix de votre vie !

Vous vous élancez avec une vitesse qui vous surprend vous même. Hania court droit vers un garde qui arme déjà son fusil, prêt à tirer. Numéro 7 ne bouge pas. Paralysé par la peur ou par ce qui est en train de se dérouler sous ses yeux ébahis.

Un premier garde ouvre le feu sur vous, gladiateur le plus proche et donc théoriquement le plus dangereux. Ses balles vous ratent. Couloir sombre, agilité extrême de votre part, peu importe la raison, les conséquences sont là : aucun projectile ne vous atteint.

Vous n'êtes qu'à quelques enjambées du premier garde et vous plongez droit sur lui. L'impact est phénoménal. Le choc bruyant. Il est projeté trois mètres plus loin, complètement sonné par la rencontre. Vous vous relevez en un éclair. Un deuxième garde vous hurle de vous arrêtez, mais vous êtes déjà dans les airs, un bond de gazelle, incompréhensible mais réel : il lâche une rafale, vaine. Hania est lui aussi aux prises avec un troisième garde, tandis que numéro 7 frappe la tête du dernier garde contre le mur du couloir.

Vous retombez sur votre adversaire et vous lui décochez un coup de poing qui l'assomme. Vous prêtez main forte à Hania et vous le dégagez du troisième garde. Le dernier est déjà mort, la tête réduite en bouillie par les chocs répétés contre les murs. Numéro 7 s'empare d'une arme, marque un temps d'arrêt et vous regardant tous les deux. Il possède une arme et vous êtes devant son canon...

Il s'adresse alors à vous :

— Je ne connais pas ton nom numéro 3, mais je tiens à te remercier. Maintenant, je dois accomplir ma tâche.

Numéro 7 court vers la sortie du couloir avec son arme devant lui. vous le suivez en restant à distance. Il entre dans l'arène sous les applaudissements du public, les encouragements se changeant en quelques secondes en cris affolés. Numéro 7 ne gâche pas la seule occasion qu'il a de régler ses comptes. Il reçoit déjà une fléchette anesthésiante dans la cuisse et pose un genou à terre, il arme son fusil et vise dans la foule. La détonation retentit en même temps qu'une rafale d'arme lourde. Numéro 7 est déchiqueté par le tir d'une arme robot, un système de sécurité évitant qu'un gladiateur ne s'en prenne à la foule. Mais trop tard. Les cris retentissent dans le public. Un homme barbu s'écroule au milieu des spectateurs. L'oncle de numéro 7 est mort. Son neveu est parti, vengé.

Aslak prend le micro pour calmer la foule :

— Chers spectateurs, ce qui vient de se produire est assez rare, néanmoins il arrive que dans les jeux purgatoires, nous tombions sur des gladiateurs plus vaillants que les autres, numéro 7 faisaient partie de ceux-là, pour notre plus grand plaisir ! Il mérite un applaudissement d'honneur pendant que nos commis ramassent les morceaux...

Nos chers numéros 3 et 4 sont-ils prêts à affronter le cercle final ?

Hania et vous échangez un regard et vous avancez dans l'arène, **rendez-vous au 12.**

38

Bloc 3

Hania vous rejoint après avoir vaincu le deuxième bloc de son côté. Le bloc numéro 3 est différent des autres, plus haut, environ quinze mètres au dessus du sol principal de l'arène, il est aussi plus large : peut être dix mètres par dix.

Le vieil homme à vos côtés est essoufflé, il pose un genou à terre et confie :

— Plus que deux blocs et c'est le grand final Zadkiel. Le tien et le mien...

— Hania, pourquoi dois-je vous tuer ?

— Tu as été choisi Zadkiel. Pas par moi, pas par n'importe quel autre enfant du collège de cristal, non. C'est le cristal lui même qui a vu en toi le Guide.

— Le Guide ? de qui ?

— Trop tôt pour que tu le saches...

Vous examinez le large bloc sur lequel vous vous trouvez et vous apercevez deux champs d'énergie bloquer deux pontons métalliques conduisant aux blocs suivants.

L'idéal serait de partir directement vers les portes d'énergie pour savoir de quoi il retourne, mais cent mètres carrés de bloc désert, ce n'est pas normal.

Vous hésitez un pas en avant et rien ne se produit. Hania passe devant vous et ouvre la marche. Vous avez parcouru quelques mètres qu'un long bruit de sirène retentit dans l'arène. Vous vous immobilisez tous les deux, prêts à affronter un nouvel ennemi lorsque vous apercevez un homme épais comme un arbre grimper au bout de la plateforme. Un géant, au moins deux mètres vingt de haut, large comme un bœuf, portant un casque hérissé de pointes et un plastron de cuir.

Il se hisse sur le bloc et fait tourner un fléau d'armes au dessus de lui. Il pousse un cri, qui ressemble plus à un rugissement de fauve et fonce sur vous.

Hania s'écarte naturellement de vous pour que le géant hésite entre ses deux victimes potentielles. Vous allez devoir combattre ce farouche combattant, à deux :

Iyapi Mato

PHY : 4
MEN : 4
REAC : 4
VIE : 11

Lancez un dé pour vous et un pour votre adversaire, ajoutez les résultats respectifs à vos totaux de REAC, ajoutez encore un point à votre résultat en raison de l'aide fournie par Hania. Celui qui obtient le plus haut score frappe.

Faites ensuite un test de PHY+MEN (pour celui de vous deux qui porte le coup) et retranchez un point du résultat obtenu aux dés (toujours grâce à l'aide fournie par Hania), s'il est réussi, l'attaque est victorieuse. Les dégâts infligés et les points de VIE retranchés sont fonction de l'arme utilisée.

Le fléau d'armes ôte 3 point de VIE à chaque frappe réussie. Si vous possédez la chaîne, elle ôte 2 points de VIE, si Hania possède un bâton de puissance, il fera perdre 2 points de VIE. Si votre attaque est victorieuse, Iyapi Mato perd donc 4 points de vie d'un coup.

Si votre combat est victorieux, **rendez vous au 6** pour emprunter le ponton menant à la plateforme de droite, **rendez-vous au 32** pour aller sur la plateforme de gauche.

Vous remarquez aussi que l'échelle empruntée par le héros pour rejoindre votre bloc est toujours là et conduit à une coursive en contrebas, si vous voulez explorer cette piste, **rendez-vous au 8.**

39

Le frère d'Aiyana court à toutes jambes vers le coffre métallique, sorte de cantine militaire, à quelques dizaines de mètres de vous. Le sol est sablonneux et aucun piège ne semble vous séparer de la caisse. Vous décidez de puiser en vous toute la force possible pour rattraper et dépasser votre adversaire. Vous n'êtes qu'à quelques enjambées de ce dernier lorsque, vous sentant sur ses talons, il se retourne et tente de vous frapper, à la volée. Vous plongez pour éviter son coup de poing. Vous vous écrasez dans le sable en produisant un joli nuage de poussière qui fait crier le public.
En un geste vous vous retournez pour faire face à votre adversaire, il arme sa jambe pour vous écraser le visage avec son pied.
Faites un test de réaction en lançant un dé.

Si le test est réussi, **rendez-vous au 3**, si c'est un échec, **rendez-vous au 48**.

40

La porte libère son énergie et vous atteignez le bloc final. Vous avez vaincu la Grande Arène. La foule est en délire, les applaudissements résonnent dans les gradins, les hurlements de joie font vriller vos tympans. Vous êtes les nouveaux vainqueurs de l'arène. Mais le public est surtout heureux car le grand duel final est arrivé, l'heure où les gladiateurs ayant souffert ensemble depuis le début vont devoir s'affronter. Deux frères d'armes devant se battre à mort pour leur salut. Hania vous parle par télépathie :
— Zad, c'est maintenant qu'il va te falloir le plus grand des courages et surtout la plus grande des confiances...
— Que dois-je faire Hania ?
— Tu dois simplement mourir.
Vous esquissez un sourire déguisé.
— Mourir ? mais vous auriez pu me le dire avant... je me serais laissé embrocher par un des ces monstres de l'arène et le tour était joué, lancez-vous avec une ironie frôlant l'énervement.

— Zad, ta mission ici va s'achever pour que tu puisses débuter ta mission réelle, dans le Vrai Monde.

— Hania, je ne comprends rien à votre histoire et depuis mon arrestation, je ne sais même plus qui je suis...

Aslak prend la parole et descend sur votre plateforme, suspendu à un câble.

— Gladiateurs, votre serviteur Aslak vient saluer nos deux nouveaux futurs héros !

Il pose le pied au sol et libère le câble de son dos.

Il vous fait un clin d'œil dont vous ne comprenez pas le sens ni le but.

— Chers amis du public, chers téléspectateurs chez vous dans vos quartiers. Numéro 3 et numéro 4 sont arrivés jusqu'au bout des jeux purgatoires ! La foule est en transe.

D'ordinaire, un seul gladiateur termine les jeux et devient automatiquement un héros de l'arène, aujourd'hui, les recrues sont de bonne qualité car nous avons un duel. Mais nous n'allons pas offrir à ces deux hommes la joie de s'entretuer.

Nous allons modifier les règles...

Je vais m'approcher d'eux et leur expliquer le règlement final, je vous reprends dans quelques instants...

Les caméras diffusent sur les écrans géants de l'arène les meilleures scènes filmées de vos exploits à tous les huit. Les morts des gladiateurs, des héros, les pièges, les visages en souffrance durant les combats ; la foule en a vraiment pour son argent et le show est décidément bien rodé...

Aslak, Hania et vous êtes regroupés au centre du bloc et Aslak vous parle sans ouvrir la bouche, lui aussi possède le pouvoir de télépathie :

— Zadkiel, Hania et moi devons t'informer d'une chose : Tu es et tu vas être notre guide. Nous ne sommes que tes disciples...

Je vais être clair avec toi mais il faut que je rafraîchisse ta mémoire, les chirurgiens de l'arène l'ont quelque peu... abîmée.

Lorsque le Grand Œil et tous les dirigeants du monde sont ressortis de leurs pyramides en 2040 et ont prononcé le discours, nous savions tous que le monde allait connaître ses heures les plus sombres. Le collège de Cristal a été formé en ce sens : protéger l'humanité grâce au savoir, à l'entraide et à l'amour. Le cristal est une machine semi artificielle. Elle a besoin d'énergie pour fonctionner mais possède un vrai cerveau. Son esprit est en permanence relié à quatre élus et ce sont grâce à eux que le Cristal pense, réfléchit et voit. Car le Cristal voit, loin, très loin. Et il a vu en toi le guide pour tous les enfants de Cristal. Celui qui formerait l'armée de Cristal, celle qui détruira le Grand Œil et tout le système totalitaire de la planète.

— Je suis donc en quelque sorte le sauveur de l'humanité ? demandez-vous, partagé entre humour et inquiétude.

Hania répond :

— Oui Zad, et aujourd'hui ton corps est enfermé dans la Grande bibliothèque.

— La grande bibliothèque ?

— Oui, c'est le nom donné à un ensemble de lieux immenses où tous les esprits asservis à l'Œil sont retenus prisonniers. Des sortes de cellules organiques, des cocons, des utérus dans lesquels les hommes restent en stase jusqu'à leur mort ici, dans ce monde. Les enfants de Cristal vivent aussi sur la Terre mais dans le vrai monde, une dimension parallèle, la dimension originelle, celle que tu as connu avec voitures, musique, bière, femmes...

Vous prenez votre visage entre vos mains et vous fermez vos yeux. Trop c'en est trop...

— Donc pour résumer, je suis guide et sauveur de l'humanité, mais actuellement, bien que je sois dans cette foutue arène, je suis aussi dans un cercueil rempli de placenta où j'attends, en gros, la mort de mon cerveau ? Et donc je me libère comment de ce cercueil ?

Aslak reprend :

— Hania te l'a dit : tu dois mourir ici.

En mourant ici ton corps va s'éteindre et ton âme sera libérée de la grande bibliothèque. Il faut que tu saches que c'est toi qui as décidé de venir ici, c'est toi qui as laissé les gardes de l'Œil te faire prisonnier. Zadkiel au moment où je te parle, ton corps originel est allongé dans une chambre médicale du collège de Cristal. Tu as franchi la porte des âmes dans un sens, tu as laissé délibérément l'Œil la récupérer au passage. Il faut refaire le chemin dans l'autre sens.

— Le chemin ? plaisantez-vous. Mais on parle de deux mondes là. Deux mondes différents, je veux dire je suis né sur Terre, j'ai grandi sur Terre, j'ai eu des parents, une famille, une vie ici !

Même si je ne me souviens de rien, ajoutez-vous à demi-mots...

Hania reprend :

— Il n'y a pas deux mondes Zad, il y a le Vrai monde, celui dans lequel nous étions il y a quelques années et celui créé par le Grand Œil pour nous gouverner à sa volonté. Ils ont effacé nos mémoires et les ont reprogrammées. Tu pourrais être un enfant de cinq ans et avoir des souvenirs pour vingt ans. Ils font ce qu'ils veulent depuis les révoltes de 2035. Leur maudite science n'était pas assez puissante il y a quinze ans, mais ils ont découvert un savoir hors-norme : un savoir extra-terrestre. Au fond de leurs grandes pyramides, ils ont décrypté certains messages de civilisations anciennes et ont compris la stratégie pour asservir un peuple. Ils ont juste accéléré le processus avec la science moderne...

Aslak intervient :

— C'est pour cette raison que tu dois retourner dans le Vrai Monde en mourant, et cette sale besogne me revient...

— Pourquoi vous Aslak, le présentateur des jeux ?

— Car je suis un prêtre de cristal et je suis chargé de liaison entre le Vrai Monde et celui du grand Œil. Moi aussi je vais ensuite être tué pour renaître au Vrai Monde.

— Et qui va vous tuer ?

Hania approche intervient :

— C'est moi Zad. C'est moi qui vais ensuite tuer Aslak.

— Et Vous Hania que va-t-il vous arriver ?

— Mon destin est déjà tracé. Rester asservi au grand Œil jusqu'à sa destruction. Une fois le Grand gouvernement anéanti, je pourrais enfin disparaître à tout jamais, libéré et apaisé.

Aslak ajoute :

— Le vrai sacrifice c'est Hania qui le fait pour nous deux... Zadkiel est-tu prêt ?

Vous inspirez profondément et repensez à ces révélations troublantes : le grand Œil, le discours d'un gouvernement mondial obscur et sordide, le collège de Cristal, l'élu, l'humanité en péril... Toutes ces informations se bousculent dans votre esprit.

Hania vous serre dans ses bras. Aslak aussi. Vous ressentez immédiatement un bien être extraordinaire. Une sérénité immense. Les bruits de la foule s'estompent jusqu'à devenir un brouhaha lointain et confus. Vous fermez les yeux. Aslak sort un poignard à lame de cristal et l'enfonce dans votre cœur. Une douleur intense, rapide qui fait place à une perte totale des sens. Vous vous effondrez sur le sol du dernier bloc de la Grande Arène.

Aslak donne ensuite le poignard à Hania qui répète le geste. Les gardes accourent sous les yeux médusés de la foule, ils saisissent Hania qui sourit, les larmes coulant le long de ses joues.

Il hurle lorsque les gardes le poussent vers une porte dérobée :

— Tu vas être vaincu ! Ils ne sont pas morts pour rien !

Le vieil homme pleure tout en souriant. Aslak et Zadkiel, ses deux enfants sont morts pour renaître. Son devoir de père protecteur est accompli.
Vous et Aslak êtes plongés dans un long tunnel multicolore, vous avez l'impression de voler, un couloir stellaire, des lueurs vives et un sentiment de bonheur qui vous emplit l'âme. La renaissance est proche.
Rendez-vous au 50.

41

— Même si on finira peut être par s'affronter, il vaut mieux s'allier pour l'instant, lancez-vous à M'baye.
Numéro 1 sourit timidement sans quitter le cannibale du regard et vous incite à vous rapprocher de lui :
— Comme je vois le combat, numéro 3, Masque de Lion à l'air plus hardi que l'autre horreur. Il faudrait qu'on élimine le Lion en priorité...Mais le problème est de l'approcher suffisamment pour le toucher.
— On peut utiliser un appât pour l'inciter à venir...
— Un appât ? Tu peux préciser ? demande timidement M'baye.
— Je vais aller au devant de lui, histoire de l'énerver. Je vais le provoquer, en espérant éviter ces coups, l'idéal serait que tu me rejoignes mais que tu me tournes le dos, tu restes à distance mais dos à moi, face au public.
— Tourner le dos au lion ??
— Oui pour provoquer à ton tour Calgotx. On fait en sorte que Calgotx vienne face à toi, donc dans mon dos, il faut qu'ils nous voient tous les deux pris au piège dans leur étau. Tu seras ma défense arrière et moi la tienne.
— On va se faire déchiqueter !
— Il faut qu'on y croie, et il faut qu'on soit synchronisés. On se resserre, on se resserre, l'un vers l'autre. Calgotx possède une lance. Il a l'air très puissant mais aussi très bête. Fais-moi confiance jusqu'au signal.
— Au signal ? Tu es sûr du coup là ? On va y laisser notre peau Zadkiel...
— Alliance ? Confiance. Votre allusion semble plaire à M'baye.
Masque de Lion approche à pas souples et contrôlés, s'il n'était pas là pour vous tuer, vous trouveriez presque de la grâce dans cette démarche...

Numéro 1 s'écarte de vous et met à exécution le plan d'attaque : il s'approche de Calgotx tout en s'éloignant de vous.
Vous n'hésitez pas :

— Masque de Lion, approche sale vermine ! Puis vous adressant au public :

— Cette montagne de muscle et de férocité va-t-elle tuer les pauvres condamnés que nous sommes ?

— Tu mérites de crever si t'es là ! lance une femme dans la foule.

— À mort numéro 3 !

M'baye intervient dans votre dos, lui aussi interpellant une foule avide de sang :

— Nous méritons notre sort ? Calgotx va donc se faire un plaisir de me dévorer sous vos yeux ?

— Non, crie un homme, il n'aime pas la viande noire !

Vous accusez le coup pour votre partenaire de souffrance. Numéro 1 reprend :

— Vous savez tous ici pourquoi nous sommes là ?

— On s'en fout ! Calgotx crève-les !

— J'ai volé un filet d'orange, intervenez-vous. Et moi du lait pour notre fils, ajoute M'baye.

— Peu importe votre méfait, nous sommes dans votre dernier tribunal et nous sommes vos juges, vos jurés et vos bourreaux ! Lance Masque de Lion.

Tout en parlant vous sentez M'baye s'approcher de vous, tout comme vous sentez Masque de Lion et Calgotx — ses grognements bestiaux en sont le témoignage — s'impatienter.

Les deux gladiateurs exécuteurs en sont qu'à quelques mètres de vous. Sans tourner le visage, vous narguez Calgotx :

— Dis-donc, le sauvage cannibale, tu penses pouvoir faire une brochette de nos deux corps ? Numéro 1 t'en penses quoi ? Embrochés par Calgotx et décapités par Masque de Lion, ce serait photogénique comme mort non ?!

Votre cœur bat à toute vitesse, vos jambes deviennent cotonneuses... Non, pas maintenant... Tenir...

"Tu as été formé pour cela Zadkiel, tes souvenirs, tes réflexes vont revenir. Il faut que tu y crois..."

M'baye grimace au visage de Calgotx qui agite sa lance de plus en plus frénétiquement. Il attend le moment parfait pour une frappe parfaite. Il sait contenter le public. Votre piège est en train de fonctionner, vous dites à M'baye, à demi-mots :
— Resserre toi vers moi, j'approche du Lion, on réduit encore les distances. Confiance. Attend mon signal...
Vous lâchez un cri guttural à la face du Lion, un cri tribal comme ceux des guerriers néo-zélandais, accompagné d'une grimace déformant votre visage. Même le héros en face de vous marque un temps d'arrêt. La foule monte en pression, les cris et les sifflets redoublent d'intensité. Calgotx souffle comme un bœuf. Masque de Lion joue la terreur en promenant sa lame sur sa propre gorge puis en vous pointant du doigt. Soudain Calgotx pousse un cri de fauve. En un éclair vous faites volte-face pour voir le cyclope brandir sa lance pour vous embrocher. Vous saisissez M'baye par les épaules et vous le tirez en arrière, vers Masque de Lion.
— Au sol maintenant ! Hurlez-vous à M'baye.
Une seconde plus tard vous êtes tous les deux couchés dans le sable de l'arène. Vous roulez rapidement, hors d'atteinte provisoire des deux gladiateurs et vous regardez vos deux bourreaux.
Masque de Lion est à genoux, la cuisse transpercée par la lance de Calgotx.
Le guerrier de la savane hurle sa douleur et sa haine. Sa cuisse saigne abondamment — avec un peu de chance la fémorale est touchée, pensez-vous –, Calgotx retire sauvagement la lance des chairs de son partenaire et se rue vers vous deux en hurlant comme une bête fauve. Masque de Lion peine à se relever, titube puis s'écroule à bout de forces.
Vous criez à M'baye :
— Achève le Lion, je m'occupe de cette horreur.

Vous fixez Calgotx et lancez :
— Alors le héros ? On a l'air idiot maintenant qu'on est seul hein ?!
— Je vais vous tuer, vous dépecer et manger vos entrailles. Je jetterais vos restes dans la foule.
— Ahh ! mais tu sais parler, ironisez-vous.

Calgotx se prépare à l'affrontement, vous aussi.

Calgotx

PHY : 4
MEN : 2
REAC : 3

VIE : 9

Lancez un dé pour vous et un pour votre adversaire, ajoutez les résultats respectifs à vos totaux de REAC, celui qui obtient le plus haut score frappe.

Faites ensuite un test de PHY+MEN (pour celui de vous deux qui porte le coup), s'il est réussi, l'attaque est victorieuse. Les dégâts infligés et les points de VIE retranchés sont fonction de l'arme utilisée.

La lance de Calgotx ôte 4 point de VIE à chaque frappe réussie. Si vous possédez la canne, elle ôte 2 point de VIE, si vous possédez la massue, elle fera perdre 3 points de VIE, mais en raison de son poids, vous devrez ôtez un point de PHY de votre total pour la durée du combat. Si vous combattez à mains nues les dégâts que vous infligez sont variables, tirez un dé :

obtenez de 1 à 3 et vous faites perdre 1 point de vie à votre ennemi, obtenez de 4 à 6 et vous lui faites perdre 2 points. Mais vous devez ôter un point de MEN pour tout le combat. En effet approcher au plus près de votre ennemi pour l'atteindre vous terrifie et donc vous handicape. Recommencez ensuite à l'étape 1.

Battez-vous durant deux assauts avec ces règles, le temps pour M'baye d'achever Masque de Lion, ensuite numéro 1 vient vous prêter main forte, une différence existe dans la répartition des dégâts :

Lorsque vous atteignez Calgotx, vous ajoutez les dégâts infligés par M'baye (mains nues : dégâts variables comme pour vous, massue : 3 points de dégâts).

Lorsque vous recevez des dégâts vous pouvez les attribuer librement à M'baye, sans toutefois le tuer. Il possède 6 points de VIE.

Si vous et M'baye sortez vainqueur de cet affrontement, **rendez-vous au 15.**

42

La porte noire se dresse devant vous. Aussi haute que les murs de l'arène — environ dix mètres –, vous n'arrivez pas à identifier sa matière. Elle est lisse, mate, n'offre aucun reflet et ne possède ni poignets, ni gonds ni aucun mécanisme ne dévoilant son fonctionnement.
Les gardes vous poussent du bout de leurs armes jusqu'à vous retrouver à quelques mètres au pied de cette imposante masse obscure. Aslak s'adresse alors à vous trois :
— Chers prisonniers, la porte noire !

En une fraction de seconde, elle s'ouvre. Comment ? Impossible à dire. Par le bas, par le haut, elle s'est simplement dématérialisée.
Vous avancez vers l'entrée d'un sombre couloir et vous y pénétrez. Une fois à l'intérieur, la porte se referme derrière vous et une nouvelle voie se dégage à une dizaine de mètres devant vous : la prochaine et dernière arène est au bout de ce couloir. Vous avalez la pilule offerte par Hania et une chaleur immense vous inonde. Votre total de vie remonte à son niveau initial et vous augmentez d'un point l'une de vos caractéristiques (PHY, MEN ou REAC).
Hania s'adresse alors à vous deux :
— Écoutez mes amis, il n'en restera qu'un. Nous le savons tous. Mais le public attend que nous nous entre-tuions. Ne lui laissons pas cette joie. Restons soudés jusqu'à ce que ces ignobles "héros" aient raison de nous...
Numéro 7 ajoute :
— Je ne vais pas pouvoir resté soudé au groupe trop longtemps... Je dois accomplir quelque chose avant de mourir. Mon détestable oncle est dans les tribunes. Et je sais où... Si je trouve une arme de jet dans l'arène, je le plante en guise d'adieu...
Désolé mais je serais sûrement le premier à vous quitter.
Vous réfléchissez un instant puis vous prenez la parole tandis que dehors les cris de la foule vont grandissants :
— Je ne sais pas ce que nous réserve cette arène, mais vu ce que nous avons subi depuis le début de la partie et vu les horreurs rencontrées dans le brise-cerveau, je pense que dans quelques instants nous allons surtout combattre contre nous même, nous allons devoir affronter nos craintes et nos peurs enfouies. Ne me demandez pas comment je le sais, je le sens...

Hania s'adresse alors à vous par télépathie :
— Tu le sais car le cristal te le dit...
— Vous pensez Hania ? répondez-vous sans mots dire.
— Je ne pense pas, je sais. Tu es Zadkiel. L'élu du collège de cristal.
C'est toi qui sortiras vainqueur de cette arène. Et je serais ton dernier
adversaire... *Kalam chakio metamana rako...*
Cette dernière phrase résonne dans votre esprit comme le son d'une
cloche lointaine. Vous demeurez quelques secondes dans état second
avant de revenir à vous. Pourquoi Hania a-t-il prononcé cette phrase ?
Vous sentez quelque chose de différent en vous, comme une rivière en
furie, un volcan prêt à exploser gronde en vous....
— Quelle est le sens de cette phrase ? demandez-vous à Hania par
télépathie.
— C'est une clé de l'esprit. Une sorte de phrase enregistrée dans ton
cerveau qui te permet de devenir le vrai Zadkiel. Un rebelle, un
dénonciateur, un enfant de cristal...

Le garde de l'arène se présente de l'autre côté du couloir et l'un des
hommes vous lance :
— Vous comptez sortir ou on vient vous chercher ?

Si vous voulez avancer et affronter la dernière arène, **rendez-vous au
2** ; si vous préférez provoquer les gardes, **rendez-vous au 37**.

43

Vous agrippez les barreaux de l'échelle et commencez à monter.
L'échelle ne vacille pas, elle semble solidement fixée par le sommet,
portant, vous ne l'apercevez toujours pas. Au bout de quelques mètres
de progression, les barreaux se recouvrent d'un mousse spongieuse
comme celle trouvée au pied des arbres en zone humide. La chaleur de
la pièce augmente sensiblement avec les mètres parcourus, puis
l'échelle ruisselle et la mousse devient luxuriante, d'autres végétaux ont
élu domicile sur les barreaux et la structure même de l'échelle.
Que signifie donc ce changement soudain ? Vous espérez que ce signe
est salutaire et que l'air extérieur n'est pas loin.
Encore quelques efforts et peut être verrez-vous le sommet de cette
salle infernale...

Les insectes se mettent aussi de la partie, petits moucherons, lucioles et autres animaux qui grouillent, bourdonnent, volettent en tout sens.
La chaleur devient écrasante, l'humidité est à son maximum. Chaque mouvement demande un effort surhumain. Et soudain l'impensable se produit : la lumière !

Une lumière aveuglante, salvatrice qui vous procure un bien être inespéré. Pourtant cette lumière ne semble pas s'approcher malgré les efforts surhumains que vous faites pour garder une bonne allure sur l'échelle. Quelque chose semble vous ralentir.
Est-ce simplement vous qui fatiguez sans vous en rendre compte ? Est-ce vos mouvements qui sont plus las ?
Quelques petites lianes commencent à apparaître anarchiquement.
Vous ne rêvez pas, elles poussent en temps réel, devant vous !
Puis, l'une d'elles s'enroule autour de votre poignet, comme un serpent constricteur autour de sa proie. Puis vous sentez un lien vous serrer la cheville. Ses maudites plantes sont en train de vous retenir ici !
Vous donnez toute l'énergie qu'il vous reste pour arracher ces ligatures végétales, mais en vain : elles sont plus fortes, ou vous êtes trop faible.
Vous hurlez à vous faire exploser les poumons :
— Noooooonn ! Pas ça ! Pas maintenant !!

Sur votre droite un petit rectangle holographique apparaît et le texte suivant s'affiche :

Prisonnier numéro 3 : Vrai nom, Zadkiel Manakuaku, 35 ans. Originaire du district O25 (anciennement Hanga Roa, île de pâques). Voleur et rebelle. Condamné aux jeux purgatoires pour avoir dérobé des oranges chez un marchand de quartier.
Son corps sert actuellement de nourriture à la grande échelle végétale. Il demeurera ici jusqu'à dessiccation totale.
Fin de transmission.

Le dernier son que vous entendrez sera votre cri désespéré résonner sans fin sur cette paroi organique.

44

Vous courez comme un fou vers la caisse déjà convoitée par l'homme au numéro 1. Il n'est qu'à quelques enjambées de vous et sent votre présence derrière lui. Il n'est pas très rapide et vous le dépassez assez rapidement, il maintient pourtant son allure sans chercher à vous bloquer par un quelconque geste d'agression. Vous arrivez avant lui à poser la main sur la grosse caisse métallique. en un éclair vous faites volte-face pour savoir quel coup, numéro 1 prépare dans votre dos : à votre grande stupéfaction, il tourne les talons en lançant simplement :

— Plus rapide, elle est à toi...

Vous n'en revenez pas que cet homme n'ait même pas cherché à se battre pour obtenir le contenu de cette caisse. Comme s'il acceptait la fatalité de sa course trop lente, de son handicap de départ sans arme et finalement d'une mort certaine et prématurée dans cette arène.

Un petit garçon d'une dizaine d'années est debout dans les gradins, juste au dessus de vous, il hurle :

— Ouvre ! ouvre !

Sa réaction vous inquiète, un enfant assiste à ce spectacle, à cette mise à mort de sept hommes, et fait troublant il est excité par le fait de voir l'un d'entre vous ouvrir son "cadeau". La scène renvoie à un enfant aux yeux écarquillés devant les cadeaux d'un pseudo Père Noël.

Une boule monte dans votre gorge mais la situation est ce qu'elle est : vous avez devant vous une caisse contenant probablement des armes, et ces armes vont vous aider à ne pas mourir trop vite.

Vous déverrouillez à la hâte le loquet qui ferme le coffre métallique, vos mains sont moites et votre rythme cardiaque accélère. Le trésor s'ouvre enfin : à l'intérieur une sorte de masse d'arme hérissée de pointes et une petite boite transparente contenant une pilule rouge translucide. Lorsque vous déciderez d'utiliser la pilule, bien que vous n'en connaissiez pas les effets, **vous vous rendrez au 11** en notant le numéro du paragraphe où vous trouvez afin d'y revenir par la suite. Vous pouvez l'utilisez n'importe quand. Notez aussi que vous êtes équipé de la massue (*elle inflige 3 points de dégâts*).

Numéro 1 sourit sentant son heure approcher, mais vous tendez votre main :

— On se tuera à la fin de l'épreuve, lancez-vous en souriant.

La foule devient presque silencieuse. Choquée. Déçue. Puis une femme applaudit, puis un jeune homme et bientôt toute l'arène salue votre alliance. Numéro 1 regarde dans les tribunes et chuchote :

— Bande de tarés...

Soudain un claquement sec suivi d'une rafale continue d'arme automatique vient ternir la liesse de la foule avide de sensations. Ce que vous voyez vous glace le sang :

Une sorte de robot automatisé est déployé hors de la caisse où se trouve numéro 5, le frère d'Aiyana, et tire un flot continu de balles dans le corps de votre adversaire. Le sang gicle de tous côtés, les lambeaux de chairs s'arrachent du corps. Aiyana assiste impuissante et en pleurs à la mise en charpie de son frère.
Le public hurle de joie devant un tel spectacle de boucherie. Comme première victime, ces barbares assis en ont pour leur argent.
Aslak s'empresse de hurler dans le micro :
— Ohh ma chérie ton frère a été trop imprudent et trop gourmand... Gardes, emmenez cette pauvre enfant !

Numéro 1 vous tient par l'épaule et dit :
— Je m'appelle M'baye.
— Zadkiel, répondez-vous. Tenons-nous prêts à les recevoir...

Rendez-vous au 22.

45

Bloc 2A
Tandis qu'Hania s'éloigne déjà vers l'autre bloc, vous posez votre pied sur la surface de la plateforme de droite. Un sol lisse, sorte de marbre gris. Une grille ferme l'accès à une passerelle, reliant elle même votre bloc au suivant.
Une trappe circulaire s'ouvre dans le sol et le son d'un monte charge résonne dans le trou. Un enfant d'une dizaine d'années sort du sol, debout sur une plaque métallique. D'abord surpris vous reculez de peur que l'enfant ne cache un piège encore plus sournois que les précédents.
Le garçon s'adresse à vous avec une voix d'outre-tombe :
— Ne te méprends pas, gladiateur... Je n'ai que dix ans mais je sers le Grand Œil. Il a fait de moi un guerrier accompli et je n'hésiterais pas à te tuer si nécessaire.
Si tu veux passer ce bloc, tu n'as qu'une seule solution : répondre à mon énigme.
Si tu échoues, tu meurs. Trois fusils d'assaut ont leurs canons braqués sur toi, et mes trois petits frères t'ont dans leur lunette de visée. Un signe de ma main et ta tête éclate comme un pop corn.
Je vais te soumettre mon énigme :
Le Grand Œil, la Grande cité et le Grand Livre représentent une sainte association : trouve le nom et tu trouveras le chiffre.

Le pouvoir de la pyramide, palais du Grand Œil possède un pouvoir
infini : trouve le chiffre infini.
Associe ces deux chiffres et tu pourras passer, commet une erreur et tu
n'existes plus.

Vous devez trouver le numéro d'un paragraphe à deux chiffres. Si
l'histoire suit logiquement son déroulement, vous avez vaincu l'enfant
mutant, si l'histoire ne veut plus rien dire, inutile de revenir ici, votre
tête n'est plus qu'un amas d'os fracassés par les balles des fusils
d'assaut.
Votre aventure se terminera aussitôt.

46

Vous ne savez pas pourquoi — curiosité ou volonté inconsciente,
manipulation peut être — mais vous poussez la porte.
Devant vous, un long couloir sombre. Et le sol qui commence à
s'incliner vers ce boyau. Maintenant que la porte est ouverte, il semble
que l'on vous force à emprunter cette galerie. Le sol s'incline de plus en
plus, vous résistez en vous accrochant à la poignée de la porte, mais
lorsque la pente devient trop forte vous êtes complètement suspendu
au dessus du couloir. Toute la pièce s'est inclinée de 90°. Vous pourrez
résister quelques instants mais l'issue semble certaine : vous aller
lâcher prise et tomber dans ce couloir.
Vous fermez les yeux et vous ouvrez les mains. Étrangement, vous ne
chutez pas à vitesse normale, comme si la pesanteur avait été modifiée.
Vous vous surprenez à trouver cette "voltige" agréable, vous volez en
fait plus que vous ne tombez.
Le bout du couloir semble s'approcher, une porte ouverte se dessine
vaguement au bout de la galerie. Au fur et à mesure de votre approche,
vous apercevez un panneau au dessus de l'ouverture, petit à petit il se
précise : FINAL EXIT.
Vous arrivez à faible vitesse devant l'ouverture et vous glissez dans
l'autre couloir. Ici, règne une température plus chaude. Une odeur
suave aussi, puis une rencontre avec des hologrammes d'enfants au
sourire innocent, de femmes aux courbes parfaites. Toute cette
descente est contemplative, puis petit à petit, l'odeur devient plus
insistante, elle passe de suave à fétide. Les hologrammes deviennent de
vrais corps putréfiés qui flottent tout comme vous dans ce couloir.

Vous passez alternativement de visions de bonheur à rencontres d'horreur.

Un petit rectangle holographique s'affiche alors devant vous :

Prisonnier numéro 3 : Vrai nom, Zadkiel Manakuaku, 35 ans. Originaire du district O25 (anciennement Hanga Roa, île de pâques). Voleur et rebelle. Condamné aux jeux purgatoires pour avoir dérobé des oranges chez un marchand de quartier.

Son corps est actuellement en gravitation dans le couloir sans fond. Il demeurera ici jusqu'à sa mort.

Fin de transmission.

Le dernier son que vous entendrez sera votre cri désespéré résonner sans fin dans cet abîme infernal.

47

Bloc 2B

Vous rejoignez le nouveau roc cubique et vous vous préparez à voir surgir un ennemi. Un rapide coup d'œil en contrebas et vous apercevez déjà des hyènes patrouiller en se léchant les babines. Les fosses remplies de liquide inconnu se trouve en dessous de vous. Devant vous une passerelle décrit un arc de cercle et rejoint la plateforme suivante, mais une grille vous empêche d'y aller directement.

Un rectangle holographique s'affiche devant vous en même temps que la voix diffuse le texte dans l'arène.

Piège surnommé " le rocher instable" :

Le bloc sur lequel vous êtes est doté d'un système mécanique complexe. De puissants vérins font bouger la masse de pierre selon un plan aléatoire. Rehausse, abaissement, inclinaison, vos capacités à maintenir votre équilibre seront primordiales pour cette épreuve. Mais le plus intéressant est que si vous chutez, quelques fosses remplies d'acide fluorique vous accueilleront dans un grand "plouf" des plus corrosifs. Accrochez-vous gladiateur !

À peine la voix a-t-elle fini de décrire ce nouveau piège que le rocher commence à s'animer en tous sens. Un homme vous lance une chaîne à gros maillons, elle peut servir d'arme.

Vous devrez subir cinq séries de mouvements différents. Vous aurez donc cinq tests consécutifs à réaliser.

1-Effectuez un test de REAC pour savoir si vous maintenez votre équilibre.

Si c'est un succès, effectuez le test suivant. Si c'est un échec, vous chutez et vous glissez vers le bord du bloc.

2 — Un test de PHY déterminera si vous parvenez à vous hisser à nouveau sur le bloc. Si c'est une réussite reprenez à l'étape 1. Si c'est un échec vous tombez en bas du bloc.

Un lancer de dé à 6 faces déterminera si vous chutez directement dans les fosses (résultat obtenu 1,2 ou 3) ou face aux hyènes (4, 5, 6).

Si ce sont les fosses qui vous accueillent, votre mort est presque instantanée, si vous devez combattre les hyènes, voici les caractéristiques :

Hyène

PHY : 3
MEN : 1
REAC : 3
VIE : 4

Une seule hyène par combat, elles sont programmées génétiquement pour laisser un gladiateur en vie si il tue l'une des leurs. Vous pourrez remonter sur le bloc par une échelle au bout de la coursive aux hyènes.

Pour le combat :

Lancez un dé pour vous et un pour votre adversaire, ajoutez les résultats respectifs à vos totaux de REAC, celui qui obtient le plus haut score frappe.

Faites ensuite un test de PHY+MEN (pour celui de vous deux qui porte le coup), s'il est réussi, l'attaque est victorieuse. Les dégâts infligés et les points de VIE retranchés sont fonction de l'arme utilisée.

Les dents des hyènes ôtent 1 point de VIE à chaque morsure. La chaîne ôte 2 points de VIE.

Si vous êtes vainqueur de ce nouveau défi, **rendez-vous au 38.**

48

Vous protégez votre visage en croisant vos avant-bras devant vous. Le pied de numéro 5 s'écrase sur vos muscles et vous hurlez de douleur. Vous perdez un point de VIE.
Vous demeurez immobile quelques instants puis numéro 5 se rue sur la caisse métallique, objet de sa convoitise.
Tout en restant au sol, vous vous retournez à plat-ventre, suffocant dans le sable sec de l'arène. Le public est impatient de savoir quelle arme ou quel objet numéro 5 va trouver dans cette caisse.
 Soudain le frère d'Aiyana, recule et s'immobilise comme paralysé. Vous ne comprenez pas immédiatement jusqu'aux détonations. Le corps de numéro 5 est agité de tremblements tandis que les détonations continuent, un enchaînement de coups de feu semble-t-il, une sorte de rafale d'arme automatique. Vous roulez deux ou trois fois sur le coté pour voir ce qui se trouve *devant* numéro 5 qui vous tourne le dos. Ce que vous voyez vous glace le sang :
Une sorte de robot automatisé est déployé hors de la caisse et tire un flot continu de balles dans le corps de votre adversaire. Le sang gicle de tous côtés, les lambeaux de chairs s'arrachent du corps. Aiyana assiste impuissante et en pleurs à la mise en charpie de son frère.
Le public hurle de joie devant un tel spectacle de boucherie. Pour une première victime, ces barbares assis en ont pour leur argent.

Aslak s'empresse de hurler dans le micro :
— Ohh ma chérie ton frère a été trop imprudent et trop gourmand... Gardes, emmenez cette pauvre enfant !
Vous tournez les yeux vers numéro 1, l'homme noir ; il tient dans ses mains une imposante massue hérissée de pointes acérées. Il se dirige vers vous. Vous sentez votre heure approcher mais il vous tend la main pour vous aider à vous relever.
— Numéro 3, les tueurs vont arriver, relève toi, il faut qu'on soit ensemble si on ne veut pas mourir trop vite...
Vous cherchez quelque chose dans cette arène qui pourrait vous servir d'arme. Une pierre, un bout de fer, n'importe quoi qui puisse blesser et même tuer vos ennemis.
Soudain une idée vous traverse l'esprit, vous vous tournez vers les gradins les plus proches de vous et vous hurlez à la foule :
— Alors !! Vous voulez du sang ? Vous voulez des morts ?? Sans arme je ne tiendrais pas une minute ! Ce combat va être ridicule !!

Aslak intervient :

— Voyez-moi ça, un gladiateur qui ose défier la foule ! Arrogant mais intéressant ! Alors cher public, quelqu'un pourrait-il "aider" notre numéro 3 ?

Une jeune femme dans les premiers rangs vous jette une boite en plastique, un homme âgé vous jette une canne métallique.

Vous pouvez récupérer la canne, bien que rudimentaire cette arme est tout de même en fer et pourrait vous servir contre les ennemis à venir. Notez que vous possédez la canne. Vous ouvrez à la hâte la boite en plastique et vous en examinez le contenu : une pilule mauve, gélatineuse se trouve à l'intérieur.

Si vous désirez avaler cette pilule immédiatement, sans en connaître ses effets, **rendez-vous au 24**. Si vous ne voulez pas l'utiliser, notez que lorsque vous voudrez le faire **vous vous rendrez au 24** et retournerez ensuite au paragraphe d'où vous venez.

Pour le moment, numéro 1 est déjà sur ses gardes en train de fixer attentivement la lourde grille de fer à l'opposé de votre position. La foule commence à s'exciter à l'idée que deux gladiateurs héros vont surgir d'un instant à l'autre.

— Je m'appelle M'baye, lance numéro 1.

— Zadkiel, répondez-vous. Tenons-nous prêts à les recevoir...

Rendez-vous au 22.

49

Pris d'une certaine angoisse, vous faites demi-tour pour regagner le bas des marches, à peine avez-vous descendu trois marches que les craquements du bois se font plus insistants, plus secs. Soudain la planche se dérobe sous vos pieds, vos vous rattrapez in-extrémis à la rambarde, tandis que votre deuxième pied, en appui sur la marche supérieure, se perd lui-aussi dans le vide. Un deuxième palier vient de s'effondrer. Suspendu à la balustrade, vous tentez désespérément de remonter lorsque qu'une des balustres s'anime. Une sorte de femme dont la tête — de la taille d'une balle de golf — ouvre une gueule béante, pourvue de crocs miniatures mais fins comme des aiguilles. Cette idole vous mord sauvagement le bras. Vous ne pouvez retenir un cri de douleur et d'effroi. Une deuxième statuette de bois, à l'image d'un enfant s'anime à son tour et plante des griffes acérées dans votre deuxième bras. Vous perdez immédiatement 1 point de VIE.

Si cela ne vous tue pas, il vous faut puiser en vous la force physique et psychologique de remonter vers les marches supérieures.

Faites un test de PHY+MEN. Si c'est un échec, perdez 1 point de VIE et recommencez le test jusqu'à le réussir ou jusqu'à ce que les statuettes s'animent les unes après les autres, vous lacèrent et finissent par vous faire tomber. Votre mort est assurée dans ce cas.

Si vous réussissez votre test vous parvenez à vous hisser au niveau supérieur, tremblant de peur après une telle attaque de cauchemar. L'escalier vous empêche toute retraite vers le bas, vous n'avez d'autre choix que de continuer à monter, **rendez-vous au 28.**

50

Vous ouvrez les yeux lentement. Des hommes sont autour de vous et vous aident à vous redresser. Vous êtes conduits dans un couloir obscur, sorte de galerie souterraine, qui débouche sur une vaste caverne. Au mur, des torches sont allumées et baignent la pièce dans une atmosphère chaude. Aslak est assis au centre d'un autel, des hommes en pagne autour de lui. Vous êtes invités à le rejoindre.

Aussitôt les hommes entament un chant de prière incantatoire qui les met tous en transe. Les flammes des torches sont attisées par on ne sait quel souffle, vos cheveux sont balayés par un air chaud, puissant et bienfaiteur. Vous êtes les élus, lui le prêtre, vous le guide.

Les hommes vous conduisent ensuite à l'extérieur de la grotte et vous découvrez le Vrai Monde :

Une île perdue au milieu d'un océan. De l'eau à perte de vue de tous les cotés. Le soleil se lève et vous apercevez l'immensité de la foule réunie au pied de la colline où vous vous trouvez. Des grandes statues sont fièrement dressées sur les pentes de l'île.

Une jeune femme approche de vous et s'adresse à la foule, sans ouvrir la bouche, la télépathie est le mode de communication privilégié ici :

— Mes chers amis, mes chers enfants, mes chers parents.

Notre vénérable Hania est mort.

Les frères sauveurs sont enfin de retour parmi nous. La stratégie imaginée par le Cristal a été un succès. Les deux fils d'Hania sont prêts à lever l'armée de cristal. Les pirogues sont prêtes, les cristaux de pouvoir également. Nous allons braver l'océan et attaquer la pyramide du Grand Œil. Il ne pourra pas résister et succombera. Nous libèrerons ainsi toutes les âmes retenues dans la grande bibliothèque. Certaines malheureusement trop corrompues ne pourront pas revenir dans le Vrai Monde. Leurs âmes seront simplement libérées pour une sérénité éternelle.

Hania fera partie de celles-là...

Les portes de la vérité vont enfin s'ouvrir et le monde va respirer. Nous allons enfoncer les ténèbres, nous allons écraser le mal. La lumière, le parfum et le chant des oiseaux vont renaître à la vie.

Allons-y ! Aux pirogues !

Les hommes et femmes rassemblés sur les pentes des collines courent tous vers la plage où des centaines d'embarcations attendent patiemment.

Vous regardez Aslak dans les yeux, vous empoignez un cristal de pouvoir et vous dites à votre frère, en vous exprimant à voix haute :

— Ne décevons pas notre père. Son sacrifice ne doit pas être vain.

Le véritable libérateur c'est lui, les portes de la vérité s'ouvrent grâce à lui.

Aslak hoche la tête et vous vous élancez tous les deux vers la plage, sous les yeux ronds et blancs des grandes statues de basalte...

FIN

**Lez édission SM (Show Monstrueux)
présentent :**

Stanley Bradfford

Introduction :

Écosse, 1889.

Un château sombre aux toits effilés se dresse fièrement sur les bords du Loch Bradfford. La pleine lune, encore basse dans le ciel, allonge d'inquiétantes ombres sur la petite route qui sillonne dans les plaines du comté de Minnoch. Le petit village de Moan à quelques kilomètres d'ici s'apprête à vivre une nuit particulière.

Ce lieu, quelque peu sinistre, situé au nord est de l'Écosse vivait des heures sombres depuis mois.
Les moutons disparaissaient les uns après les autres, les bœufs highland étaient retrouvés mutilés et deux jeunes garçons qui chassaient dans la forêt proche du village ne rentrèrent jamais chez eux, un jour froid de janvier.

Plusieurs policiers avaient mené enquête mais en vain : aucune piste viable, aucune preuve tangible, rien. L'inquiétude montait dans le paisible bourg de Moan, tandis que les bêtes se volatilisaient nuit après nuit.
Les hommes les plus valeureux du village se décidèrent à mener leur propre enquête. Ils passèrent des nuits entières à surveiller les troupeaux, à tendre des pièges, mais rien n'y fit. Les attaques ne se produisaient pas lorsqu'ils étaient à l'affût.

Un dimanche de mars, le ciel était gris et la brume peinait à se dissiper dans les ruelles, Connor Aberdeen, le doyen du village âgé de 92 ans, prit la parole lors d'une réunion qu'il avait provoquée sur la
grand-place :

—Mes amis, fils et filles de Moan, je dois vous raconter quelque chose.
Je suis tout proche de l'autre monde, je ne vais pas vivre encore vingt ans, même si le whisky me conserve, je sens mes jours se finir sous peu, aussi approchez et écoutez moi :

lorsque j'étais tout jeune, je devais avoir environ sept ou huit ans, mon père et moi pêchions sur les berges du Loch Bradfford. Mon père venait de remonter un magnifique saumon, lorsque nous entendîmes une longue plainte semblant provenir du château Bradfford.

Mon père posa nos cannes et s'agenouilla près de moi :

—Fiston, écoute bien ce que je vais te dire : ne vas jamais dans ce château. N'approche même pas de ses murs. Lord Bradfford est un homme étrange, qui vit de manière sombre. On dit que son château est hanté par de nombreuses créatures de la nuit, vicieuses, sournoises et terriblement dangereuses. On prétend que Lord Bradfford a tué sa femme et l'a enterrée dans les sous-sols du château.

Mon fils, cette demeure est maudite, cela faisait longtemps que je n'avais pas entendu les plaintes. Mais ça recommence...

Connor Aberdeen fit alors quelques pas sur la grand-place tandis que personne n'osait parler. Certes, plusieurs villageois savaient que ce château était empreint de mystères et de légendes en tout genre, mais le lieu même voulait que personne ne s'approche du château Bradfford : ses hautes murailles, ses toitures effilées et ses longues haies de ronces dissuadaient quiconque de demander le gîte pour la nuit.

Un jeune homme prit la parole :

— Connor ! Vous nous racontez cela, mais la plupart des habitants de Moan savent que Bradfford est hanté. En quoi vos histoires d'enfance vont arrêter le massacre de nos bêtes dans la région, hein ?

Connor Aberdeen, leva sa vieille canne vers le ciel :

— Jeune insolent ! Tu ne me laisse pas le temps de parler et tu voudrais déjà savoir la fin de l'histoire... Je vous raconte cela, mes amis, car quelques jours après avoir entendu les plaintes émanant du château, mon oncle, Kenneth, perdit sept brebis. On les retrouva une semaine plus tard, près de la rivière, vidées de leur sang. C'était en 1805 ; nous comprîmes ce jour, qu'une créature se nourrissait du sang des vivants et cette créature se terrait sûrement dans le château Bradfford.

Certains disaient que le Lord était devenu fou et voulait boire le sang des hommes, d'autres disaient qu'il avait passé un pacte avec le diable, tous étaient d'accord sur un point : Lord Bradfford était une créature maléfique. Les rumeurs devinrent des faits.

Par manque de courage, personne n'osa s'aventurer par delà les ronces acérées.

Quelques mois plus tard, la rumeur grandissait dans la région et le bruit que Lord Bradfford avait tué sa femme se répandait de plus en plus : on ne voyait plus Lady Bradfford se promener dans les jardins, on ne l'entendait plus chanter au petit matin. Mais étrangement les attaques cessèrent rapidement.

Je pensais que les attaques ne reprendraient jamais, mais j'avais tort. J'ai entendu les plaintes il y a quelques mois lorsque je baladais sur la route qui mène à Ponsonby. Et quelques jours plus tard, le bétail disparaissait... Jusqu'à la disparition des deux jumeaux Mac Gregor... Il est temps d'agir mes amis. Il nous faut trouver des garçons courageux qui veuillent bien pénétrer le château de Bradfford et voir ce qu'il s'y trame.

Wallace, le benjamin des frères Mac Gregor s'avança alors vers le vieil Aberdeen :
— Et bien j'irais au château et si créature il y a, je la tuerais et rapporterais sa tête...

Les habitants de Moan retournèrent à leurs occupations, le vieil Aberdeen retourna à son whisky et Wallace Mac Gregor, s'enferma dans la grange familiale pour préparer ses armes.

Le vent se levait sur les collines du comté de Minnoch, les arbres se déformaient tels les serres d'un rapace se refermant sur une proie. De gros nuages sombres s'amoncelaient au dessus du Loch Bradfford et même les vagues qui se formaient à la surface ressemblaient à une armée de créatures liquides, prêtes à se matérialiser pour protéger le château.

Le vieil Aberdeen sentait qu'un combat opposant deux forces gigantesques allait avoir lieu, même le ciel s'y préparait. Il contempla son scotch d'une belle couleur ambrée, fit tourner le verre entre ses doigts noueux et avala une gorgée de plus.

L'Écosse se préparait à vivre des heures sombres. Wallace Mac Gregor était prêt. Et vous,
l'êtes vous aussi ?... **Rendez vous au 1.**

Cher lecteur, vous êtes sur le point d'incarner un homme presque désincarné : un vampire sang pour sang pure souche.
Non pas un comte à l'accent qui roule, niché au fin fond d'une forêt sombre des Carpathes, ni même un de ces princes élégants, modernes et coiffés d'un haut-de-forme. Non, vous allez vivre dans la peau blanche et striée de veinules bleues par la mort, dans le corps d'un Lord écossais, portant un kilt rouge et noir et une chemise noire en satin d'un éclat superbe.

Vous êtes Lord Stanley Bradffford, propriétaire du château de Bradffford et vampire du comté de Minnoch.

Vous allez tout d'abord traverser le bureau dans lequel vous vous trouvez, une grande pièce haute de plafond, aux murs recouverts de tableaux de chasse, vos exploits lorsque vous arpentiez les highlands traquant le cerf ou l'oie sauvage.

Un secrétaire en bois verni s'ouvre sur un empilement de livres poussiéreux qui appartenaient à feu votre femme, mais nous y reviendrons plus tard, cher Lord, si vous me le permettez. Oui, je suis le narrateur, le conteur et votre propre conscience, donc je m'adresserais à vous (Lord et lecteur) avec toute la politesse requise lorsque l'on s'adresse à quelqu'un de votre rang, si vampire soit-il...

Le secrétaire, donc, laisse entrevoir un vieux cahier de notes vierge ainsi qu'un encrier et une plume d'oie tout près.

Vous allez prendre connaissance vos forces et faiblesses avant de vivre cette aventure.

Vous êtes défini par trois paramètres :

La Vie (*enfin vie... on parle tout de même d'un mort-vivant cher Lord*),
l'Habileté,
le Magnétisme.

Vous débutez votre aventure avec les totaux suivants :

Vie : 14
Habileté : 3
Magnétisme : 3

Vous pouvez modifier habileté et magnétisme comme bon vous semble à raison de +1/-1. Si vous augmentez d'un point l'habileté, vous devez baisser d'un point le magnétisme. Maximum 5 et minimum 1 par paramètre.

La VIE représente votre énergie vitale, celle qui vous maintient debout, qui vous permet de vous nourrir et d'exister.

L'HABILETÉ est paramètre qui gère vos réflexes, votre facilité à manipuler objets et armes divers et votre capacité à vous mouvoir avec aisance et fluidité.

Le MAGNÉTISME est le paramètre qui vous permet d'exercer un pouvoir invisible sur toute chose animale, y compris un humain.

.

Vous disposez, outre ces trois caractéristiques principales, d'un pouvoir supplémentaire que vous allez devoir choisir, un privilège accordé aux créatures de votre ordre et surtout de votre rang :

La chauve-souris : cette aptitude vous permet de vous transformer en ce magnifique animal, dans sa forme géante, 1m80 de haut pour autant d'envergure. Vous pourrez vous enfuir lorsque votre vie est en danger ou bien vous pourrez atteindre un endroit très élevé, impossible à atteindre, même pour un vampire aristocrate ou bien combattre sous cette forme.

La toute-puissance : cette aptitude vous permet d'allonger vos ongles pour en faire des griffes acérées et très longues, d'allonger vos canines, déjà bien longues, de renforcer votre peau et d'obtenir une puissance considérable.

Le mimétisme : cette aptitude vous permet de vous transformer pour une durée plus ou moins longue en n'importe quel animal selon les besoins du moment.

Ces aptitudes particulières sont à choisir avec pertinence car elles pourront vous sauver la vie durant votre aventure.

Il est important que vous notiez que chacun de ces pouvoirs, modifiera vos paramètres de Vie, Habileté et Magnétisme en fonction des circonstances lorsqu'ils seront utilisés.

Vous pourrez être contraint au combat durant votre aventure, pour combattre vos adversaires, rien de plus simple :

un adversaire, quel qu'il soit, sera caractérisé par deux paramètres similaires aux vôtres. La Vie et l'Habileté.
Pour savoir qui frappe le premier, lancez un dé à six faces (*fouillez bien dans le château, votre maudite femme doit bien les avoir laissés quelque part...*) et ajoutez le total actuel de votre Habileté. Vous obtenez un chiffre compris entre 2 et 11. Idem pour votre adversaire ; celui qui obtient le plus haut score frappe.
Vous perdez ou faites perdre un certain nombre de points de Vie (PV), par assaut gagné et en fonction des armes utilisées. . Il vous sera précisé au cours des combats si les armes entrent en jeu ou non. Le premier de vous deux qui atteint 0, meurt. Pour vous, atteindre zéro en total de Vie signifie un rendez-vous direct au **13** dans les plus brefs délais...

Je pourrais aussi vous demander de tester l'Habileté ou le Magnétisme, pour ce faire vous devrez lancer un dé et comparer le résultat obtenu à votre total du moment, pour le paramètre testé. Un score égal ou inférieur à votre total du moment est synonyme de réussite au test, un score obtenu supérieur au total du moment signifie que le test est un échec.

Je pense que les règles étant édictées, cher Stanley (*permettez que je vous appelle Stanley, cela crée un climat de confiance, vous ne trouvez pas ?!*), il est grand temps de vous défendre contre le chasseur qui veut percer le mystère des disparitions dans le comté de Minnoch.

Are you ready, my dear ? Alors nous y allons... ou presque : j'oubliais un détail important vous disposez de quelques remontants, des carreaux de sang de lapin séché, chaque carreau consommé vous redonne 2 points de vie. Vous en avez 4, à utiliser n'importe quand sauf au cours d'un combat...

Le vent souffle sur la plaine en s'engouffrant dans les nombreuses meurtrières de votre château : cela produit un sifflement si doux à vos oreilles...
Votre magnifique demeure est bâtie à quelques pas du Loch Bradfford, vaste étendue d'eau ténébreuse qui prit le nom de vos ancêtres lorsque l'un d'eux devint Comte, il y a de cela de nombreuses années.
C'est une bâtisse aux pierres de granite sombre, presque noires, aux toitures offrant de fortes pentes et aux douves glaciales et lugubres. De sublimes arbres morts, tortueux et difformes, composent l'essentiel de vos extérieurs, avec une note plus végétale pour les innombrables haies de ronces, aux épines tranchantes, vestiges de ce qui fût autrefois une roseraie à faire pâlir la couronne anglaise...
Quelques corbeaux égayent les lieux de leurs croassements presque lyriques.
Vous êtes Lord Stanley Bradfford, dernier comte de Minnoch, ayant droit de vie et de mort sur vos terres. Mais ce droit, cher Comte, ne vous a jamais plu, vous êtes, ou plutôt étiez, quelqu'un de très discret, très humble et finalement très noble, dans toute la mesure que le mot noble peut exprimer. Les habitants des bourgs environnants n'eurent jamais rien à dire contre vous, si ce n'est que votre discrétion les rendait suspicieux à votre encontre. Comment un comte pouvait-il exister sans jamais venir demander d'impôt, de taxe aux gens vivants sur ses terres ?
Mais votre seul plaisir était de pêcher derrière votre château, de chasser dans les higlands et d'entretenir vos jardins (*oui Stanley, si on remet la main sur le tableau*

d'époque montrant vos superbes rosiers, un messager vous l'apportera...).
Une vie paisible loin des villes effervescentes, dans un Écosse que vous aimiez. Et puis il y eu Moira Bradfford, votre charmante épouse.
Ce fût un coup de foudre.

Ses parents, la famille Dalwhinnie, vint passer quelques jours dans un comté voisin ; c'est lors d'une partie de chasse pour vous aviez sauvé Lord Dawlhinnie d'une mort douloureuse. Vous chassiez le cerf tout près de Culloch, une jolie rivière aux innombrables méandres où les cervidés venaient boire, lorsque vous entendîtes un cri inhumain. Vous lançâtes votre monture à plein galop et la scène à laquelle vous fûtes confronté vous avait saisi d'effroi. Lord Dalwhinnie était au bas de son destrier, lequel paraissait mort, tout au moins étourdi, le pauvre Lord avait le haut du corps bloqué sous sa monture et seul dépassait son... enfin...ses... son fondement. Un cerf blessé s'apprêtait à encorner le Lord par la seule partie visible pour lui. Dans un geste noble et plein de grâce pour aviez décoché une flèche qui avait touché l'animal en plein cœur. La bête s'était effondrée sur le champ.

Vous vous empressâtes d'aider ce pauvre malheureux à se libérer du poids du cheval – qui finalement était bel et bien mort, arrêt cardiaque, nuque brisée, on ne le sût jamais : point là n'est le sujet – et vous fîtes monter Lord Dalwhinnie sur votre propre étalon afin de le reconduire.

Une fois arrivé sur les terres de la famille Dalwhinnie, Aonghas (*c'était son prénom ; vous aviez fait plus ample connaissance chemin faisant...*) vous invita à déjeuner pour vous remercier.
C'est là que vous aviez rencontré pour la première fois, Moira Dalwhinnie, sa fille. Une superbe jeune femme à la chevelure d'un roux étincelant, aux yeux bleus comme aucun lac d'Écosse ne pouvait l'être et aux seins d'un galbe parfait (*désolé cher lecteur pour ce détail, mais ça fait*

tellement plaisir au Comte de se remémorer les seins de sa femme...).

Vous vous apprêtiez à quitter les terres Dalwhinnie, lorsque Moira accourut et vous demanda gênée :

— Prince Bradfford me feriez-vous l'honneur de me revoir ?

Votre réponse fut immédiate et quelques jours plus tard, vous embrassiez Moira pour la première fois, sous un vénérable chêne, au tronc large comme une maison.

Vous étiez mariés depuis trois belles années lorsque Moira commença à changer de comportement.

C'était l'année 1803 et c'est à cette époque que votre vie prit un tournant étrange...

Votre épouse devenait de plus en plus silencieuse, se refusant à vous en prétextant n'importe quelle excuse, vous n'étiez pourtant âgés que de vingt neuf et vingt sept ans...

Une dispute éclata un jour de juin et Moira disparu dans les sous-sols du château. Elle y demeura plusieurs heures et réapparut comme rajeunie, détendue et apaisée. C'est elle qui vint cette fois vous chercher pour une folle étreinte amoureuse. Elle vous laissa choisir entre l'escalier montant au donjon nord, le lit de la chambre bleue ou la peau de cerf devant la cheminée (*oui, Stanley, je sais que ces lieux sont chers à votre cœur, aussi, je me permets de les notifier ici...*).

Ce fut une matinée agréable, très agréable même, mais Moira n'était pas comme d'habitude. Plus fiévreuse, plus fougueuse, plus vorace...

Exténués vous vous séparâtes et regagnâtes chacun vos quartiers.

Qu'avait donc votre épouse ? Jamais, même aux heures les plus folles, vous ne l'aviez sentie comme ce matin là. Une furie.

Elle commença à devenir distante au fil des jours et passait de plus en plus de temps dans les sous-sols sombres et humides de votre château. Ce lieu ne vous plaisait guère car il était lugubre ; vous deviez pourtant poser un système de lanterne depuis longtemps mais vous remettiez sans cesse les travaux à faire à plus tard...

Un jour d'octobre de la même année, une scène fit basculer le cours de votre vie.

Moira se trouvait une fois de plus dans ces maudits soussols lorsque vous entendîtes une sorte de couinement. De porc, par exemple.

Vous approchâtes à pas feutrés et ce que vous vîtes vous glacâtes le sang. (*Non, vous* **glaça**, *je promets cher Stanley de ne plus utiliser le passé simple avec Vous pour le reste de l'aventure, c'est tout simplement horrible à lire et à écrire...*)

Moira, de dos, tenait dans ses mains un jeune porc, qui couinait et gesticulait pour lui échapper. Vous intervîntes immédiatement et découvrîtes l'horreur la scène :

Moira avait saigné le porcelet et léchait langoureusement le sang qui s'écoulait de la blessure. En vous voyant surgir de la sorte, elle s'exprima avec une voix suave et chaude que vous ne lui connaissiez pas :

— Mon cher Stanley, voulez-vous vous joindre à moi ?

— Mais que faites vous Moira, avez-vous perdu la raison ? Lâchez donc ce pauvre animal !

— Je vais d'abord le vider de toute sa liqueur de vie. Ensuite si j'ai encore faim, je vous viderais à votre tour...

Votre colère fut explosive et un revers de votre main baguée fit lâcher le porcelet à votre épouse. Elle se releva les yeux injectés de sang, les lèvres entr'ouvertes et vous souffla au visage comme un chat acculé. Ne sachant trop comment réagir à cette folie soudaine vous décochâtes deux coups de poing au visage de Moira dont la tête alla taper contre une pierre saillante du mur. Elle s'écroula, assommée. Vous trainâtes votre épouse qui laissa une belle trace de sang sur les pierres usées du couloir jusqu'à une geôle, témoin d'une époque révolue de la famille Bradfford et vous regagnâtes votre bibliothèque. Un livre, un précis, un traité de médecine moderne devait forcément parler de cet étrange mal qu'avait contracté Moira...

Bon, cher Stanley, le temps des palabres est arrivé à son terme et Wallace Mac Gregor, quant à lui approche à grand pas de votre demeure. Le jour ne va pas tarder à décliner. Vous enfilez votre plaid, une étoffe qui recouvre une de vos deux épaules et descend en diagonale jusqu'à votre taille. Une sorte de cape faite dans un tartan rouge et noir identique à celui de votre kilt. Pour achever votre œuvre, vous vous coiffez d'un béret noir, sur lequel est épinglé le blason de votre famille, un brochet dévorant un cygne.

L'aventure va débuter, reste un choix crucial à faire, comment allez-vous accueillir le dernier du clan Mac Gregor ?

Pour l'attendre poliment dans l'entrée principale de votre demeure, **rendez-vous au 6**,
si vous préférez vous cacher dans l'un des escaliers extérieurs qui surplombe les jardins afin de garder l'avantage de la surprise, **rendez-vous au 48**.

2

Un paysan se doit d'obéir à un Lord

Le chasseur fait irruption sur la terrasse, arbalète en main. Vous pouvez sentir qu'il est sur les nerfs, à la fois concentré, décidé à en finir avec vous, mais aussi terrifié à l'idée de vous affronter.
Mais votre but aujourd'hui, *my dear stanley*, c'est justement qu'il n'y ait pas d'affrontement, qu'il n'y en ait plus. C'est ce maudit bouseux qui a frappé le premier, pas vous. Vous étiez enclin à la plus noble des discussions, il vous a tiré comme un vulgaire lièvre de plaine.
Vous connaissez votre talent d'orateur mais surtout votre pouvoir magnétique qui vous permet de contrôler certains, voire presque tous les animaux. Qu'en est-il des hommes ? Wallace sera-t-il sensible à votre force de persuasion invisible ?

Effectuez un test de Magnétisme. Si c'est un succès, **_rendez-vous au 30_**, si c'est un échec, **_rendez-vous au 23_.**

3

Le vampire sur un toit glissant

Mon cher Stanley, vous êtes un brin énervé car vous remarquez que votre plaid en tartan est quelque peu déchiré. Vous proférez un tas d'injures qu'il est impossible de noter ici.

Vous êtes accroupi sur un promontoire de granite, sorte de hourd imposant disposé entre deux fenêtres et d'ici vous pouvez voir Wallace Mac Gregor plus bas dans les jardins, essayant de vous trouver. Il cherche au sol entre les haies de ronces, scrute vers le château, tentant d'apercevoir un mouvement, une ombre pouvant trahir votre présence. Mais seuls les lierres s'agitent faiblement sous le léger vent. D'imposants buissons hauts de plusieurs mètres qui ont investi les murailles de votre manoir il y a des décennies de cela, tels des bras végétaux, puissants et solides, ils forment une structure robuste, servant d'abri aux corbeaux et aux rats, vos amis de la nuit.

Pour couper court aux investigations du chasseur téméraire et obstiné vous avez plusieurs solutions, Lord :

vous possédez des élevages de divers animaux au sein de votre demeure (*vous verrez plus tard dans quel but vous êtes devenu un aristocrate éleveur...*), notamment un groupe de cerfs assez agressifs qui pourraient bien être la bonne idée pour anéantir Mac Gregor, ou bien une meute de Bradfford Collies, croisement réussi entre un border collie et un loup, cette espèce est née de votre imagination fertile et vous en êtes fier.

Pour lancer les cerfs contre Mac Gregor, **_rendez-vous au 27_,** pour que les Bradfford collies attaquent, **_rendez-vous au 4._**

4

La meute sauvage

Vous faites appel à votre don de communication avec les animaux pour intimer l'ordre aux chiens de partir en quête de votre ennemi. Les animaux habituellement dans leur chenil, attendent que le rat Donan (*c'est votre rat apprivoisé. Une charmante créature qui fait office d'ouvre porte pour les différents enclos de vos animaux d'élevage. Il est un peu votre domestique, assigné à l'élevage, comme le fut Fingal, votre vrai domestique, humain, avant que celui-ci ne meure dans d'atroces souffrances, mais nous y reviendrons, voulez-vous Stanley ?*), votre rat Donan donc, vient ouvrir le loquet du chenil des collies. D'après vos instructions, les chiens se dirigent immédiatement vers les extérieurs du château.

Wallace n'est pas loin des fenêtres donnant sur les cuisines lorsqu'il entend les chiens foncer dans sa direction. Il fait volte-face et se prépare à l'affrontement.
Trois superbes Braddford collies, gris, blanc et feu, courent tout en puissance, crocs dehors et écume aux lèvres entre les haies de ronces. Wallace s'adosse à un arbre et pointe son pistolet devant lui, il entend les chiens mais ne les voit pas encore. Sa peur ou son excitation sont palpables, même à distance.
Le premier collie sort brusquement d'entre les ronces et bondit sur Wallace avec la ferme intention de le saisir à la gorge.
Une détonation déchire la nuit.
La balle pénètre dans la mâchoire du chien et ressort par l'arrière du crâne en produisant une gerbe de sang et d'os

brisés. L'animal retombe lourdement à quelques mètres du chasseur.

Les deux autres chiens s'arrêtent net, redressent leurs postérieurs et abaissent leurs têtes. Ils grognent et tournent autour de Mac Gregor qui n'a pas le temps de recharger son arme, il se saisit en revanche de son épée et attend patiemment l'attaque des animaux.

Soudain, l'un des deux collies saute vers Wallace. Ce dernier fend l'air d'un coup de taille en diagonale, le chien est blessé à la patte. Il grogne avec encore plus d'insistance et attaque à nouveau, c'est d'un coup d'estoc qu'il transperce l'animal qui hurle sa douleur. Le chien tombé à ses pieds, Mac Gregor, n'hésite pas à poursuivre son geste en un mouvement ample qui ouvre littéralement le ventre de la bête. Ses intestins se déversent sur le sol et le Bradfford collie rend l'âme dans un souffle étranglé.

Vous devez incarner le dernier chien pour tenter de tuer Mac Gregor.

Wallace Mac Gregor
Vie : 10
Habileté : 4
Épée d'argent : 2 points de dégâts

Bradfford Collie
Vie : 4
Habileté : 2
Crocs : 1 point de dégâts

Le combat ne durera que deux assauts.
Si Wallace gagne le combat, ***rendez-vous au 39***.
Si en revanche, le chien est toujours en vie après deux assauts, Wallace s'enfuit blessé et plonge dans les douves, ***rendez-vous au 42***.

5

Ratman

Votre pouvoir de mimétisme vous confère le droit de prendre la forme de n'importe quel animal. Cet artifice vous a sauvé la vie de nombreuses fois par le passé, aujourd'hui encore, c'est sous la forme d'un rat que vous pénétrez dans les cuisines. Un petit rongeur discret, rapide et souple.

Vous passez par le garde manger, et grimpez le long d'un buffet, une fois à hauteur vous sautez de meuble en meuble et vous vous dissimulez derrière une grosse cocotte en fonte, attendant patiemment que Mac Gregor arrive dans la pièce.

Quelques instants plus tard, la vitre vole en éclats, le chasseur fait irruption dans la pièce, épée en main. Il avance prudemment entre les différents éléments de mobilier de vos cuisines. Tables, plans de travail, poêle à bois, tout y est. Vos cuisines lorsqu'elles tournaient à plein régime, sous le règne de votre père, nourrissaient environ quarante personnes au château, aujourd'hui elles ne servent que pour les grandes occasions, c'est à dire lorsque vous voulez vraiment vous faire plaisir et vous cuisiner de bons petits plats. Wallace est sur le point d'entrer dans le cœur de votre château, il va ressortir dans le couloir secondaire et commencer à investir les lieux n'ayant qu'une idée en tête : vous retrouver.

Mais j'allais en oublier l'essentiel : vous avez noté un code il y a quelques minutes de cela.

Si c'est le code Douves qui est noté, ***rendez-vous au 47***,
si c'est le code Indemne, effectuez un test d'Habileté pour savoir, après avoir quitté les cuisines, si vous avez le temps de passer par la salle d'armes en ***vous rendant au 38*** ou s'il vous faut vous ***rendre directement au 20.***

6

L'entrée principale de mon château

Un lieu immense aux plafonds très hauts. Un double escalier s'ouvre à droite et à gauche de la pièce et dessert les parties principales du premier étage de la demeure. En face de la porte d'entrée, un long couloir, aux nombreuses portes conduit à une deuxième hall, plus modeste cependant qui dessert la suite du rez-de-chaussée, les parties arrières de la bâtisse et propose un accès aux sous-sols.

Des trophées de chasse ornent l'escalier de droite tandis que des trophées de pêche ornent celui de gauche. Quelques buffets de chêne vermoulu trônent (*enfin, trônent...résistent au temps serait plus exact*) de chaque coté de la vaste pièce, ils servent à entreposer une vaisselle inutilisée depuis fort longtemps. Le bruit de vos pas résonne dans le hall et avec le feu qui crépite dans les deux cheminées au bas des escaliers, ce sont bien les deux seuls sons qui percent le silence de l'endroit.

Vous aimez ce calme, reposant, propre à une sérénité indéniable. Vous êtes heureux dans votre château et vous comptez bien le rester.

Vous descendez les marches de pierre du grand escalier de droite et vous approchez de la porte. Une double porte de bois massif, aux clous martelés et aux ferrures noires. Hauts de plus de deux mètres, chaque battant pèse un poids considérable.

Vous approchez d'une veille table, proche d'une large fenêtre, qui autrefois servait à poser un magnifique vase dans lequel vous aimiez exposer vos roses fraîchement coupées du matin. Aujourd'hui, comme témoin de votre nouvelle vie, vous saisissez la bouteille de scotch qui a remplacé le vase. Vous remplissez le quart d'un verre poussiéreux que vous faites tourner entre vos doigts afin de chauffer le précieux élixir.

Wallace Mac Gregor ne devrait plus tarder a frapper à la porte. Quelles sont les intentions du jeune garçon ? Il lui faut en tout cas un sacré courage pour s'aventurer ici, sur vos terres, avec toutes les légendes et les mises en garde dont vous faites l'objet. Par politesse et courtoisie vous le laisserez parler le premier...

À travers les vitres sales, vous observez le soleil se coucher derrière la colline au bout du Loch. Le jeune homme n'est plus qu'à quelques mètres de votre porte, il franchit le pont de pierre qui enjambe vos douves. Trois coups secs sont portés sur l'épaisse porte d'entrée. Verre à la main, vous prenez votre voix la plus accueillante et vous prononcez lentement ces mots :
— Poussez les portes et pénétrez dans mon humble demeure jeune garçon courageux...

Les deux battants de bois massif grincent quelque peu mais finissent par s'ouvrir. Un garçon aux longs cheveux noirs pénètre lentement dans la pièce.
Il est robuste, assez grand et équipé comme un soldat. Une épée à la taille, une arbalète dans le dos, un carquois garni de nombreux carreaux et un pistolet à la main.

— Lord Bradfford ? demande Wallace. Pouvez-vous m'accorder quelques minutes de votre précieux temps s'il vous plaît ?
Vous avancez calmement dans la pièce, partiellement plongée dans la pénombre. Mac Gregor serre fermement son arme en vous voyant vous déplacer. Il essaie par tous les moyens de voir votre visage mais la faible lumière du soir l'en empêche.
Vous ne voulez pas dévoiler votre véritable nature immédiatement, ce serait une erreur. Vous voulez user de vos talents d'orateur, pour le moment...
— Un jeune habitant de Moan qui ose s'aventurer dans ma demeure, sur mes terres privées... C'est un acte de grande bravoure ou de grande folie... Que puis-je faire pour vous ?
Il lance alors d'un ton sec :
— Je suis venu avec la ferme intention d'en savoir plus sur les disparitions de bétail et sur l'assassinant de mes deux

frères, Duncan et Fergus Mac Gregor. Êtes-vous responsable des ces actes, Lord Bradfford ?

— Je te trouve très arrogant, jeune paysan. Tu viens chez moi et tu insinues que les crimes qui ont été commis sont mon œuvre ?

— Lord, des histoires circulent depuis longtemps sur votre château et les créatures de la nuit qui pourraient l'habiter. On dit que vous avez tué votre femme et que vous vous nourrissez du sang des vivants ?

— Jeune idiot ! Crois-tu vraiment que je t'aurais laissé entrer ici si j'étais le coupable de ces crimes ? Si j'avais voulu te tuer je l'aurais fait depuis longtemps...Toi et tout le bourg de Moan. Non, l'auteur des crimes n'est plus de ce monde. Je l'ai tué de mes mains.

— Vous êtes un assassin, tout le monde le sait et cela fait des années que ça dure. Une créature abjecte qui ne mérite que la mort !

Il pointe alors son pistolet vers vous :

— Est-ce vrai ? Êtes-vous une créature du diable, un vampire ? Sortez de l'ombre, montrez-moi votre visage !

Et il ajoute :

— Et je veux une preuve que vous n'êtes pas le coupable : la tête de l'assassin.

— La parole d'un Lord ne te suffit pas, jeune insolent ? Tu me menaces d'une arme ? Chez moi ??

Vous reprenez une voix calme tout en avançant et dévoilant votre visage :

— Tu peux repartir vers Moan et dire à tous les habitants que les crimes cesseront, pars vite avant que ma colère ne m'emporte et que je ne t'étripe pour nourrir mes chiens...

Wallace, comprenant ce que vous êtes réellement, avance encore d'un pas :

— C'est votre tête que je vais planter sur un pieu, créature diabolique !

Wallace Mac Gregor n'hésite pas une seconde et ouvre le feu sur vous ! Une puissante détonation assourdissante éclate et résonne sur les épais murs de votre château.

La balle d'argent vous atteint à la cuisse et vous perdez immédiatement 5 Points de Vie. Si vous possédez la capacité chauve-souris, la blessure est moins grave et votre total de vie ne chute que de trois points.

Sous votre forme normale ou celle d'une chauve-souris géante, vous effectuez un déplacement rapide vers la fenêtre dont vous brisez les vitres en vous projetant hors du château.

Mon cher Stanley, il semble que ce satané Mac Gregor ait décidé d'en finir avec vous au plus vite... Mais cela est sans compter sur la ténacité propre à un Bradfford !

Votre déplacement est agile et fluide et malgré votre blessure, vous atteignez en quelques secondes une des terrasses extérieures du premier étage. Wallace sort la tête par la fenêtre — littéralement explosée par votre passage — et scrute autour de lui. De nombreuses formations de lierres ont investi depuis des décennies les pierres de votre demeure, et l'intrépide chasseur peine à identifier où vous vous trouvez actuellement. La nuit enserre maintenant votre propriété de ses griffes sombres et vous allez prouver à ce jeune paysan qu'on ne tire pas impunément sur un Lord, God damn it !

Rendez-vous au 3.

7

Que la Toute Puissance soit

Votre corps se durcit, vos muscles gonflent et votre taille également. Vous bondissez sur les deux villageois avec la ferme intention de détruire au plus vite les deux hommes venus prêter main forte à Mac Gregor.

Le premier des deux hommes tente de vous entailler avec son épée tandis que l'autre vous menace avec un pieu allongé. Vous vous élancez à pleine course vers l'homme à l'épée et lorsqu'il frappe à nouveau vous bondissez au dessus de lui et le saisissez à la gorge au passage à l'aide de vos puissantes griffes. L'homme se retrouve happé vers l'arrière et finit à terre sur le dos. Vous retombez sur le sol avec un fracas détonnant, toujours la gorge du villageois entre vos mains, un simple mouvement circulaire et ses vertèbres cervicales craquent dans un joli concert de cartilages et d'os brisés. Le deuxième et dernier homme vous fait face et tente de vous embrocher avec son pieu.

Habitant de Moan
Vie 5
Habileté 2
Arme : Pieu allongé 2 points de dégâts.

Le pouvoir de toute puissance modifie vos paramètres comme suit :

Vie : votre total actuel + 3
Habileté : votre total actuel +1
Magnétisme : votre total actuel -2

Vos coups de griffes gagnent en puissance et infligent 3 points de dégâts. Utilisation d'arme possible sous cette forme.

Si vous ne passez pas par le paragraphe 13, n'oubliez pas de noter le code SEUL et ***rejoignez le paragraphe 46.***

8

Ne pas déranger

Les trois hommes de Moan gisent à vos pieds. Ce spectacle est magnifique et vous savourez votre victoire tandis que vos chacun de vos pas produit un bruit de succion. Le sang de vos ennemis se répand sur le sol et cela vous satisfait.

Trois puceux têtus et idiots, venus tout droit du village voisin, ont-ils droit de vous menacer, d'en vouloir à votre vie, sur de simples accusations non fondées, tout au moins non prouvées ?
Non bien sûr et leurs dépouilles molles et sanguinolentes en témoignent. On ne vous menace pas comme cela !
Bon *now, it's time to work my Dear* !

Vous saisissez les gorges respectives de vos ennemis morts et en tirant bien fort sur les chairs encore chaudes vous parvenez à leur arracher. Un bon coup d'épée pour couper entre les vertèbres cervicales et voilà trois belles têtes séparées des corps. Les dépouilles décapitées iront nourrir vos sangliers. Quant aux têtes, mon cher Stanley, vous avez une superbe idée, mais vous le ferez à l'aube. Pour l'heure, vous montez jusqu'à la plus haute tour de votre bâtisse et vous sortez sur le petit balcon. Vous sirotez un scotch, un *très vieux* scotch en contemplant le loch. Cette nuit aura été éprouvante et votre vie aurait pu trouver une terme à cause de ces maudits gueux.
Vous attendez patiemment que le jour éclaire les volutes de brumes au dessus du loch, vous êtes assis dans votre bureau, votre scotch tout près de vous, trois têtes posées sur le sol et un écriteau en bois dont vous venez de finir la gravure et la teinture en creux.

Vous finissez votre verre d'un trait, buvez le sang d'un lapin tué quelques minutes auparavant et descendez vers l'entrée de votre château, à l'extérieur devant le pont enjambant vos douves.
Vos plantez trois pieux hauts d'environ deux mètres dans le sol avec les têtes des trois villageois bien fixées à l'extrémité de chacun. Leurs yeux vitreux, leurs peaux tuméfiées, les cheveux collés par le sang et les blessures apparentes faites par vos griffes sur les visages, entailles profondes dans les chairs, devraient faire bonne impression ici. Très bonne impression même...
De plus, vous fixez au moyen de gros clous, votre panneau de bois sur le tronc du chêne mort tout près du pont.

Quiconque viendra vous rendre visite tombera sur l'écriteau, accueilli par les trois têtes de ceux qui voulurent un jour essayer de vous tuer.

Ne plus déranger
Si vous dépassez ce pont, votre tête remplacera l'une de ces trois-là...
Vous aurez le privilège de choisir laquelle...

Il existe trois autres fins à cette aventure, à vous de les découvrir.
Vous avez découvert la troisième meilleure fin de l'aventure.

9

De plumes et de sang

Vous volez à travers la meurtrière et vous foncez sur Wallace en poussant un croassement long et rauque.
Le chasseur vous met en joue avec son arbalète et lâche un carreau. Vous devez effectuer un test d'Habileté, si c'est une réussite, vous reprenez votre forme normale et vous pouvez entamer le combat, si c'est un échec, la carreau vous atteint de plein fouet et votre mimétisme ne tient plus, vous reprenez donc forme normale mais avec votre total de vie réduit à sa moitié (supérieure en cas de nombre impair).

Wallace Mac Gregor
Vie : 9
Habileté : 4
Épée d'argent : 2 Points de dégâts.

Après un assaut notez la vie de Mac Gregor et ***rendez-vous au 35*** si vous avez noté le code SEUL, ***rendez-vous au 45*** si vous ne l'avez pas noté.

10

Once upon a time in Scotland

Dissimulé derrière l'épais rideau au fond de la pièce, adossé à l'un des buffets, vous attendez que le chasseur entre dans la pièce. Vous n'aurez pas droit à l'erreur. Une balle, une seule, pour anéantir celui qui veut absolument vous tuer, sans écouter votre défense, sans même savoir si au fond vous êtes la créature responsable des attaques et meurtres commis dans la région.

Votre arme est prête, l'adrénaline commence à monter lentement dans vos veines de vampire. Cette sensation étrange vous ne l'aviez pas ressentie depuis longtemps et pour tout avouer ce sentiment n'est pas désagréable.
La porte du hall s'entrouvre lentement. Wallace Mac Gregor pénètre dans la pièce arbalète en main. Il est prudent et avance lentement en observant chaque détail, chaque recoin des lieux.
Vous devez effectuer un test de magnétisme pour déterminer si Mac Gregor va vous découvrir avant que vous ne puissiez ouvrir le feu.
Si c'est une réussite, poursuivez la lecture de ce paragraphe, si c'est un échec, ***rendez-vous au 40***.

Vous mettez le chasseur dans votre ligne de mire, vous expirez profondément et vous appuyez sur la détente. Effectuez le test «de la poudre», si c'est un échec, ***rendez-vous au 40***,
si c'est une réussite, vous touchez Wallace de plein fouet. La balle lui arrache une partie de l'épaule dans une gerbe de sang, de fragments d'os et de tissus, le chasseur hurle de douleur.

Il perd immédiatement 5 points de vie.
Vous lâchez votre arme et vous vous ruez sur votre adversaire, vous devez désormais combattre jusqu'à la mort.

Wallace Mac Gregor
Vie : 5
Habileté : 4 (-1 en raison de sa blessure)
2pée d'argent : 2Pd

Vos griffes infligent 2 point de dégâts.

Si vous mourrez, ***rendez-vous au 13***, si vous êtes victorieux, ***rendez-vous au 26***.

11

Une odeur de brûlé

Votre corps se durcit, vos muscles gonflent et votre taille également. D'un coup d'épaule la porte vole en éclats et vous pénétrez dans la bibliothèque. Le feu a déjà bien progressé et vous êtes obligé d'avancer à l'aveuglette dans la fumée. Après quelques pas, un bruit de craquement se fait entendre derrière vous : deux bibliothèques viennent de s'effondrer devant la porte et des flammes viennent lécher le plafond, toute retraite par ici est désormais impossible. Vous continuez à progresser vers la fenêtre par laquelle s'échappent des volutes de fumée. Lorsque vous en approchez, un carreau d'arbalète vient se planter dans votre avant bras. Vous êtes paralysé par l'argent. Grâce à votre pouvoir de Toute Puissance vous parvenez à extraire la pointe dans un bruit de succion. Une giclée de sang noir finit dans les flammes non loin de vous en produisant une stridulation aigue qui n'augure rien de bon. Vous réfléchissez à la hâte à une échappatoire possible, mais un deuxième carreau vous atteint de plein fouet dans le ventre. Vous tombez lourdement au sol dans un cri d'agonie. L'argent crispe tous vos membres et malgré toute votre volonté, vous ne parvenez pas à bouger. Lentement la chaleur devient plus intense, jusqu'à devenir insupportable. Les flammes commencent à brûler vos vêtements et votre peau. La douleur est intenable. Vos cris déchirent la nuit.

Mac Gregor apparaît sur le rebord de la fenêtre. Il a eu le temps de recharger son pistolet, le temps de votre agonie.

Il vous regarde avec un rictus non dissimulé et tire. Votre tête explose sur le sol de la bibliothèque.

Ce gueux vous aura hanté toute une nuit et aura eu raison de vous...

Mais étiez-vous réellement le coupable des crimes pour lesquels on vous accusait, ou étiez-vous réellement innocent comme vous le prétendiez ?

La question reste posée mais votre aventure s'achève ici.

12

Stanley Bradfford tout-puissant

Votre corps se durcit, vos muscles gonflent et votre taille également. Wallace apparaît en contrebas de votre position. Vous vous sentez investi d'une force surhumaine, prêt à casser en deux votre adversaire d'un simple coup de poing. Vous sautez à bas de votre abri et atterrissez sur le sol en produisant un bruit fracassant. Mac Gregor est surpris par votre taille et votre stature mais ne flanche pas et lâche son carreau sur vous. Une esquive et la carreau vous frôle, il dégaine son épée prêt à en découdre pour de bon.

Si vous avez noté le code SEUL poursuivez la lecture, sinon **rendez-vous au 29**.

Wallace vous fixe de ses deux petits yeux noirs et lance :

— Bradfford ! Vous allez mourir et je vais vous faire souffrir au maximum.

Vous toisez cet infâme cafard et répliquez :
— Tant d'attention me touchent jeune pourceau, aussi je ne te briserais pas la nuque, je t'écorcherais vif...

Wallace Mac Gregor
Vie : 9
Habileté : 4
Épée d'argent : 2 Points de dégâts.

Vous même :
Vie : votre total actuel + 3
Habileté : votre total actuel +1
Magnétisme : votre total actuel -2

Vos coups de griffes gagnent en puissance et infligent 3 points de dégâts. Utilisation d'arme possible sous cette forme.

Si vous parvenez à tuer Wallace, ***rendez-vous au 26.***

13

Final Chapter my Dear Stanley

Vos forces vous abandonnent. Vous sentez la puissance et l'énergie quitter doucement votre enveloppe charnelle. Vous aviez déjà ressentie cela lors de votre métamorphose en vampire, mais cette sensation étrange avait été vite supplantée par un regain de force et de pouvoir colossaux. Cette fois vous sentez la mort approcher à grand pas, à 120 ans il serait temps me direz-vous cher Lord, mais tout de même cette maudite chasse au vampire aura été injuste.
Pourquoi vous avoir traqué de la sorte, pourquoi avoir hanté votre nuit et abrégé votre vie ? De simples rumeurs

de paysans crédules et peureux. Voilà le fin mot de l'histoire : lord Bradfford sacrifié sur l'autel de la croyance populaire, par la bêtise des hommes. Au fond, la véritable question à se poser ce soir, n'est pas ce que vous allez devenir, non, ça vous l'aurez deviné : vous allez être décapité, votre tête va être brûlée, vos restes aussi et peut être même votre demeure. Mais les crimes commis dans la région sont-ils votre œuvre ou pas ?

L'assassin court il toujours ou est-il bien mort sous vos mains comme le prétendiez ?

Revenez pour une prochaine aventure et n'hésitez pas à répondre à ces stupides paysans avec la force et la brutalité qu'ils méritent...

14

Douves du château

Vous plongez dans l'eau sombre des douves. Vous disparaissez en quelques secondes tandis que les deux villageois et Mac Gregor sont déjà sur vos traces. Votre système respiratoire étant beaucoup plus lent que celui d'un humain, vous pouvez vous permettre de rester quelques longues minutes sous l'eau pour évaluer la situation. Les trois hommes rôdent le long des douves à la recherche d'une bulle, d'un remous pouvant trahir votre présence. Les douves sont assez profondes et vous descendez d'une mètre ou deux pour être sûr qu'aucun chasseur ne vous repère. Vous pouvez éventuellement nager beaucoup plus loin et regagner les toits d'où vous aurez l'avantage pour leur tendre une embuscade mortelle, ou bien utiliser votre pouvoir de mimétisme pour attaquer d'ici.

Pour regagner les toits, ***rendez-vous au 46***, pour utiliser la ruse ici, ***rendez-vous au 19***.

15

La patience d'un Lord a des limites

Vous ondulez lentement entre deux eaux à la recherche de Wallace. Il n'est pas près du bord ce qui risque de rendre votre tâche difficile. Il fouille dans les buissons, son arbalète bien en main. Vous plongez plus en profondeur lorsque vous approchez de sa position, mais en y réfléchissant, même avec un saut hors de l'eau d'une puissance prodigieuse, vous ne parviendrez pas à saisir Mac Gregor pour l'entraîner au fond des douves. L'attaquer sous votre forme d'homme n'est pas non plus judicieux, trop exposé, vous seriez blessé à coup sûr...

Vous pouvez garder votre forme aquatique pour tenter de tuer les deux villageois de l'autre côté en ***vous rendant au 21*** ou bien sortir discrètement de l'eau quelques mères plus loin et regagner les toits terrasse pour préparer une attaque meurtrière à l'encontre de Wallace. ***Rendez-vous dans ce cas au 46***.

16

Enfin seul... ou presque.

Wallace emporte avec lui le bout de chiffon et ce qui se trouve à l'intérieur. Il dépose ses armes au sol avant de quitter le château et ne dit mot.

Il n'est plus du tout sous l'effet de votre contrôle psychique mais quelque chose a changé en lui, il a finalement compris que vous n'étiez pas l'assassin de ses frères.

Il vous aura fallu une nuit de traque, une nuit de fuite et de combat pour faire entendre raison à ce cancrelat.

Finalement vos ancêtres devaient avoir raison :

« *Un bon paysan habitant sur nos terres doit vivre dans la crainte et la peur. De cette manière et seulement comme cela, un Lord ne craint rien. Si la révolte gronde en nos terres, il faut en trancher quelques uns pour qu'ils comprennent qui est le maître.* »

Wallace arrive à Moan à l'aube, les villageois, dont le vieil Aberdeen, l'acclament comme un héros de guerre.

Les gens l'entourent, le touchent, il est le sauveur de Moan, le libérateur du comté de Minnoch.

Il se rend sur la grand-place et demande aux gens de préparer un feu, un grand feu pour brûler l'objet qui terrorisa la population.

Il prend la parole devant les villageois réunis pour fêter cette victoire :

— Mes amis, Lord Stanley Bradfford n'est pas celui qu'on croit. J'ai combattu cet homme, il aurait pu me tuer à maintes reprises pourtant il ne l'a pas fait. Il aurait pu me tailler en pièces et vous déposer les restes de mon corps devant le village, il ne l'a pas fait.

C'est un homme âgé, très âgé qui est un vampire, cela ne fait aucun doute, mais il n'a jamais tenté de me saigner. En revanche ce que je tiens entre mes mains prouve que l'assassin ne commettra plus de méfaits.

Il écarte les plis du tissu et découvre une tête tranchée. Une tête de femme parfaitement conservée, ni putréfiée, ni un crane nu. Ses yeux sont fermés, sa chevelure est toujours souple et la base du cou est recouverte de cire, aucune plaie n'est visible, un véritable travail de taxidermiste.

— Cette femme est Moira Braddford, la femme de Lord Bradfford. C'est elle qui ensanglanta la région en 1805. C'est elle qui tua les brebis de votre oncle Kenneth, Aberdeen. C'est elle qui a tué notre bétail il y quelques mois, c'est elle aussi qui a tué mes deux frères.

Elle est bel et bien morte et sa tête va finir au feu.

Wallace Mac Gregor brandit la tête de Moira Bradfford haut devant lui, il hurle devant tous les villageois :

— Elle vient des enfers, elle y retourne !

Il jette la tête dans les flammes et tombe à genoux devant le brasier qui se déchaîne.

Il murmure a demi-mots :

— Duncan, Fergus je vous ai vengé...

Lentement les villageois regagnèrent leurs maisons, les braises s'éteignaient, une nouvelle journée aller commencer pour Moan. Le soleil était présent aujourd'hui, un ciel dégagé et splendide, assez rare pour la saison.

Wallace Mac Gregor était chez lui, il caressait son chien. Il repensait à toutes les épreuves de la veille, au courage qu'il lui avait fallu pour attaquer Bradfford comme cela, de front et chez lui.

L'important était que la créature assassine ne soit plus de ce monde et que ces deux frères soient vengés. Quelque chose le dérangeait tout de même :

En transportant la tête de Moira sur le chemin du retour, il ne put résister à la tentation de déplier le tissu pour voir le visage du meurtrier et en refermant le baluchon, il s'était blessé à la main avec une des canine de Moira. Sa main lui démangeait depuis quelques heures déjà, mais ce qu'il ne comprenait pas c'est pourquoi il avait si soif et pourquoi il entendait les battements du cœur de son chien avec tant de clarté.

Tellement de bruit... Tellement soif...

Il existe trois autres fins à cette aventure, à vous de les découvrir.

Vous avez découvert la deuxième meilleure fin de l'aventure.

17

Je suis un Grand Saigneur

Wallace est étendu sur le dos, à bout de force, il ne peut plus lutter. Vous éloignez les armes qu'il possède du bout du pied et saisissez sa gorge entre vos griffes. Vous serrez très légèrement pour qu'il soit tout ouïe.

— Tu es Wallace Mac Gregor et je suis Stanley Bradfford, seigneur du comté de Minnoch. Tu es venu ce soir dans ma demeure, armé, avec tes amis, d'autres pouilleux de ton espèce avec la ferme intention de me tuer.
Vous serrez encore peu vos griffes contre sa trachée.
— C'est une erreur, jeune fou. Une grossière erreur.
Vous relâchez la pression sur sa gorge et vous adossez Mac Gregor contre le mur non loin de là.

Vous faites quelques pas devant lui en contemplant le loch depuis la terrasse où vous vous trouvez.
— Le jour ne va pas tarder à se lever, Mac Gregor. Je suis en plein questionnement, vois-tu...
Mac Gregor parvient à bredouiller quelques paroles entre deux crachats sanguinolents :
— Achevez-moi Braddford, vous en mourrez d'envie...
— Et bien non justement ce serait trop simple d'écraser sa répugnante tête de puceux contre mon beau mur de pierre, non je vais te donner ce que tu es venu chercher. Tu veux que les crimes cessent ? Tu veux venger la mort de tes frères ? Je vais exaucer tes vœux et même plus...

Vous ordonnez à votre rat Donan de libérer deux Braddford collies qui s'empressent de monter vous rejoindre. Les deux chiens se couchent devant Mac Gregor et ne bougent plus.
— Le temps que j'aille chercher ton cadeau, s'il te prenait l'envie de fuir, tu n'irais pas loin avec tes deux nouveaux amis...

Vous empruntez les escaliers conduisant aux parties inférieures du château, vers une geôle se trouvant non loin des enclos à animaux. Vous ouvrez la lourde porte métallique et avancez jusqu'à un coffre de bois massif. Vous l'ouvrez et saisissez un objet enveloppé dans un morceau de tissu souillé.

De retour sur la terrasse vous tendez le bout de tissu et ce qu'il contient au jeune chasseur.

— Voilà, jeune Mac Gregor, l'objet que tu convoites tant est dans ce vieux bout de tissu. Emportes-le avec toi jusqu'à Moan et montres-le à tous les habitants. Je te laisse la vie sauve. Aujourd'hui seulement.

Wallace ouvre délicatement les plis de l'étoffe et il est saisi d'effroi. Une tête de femme parfaitement conservée, ni putréfiée, ni un crane nu. Ses yeux sont fermés, sa chevelure est toujours souple et la base du cou est recouverte de cire, aucune plaie n'est visible, un véritable travail de taxidermiste.

Vous prenez la parole :

— C'est ma femme Moira. Enfin ce qu'il en reste... C'est elle qui a tué sept les brebis de Kenneth Aberdeen en 1805. C'est elle qui a tué du bétail il y a quelques mois et c'est elle qui est responsable de la mort de tes deux frères.

Mac Gregor vous regarde hébété.

— Ma femme est devenue vampire en pactisant avec le diable. Elle lisait des ouvrages écrits par une sombre comtesse de l'est de l'Europe, une certaine Élisabeth Báthory et commença à pratiquer d'étranges rituels. Ce qui débuta par des bains de sang devint vite une *nourriture* à base de sang.

Lorsque je me suis rendu compte du monstre qu'était devenu ma femme, je l'ai enfermée dans une geôle au sous-sol. Mais elle parvint à ruser et un de nos domestiques la libéra, c'était en 1805 et les premiers crimes à l'extérieur du château furent perpétrés. J'eus quelques difficultés à retrouver Moira dans les Highlands mais une fois de retour au château, je n'eus d'autres choix que de la tuer. Je l'ai enterrée au sein même de notre demeure. Mais le mal était fait, elle m'avait mordu en se débattant comme une furie.

Je ne compris pas immédiatement les symptômes dont je souffrais, mais à force de lire des traités de médecine, je compris tristement ce que j'étais devenu.

J'ai alors renvoyé tous mes domestiques, mes soldats et toute forme humaine hors du château. je ne voulais pas devenir vampire. Pourtant chaque soir la faim me tirait les entrailles, une faim insatiable, qui me dévorait de l'intérieur.

Voilà pourquoi je me suis mis à élever des animaux au sous-sol. Du cerf, du sanglier du lapin et de la volaille. Les collies m'aident à chasser et a rabattre le gibier, ensuite je me nourrissais tranquillement à l'abri des regards inquisiteurs de vous autres, habitants du comté de Minnoch. Oui, je suis un vampire et je bois du sang, mais je n'ai jamais tué personne depuis ma métamorphose.

Wallace ayant repris un peu de vigueur malgré ses blessures, questionne :

— Mais Lord Bradfford, si votre femme est morte en 1805, comme a-t-elle pu tuer il y a quelques mois ?

— Une impardonnable erreur de ma part. J'ai saigné un lapin pour m'en nourrir mais il m'a échappé et s'est réfugié dans la crypte où Moira reposait. Le lapin a saigné, saigné et son sang à gorgé la terre au dessus de la dépouille de ma femme. Je n'aurais imaginé qu'elle puisse ressusciter de cette manière. Je n'ai compris que lorsqu'une nuit j'ai vu sa silhouette traverser le pont qui surplombe mes douves. Elle était revenue, je devais cette fois la tuer et la décapiter pour être sûr d'en finir avec cette abomination.

Mac Gregor incline la tête en signe de compréhension. Il paraît abasourdi par tant de révélations.

— Tu vas donc rentrer à Moan expliquer tout cela aux autres. Je n'ai jamais été et je ne serais jamais un criminel. Je veux juste vivre paisiblement dans mon château et cela tant qu'il me restera assez de force. J'ai perdu ma femme, l'amour de ma vie mais j'ai toujours goût à l'existence. Après tout je n'ai que 120 ans... Je ne désespère pas de trouver un remède un jour grâce à la médecine moderne qui me rendra mon âme d'homme. Je tiendrais et me battrais pour la vie, pour ma vie tant que je n'aurais pas sauvé mon âme.

Va jeune chasseur valeureux, va répandre la nouvelle et fais enfin le deuil de tes frères.

Le jour se leva sur le château, une journée ensoleillée, rare en cette saison, qui allait permettre de réchauffer les esprits. Celui de Lord Stanley Bradfford, le vampire traqué comme une bête sauvage et l'esprit de Wallace Mac Gregor, le chasseur qui a hanté l'instant d'une nuit, un homme à la recherche de la rédemption, un homme prêt à affronter le diable lui-même pour le seul salut de son âme.

Votre aventure est un succès, vous avez atteint la meilleure fin possible de l'aventure. *Congratulations my dear Stanley !*

(Une annexe vous attend en fin d'ouvrage, vous l'avez bien mérité cher lecteur...)

18

Crows

Perché sur le balcon vous utilisez votre pouvoir de commander aux animaux de la nuit pour donner l'ordre à tous les corbeaux des environs de se réunir sur les corniches surplombant la terrasse. Une dizaine de gros oiseaux noirs arrivent en croassant et se posent dans un ballet de plumes sur les reliefs de granit noir de votre demeure.
Mac Gregor arrive quelques instants plus tard, arme au poing. Il inspecte les lieux et ne remarquent pas les animaux. Ceux-ci dans un mouvement coordonné s'envolent tournoient quelques secondes au dessus du chasseur et foncent ensemble sur lui.

Le jeune homme lève les yeux vers le ciel en entendant le vacarme produit par le battement de leurs ailes, mais il est trop tard pour fuir, il essuie une pluie de coup de bec et de griffe. Il parvient à entailler plusieurs oiseaux avec son épée, à les repousser à coup de poings. Il se débat comme un fou et ses nombreux cris de douleurs attestent de la violence de l'attaque et des coups portés par les oiseaux. Comprenant qu'il n'aura pas le dessus sur cette véritable armée volante, il fuit vers les couloirs du premier étage, très largement coupé en de multiples endroits.

Vous sautez à bas de votre balcon dans un mouvement souple, les corbeaux regagnent leurs arbres et vous vous lancez à la poursuite de Mac Gregor. ***Rendez-vous au 32.***

19

River Monster

Votre choix se porte sur une transformation inhabituelle : un brochet géant vampire.

Votre corps devient longiligne, vos mouvements plus vifs. Vous évoluez sous l'eau en gardant un œil vers la surface, les deux habitants de Moan sont tout près de vous, tandis que Wallace est quelques dizaines de mètres plus loin. La solution serait de bondir hors de l'eau d'un puissant coup de nageoire caudale et saisir l'un des hommes pour l'entraîner au fond et le noyer. Avec une taille de 1m80 et un poids avoisinant les 75 kilos, vous ne devriez pas avoir trop de mal à noyer ces vilains.

Vous ondulez encore sur quelques mètres tandis que les hommes ne vous remarquent même pas.

Si vous souhaitez éliminer en priorité les deux hommes venus aider Mac Gregor, ***rendez-vous au 21***, si vous souhaitez essayer de mettre un terme rapide à la traque du chasseur, ***rendez-vous alors au 15***.

20

Hall Secondaire

Le hall secondaire du rez-de-chaussée est une pièce plus petite que votre hall d'entrée, petite mais suffisamment grande pour y accueillir de nombreux buffets, une cheminée et une table pouvant accueillir environ vingt convives. Ce lieu servait de salle à manger pour les domestiques et soldats vivant au château. D'ailleurs un rat se promène sur la table et ne devrait pas se trouver là, d'un geste rapide vous l'empoignez et vous le dévorez en quelques bouchées. Vous regagnez ainsi 3 points de vie, sans dépasser votre total de départ.

Un lustre imposant aux multiples chandelles est suspendu au centre du hall. Deux portes desservent respectivement les sous-sols et la partie arrière du château. Un petit escalier grimpe vers le premier étage mais ne dessert que quelques pièces, fermées depuis fort longtemps.

Mac Gregor ne va pas tarder à pénétrer ici, il vous faut donc faire un choix quant à l'approche de votre embuscade :

Vous pouvez l'entraîner vers les sous-sols en ***vous rendant au 34***,
vous pouvez l'attirer vers les parties arrière du château, ***en vous rendant au 44***.
Vous pouvez aussi opter pour une attaque plus frontale en utilisant une arme, si vous en possédez une :
si vous portez l'épée Half lang, vous pouvez sauter dans le lustre, vous y dissimuler et attendre son passage ici, pour une attaque unique et dévastatrice par le haut, ***rendez-vous pour ce choix au 37***.

Si vous possédez un pistolet à percussion, vous pouvez vous dissimuler entre un buffet et un épais rideau, attendre que Wallace fasse son entrée dans la pièce et ouvrir le feu, pour ce choix, ***rendez-vous au 10.***

enfin, si vous êtes équipé d'un arc, vous pouvez rejoindre le haut de l'escalier et vous accroupir derrière la balustrade. Dès que Mac Gregor pénètrera dans le hall vous pourrez tenter de décocher une flèche meurtrière vers lui, pour ce dernier choix, ***rendez-vous au 36.***

21

En eaux profondes

Votre couleur brun-vert vous camoufle parfaitement dans ces douves sombres. Vous suivez les deux villageois tandis que l'un d'eux s'approche un peu plus de l'eau. C'est le moment idéal pour frapper.

Un puissant coup de nageoire vous propulse vers le villageois, dans une gerbe d'eau spectaculaire vous sautez et mordez l'homme au poignet. Surpris par votre poids inhabituel et par la fulgurance de l'attaque, il perd l'équilibre et tombe à l'eau. Vous ne lâchez pas son avant-bras et vous l'entrainez au fond tout en nageant en spirale. Son agonie ne dure que quelques secondes avant qu'il n'avale une première fois de l'eau. Son corps est agité de spasmes et il hurle sous l'eau dans un gargouillis qui n'est pas pour vous déplaire. Lorsqu'il avale pour la deuxième fois, son corps n'a que quelques convulsions purement nerveuses, son cœur est déjà arrêté.

Le deuxième villageois a reculé de quelques mètres sur la berge et vous ne pourrez pas l'atteindre depuis les douves, vous bondissez hors de l'eau et reprenez votre forme humaine. Vous allez devoir combattre ce gueux venu vous traquer chez vous. Il va lui en coûter de s'attaquer à un Bradfford !

Habitant de Moan
Vie 4
Habileté 2

Arme : Pieu allongé 2 points de dégâts.

Vos griffes infligent 2 points de dégâts.

Si vous ne passez pas par le paragraphe 13, n'oubliez pas de noter le code SEUL. Mac Gregor est plus loin sur les berges mais trop loin et trop à découvert pour une attaque directe, vous risqueriez de rater cette occasion ou pire d'être tué. Cher Stanley, vous êtes ***convié au 46*** pour préparer une attaque contre Mac Gregor.

22

Duel sur les toits

Vous parcourez les couloirs de votre demeure à toute vitesse, dévalant et montant les escaliers quatre à quatre, ouvrant des portes restées trop longtemps fermées et vous parvenez sur la terrasse par un accès dérobé.

Wallace vous fait face. Il empoigne son épée et se lance vers fou, fou de rage que vous ayez échappé au piège de la bibliothèque.

Wallace Mac Gregor
Vie : 9
Habileté : 4
Épée d'argent : 2 Points de dégâts.

Après un assaut notez la vie de Mac Gregor et ***rendez-vous au 35*** si vous avez noté le code SEUL, ***rendez-vous au 45*** si vous ne l'avez pas noté.

23

Psychose

Wallace change soudain de comportement, il semble réagir aux attaques psychiques dont vous l'êtes l'auteur. Mais au lieu de lâcher son arme et de ralentir ses mouvements, il devient très agité et serre son arme encore plus fort. Le pouvoir de contrôle fonctionne sur les animaux mais pas aussi bien sur les humains, encore moins sur un fieffé paysan plus têtu qu'une mule. Il doit sentir que quelque chose embrouille son esprit et du coup il a peur. Réaction normale pour un gueux, la peur ou le combat, rien entre les deux, esprit nuancé...
Vous sautez sur la terrasse juste devant Wallace, un coup de pied envoie son arbalète valdinguer quelques mètres plus loin, vous devez en terminer avec lui.
Si vous avez noté le code SEUL, poursuivez la lecture sinon ***rendez-vous immédiatement au 29.***

Wallace Mac Gregor
Vie : 8
Habileté : 4
Épée d'argent : 2 Points de dégâts.

Si vous parvenez à tuer Wallace, ***rendez-vous au 26.***

24

Bibliothèque privée du Lord

Vous entendez un vacarme impossible de l'autre coté de l'épaisse porte de bois aux clous noirs. Il ne faut pas que Wallace ait le temps de recharger ses armes. Mais quelque chose vous intime le sentiment qu'il prépare autre chose... Ce paysan fourbe et têtu est en train de renverser vos livres contre la porte et en une poignée de secondes il met le feu à la pièce. Ce maudit cancrelat va dévaster non seulement votre collection d'ouvrages mais il met en péril tout votre château ! *God damn it* !
Il n'a qu'une seule issue pour s'enfuir, c'est par la fenêtre donnant sur les toits.

Vous pouvez repartir par les escaliers d'où vous venez afin de prendre quelques raccourcis et le retrouver sur les toits, ***rendez-vous pour cela au 22***.
Vous pouvez gagner du temps en utilisant le pouvoir de mimétisme si vous en disposez pour prendre l'apparence d'un corbeau et vous envoler par la meurtrière, le rejoindre sur les toits sera très rapide. ***Rendez-vous dans ce cas au 9***.
Enfin vous pouvez utiliser le pouvoir de Toute Puissance, si vous l'avez, pour défoncer la porte et essayer de le rattraper au plus vite. Pour ce dernier choix, ***rendez-vous au 11***.

25

Fight in the mud

Le chasseur esquive votre attaque. Il réussit à garder son équilibre et s'empare de son pistolet, par chance l'un des sangliers charge Mac Gregor qui est obligé d'ouvrir le feu sur la bête fauve. L'animal reçoit la balle de plein fouet et son groin explose en morceaux. Il couine toute sa douleur et court plonger dans la tourbière, désorienté, aveuglé par la douleur. Mac Gregor lâche son pistolet et saisit son épée, dans un geste désespéré il fend l'air d'un puissant coup de taille et parvient à vous blesser. Une blessure profonde et douloureuse qui vous entaille le bras gauche. Vous soufflez de douleur et vous passez à l'attaque :

Wallace Mac Gregor
Vie : 8
Habileté : 4
Épée d'argent : 2 Points de dégâts.

Vos griffes infligent 2 points de dégâts.

À la fin de chaque assaut, faites un test de magnétisme, si c'est un échec poursuivez le combat, si c'est une réussite, l'un des sangliers parvient à blesser Mac Gregor et à lui faire perdre 1 point de vie supplémentaire.

Lorsque Wallace se sera écroulé à vos pieds, ***rendez-vous au 26***.

26

Liberté éphémère

Wallace Mac Gregor, courageux chasseur du village de Moan, ainé de la fratrie Mac Gregor, gît à vos pieds.
Il respire encore mais sa vie ne tient plus qu'à votre propre volonté.
— Alors maudit gueux, comment te sens-tu baignant dans ton sang ? Tu es pitoyable. Non seulement car tu n'es pas un adversaire digne de m'affronter mais surtout car ta bêtise t'a conduit à ta propre perte.
Si tu m'avais écouté tantôt tu n'en serais pas là.
— Vous avez tué mes frères, bredouille Wallace.
— Non, je n'ai pas tué tes frères. Mon seul crime a été celui de tué le véritable assassin. Mais ton esprit étriqué de mécréant n'a rien voulu entendre.

— D'autres viendront et vous tueront, lance Mac Gregor dans un dernier souffle.

— Je suis Lord Stanley Bradfford, je suis un vampire, mais je ne suis pas le criminel qui a commis ces actes. Toi, tu vas mourir de mes mains.

Vous saisissez la gorge de Mac Gregor et à l'aide de vos griffes acérées vous la lui arrachez. Du sang gicle sur le sol et sur vos mains pâles. Un agréable gargouillis se fait entendre tandis que quelques spasmes agitent encore la dépouille du villageois. Votre langue passe délicatement sur vos lèvres, mais vous ne ferez pas cela.

Vous n'êtes pas le criminel. Vous le savez.

Le village de Moan ne reverra plus Mac Gregor et enverra sûrement d'autres chasseurs vous traquer et vous tuer. Si certains ne sont pas déjà autour de votre château...

Votre victoire est réelle, mais combien de temps allez-vous rester tranquille au sein de votre demeure ?

Il existe trois autres fins à cette aventure, à vous de les découvrir.

Vous avez découvert la plus mauvaise fin de l'aventure.

27

Les cornes de l'enfer

Wallace inspecte scrupuleusement les abords du château et se dirige vers l'escalier extérieur ouest. Vous utilisez votre pouvoir de communication avec les animaux (*un privilège de vampire, dont vous raffolez*) pour ordonner à vos cerfs de traquer et tuer Mac Gregor. Les cervidés attendent patiemment que Donan (*c'est votre rat apprivoisé. Une charmante créature qui fait office d'ouvre porte pour les différents enclos de vos animaux d'élevage. Il est un peu votre domestique, assigné à l'élevage, comme le fut Fingal, votre vrai domestique, humain, avant que celui-ci ne meure dans d'atroces souffrances, mais nous y reviendrons, voulez-vous Stanley ?)*, votre rat Donan donc, vient ouvrir le loquet de l'enclos des cerfs. Des bêtes puissantes aux cornes massives hérissées de pointes s'avancent alors entre vos différents enclos, ils suivent votre ordre et se dirigent vers le jeune chasseur.

Wallace n'est plus très loin de l'escalier lorsqu'il entend les sabots des animaux se rapprocher de sa position, il fait volte-face et se prépare à l'affrontement.

Trois cerfs sombres surgissent des jardins. Ils soufflent et font claquer leurs sabots contre les pierres de chemin inférieur en fixant Mac Gregor de leurs yeux noirs.

Le premier cerf attaque tête baissée et s'élance vers les premières marches de l'escalier, Wallace ajuste l'animal avec son pistolet et ouvre le feu.

Le bruit déchire la nuit.

La balle vient frapper le cerf en plein front avec un claquement sec, l'arrière du crâne explose en libérant un nuage d'os brisés et de sang.

Son pistolet étant trop lent à recharger, Wallace saisit son arbalète et s'apprête à tirer sur le cerf suivant, mais les deux animaux attaquent de concert. Le chasseur doit être rapide s'il veut survivre : il enjambe la balustrade et saute en contrebas. Les animaux sur l'escalier sont surpris et doivent faire demi-tour et redescendre pour l'encorner.

Wallace parvient à ajuster un deuxième animal et à décocher un carreau. La pointe pyramidale vient s'enfoncer dans la gorge du cerf. Un jet de sang épais gicle alors et se répand sur le granite sombre de l'escalier.

Mac Gregor doit alors saisir son épée pour affronter le dernier cerf. Et c'est vous qui allez incarner l'animal.

Wallace Mac Gregor
Vie : 10
Habileté : 4
Épée d'argent : 2 points de dégâts

Cerf Seigneurial
Vie : 4
Habileté : 2

Cornes : 1 point de dégâts

Le combat ne durera que deux assauts.
Si Wallace gagne le combat, ***rendez-vous au 39***.
Si en revanche, le cerf est toujours en vie après deux assauts, Wallace s'enfuit blessé et plonge dans les douves, ***rendez-vous au 42***.

28

L'enclos des sangliers

Mac Gregor arrive par le corridor mal éclairé qui conduit aux enclos à animaux se trouvent dans une cour intérieure du château. Vous pratiquez l'élevage de sanglier, de cerf et vos possédez une meute de Bradfford collies. L'enceinte où se trouvent les porcs sauvages est assez grande et présente de nombreux abris tels que des cabanes ou troncs d'arbres morts sur lesquels les animaux aiment se frotter, également une mare nauséabonde dans laquelle ils se roulent souvent avec frénésie. Ces animaux sont assez agressifs et ils devraient être parfaits pour mettre le chasseur de Moan en charpie.
Vous déchirez un bout de votre plaid en tartan (*même si cela vous déchire le cœur, une si belle étoffe et un si vieux souvenir...*) et vous l'accrochez à l'une des branches épineuses se trouvant dans la souille.
Vous attendez patiemment, tapi derrière un gros tronc de de chêne, un arbre majestueux qui pousse au sein de votre demeure depuis presque 80 ans.
Mac Gregor arrive arbalète en main, carreau prêt à vous transpercer. Il s'interrompt un instant devant l'enclos des cerfs qui s'agitent à son approche, ils soufflent, tapent leurs sabots contre les pierres et n'ont qu'une envie c'est encorner cet hôte indésirable. Le chasseur examine les lieux et remarque le tartan rouge et noir flottant au léger vent de la nuit. Un léger sourire en coin, il avance vers l'enclos à

sangliers. Vous intimez l'ordre à votre rat Donan de courir le long du muret de pierre qui clôture l'enceinte des sangliers et de déverrouiller le loquet de la porte de leur enclos.

Rapide et discret Donan s'exécute. Mac Gregor franchit lentement la porte de la bauge, un premier animal s'approche de lui, oreilles dressées, tête basse, il souffle. Un deuxième arrive par la droite, puis un troisième. Wallace pointe son arbalète sur le plus près des animaux et lâche le carreau. La pointe vient se ficher dans le crâne de la bête avec un claquement sec. Il s'effondre raide mort dans un bruit sourd. C'est à instant que vous choisissez d'agir, vous foncez sur le chasseur pour le faire chuter au sol. Désarmé, couché et contre deux sangliers, rejoints par un dernier, il ne pourra pas se défendre bien longtemps. Effectuez un test d'Habileté, si c'est une réussite, ***rendez-vous au 33***, si c'est un échec, ***rendez-vous au 25***.

29

Le grand combat final

Les deux villageois venus prêter main forte à Mac Gregor apparaissent soudain à la sortie des escaliers. Ils hurlent votre nom. Wallace esquisse u sourire sadique et lance :

— Alors mon cher Bradfford, toujours envie de fuir ? Mais désormais plus aucune échappatoire possible, vous allez mourir ici et maintenant.

Les deux villageois lâchent pressent alors la détente de leurs pistolets.

Vous devez effectuez deux tests d'Habileté consécutifs pour savoir si vous parvenez à esquiver les deux projectiles. Chaque tir qui vous atteint vous perdre 4 points de Vie. Si

vous mourrez, **_rendez-vous au 13_**. Si vous êtes toujours en vie, vous allez devoir combattre ces trois villageois obstinés, armés de leurs épées.
Vous combattez les hommes l'un après l'autre.

Fillan Abercromby

Vie : 4
Habileté : 2
Épée classique : 1 Point de dégâts.

Abhain Cunnigham

Vie : 3
Habileté : 3
Épée classique : 1 Point de dégâts.

Wallace Mac Gregor

Vie : 8
Habileté : 4
Épée d'argent : 2 Points de dégâts.

Si vous disposez du pouvoir de la Chauve souris, vous pouvez utiliser cette forme pour combattre, vos paramètres sont alors :

Vie : votre total actuel + 1
Habileté : votre total actuel +1
Magnétisme : votre total actuel +1

Les griffes de la chauve souris infligent 2 points de dégâts. Vous ne pouvez pas utiliser d'arme, si vous en possédez, sous cette forme.

Si vous disposez du pouvoir de la toute puissance vous pouvez utiliser cette forme pour combattre (ou peut être, êtes-vous déjà sous cette forme ?), vos paramètres sont alors :

Vie : votre total actuel + 3
Habileté : votre total actuel +1
Magnétisme : votre total actuel -2

Vos coups de griffes gagnent en puissance et infligent 3 points de dégâts. Utilisation d'arme possible sous cette forme.

Si vous disposez du pouvoir de mimétisme vous pouvez utiliser cette forme pour combattre, vos paramètres sont alors :

Vie : votre total actuel
Habileté : votre total actuel +2
Magnétisme : votre total actuel -2

La forme la plus appropriée ici pour combattre trois hommes est le loup, ses crocs infligent 2 points de dégâts.

Si vous survivez à ce combat titanesque, ***rendez-vous au 8.***

30

Hypnose à l'écossaise

Vous tentez d'atteindre la pensée de Mac Gregor, de ressentir les vibrations de son esprit. Vous êtes dans le flou total car contrôler un esprit humain est un exercice compliqué et fatiguant, mais ce chasseur à l'air assez sensible à vos appels télépathiques. Il paraît de plus en plus hagard et moins concentré sur la recherche de son ennemi, ses bras retombent naturellement, tout en souplesse le long de son corps. Sentant que sa perception est finalement très bonne vous sautez à bas de votre cachette et vous vous présentez face à lui tout en continuant d'exercer votre contrôle sur son esprit.

Si vous avez noté le code SEUL, poursuivez la lecture sinon ***rendez-vous immédiatement au 29.***

Wallace vous regarde fixement mais il n'y a plus de colère dans ses yeux, la flamme de la vengeance s'est apparemment éteinte. On dirait même qu'il a perdu toute lueur, même celle de la conscience. Ses yeux sont inexpressifs et son visage ne trahit aucun sentiment, hostile ou amical...

Vous prenez la parole :

— Mac Gregor, jeune Wallace Mac Gregor. Tu es venu ici avec la ferme intention de tuer la créature qui hante la région depuis des mois, voire des années. Tu as décidé de venger tes frères. Et en bon juge, juré et bourreau, tu as décidé de *me* condamner à mort. Pauvre fou !

Je vais donc avoir l'immense générosité d'épargner ta misérable vie de paysan pouilleux. De plus ma légendaire bonté va même me pousser à te donner un cadeau avant ton départ. Passe devant moi et laisse toi guider, vermine...

Mac Gregor avance vers les escaliers conduisant aux parties inférieures du château. Vous le conduisez, enfin le guidez, vers une geôle se trouvant non loin des enclos à animaux. Vous ouvrez la lourde porte métallique et avancez jusqu'à un coffre de bois massif. Vous l'ouvrez et déposez un objet enveloppé dans un morceau de tissu souillé.

— Voilà, jeune Mac Gregor, l'objet que tu convoites tant est dans ce vieux bout de tissu. Emportes-le avec toi jusqu'à Moan et montres-le à tous les habitants. Je te laisse la vie sauve. Aujourd'hui seulement.

Ne revenez jamais, habitants de Moan où je vous saignerais jusqu'aux derniers d'entre vous.

Rendez-vous au 16.

31

Vers la remise à bateaux

La remise est constituée d'un ponton auquel sont amarrées deux barques. Une courte à fond plat et une plus longue et plus large à fond traditionnel. Vous aimiez passer du temps à pêcher sur le loch, la tranquillité et le calme de l'endroit vous emplissait de bonheur. Ce temps est révolu depuis bien longtemps malheureusement. L'entrepôt est ouvert sur l'extérieur et donne sur les berges proches de vos murailles. La navigation est rendue possible car les douves encerclant votre demeure sont une simple déviation du loch. Vous vous dissimulez derrière un empilement de caisses et vous patientez jusqu'à l'approche de votre proie.

Mac Gregor ne tarde pas, il avance lentement arbalète en main, carreau enclenché, corde tendue.

Il passe à quelques mètres de vous et scrute attentivement la remise, vous êtes dans son dos prêt à l'égorger de vos griffes tranchantes lorsqu'une détonation retentit soudain :

Une caisse derrière vous vole en éclats. Le coup de feu provenait de votre droite, des abords du loch. Une deuxième détonation déchire à nouveau le silence presque simultanément. Cette fois la balle vous atteint dans le bras. Vous perdez 4 points de Vie.

Wallace fait-volte face et lâche son carreau à la volée, il vous rate.

Vous comprenez alors que Mac Gregor n'est pas venu seul et que des villageois étaient tapis dehors, prêts à vous abattre. Qu'ils croyaient ! On ne tue pas Lord Bradfford aussi facilement. Pou l'instant la seule solution viable pour ne pas mourir immédiatement est de prendre la fuite.

Vous pouvez utiliser votre capacité à vous changer en chauve-souris pour atteindre les toits en vous ***rendant au 46.***

Enfin si vous optez pour la fuite pure et simple, un plongeon élégant vous entraînera dans les douves, ***rendez-vous dans ce dernier cas au 14.***

32

Tour principale

Vous entendez les pas de Mac Gregor qui résonnent dans le couloir conduisant à la tour principale du château. Il emprunte les escaliers conduisant à l'étage supérieur, vous n'êtes qu'à une dizaine de mètres de lui, lorsqu'il se retourne et tire une balle dans votre direction. Le projectile d'argent vous manque de peu et vient faire éclater une pierre juste à coté de votre épaule.

Il continue son ascension vers votre bibliothèque privée, située sous le toit de la tour. Arrivé devant la porte il l'ouvre et se retourne à nouveau vers vous qui êtes en train de franchir les derniers mètres vous séparant de lui, il s'empare de son arbalète et lâche un carreau. Il vous manque également. La pointe vient se ficher dans une poutre avec bruit sec.

La porte de votre bibliothèque se referme, et vous prenez un instant de réflexion.

Rendez-vous au 24.

33

Une porcherie bien sanglante

Mac Gregor ne peut pas éviter votre attaque fulgurante et puissante. Un coup de peid dans le dos le projette violemment face dans la boue tandis que deux animaux sur quatre commencent déjà à tourner autour de lui. Vous les invitez à donner l'attaque et les sangliers s'exécutent. Un premier coup de défense vient perforer le ventre du chasseur qui hurle de douleur et de terreur. Un coup de groin puissant retourne Mac Gregor sur le dos. Un deuxième animal fonce sur le chasseur et ses défenses longues et tranchantes perforent le cuisse de Wallace. Un troisième animal couine comme pour donner le signal d'une chasse à courre et se rue sur le visage de Mac Gregor. L'homme hurle de douleur tentant de se débattre en donnant coups de poings et coups de pieds, tandis que les animaux lui arrachent des lambeaux de chair et de tissus. Ils le dévorent vivant. Et vous aimez ça... Mais vous ne participerez pas à l'exécution, vous êtes un Lord tout de même qui vaut mieux que cela...

Lorsque Wallace est à l'agonie, calmez les sangliers et **_rendez-vous au 26_**.

34

Le monde souterrain

Vous rejoignez rapidement les sous-sols de votre château. Vous aimez ces lieux, ils sont humides, froids et sombres. En dépit des moments douloureux vécus ici avec Moira, cela reste une des parties préférées de votre demeure et l'essentiel de vos quartiers est ici.

Un long couloir au sol dallé, légèrement en pente, conduit en droite ligne vers l'arrière du château, plus exactement vers la remise à bateaux. Un endroit où est amarrée votre barque, modeste embarcation de bois que vous utilisez encore pour pêcher, les jours de pluie, loin des regards inquisiteurs des habitants de la région.

Des portes desservent tour à tour votre salle de musique, où cornemuses, violons et harpes profitent de votre attention et de votre soin au quotidien, votre salle de lecture dans laquelle vous aimez lire au coin de la cheminée, votre salle de taxidermie où bon nombre d'animaux et de poissons ont ressuscité sous vos doigts experts. Enfin une grille aux volutes noires, descend vers différents enclos dans lesquels vous élevez un certain nombre d'animaux.

Vous remarquez qu'un rat vous observe depuis quelques instants, un rat bien dodu et décidément peu farouche, vous pouvez l'attraper et le saigner à blanc ; se repaitre du sang de cet animal vous permettra de récupérer 2 points de Vie (sans dépasser votre total de départ).

Pour entraîner Mac Gregor vers un piège, vous pouvez opter pour la remise à bateaux en ***vous rendant au 31***, ou bien faire en sorte qu'il vous suive vers les enclos à animaux, en ***vous rendant alors au 28***.

35

Final Fight

Vous poursuivez le combat contre Wallace Mac Gregor. Il se défend bien mais attaque avec vigueur.

Si vous parvenez à réduire sa vie à zéro vous aurez deux choix à faire :

Vous pouvez l'achever, ***rendez-vous alors au 26***,
vous pouvez aussi, en apportant la preuve que vous êtes innocent, épargner sa vie, ***rendez-vous alors au 17***.

36

Lord Geronimo in Scotland

Accroupi derrière la balustrade de bois au premier étage, vous vérifiez la pointe de votre flèche. Toujours tranchante et mortelle. La faible lueur diffusée par les torches au murs, ne devrait pas poser de problème pour viser votre adversaire, vous étiez un bon tireur et vos yeux sont habitués à évoluer dans une lumière plutôt timide. Vivant seul au château, vous n'allumez généralement que les pièces où vous vivez (le rez-de-chaussée et les sous-sols pour tout dire)

Votre arme est prête, l'adrénaline commence à monter lentement dans vos veines de vampire. Cette sensation étrange vous ne l'aviez pas ressentie depuis longtemps et pour tout avouer ce sentiment n'est pas désagréable.
La porte du hall s'entrouvre lentement. Wallace Mac Gregor pénètre dans la pièce arbalète en main. Il est prudent et avance lentement en observant chaque détail, chaque recoin des lieux.
Vous devez effectuer un test de magnétisme pour déterminer si Mac Gregor va vous découvrir avant que vous ne puissiez ouvrir le feu.
Si c'est une réussite, poursuivez la lecture de ce paragraphe, si c'est un échec, ***rendez-vous au 40***.

Vous mettez le chasseur dans votre ligne de mire, vous expirez profondément et vous appuyez lâchez la flèche. Effectuez le test de magnétisme pour déterminer si la flèche touche Mac Gregor, si c'est un échec, ***rendez-vous au 40***, si c'est une réussite, vous atteignez Wallace de plein fouet. La pointe métallique vient se ficher dans le ventre du chasseur en produisant un bruit sourd. En revanche Le chasseur hurle de douleur.
Il perd immédiatement 3 points de vie.
Vous lâchez votre arme, vous enjambez la balustrade et sautez sur votre adversaire, vous devez désormais combattre jusqu'à la mort.

Wallace Mac Gregor
Vie : 7
Habielté : 4
2pée d'argent : 2Pd

Vos griffes infligent 2 point de dégâts.

Si vous mourrez, ***rendez-vous au 13***, si vous êtes victorieux, ***rendez-vous au 26***.

37

L'épée de Damoclès

Vous montez à la hâte sur la balustrade du premier étage et vous sautez sur le lustre. Vous stabilisez l'imposant appareil d'éclairage et vous ne bougez plus. Vous tenez ferment la poignée de votre épée, lame vers le bas, prêt à bondir et pourfendre Mac Gregor. Un coup, un seul vous mettre fin à cette traque injuste dont vous faites l'objet. Incroyable entêtement de ce maudit paysan qui pense obstinément que vous êtes le coupable qui hante la région depuis quelques mois.

Votre arme est prête, l'adrénaline commence à monter lentement dans vos veines de vampire. Cette sensation étrange vous ne l'aviez pas ressentie depuis longtemps et pour tout avouer ce sentiment n'est pas désagréable.
La porte du hall s'entrouvre lentement. Wallace Mac Gregor pénètre dans la pièce arbalète en main. Il est prudent et avance lentement en observant chaque détail, chaque recoin des lieux.
Vous devez effectuer un test de magnétisme pour déterminer si Mac Gregor va vous découvrir avant que vous ne puissiez bondir sur lui.
Si c'est une réussite, poursuivez la lecture de ce paragraphe, si c'est un échec, ***rendez-vous au 40***.

Vous observez les mouvements du chasseur, vous respirez à son rythme, essayant d'anticiper son prochain déplacement. Vous expirez profondément et vous sautez les deux mains serrées sur la poignée de votre arme. Effectuez un test d'Habileté, si c'est un échec, ***rendez-vous au 40***, si c'est une réussite, vous touchez Wallace de plein fouet. La lame vient sectionner son avant-bras. Net et rapide. Sa main crispée sur la poignée de l'arbalète gît au sol. Il hurle de douleur et la terreur peut se lire sur son visage. Il vient de subir une amputation en quelques secondes.

Il perd immédiatement 3 points de vie.

Vous vous ruez sur votre adversaire, vous devez désormais combattre jusqu'à la mort.

Wallace Mac Gregor
Vie : 6
Habileté : 4 (-1 en raison de sa blessure)
2pée d'argent : 2Pd

Votre épée inflige 3 points de dégâts.

Si vous mourrez, ***rendez-vous au 13***, si vous êtes victorieux, ***rendez-vous au 26***.

38

La chasse est ouverte !

Votre salle d'armes est une pièce plutôt vaste mais assez basse de plafond, un vrai contraste avec le reste du rez-de-chaussée. Des râteliers supportent quelques épées émoussées, des boucliers tombés en désuétude et une panoplie de lances plus ou moins abîmées. Il y a bien longtemps que cet arsenal n'a pas servi. Les guerres pour les landes écossaises sont oubliées depuis longtemps et même vous n'avez pas connu cette époque, une période où votre grand-père se battait comme un forcené pour défendre le comté de Minnoch, une époque, ou le château de Bradfford était une véritable fourmilière, investi de domestiques, soldats et ouvriers artisans.

C'était il y fort longtemps et aujourd'hui il ne subsiste que du souvenir et quelques armes prise d'assaut par les araignées et leurs épaisses toiles.

Il ne faudrait pas oublier Mac Gregor, cher Lord, hâtez vous de choisir une arme dans la liste ci dessous :

Au râtelier des armes à feu, votre choix se porte sur un vieux pistolet à percussion, long à recharger mais de gros calibre, sûrement un choix idéal pour faire de Mac Gregor un véritable amas de chairs. Petit inconvénient tout de même, la poudre n'est plus tout à fait sûre... Les balles infligeraient 6 points de dégâts mais pour être certain que la poudre soit efficace vous devrez lancer un dé. Si vous obtenez un score supérieur à 3, le pistolet fonctionne, si vous obtenez un score inférieur ou égal à 3, le pistolet fait «pscchiit» et là Lord Bradfford, vous serez automatiquement blessé par votre adversaire.

Vous ne pourrez utiliser cette arme que trois fois dans l'aventure (*vous n'avez retrouvé que trois plombs de ce calibre*), et jamais deux fois au cours d'un même combat (temps de rechargement).

Si malgré toutes ces explications, votre choix se porte sur le pistolet, emparez-vous en.

Au râtelier des armes à distance, votre fidèle arc de chasse est toujours là. Un arc de belle facture qui fit mourir nombre de cerfs, sangliers et oies sauvages durant vos parties de chasse. Vous retrouvez deux flèches occasionnant chacune 4 points de dégâts. Un simple test de magnétisme réussi suffit à toucher votre adversaire, en cas d'échec, vous relancerez les dés pour déterminer qui frappe le premier.

Enfin votre vieille épée half lang, surnommée affectueusement « la pourfendeuse de vilains » est présente sur le râtelier des armes blanches. Elle vous servit considérablement lorsque les habitants de Ponsonby se révoltèrent et tentèrent une prise d'assaut de votre demeure en 1799. Ils ne voulaient plus du règne tyrannique de votre père, Lord Gordon Bradfford, qui fût tué au cours de cette bataille. Vous aviez du tué nombre de villageois et presque décimé Ponsonby pour expliquer à tous ces gueux qu'un accord amiable aurait été préférable à une guerre meurtrière ; depuis ce jour il n'y eu plus de taxes, ni d'impôts mais votre épée avait taillé dans les chairs de nombreux vilains et ceux qui restèrent en vie comprirent pour le restant de leurs jours.

Donc « la pourfendeuse» inflige 3 points de dégâts à chaque coup porté.

Vous remarquez également une petite fiole de verre, joliment décorée de cuir abîmé et moisi. Un liquide ambré se trouve à l'intérieur de cette dernière. Une gravure en étain semble indiquer en vieil écossais :

Roimh Cogadh.

Sans pouvoir identifier la nature du liquide, vous pouvez tout de même l'emporter avec vous en plus de votre arme ; si à tout moment vous décidez d'en faire usage au cours d'un combat, vous noterez le numéro du paragraphe où vous trouvez et vous visiterez le ***paragraphe 49***.

Une fois votre choix effectué, ***rendez-vous sans plus attendre au 20***, d'où vous pourrez établir une stratégie d'attaque.

39

Pénétrer dans mon château ? Mauvaise idée...

Notez en premier lieu le code Indemne sur votre feuille d'aventure.

Wallace Mac Gregor est toujours en vie malgré l'assaut de vos animaux. Vous êtes toujours sur le hourd de pierre, toujours invisible pour le chasseur. Vous devriez profiter de l'avantage mon cher Stanley et il serait temps d'échafauder un plan d'attaque pour anéantir ce maudit cancrelat au plus vite.

L'aîné du clan Mac Gregor, hurle votre nom et ajoute :

— Où que vous soyez, où que vous vous cachiez, je vais vous trouver et ramener votre tête jusqu'à Moan !

Quel insupportable prétentieux, pensez-vous (*et vous avez raison, Lord, on n'a jamais vu un vulgaire paysan proférer de telles menaces à l'encontre d'un seigneur, damn it !*), vous allez lui faire ravaler sa langue et ses dents avec.

Cet intrépide mais stupide chasseur n'a que deux solutions pour pénétrer au plus vite dans votre demeure : par les fenêtres des cuisines, ce qui le conduirait inévitablement au couloir secondaire du rez-de-chaussée, ou bien passer par la porte annexe qui conduit aux sous-sols.

De votre promontoire vous ne pouvez plus voir la position de Wallace et vous devez agir rapidement, il ne faudrait pas que ce soit lui qui profite de l'effet de surprise.

Pour rejoindre les sous-sols avant lui et préparer son accueil (*et éventuellement son cercueil...*), **rendez-vous au 34.**

Pour atteindre le couloir secondaire du rez-de-chaussée, **rendez-vous au 41.**

40

Défense écossaise

Mac Gregor fronce les sourcils espérant focaliser sa vue, il dirige et bloque son regard dans votre direction. Il se déplace lentement mais sa position vous empêche de déclencher votre attaque. En un éclair Wallace dirige son arbalète vers vous, il vous a découvert et lâche son carreau.
Vous devez effectuer un test d'Habileté pour déterminer si vous êtes assez rapide pour éviter le tir.
Si vous échouez **rendez-vous au 43.**
Si c'est un réussite, vous bondissez hors de votre abri. Le chasseur lâche son arbalète au sol et empoigne son pistolet, il ouvre le feu une seconde fois mais vous rate de peu, vous perdez votre arme dans la précipitation et vous n'avez que deux choix de fuite :
vous pouvez l'entraîner vers les sous-sols en **vous rendant au 34**,
vous pouvez l'attirer vres les parties arrière du château, **en vous rendant au 44**.

41

Couloir secondaire, rez-de-chaussée.

Vous pénétrez dans le couloir secondaire du rez-de-chaussée. C'est ce couloir qui fait la liaison entre votre entrée principale appelée le grand hall qui dessert le premier étage et le rez-de-chaussée et le hall secondaire qui lui dessert les parties arrière de votre demeure, les sous-sols et quelques pièces du premier étage.
Ce couloir modeste reste cependant haut de plafond avec de nombreuses voutes entrecroisées, quelques lanternes à pétrole apportent un éclairage moderne et efficace.

Sur votre gauche, une porte aux reliefs finement sculptés vous permet d'accéder à votre salle d'armes, vous pourriez y dénicher quelque chose d'utile. Ce n'est pas dans vos habitudes d'utiliser une arme contre un homme, mais cet habitant de Moan est non seulement armé et dangereux mais de plus il est têtu comme un mule. Impossible de lui faire entendre raison sur les crimes dont il vous accuse et pour lesquels vous êtes, semble-t-il, innocent. Si vous souhaitez passer par la salle d'armes, ***rendez-vous au 38.*** Sur votre droite, une porte conduit aux cuisines. Mac Gregor pourrait y pénétrer par l'extérieur, si vous disposez du pouvoir de mimétisme vous pourriez entrer discrètement dans la pièce en ***vous rendant au 5***.

Deux autres portes sur votre droite s'ouvrent respectivement sur un garde-manger, communiquant avec les cuisines et sur une réserve dédiée aux alcools.

Vous pouvez enfin, si vous ne désirez pas vous éterniser ici, avancer directement vers le hall secondaire pour y échafauder un nouveau plan, ***rendez-vous alors au 20***.

NB : *En parlant cuisine, faites-moi penser, cher Stanley, à offrir au lecteur une copie de votre précieux recueil de recettes vampire lorsque cette aventure sera achevée...*

42

L'eau noire et ténébreuse de mes douves, you like ?

Notez en premier lieu le code Douves sur votre feuille d'aventure.

L'aîné du clan Mac Gregor s'est battu vaillamment mais a fini par être touché. Son seul espoir aura été la fuite et le plongeon dans vos douves glacées. Ahhh ! Vous aimez cela cher Stanley, qu'un ennemi finisse dans vos douves ! De plus il est blessé, donc vous n'aurez en théorie aucun mal à le trouver et à l'achever.

Vous sautez de votre position vers un rebord de fenêtre sur votre droite puis vers une gargouille surplombant approximativement l'endroit où Wallace a plongé. Quelques cercles concentriques à la surface de l'eau vont en s'élargissant vers les berges, l'eau paraît avoir avalé le chasseur. En cette saison, la température est très basse donc il ne restera pas longtemps immergé, mais en attendant même avec ses blessures, vous ne parvenez pas à sentir le sang. L'eau brouille vos sens olfactifs ; vous devez donc prendre une décision.

Vous pouvez quitter votre position en hauteur et inspecter les abords du château, ce sera un moyen sûr de pouvoir tuer Wallace mais aussi le moyen le plus risqué, il peut surgir de n'importe où et vous auriez le désavantage, pour ce choix, *rendez-vous au 50*.

Pour rejoindre l'intérieur du château, Wallace n'aura que deux chemins possibles :

Les fenêtres des cuisines qui le conduiront inévitablement au couloir secondaire du rez-de-chausée, si vous voulez l'attendre là-bas, *rendez-vous au 41*,

ou les sous-sols en passant par l'accès extérieur, si vous préférez l'accueillir sous terre comme il se doit, *rendez-vous donc au 34*, cher Stanley.

43

Un carreau de trop

La pointe en argent vient se planter dans votre poitrine. Douleur insupportable qui vous met à genoux. Vous saisissez le carreau à pleine mains mais il vous impossible de l'extraire de votre corps.

Mac Gregor pointe son pistolet vers vous et avance lentement, sachant qu'il a d'ores et déjà gagné le combat.

— Lord Bradfford, pourquoi m'avoir résisté ? Pourquoi tant d'énergie dépensée alors que l'acceptation de votre châtiment aurait été beaucoup plus facile ? Pour vous comme pour moi...

— Paysan têtu, soufflez-vous en exposant des canines effilées, je t'ai déjà dit que le vrai coupable est mort. Je n'ai rien à voir avec les crimes qui ont été commis dans la région.

— Exactement ce qu'aurait répondu une créature diabolique pour sauver sa misérable vie... Vous allez enfin mourir, je vais ramener votre tête au village et brûler votre corps.

Si mes amis sont heureux d'apprendre la nouvelle, ils le seront encore plus à l'idée de venir incendier votre demeure et la réduire à un tas de cendres. Votre dynastie s'achève Bradfford...

L'argent commence tétaniser tous vos muscles et vous avez de plus en plus de mal à respirer.

— Tu ne veux donc pas entendre la vérité jeune Mac Gregor ?

— La vérité je la connais : vous êtes un monstre et dans quelques instants vous ne serez qu'un mauvais souvenir.

Il appuie sur la détente de son pistolet à percussion.

Les murs de votre château garderont en mémoire la détonation assourdissante précédée de votre cri. Un cri de rage, un cri de haine, un cri de terreur.

Les paysans de Moan vont venir brûler des siècles d'histoire, des souvenirs de votre famille et de votre vie.

Le plus triste dans cette issue est qu'en finalité, une question subsiste : avez-vous été tué au nom d'une rumeur ou êtes-vous celui qui ensanglanta la région durant des mois ?

44

Au clair de lune

Vous vous hâtez vers l'arrière du château, quelques pièces trop petites pour tendre une embuscade se trouvent dans les couloirs que vous traversez, vous atteignez la terrasse située à l'arrière de votre bâtisse. Vous laissez la porte ouverte afin que Mac Gregor soit attiré ici ; les dalles de pierre de vos extérieurs résonnent sous vos pas, aussi vous vous empressez de grimper au-dessus de la porte d'où vous venez et vous vous agenouillez sur la corniche qui la surplombe, prêt à bondir sur le prédateur qui va arriver d'un instant à l'autre.

Deux rats sont tout proches de vous, ils entrent et sortent d'un trou dans le mur. Ils sont bien dodus et feraient un excellent en-cas. Si vous désirez les vider de leur sang, ne vous en privez pas, chacun de ces animaux vous apportera un gain de 2 points de Vie (sans dépasser votre total de départ).

Vous entendez des pas approcher de la porte, Wallace est dans le couloir, il approche. Vous êtes prêt.

Il apparaît lentement à l'aplomb de votre position. Soudain un détonation retentit. Un claquement sec à quelques centimètres de votre épaule, une projection de fragments de pierres. Une deuxième détonation plus forte retentit presque simultanément. Cette fois la douleur est vive, votre jambe vient de recevoir une balle. Vous voyez un morceau de votre chair blafarde pendre au dessus de votre soulier droit, un sang noir s'écoule lentement de votre mollet blessé. Wallace effectue une roulade avant et fait volte-face pour se préparer à une riposte. Vous voyez alors deux hommes apparaître derrière un bosquet à quelque dizaines de mètres du château. Mac Gregor n'est pas venu seul, d'autres villageois étaient tapis, prêts à vous cueillir à l'extérieur. Mais on ne cueille pas Stanley Bradfford aussi facilement !

Vous pouvez utiliser votre capacité à vous changer en chauve-souris pour atteindre les toits en vous ***rendant au 46***.

Vous pouvez utiliser votre pouvoir de toute puissance et attaquer les deux villageois qui vient aider Mac Gregor, ***rendez-vous pour cela au 7***.

Enfin si vous optez pour la fuite pure et simple, un saut élégant vous plongera dans les douves de votre château, ***rendez-vous dans ce dernier cas au 14***.

45

Final Fight Mode Hard

Les deux vilageois venus prêter main forte à Mac Gregor apparaissent soudain à la sortie des escaliers. Ils hurlent votre nom. Wallace esquisse un sourire sadique et lance :

— Alors mon cher Bradfford, toujours envie de fuir ? Mais désormais plus aucune échappatoire possible, vous allez mourir ici et maintenant.

Les deux villageois pressent alors la détente de leurs pistolets.

Vous devez effectuez deux tests d'Habileté consécutifs pour savoir si vous parvenez à esquiver les deux projectiles. Chaque tir qui vous atteint vous perdre 4 points de Vie. Si vous mourrez, ***rendez-vous au 13***. Si vous êtes toujours en vie, vous allez devoir combattre ces trois villageois obstinés, armés de leurs épées.

Vous combattez les hommes l'un après l'autre.

Fillan Abercromby
Vie : 4
Habileté : 2
Épée classique : 1 Point de dégâts.

Abhain Cunnigham
Vie : 3
Habileté : 3
Épée classique : 1 Point de dégâts.

Wallace Mac Gregor

Vie : total du paragraphe précédent
Habileté : 4
Épée d'argent : 2 Points de dégâts.

Si vous disposez du <u>pouvoir de la Chauve souris</u>, vous pouvez utiliser cette forme pour combattre, vos paramètres sont alors :

Vie : votre total actuel + 1
Habileté : votre total actuel +1
Magnétisme : votre total actuel +1

Les griffes de la chauve souris infligent 2 points de dégâts. Vous ne pouvez pas utiliser d'arme, si vous en possédez, sous cette forme.

Si vous disposez du <u>pouvoir de la toute puissance</u> vous pouvez utiliser cette forme pour combattre (ou peut être, êtes-vous déjà sous cette forme ?), vos paramètres sont alors :

Vie : votre total actuel + 3
Habileté : votre total actuel +1
Magnétisme : votre total actuel -2

Vos coups de griffes gagnent en puissance et infligent 3 points de dégâts. Utilisation d'arme possible sous cette forme.

Si vous disposez du <u>pouvoir de mimétisme</u> vous pouvez utiliser cette forme pour combattre, vos paramètres sont alors :

Vie : votre total actuel
Habileté : votre total actuel +2
Magnétisme : votre total actuel -2

La forme la plus appropriée ici pour combattre trois hommes est le loup, ses crocs infligent 2 points de dégâts.

Si vous survivez à ce combat titanesque et parvenez à réduire la vie de Mac Gregor à zéro vous aurez deux choix à faire :

Vous pouvez l'achever, ***rendez-vous alors au 8***,
vous pouvez aussi, en apportant la preuve que vous êtes innocent, épargner sa vie, ***rendez-vous alors au 17***.

46

Toit-Terrasse premier étage

Vous atteignez rapidement le toit-terrasse du premier étage. Une zone assez vaste décorée de nombreux vases imposants dans lesquels s'épanouissaient jadis de magnifiques pommiers. Des arbres produisant des fruits baptisés «Moira's love», une réalisation de votre jardinier familial qui avait croisé de nombreuses pommes pour arriver à un résultat final superbe : un fruit rose vif, juteux, sucré et charnu en forme de cœur, censé représenté l'amour de votre couple (*tiens en y pensant, pourquoi ce jardinier a-t-il baptisé cette pomme comme cela ? Était-ce un message caché pour déclarer sa flamme à votre épouse ? Il a bien fait de mourir noyé celui-là, vous l'auriez tué de vos mains, en y pensant...*).
Vous ne patientez pas longtemps avant d'entendre les pas de Mac Gregor résonner dans l'un des escaliers conduisant au toit-terrasse. Vous sautez sur un balcon juste au-dessus de la terrasse et réfléchissez vite à la stratégie à utiliser pour mettre fin à cette traque :

Vous commander aux corbeaux des environs afin qu'ils attaquent Wallace en masse, ***rendez-vous pour ce choix au 18***,
vous pouvez utiliser la capacité de Toute puissance si vous en disposez pour porter un coup unique et mortel au chasseur, ***rendez-vous pour ce choix au 12***,
enfin vous pouvez tenter de le raisonner en employant une dernière fois le dialogue, pour ce dernier choix **vous devrez vous rendre au 2.**

47

Comme une douce odeur de sang...

Malgré vos fines moustaches de rat et votre petite truffe, quelque chose ne vous trompe pas : Mac Gregor est blessé et le parfum de son sang se répand dans vos narines comme une drogue hallucinogène. Votre cœur s'emballe, vos oreilles s'agitent et vos membres tremblent. En un instant vous ne contrôlez plus rien et votre mimétisme prend fin, dans un nuage blanc vous reprenez votre véritable forme : un lord vampire.

Wallace sursaute, surpris de vous voir apparaître de la sorte, il brandit son épée devant lui et assène un premier coup de taille. Sa lame vous évite de justesse et vient frapper contre des casseroles posées sur le plan de travail : tout vole dans un vacarme étourdissant. Il fend à nouveau l'air cherchant absolument à vous tailler en pièces. Dans cette pièce encombrée, le combat va être rude et vous ne tiendrez pas longtemps, vous allez pouvoir livrer deux assauts avant de prendre la fuite :

Wallace
Vie : 9

Habileté : 4
2 points de dégâts infligés par son épée en argent.

Vos griffes infligent 2 points de dégâts. Vous avez la possibilité de jeter quelques objets sur Wallace, un lancer compte pour un assaut :

Le tisonnier de la cuisinière à bois, inflige 3 points de dégâts mais nécessite un test d'Habileté. Si c'est réussi, vous blessez Wallace, si c'est un échec, Wallace parvient à vous blesser légèrement et vous perdez 1 point de Vie.
Le jet d'une vieille soupière en terre, inflige 2 points de dégâts. Même obligation que précédemment à la différence près que Wallace ne parvient pas à vous blesser même si vous manquez votre lancer, en revanche, cela compte tout de même comme un assaut.

Au terme de deux assauts vous devez prendre la fuite vers le hall secondaire pour élaborer rapidement un nouveau plan d'attaque. ***Rendez-vous au 20.***

48

Escalier extérieur

Vous rejoignez rapidement un des escaliers extérieurs reliant les étages supérieurs au rez-de-chaussée. Vous grimpez sur une balustrade et vous vous blottissez contre une statue de gargouille représentant un poisson à forme de serpent. Le point de vue est parfait et vous suivez le jeune villageois, en contrebas, d'un œil attentif.
Wallace Mac Gregor avance prudemment sur votre pont-levis, arme en main. Vous identifiez une épée portée à la taille, une arbalète et un carquois sont portés dans le dos, il tient une sorte de pistolet dans sa main droite.

Vous décidez de le surprendre en prononçant les premières paroles, sans être vu :

— Bonsoir, jeune intrépide. Que viens-tu faire sur mes terres ?

Wallace ne paraît pas surpris et répond d'un ton sec :

— Lord Bradfford, je suis venu avec la ferme intention d'en savoir plus sur les disparitions de bétail et sur l'assassinant de mes deux frères, Duncan et Fergus Mac Gregor. Êtes-vous responsable des ces actes ?

— Je te trouve très arrogant, jeune paysan. Tu viens chez moi et tu insinues que les crimes qui ont été commis sont mon œuvre ?

Mac Gregor cherche son interlocuteur du regard, dans une obscurité devenant de plus en plus forte et répond :

— Lord, des histoires circulent depuis longtemps sur votre château et les créatures de la nuit qui pourraient l'habiter. On dit que vous avez tué votre femme et que vous vous nourrissez du sang des
vivants ?

— Jeune idiot ! Crois-tu vraiment que je t'aurais laissé entrer ici si j'étais le coupable de ces crimes ? Si j'avais voulu te tuer je l'aurais fait depuis longtemps...Toi et tout le bourg de Moan. Non, l'auteur des crimes n'est plus de ce monde. Je l'ai tué de mes mains.

Wallace relève la tête un instant. Il regarde fixement dans votre direction, il se trouve à une dizaine de mètres de vous, quelques trois ou quatre mètres plus bas :

— Vous êtes un assassin, tout le monde le sait et cela fait des années que ça dure. Une créature abjecte qui ne mérite que la mort !

Il semble que vous ayez été repéré. Il pointe alors son pistolet vers vous :

— Est-ce vrai ? Êtes-vous une créature du diable, un vampire ? Sortez de l'ombre, montrez-moi votre visage !

Et il ajoute :

— Et je veux une preuve que vous n'êtes pas le coupable : la tête de l'assassin.

— La parole d'un Lord ne te suffit pas, jeune insolent ? Tu me menaces d'une arme ? Chez moi ??

Vous reprenez une voix calme tout en avançant sur la balustrade et dévoilant votre visage :

— Tu peux repartir vers Moan et dire à tous les habitants que les crimes cesseront, pars vite avant que ma colère ne m'emporte et que je ne t'étripe pour nourrir mes chiens...

Wallace, comprenant ce que vous êtes réellement, avance d'un pas vers l'escalier :

— C'est votre tête que je vais planter sur un pieu, créature diabolique !

Mac Gregor ouvre le feu sur vous ! Une détonation qui fait s'envoler les quelques corbeaux assoupis dans les arbres morts environnants.

L'obscurité étant votre alliée, votre blessure ne vous coûte que 3 points de Vie. Aucun si vous avez la capacité chauve souris. Sous votre forme normale ou celle d'un chiroptère, quelques mouvements fluides et rapides vous permettent d'accéder rapidement à l'une des terrasses extérieures du premier étage.

Mac Gregor scrute avec attention les murs, fenêtres et arcades de vos murailles mais ne vous voit plus.

La nuit enserre maintenant votre propriété de ses griffes sombres et vous allez prouver à ce jeune paysan qu'on ne tire pas impunément sur un Lord, God damn it !

Rendez-vous au 3.

49

L'elixir du clan

Vous portez le flacon à vos lèvres et vous percevez immédiatement un arôme extraordinaire de scotch. Mais un scotch tourbé et iodé aux senteurs de plantes.

C'est un puissant élixir fabriqué jadis par vos ancêtres, une décoction de plantes aux nombreuses vertus qui modifie quelque peu vos capacités pour une courte durée.

Vous ajoutez 5 points de Vie à votre total même si cela dépasse votre total de départ.

En revanche vous perdez 1 point d'Habileté et de magnétisme, car l'élixir est fort, très fort !

Les effets ne durent que le temps du paragraphe d'où vous venez. Retournez-y vite cher Stanley et profitez du legs de vos aïeux...

50

Rest in Peace

Vous sautez quelques sept ou huit mètres plus bas tandis que votre plaid rouge et noir volete derrière vous comme un drapeau dans le vent. Vous atterrissez avec une souplesse déconcertante pour quelqu'un de votre âge, mais un vampire est et restera souple. Les douves sont d'un noir profond et de légers clapotis brisent le reflet de la lune. Vous observez, sentez et écoutez. Tous vos sens sont en alerte pour tenter de repérer Mac Gregor. Vous n'avez qu'une idée en tête, lui sautes dessus avant qu'il ne puisse réagir et lui arracher la gorge à coups de griffes.

Le silence de la nuit ne trahit aucune présence du chasseur, pas un son, pas un mouvement et pire que tout pour vous Lord, pas une effluve de sang...

Pourtant Wallace était bel et bien blessé lorsqu'il a sauté dans l'eau, vous l'appelez ironiquement :

— Mac Gregor ? Mon petit Wallace ? Montre-toi, je finirais par te trouver et ta mort est inévitable. Rends-toi et ce sera rapide et indolore, j'en fais serment...

Des bulles éclatent à la surface de l'eau tout proche de vous, vos doigts se raidissent et vos griffes sortent de leurs cavités. Vos canines s'allongent et votre esprit se focalise sur le moindre mouvement à la surface de l'eau.

Soudain, quelque chose fend la surface. Un trait argenté dans la nuit. Une douleur atroce. Wallace était dissimulé sous l'eau et seule sa bouche émergeait. Il sort complètement de son repaire, son arbalète en main.

— Cher Bradfford, il semble que vous soyez blessé. Mon pauvre Lord... Un carreau d'arbalète planté dans la poitrine... Ce qui est malheureux pour vous c'est que la pointe est en argent. Vous craignez l'argent, n'est-ce pas, comme toutes les créatures diaboliques ?

Ce jeune paysan a raison, vous avez du mal à respirer, vos forces ont l'air de s'enfuir plus vite que ne court le vent dans les Highlands.

Mac Gregor, recharge son arbalète et vous met en ligne de mire.

Il est vous quasi-impossible de bouger, l'argent vous paralyse. Vous soufflez toutes canines dehors, vous mettez vos mains griffues devant votre visage pour vous protéger du prochain carreau.

Courageux mais inutile.

La pointe du deuxième et dernier carreau vient faire éclater votre front après avoir transpercé la main censée vous protéger. Un sang noir et épais gicle à l'impact. Une douleur intenable mais heureusement brève vous traverse le corps.

Vous tombez lourdement sur le sol. Votre vie s'arrête au pied de votre château.

Mac Gregor va, dans les minutes suivantes, trancher votre tête et la rapporter au village. Ils brûleront vos restes et peut être même votre demeure.

Mais au fond, le plus important est le fin mot de l'histoire, de votre histoire : étiez-vous coupable ou innocent des crimes commis sur ces terres ?

Annexe à lire après avoir obtenu la meilleure des quatre fins.

L'histoire de Fingal et Donan, les domestiques (paragraphe 4) :

Votre domestique Fingal trouva une mort atroce le jour où il libéra Moira de sa geôle. Votre femme a force de ruse et de persuasion obtint de Fingal qu'il la libère de son cachot. Elle n'hésita pas une seconde et le remercia chaleureusement. Elle l'embrassa d'abord langoureusement puis sous prétexte d'un baiser tendre dans le cou et lui arracha la moitié de la gorge. Tandis qu'il agonisait dans d'atroces souffrances elle vidait son sang, léchant le précieux liquide rouge comme un animal assoiffé.
Vous trouvâtes votre domestique devant la porte de la geôle ouverte ; il était livide, complètement saigné. Ses mains crispées sur ses cuisses, la douleur figée sur un visage de mort que vous n'oubliâtes jamais.
Ce fut le premier crime au sein du château perpétré par Moira. Vous eûtes de longues heures de questionnement mais vous dûtes admettre l'inacceptable : il vous fallait tuer Moira. Ce que vous fîtes quelques jours plus tard.
Donan devint votre rat domestique et remplissait quelques tâches à la portée d'un rat.

Les lectures de votre défunte femme (paragraphe 1) :

Votre femme dissimulait ses livres dans le secrétaire qui se trouve toujours dans votre bibliothèque privée (enfin ce qu'il en reste selon les circonstances...).
Vous trouvâtes la clé une fois Moira sous les verrous et ses lectures vous glacèrent le sang.
Des traités parlant de médecine interne, de sang précisément. Des ouvrages relatant les méfaits d'Élisabeth

Báthory, Vlad Tepes, un exemplaire du De nugis Curalium, des extraits de l'affaire Croglin Grange et bien d'autres ouvrages versant dans le malsain.

Elle fut prise d'une certaine adoration pour ces monstres assoiffés de sang et alla même jusqu'à les imiter.

Passa-t-elle un pacte avec le Diable ? Vous ne le sûtes jamais mais aujourd'hui encore, votre âme est souillée. Souillée par ce que vous êtes et ce que vous avez été obligé de faire à votre femme.

Menu gastronomique de Stanley Bradfford (paragraphe 41) :

Pour ne pas utiliser d'humains, utiliser des animaux de premier choix, en bonne santé et tués récemment.

Le classique cocktail s'obtient en saignant un petit animal type rat, lapin ou volaille juste au dessus d'un verre pour récupérer le sang encore chaud. Une rondelle de betterave cuite au bord du verre apporte une note de terre se mariant parfaitement avec le gout ferreux du sang.

Le tartare de viande : utiliser de la viande froide de préférence, y ajouter des condiments tels qu'oignons, ail (attention aux vampires allergiques), vinaigre, huile et herbes aromatiques. Le sang juste coagulé servira de liant au mélange. Somptueux !

Cervelle et abats fumés : juste saisi au dessus d'une flamme puis fumés quelques heures à basse température. Les abats doivent rester souples, quasi-crus. Ils sont dégustés avec un sang plutôt veineux pour sa belle couleur violette.

Crumble de sang :
Faire sécher du sang sur plaques de fer et ajouter cela à vos pâtisseries.

Bon appétit !

Crédits photographiques :

L'homme sans nom : tobias-keller-ucdh5HMkRMg-unsplash.com

Traque dans les montagnes : sebastian-pociecha-bgJiSoC7kMM-unsplash.com

Georges le Zombi : nathan-wright-igpwuxZofgo-unsplash.com

Arawamba : vinilowraw-A62nYytlz8M-unsplash.com

L'issue : boris-yue-9sE-72cYCeI-unsplash.com

Stanley Bradfford : lucas-scariot-8uf8B8HNQn8-unsplash.com

Photographes de talent sur Unsplash.com.